TIMOTHY ZAHN

Die Cobra-Dynastie 1

Die Verbannung

Buch

Im 25. Jahrhundert verläuft das Leben der Menschheit in scheinbar geordneten Bahnen. Der Weltraum ist besiedelt, Wohlstand und Frieden bestimmen den Alltag. Doch als die außerirdischen Troft mit feindlicher Absicht in den menschlichen Lebensraum eindringen, meldet sich Jonny Moreau freiwillig als einer der ersten Cobras. Diese Elitetruppe wird nicht nur einer knallharten Ausbildung unterzogen, sondern ihre Mitglieder werden auch durch Cyber-Implantate zu nahezu unbesiegbaren Kampfmaschinen umfunktioniert. Das erweist sich als günstig, denn die Chancen der Menschheit gegen die übermächtigen Troft stehen ansonsten verdammt schlecht ...

Start einer neuen Science-fiction-Trilogie vom STAR-WARS-Bestsellerautor.

Autor

Timothy Zahn, geboren 1951, hat mehrere äußerst erfolgreiche STAR-WARS-Romane sowie den SF-Zyklus um die BLACK-COLLAR-ELITE verfaßt, außerdem ist er Autor einer Vielzahl von Erzählungen. Er gehört zu den populärsten Stimmen der modernen Science-fiction und wurde unter anderem mit dem HUGO AWARD ausgezeichnet. Timothy Zahn lebt in Oregon.

Von Timothy Zahn bereits erschienen:

DIE COBRA-DYNASTIE: 1. Die Verbannung. Roman (25035), 2. Siedler der fünf Welten. Roman (25036), 3. Planet der Abtrünnigen. Roman (25037)

STAR WARS: 1. Erben des Imperiums. Roman (35251), 2. Die dunkle Seite der Macht. Roman (35252), 3. Das letzte Kommando. Roman (35253)

TIMOTHY ZAHN

Die Verbannung

ROMAN

DIE COBRA-DYNASTIE

①

Aus dem Amerikanischen
von Caspar Holz

GOLDMANN

Die amerikanische Originalausgabe erschien
unter dem Titel »Cobra« bei Baen Books, New York

Umwelthinweis:
Alle bedruckten Materialien dieses Taschenbuches
sind chlorfrei und umweltschonend.
Das Papier enthält Recycling-Anteile.

Der Goldmann Verlag
ist ein Unternehmen der Verlagsgruppe Bertelsmann

Deutsche Taschenbuchausgabe 8/98

Umschlaggestaltung: Design Team München
Umschlagmotiv: Agt. Schlück/Vallejo
Satz: deutsch-türkischer fotosatz, Berlin
Druck: Elsnerdruck, Berlin
Verlagsnummer: 25035
Redaktion: Andreas Helweg
V. B. · Herstellung: Peter Papenbrok
Printed in Germany
ISBN 3-442-25035-8

3 5 7 9 10 8 6 4 2

Rekrut: 2403

Den ganzen Vormittag hatten sie jene kämpferische Musik gebracht, die den Äther bereits die ganzen letzten Wochen über beherrschte, doch wer genau hinhörte, vernahm einen unerbittlichen Unterton, wie die Musik ihn seit den allerersten Anfängen der Invasion der Aliens nicht mehr gehabt hatte. Als die Musik dann plötzlich abbrach und die Light-Show-Muster auf der Bildwand vom Gesicht des Top-Nachrichtenmannes auf Horizon ersetzt wurden, schaltete Jonny Moreau sein Laserschweißgerät aus, beugte sich mit einem unguten Gefühl im Bauch vor und hörte zu.

Die Nachricht war so kurz und schlecht, wie Jonny befürchtet hatte. »Das Vereinte Militärische Oberkommando des Imperiums auf Asgard gibt bekannt, daß Invasionsstreitkräfte der Trofts vor vier Tagen Adirondack besetzt haben.« Über der rechten Schulter des Reporters erschien ein Kartenhologramm, auf dem siebzig weiße Flecke das Imperium der Menschen darstellten, links begrenzt von den rötlichen Farben des Troft-Imperiums, oben und rechts von den grünlichen der Minthisti. Zwei der weißen Flecken am äußersten linken Rand blinkten jetzt rot. »Berichten zufolge bauen die Truppen der Star Force des Imperiums ihre neuen Stellungen in der Nähe von Palm und Iberiand aus. Man erwartet, daß die bereits auf Adirondack gelandeten Bodentruppen die Guerilla-Aktivitäten gegen die Einheiten der Besatzer fortsetzen werden. Einen ausführlichen Bericht – mit offiziellen Stellungnahmen des Zentralen Komitees und des Militärischen Oberkommandos – können Sie in unserer Nachrichtensendung um sechs sehen.«

Musik und Lichtmuster setzten wieder ein, und als Jonny sich langsam aufrichtete, legte sich ihm eine Hand auf die

Schulter. »Sie haben Adirondack, Dad«, sagte Jonny, ohne sich umzudrehen.

»Hab schon gehört«, meinte Pearce Moreau leise.

»Gerade mal drei Wochen haben sie dafür gebraucht.« Jonny zerdrückte fast den Laser, den er immer noch in der Hand hielt. »Drei Wochen.«

»Man kann den Verlauf eines Krieges nicht nach den ersten Gefechten hochrechnen«, sagte Pearce und nahm seinem Sohn den Laser aus der Hand. »Die Trofts werden noch lernen, daß es beträchtlich komplizierter ist, eine Welt zu beherrschen, als sie bloß einzunehmen. Und vergiß nicht, wir wurden schließlich überrascht. Sobald die Star Force ihre Reserven mobilisiert hat und sich im vollen Kriegszustand befindet, werden die Trofts schon sehen, daß man uns nicht so leicht zurückdrängen kann. Vielleicht verlieren wir noch Palm oder Iberiand, aber ich denke, dann ist Schluß.«

Jonny schüttelte den Kopf. Es hatte etwas Unwirkliches, über die Gefangennahme von Milliarden Menschen zu sprechen, als handelte es sich lediglich um Bauern in einem kosmischen Schachspiel. »Und was dann?« fragte er mit mehr Bitterkeit in der Stimme, als sein Vater verdient hatte. »Wie werden wir die Trofts auf unseren Welten wieder los, ohne die Hälfte der dortigen Bevölkerung umzubringen? Was, wenn sie bei ihrem Abzug auf die Idee kommen, einen ›Verbrannte-Erde-Rückzug‹ zu veranstalten? Angenommen –«

»He, he«, unterbrach ihn Pearce, stellte sich vor ihn und sah ihm in die Augen. »Deine Aufregung entbehrt jeder Grundlage. Der Krieg dauert mal kaum drei Monate, und das Imperium ist längst noch nicht in Schwierigkeiten. Also vergiß das Ganze, und mach dich wieder an die Arbeit, einverstanden? Die Motorhaube muß fertig sein, bevor du nach Hause gehst und deine Schularbeiten machst.« Er hielt ihm den Laserschweißer hin.

»Ja.« Jonny nahm das Werkzeug mit einem Seufzer entgegen und schob seine Schutzbrille wieder über die Augen. Er beugte sich über die halbfertige Schweißnaht und versuchte, die Invasion aus seinen Gedanken zu verbannen ... und wenn sein Vater nicht noch eine letzte, abschließende Bemerkung gemacht hätte, wäre ihm das vielleicht sogar gelungen.

»Davon abgesehen«, meinte Pearce, bereits wieder auf dem Weg zurück zu seiner Werkbank, »was auch immer geschieht, im ganzen Universum gibt es nichts, wogegen wir von hier aus etwas unternehmen könnten.«

Beim Abendessen an jenem Abend war Jonny sehr still, im Haus der Moreaus jedoch genügte eine mehr oder weniger schweigsame Person nicht, um den Lärmpegel entscheidend zu verringern. Wie üblich dominierte die siebenjährige Gwen die Unterhaltung, wechselte von Neuigkeiten aus der Schule und von Freunden zu Fragen über alle möglichen Themen hin und her, angefangen damit, wie die Wetterleute Tornados eindämmten, bis hin zu der Frage, wie Metzger die Rückenzacken aus dem Höckerbraten eines Breaff herausbekamen. Jame, fünf Jahre jünger als Jonny, steuerte das Allerneueste über Teenagerintrigen an der High-School bei – ein Labyrinth aus Standesdünkeln und unausgesprochenen Regeln, mit dem Jame vertrauter war als Jonny zu seiner Zeit. Pearce und Irena dirigierten den gesamten verbalen Zirkus mit dem Geschick langer Übung, beantworteten Gwens Fragen mit elterlicher Langmut und achteten im übrigen darauf, daß es zu möglichst wenig Reibereien kam. Sei es aus stillschweigender Übereinkunft oder mangelndem Interesse, den Krieg erwähnte niemand.

Jonny wartete, bis der Tisch abgeräumt wurde, bevor er, um Beiläufigkeit bemüht, seine Bitte äußerte. »Dad, könnte ich mir vielleicht heute abend deinen Wagen borgen, um nach Horizon City zu fahren?«

»Was, heute abend findet doch nicht etwa schon wieder ein Spiel statt, oder?« fragte sein Vater stirnrunzelnd.

»Nein«, sagte Jonny. »Ich wollte mir da ein paar Sachen ansehen, das ist alles.«

»Sachen?«

Jonny spürte, wie sein Gesicht heiß wurde. Er wollte nicht lügen, wußte aber, daß alles andere als eine vollkommen wahrheitsgemäße Antwort automatisch ein großes Familienpalaver zur Folge hätte, und auf eine Auseinandersetzung war er noch nicht vorbereitet. »Ja. Einfach ... ein paar Dinge, die ich mir mal ansehen will.«

»Wie zum Beispiel das Rekrutierungsbüro des Militärkommandos?« erkundigte sich Pearce ruhig.

Das Hintergrundgeklapper von Tellern, die herumgetragen und aufgestapelt wurden, brach unvermittelt ab, und in der Stille hörte Jonny, wie seine Mutter zischend Atem holte. »Jonny?« fragte sie.

Er seufzte und wappnete sich für die Diskussion, die jetzt unausweichlich war. »Ich hätte mich nicht freiwillig gemeldet, ohne vorher mit euch allen zu reden«, beteuerte er. »Ich wollte mir bloß ein paar Informationen besorgen – über den Ablauf, die Anforderungen und so weiter.«

»Jonny, der Krieg ist sehr weit weg –«, setzte Irena an.

»Ich weiß, Mom«, unterbrach Jonny sie. »Aber dort draußen sterben Menschen –«

»Um so mehr ein Grund hierzubleiben.«

»– nicht nur Soldaten, auch Zivilisten«, sprach er hartnäckig weiter. »Ich denke einfach – na ja, Dad meinte heute, ich könnte nichts tun, um zu helfen.« Er richtete seine Aufmerksamkeit auf Pearce. »Vielleicht wirklich nicht ... aber vielleicht sollte ich mich von solchen Allgemeinplätzen nicht so schnell entmutigen lassen.«

Ein Lächeln zuckte kurz über Pearces Lippen, ohne sich auf den Rest seines Gesichts auszubreiten. »Ich kann mich noch an eine Zeit erinnern, als sich der Kern deiner Argumente noch mit ›weil ich es sage, basta‹ zusammenfassen ließ.«

»Muß am College liegen«, murmelte Jame von der

Küchentür. »Soweit ich weiß, bringen sie ihm zwischen den Diskussionsstunden auch bei, wie man Computer repariert.«

Jonny, den der offenkundige Ablenkungsversuch nervte, warf seinem Bruder einen verärgerten Blick zu. Irena jedoch hatte nicht vor, sich ablenken zu lassen. »Wo wir gerade dabei sind, was ist mit dem College?« fragte sie. »Du hast noch ein Jahr vor dir, bevor du deinen Abschluß machst. Solange willst du doch wenigstens bleiben, oder?«

Jonny schüttelte den Kopf. »Ich wüßte nicht, wie ich das schaffen soll. Ein ganzes *Jahr* – sieh dir doch an, was die Trofts in nur drei Monaten angerichtet haben.«

»Aber deine Ausbildung ist auch wichtig –«

»Na gut, Jonny«, schnitt Pearce seiner Frau ruhig das Wort ab. »Wenn du unbedingt willst, fahr nach Horizon City, und sprich mit den Leuten vom Rekrutierungsbüro.«

»Pearce!« Irena sah ihn fassungslos an.

Pearce schüttelte ernst den Kopf. »Wir dürfen ihm nicht im Weg stehen«, erklärte er ihr. »Er hat sich doch schon so gut wie entschieden. Er ist jetzt erwachsen. Er hat das Recht auf seine eigenen Entscheidungen und muß die Verantwortung für sie übernehmen.« Pearce richtete seinen Blick auf Jonny. »Geh zu den Werbern, aber versprich mir, daß du noch einmal mit uns sprichst, bevor du deine endgültige Entscheidung triffst. Abgemacht?«

»Abgemacht«, nickte Jonny, der spürte, wie seine innere Anspannung nachließ. Sich freiwillig für einen Kriegseinsatz zu melden war eine Sache: Es machte einem angst, aber auf eine ferne und fast abstrakte Weise. Den Kampf um die Unterstützung seiner Familie hatte er sich viel schwieriger vorgestellt, und der Sieg war möglicherweise mit einem Preis verbunden, über den er nicht nachdenken wollte. »Ich bin in ein paar Stunden zurück«, sagte er und lief zur Tür.

Das Anwerbungsbüro des Vereinten Militärischen Oberkommandos befand sich seit über drei Jahrzehnten im selben Gebäude der Stadtverwaltung, und als Jonny sich ihm näherte, kam ihm der Gedanke, daß er vermutlich den gleichen Weg einschlug wie sein Vater bei seinem eigenen Diensteintritt vor mittlerweile achtundzwanzig Jahren. Damals waren die Minthisti der Feind gewesen, und Pearce Moreau hatte vom Torpedodeck eines Schlachtschiffes der Star Force aus gekämpft.

Dieser Krieg jedoch war anders. Zwar hatte Jonny immer schon den Zauber der Star Force bewundert, sich aber bereits für eine weniger prächtige – vielleicht aber effektivere – Stellung entschieden.

»Die Armee, ja?« wiederholte die Werberin, zog eine Braue hoch und musterte Jonny von hinter ihrem Schreibtisch. »Verzeihen Sie meine Verwunderung, aber für die Armee meldet sich nur selten jemand freiwillig. Die meisten Jungs in Ihrem Alter wollen lieber mit der Star Force oder den Kampfflugzeugen herumfliegen. Dürfte ich vielleicht nach dem Grund fragen?«

Jonny nickte und versuchte, sich nicht von der leicht herablassenden Art der Werberin beeindrucken zu lassen.

Durchaus möglich, daß dies zum Vorstellungsgespräch gehörte und darauf abzielte, einen ersten Annäherungswert an die Reizschwelle des Bewerbers zu erhalten. »Meiner Ansicht nach verlieren wir weitere Planeten an die Trofts, wenn sie die Star Force mit ihrem Vorstoß weiter zurückdrängen. Wodurch die Zivilisten dort ihnen ziemlich ausgeliefert wären … es sei denn, die Armee hat Guerillaeinheiten vor Ort, die den Widerstand organisieren. Das ist die Art von Aufgabe, die ich mir vorstelle.«

Die Anwerberin nickte nachdenklich. »Sie möchten also Guerillakämpfer werden?«

»Ich möchte den Menschen helfen«, verbesserte Jonny sie.

»Hm.« Sie wandte sich ihrem Terminal zu, tippte Jonnys Namen und ID-Code ein und zog erneut eine Braue hoch, als sie die angezeigten Informationen überflog. »Beeindruckend«, sagte sie, ohne daß Jonny eine Spur von Sarkasmus herausgehört hätte. »Hochrangige Schul- und Collegeausbildung, Persönlichkeitsindex ... Wären Sie an einer Offizierslaufbahn interessiert?«

Jonny zuckte mit den Achseln. »Nicht unbedingt, wenn ich so aber am meisten bewirken kann, warum nicht. Es macht mir aber nichts aus, ein einfacher Soldat zu sein, wenn Sie das meinen.«

Sie betrachtete einen Augenblick lang sein Gesicht. »Aha. Ich werde Ihnen was sagen, Moreau.« Sie tippte mit den Fingern auf irgendwelche Tasten und drehte die Bildwand so, daß er sie sehen konnte. »Meiner Kenntnis nach existieren zur Zeit noch keine genauen Pläne für die Bildung eines Guerillanetzes auf den bedrohten Planeten. Wenn das jedoch geschehen sollte – es handelt sich zugegebenermaßen um einen sinnvollen Zug –, dann werden vermutlich eine oder mehrere dieser Spezialeinheiten die Angriffsspitze bilden.«

Jonny betrachtete die Liste. *Alpha Kommando, Interrorum, Marines, Rangers* – bekannte, angesehene Einheiten. »Wie kann ich mich für eine davon verpflichten?«

»Gar nicht. Sie treten in die Armee ein und absolvieren einen Haufen Tests – und wenn Sie dann die Eigenschaften aufweisen, die dort gefragt sind, ergeht eine Einladung an Sie.«

»Und wenn nicht, bleibe ich in der Armee?«

»Ja. Vorausgesetzt, Sie verpatzen die Grundausbildung nicht.«

Jonny blickte sich im Raum um. Die bunten holographischen Poster mit ihren Sternenschiffen, den Atmosphärejägern, Raketenpanzern, den grünen, blauen und schwarzen Uniformen sprangen ihm geradezu entgegen. »Vielen Dank für Ihre Mühe«, sagte er und spielte mit der Info-Magcard, die man ihm gegeben hatte. »Ich bin zurück, sobald ich mich entschieden habe.«

Er hatte erwartet, daß das Haus bei seiner Rückkehr dunkel wäre, doch seine Eltern und Jame warteten schweigend im Wohnzimmer auf ihn. Die Diskussion dauerte bis tief in die Nacht, und als sie zu Ende war, hatte Jonny sowohl sich selbst als auch sie von dem überzeugt, was er tun mußte.

Am nächsten Abend nach dem Essen fuhren alle gemeinsam nach Horizon City und sahen zu, wie Jonny die erforderlichen Formulare unterschrieb.

»Morgen ist also der große Tag.«

Jonny blickte kurz vom Packen auf und sah seinem Bruder in die Augen. Jame lümmelte auf seinem Bett und schaffte es, halbwegs gelassen zu wirken. Doch sein ruheloses Herumspielen mit dem Zipfel einer Decke verriet, wie angespannt er innerlich war. »So ist es«, nickte Jonny. »Hafen von Horizon City, *Skylark Linie 407* bis Aerie, Militärtransporter nach Asgard. Gibt doch nichts Besseres als Reisen, wenn man das Universum kennenlernen will.«

Jame lächelte schwach. »Eines Tages werde ich hoffentlich auch mal bis nach New Persius kommen. Ganze hundertzwanzig Kilometer weit. Schon irgendwas von den Tests gehört?«

»Nur daß meine Kopfschmerzen angeblich in ein paar Stunden verschwinden sollen.« Die letzten drei Tage waren glatter Mord, ein Test nach dem anderen von morgens sieben bis abends um neun. Allgemeinwissen, militärische und politische Kenntnisse, Psychotest, Einstellung, körperliche Fitness, Tiefenfitness, biochemischer Test – einfach alles. »Es hieß, normalerweise würden diese Tests über einen Zeitraum von zwei Wochen abgehalten«, fügte er hinzu – eine Information, die man ihm erst mitgeteilt hatte, als alles vorbei war. Zum Glück wahrscheinlich. »Ich glaube, die Armee hat es eilig, neue Rekruten auszubilden und einzusetzen.«

»Aha. Und ... hast du dich schon verabschiedet und so? Ist alles klar hier?«

Jonny warf ein paar Socken in seinen Koffer und setzte sich neben ihn aufs Bett. »Jame, ich bin zu müde und hab keine Lust, um den heißen Brei herumzureden. Was hast du auf der Seele?«

Jame seufzte. »Na ja, um ganz offen zu sein ... Alyse Carne ist ein bißchen sauer, weil du diese Sache nicht mit ihr besprochen hast, sondern einfach losgezogen bist und es getan hast.«

Jonny runzelte die Stirn und durchforschte sein Gedächtnis. Er hatte Alyse seit Beginn der Tests natürlich nicht mehr gesehen, aber als sie das letzte Mal zusammen waren, schien alles in Ordnung gewesen zu sein. »Also, wenn es stimmt, dann hat sie *mir* nichts davon gesagt. Wer hat dir das erzählt?«

»Mona Biehl«, sagte Jame. »Und natürlich hätte Alyse es dir nicht ins Gesicht gesagt – jetzt ist es zu spät, du kannst nichts mehr ändern.«

»Und warum erzählst du es mir dann?«

»Weil ich finde, du solltest dir ein bißchen Mühe geben und sie heute abend besuchen. Und ihr zeigen, daß du sie noch magst, bevor du losziehst, um die Menschheit zu retten.«

Irgend etwas in der Stimme seines Bruders ließ Jonny aufmerken. Die beabsichtigte Erwiderung blieb ihm in der Kehle stecken. »Du findest das nicht richtig, was ich tue, hab ich recht?« fragte er leise.

Jame schüttelte den Kopf. »Nein, das stimmt nicht. Ich habe bloß Angst, du gehst in diese Sache rein, ohne zu wissen, worauf du dich einläßt.«

»Ich bin einundzwanzig, Jame –«

»Und hast dein ganzes Leben in einer mittelgroßen Stadt auf einer Welt im Siedlungsgrenzgebiet gelebt. Sieh den Tatsachen ins Gesicht, Jonny – hier kommst du gut zurecht, aber jetzt willst du es gleich mit drei Unbekannten gleichzeitig aufnehmen: mit der Gesellschaft im Zentrum des Imperiums, der Armee und dem Krieg. Das sind drei ziemlich mächtige Gegner.«

Jonny seufzte. Hätte ihm das jemand anderes gesagt, wäre es ein Grund gewesen, heftig zu widersprechen, doch Jame besaß eine Menschenkenntnis, auf die Jonny schon lange vertraute. »Die einzige Alternative dazu, sich diesen Unbekannten zu stellen, wäre, den Rest des Lebens hier in diesem Zimmer hocken zu bleiben«, wandte er ein.

»Ich weiß – und ich habe auch keine guten Ratschläge für dich.« Jame fuchtelte hilflos mit den Händen. »Wahrscheinlich wollte ich mich bloß vergewissern, daß du mit offenen Augen von hier fortgehst.«

»Ja, danke.« Jonny ließ den Blick langsam durch das Zimmer wandern und sah Dinge, die er schon seit Jahren nicht mehr bemerkt hatte. Jetzt, fast eine Woche nach seinem Entschluß, dämmerte ihm allmählich, daß er all das hier verließ.

Möglicherweise für immer.

»Du meinst also, Alyse will mich sehen, ja?« fragte er und blickte Jame wieder an.

Sein Bruder nickte. »Sie würde sich bestimmt besser fühlen, klar. Außerdem –« Er zögerte. »Es klingt vielleicht blöd, aber ich glaube, je mehr dich hier mit Cedar Lake verbindet, desto leichter wird es dir da draußen fallen, dich an deine moralischen Grundsätze zu halten.«

Jonny schnaubte. »Du meinst, draußen in den dekadenten weiten Welten? Komm schon, Jame, du glaubst doch nicht im Ernst, daß Weltoffenheit Verdorbenheit zur Folge hat?«

»Natürlich nicht. Aber unter Garantie wird irgend jemand dich überzeugen wollen, daß man ein gewisses Maß an Verdorbenheit braucht, um weltoffen zu sein.«

Jonny winkte ab, zum Zeichen, daß er sich geschlagen gab. »Also gut, das war's. Ich hab dich schon einmal gewarnt: Wenn du mit klugen Sprüchen anfängst, steige ich aus der Diskussion aus.« Im Aufstehen griff er sich einen Arm voll

Hemden aus der Kommode und ließ sie neben seinen Koffer fallen. »Hier – mach dich zur Abwechslung mal nützlich, ja? Pack die hier und meine Kassetten für mich ein, wenn du nichts dagegen hast.«

»Klar.« Jame stand auf und lächelte Jonny schief an. »Laß dir Zeit. Auf dem Weg nach Asgard wirst du noch reichlich Gelegenheit haben, Schlaf nachzuholen.«

Jonny schüttelte in gespielter Verzweiflung den Kopf. »Was ich an diesem Ort hier ganz bestimmt nicht vermissen werde, ist der persönliche Berater in allen Lebenslagen, der mit mir unter einem Dach wohnt.«

Das stimmte natürlich nicht … aber das wußten beide.

Der Abschied am Flughafen von Horizon City am darauffolgenden Morgen war so schmerzlich, wie Jonny es erwartet hatte, und daher empfand er fast so etwas wie bittersüße Erleichterung, als er die Stadt unter dem Boden-Orbit-Shuttle wegsinken sah, das ihn zum oben wartenden Linienschiff brachte. Nie zuvor hatte er vor einer so langen Trennung von der Familie, den Freunden und seinem Zuhause gestanden, und als der blaue Himmel draußen vor dem Sichtfenster allmählich dunkler und dann schwarz wurde, fragte er sich, ob Jame recht damit gehabt hatte, daß zu viele Schocks zu dicht aufeinander folgten. Trotzdem … in gewisser Weise schien es einfacher, alles in seinem Leben auf einmal zu verändern, als viele kleine Einzelstücke zusammenzupappen. Ein altes Sprichwort von neuem Wein in alten Schläuchen kam ihm kurz in den Sinn, dessen Moral, wie er sich erinnerte, darin bestand, daß ein zu festgefahrener Mensch unmöglich etwas akzeptieren konnte, was außerhalb seiner früheren Erfahrung lag.

Über ihm tauchten jetzt die ersten Sterne auf, und Jonny mußte lächeln, als er sie sah. Auf Horizon hatte er ein angenehmes Leben geführt, aber mit seinen einundzwanzig Jahren hatte er nicht die Absicht, seine Bande zu fest zu knüpfen. Zum ersten Mal seit seinem Eintritt ins Militär überkam ihn ein Gefühl der Heiterkeit. Jame, der zu Hause festsaß, mochte Jonnys bevorstehende Erfahrungen als unangenehme Schockerlebnisse sehen ... Jonny dagegen wollte sie als großes Abenteuer betrachten.

Und nachdem sich diese Haltung fest in seine Vorstellungen eingegraben hatte, widmete er seine ganze Aufmerksamkeit dem Aussichtsfenster und konnte es kaum abwarten, den ersten Blick auf ein richtiges interstellares Raumschiff zu werfen.

***

Skylark 407 war ein kommerzielles Linienschiff. Der größte Teil seiner dreihundert Passagiere bestand aus Geschäftsreisenden und Touristen. Eine Handvoll jedoch waren frische Rekruten wie Jonny, und als das Schiff während der nächsten Tage in Rajput, Zimbwe und Blue Haven haltmachte, nahm deren Zahl rapide zu. Als sie schließlich Aerie erreichten, wurde ein volles Drittel der Passagiere in den riesigen Militärtransporter hinübergeschafft, der dort im Orbit stand. Jonnys Gruppe war offenbar der letzte Schub, der eintraf, und sie waren kaum an Bord, als das Schiff in den Hyperraum hinüberwechselte. Irgend jemand hatte es offenbar eilig.

Für Jonny waren die nächsten fünf Tage eine Zeit unbeholfener – und nicht völlig erfolgreicher – kultureller Angleichung. Eingepfercht in die Gemeinschaftsräume, mit noch weniger Privatleben als auf dem Linienschiff, zeigten die Rekruten eine verstörend große Vielfalt an Einstellungen, Gewohnheiten und Akzenten, und sich mit all dem vertraut zu machen erwies sich als schwieriger, als Jonny erwartet hatte. Viele der anderen empfanden das offenbar ebenso, und einen Tag nach ihrer Ankunft bemerkte Jonny, daß seine vormaligen Schiffskameraden dem Beispiel derer folgten, die vor ihnen eingetroffen waren, und sich zu kleinen, vergleichsweise homogenen Gruppen zusammenfanden. Jonny unternahm ein paar halbherzige Versuche, die gesellschaftlichen Unterschiede zu überbrücken, gab es aber schließlich auf und verbrachte den Rest der Reise mit anderen aus dem Kontingent von Horizon. Das Imperium der Menschen war kulturell längst nicht so einheitlich, wie er immer geglaubt hatte, und er mußte sich schließlich mit der berechtigten Erwartung trösten, daß die Armee sicher längst wußte, wie diese Barrieren zu überbrücken waren. Mit dem Eintreffen in den Ausbildungslagern würde sich das alles ändern, das wußte er, und sie alle wären dann schlicht Soldaten.

In gewisser Weise hatte er damit recht … auf andere Weise jedoch sollte er sich gewaltig irren.

Das Foyer für die Registration war ein Raum, so groß wie die Konzerthalle in Horizon City, und er war fast buchstäblich mit Menschen vollgepackt. Am anderen Ende, hinter der Linie, wo Sergeanten an Computerterminals saßen, verwandelte sich die träge fließende Menge unvermittelt in einen reißenden Strom, dort wo die Rekruten zu den ihnen zugeteilten Orientierungstreffen eilten. Jonny ließ sich treiben, blind gegen den Strom, der zu beiden Seiten an ihm vorbeistrich, und betrachtete seine eigene Karte stirnrunzelnd und mit einem Gefühl der Überraschung, das rasch in Enttäuschung umschlug.

JONNY MOREAU
HORIZON: HN-89927–238–2825p
ZUGEWIESENER RAUM: AA-315 FREYR COMPLEX
EINHEIT: COBRAS
VORBESPRECHUNG: C-662 FREYR COMPLEX
15:30 h

Cobras. Während des Transports hatte man eine große Auswahl militärischen Informationsmaterials einsehen können, und Jonny hatte mehrere Stunden damit zugebracht, soviel wie möglich über die Spezialeinheiten der Armee zu lesen. Nirgendwo war eine mit dem Namen Cobra auch nur erwähnt worden.

Cobras. Welches Aufgabengebiet mochte eine Einheit haben, die man nach einer Giftschlange von der Erde benannt hatte? Dekontaminationsprozeduren vielleicht, oder vielleicht irgend etwas, das mit Tretminen zu tun hatte? Was auch immer es war, seine hochgeschraubten Erwartungen der letzten Wochen würden sich nicht erfüllen.

Jemand rammte ihn von hinten und schlug ihm fast die Karte aus der Hand. »Geh mir, zum *Phrij* noch mal, aus dem Weg«, fauchte ihn ein hagerer Kerl an und drängte sich an ihm vorbei. Weder Fluch noch Akzent waren Jonny vertraut. »Wenn du Infoschleifen drehen willst, dann, zum *Phrij* noch mal, nicht hier.«

»Entschuldigung«, murmelte Jonny, als der Mann im Menschenstrom untertauchte. Er biß die Zähne aufeinander, beschleunigte seinen Schritt und blickte hoch zu den leuchtenden Wegweisern, die die Wände säumten. Was immer diese Cobraeinheit war, vermutlich tat er gut daran, sich zu beeilen und den Raum zu finden, in dem das Treffen abgehalten wurde. Die Ortszeituhren zeigten bereits 15:12 an, und wahrscheinlich fand kein Offizier der Armee Gefallen an Unpünktlichkeit.

Raum C-662 war ein erster Hinweis darauf, daß er vielleicht voreilig falsche Schlüsse gezogen hatte. Anstelle des Auditoriums von Bataillonsgröße, das er erwartet hatte, bot der Raum kaum ausreichend Platz für die gut vierzig Männer, die dort saßen. Zwei Männer in rotschwarz rautierten Uniformjacken standen der Gruppe auf einem niedrigen Podest gegenüber, und als sich Jonny auf einen der unbesetzten Stühle setzte, machte der jüngere der beiden Jonny auf sich aufmerksam. »Name?«

»Jonny Moreau, Sir«, erklärte ihm Jonny mit einem raschen Blick auf die Uhr an der Wand. Aber es war erst 15:28, und der andere nickte bloß und machte einen Vermerk auf dem Combord auf seinem Schoß. Jonny sah sich verstohlen im Raum um und verbrachte die beiden nächsten Minuten damit, auf seinen Herzschlag zu lauschen und seiner Phantasie freien Lauf zu lassen.

Exakt um 15:30 erhob sich der ältere der beiden uniformierten Männer. »Guten Tag, Gentlemen«, sagte er mit einem Nicken. »Ich bin C-2 Rand Mendro, Kommandant einer Cobraeinheit, und ich möchte Sie auf Asgard willkommen heißen. Wir machen hier aus Männern und Frauen Soldaten – sowie Flieger, Seeleute, Star-Force-Truppen und Angehörige ein paar weiterer Spezialeinheiten. Hier im Freyr Complex sind wir ausnahmslos Soldaten ... und Sie fünfundvierzig haben die Ehre, für die neueste und – meiner Meinung nach – beste Elitetruppe auserwählt worden zu sein, die das Imperium zu bieten hat. Vorausgesetzt, Sie wollen bei uns mitmachen.« Sein Blick machte die Runde, schien einen nach dem anderen zu mustern. »Wenn, dann handeln Sie sich damit den gefährlichsten Auftrag ein, den wir zu bieten haben: Sie werden in die von den Trofts besetzten Welten gehen und den Feind in einen Guerillakrieg verwickeln.«

Er hielt inne, und Jonny spürte, wie sich sein Magen zusammenballte. Eine Eliteeinheit – wie er es sich gewünscht hatte – und die Möglichkeit, der Zivilbevölkerung beizustehen – was er sich ebenfalls gewünscht hatte. Aber dort abgesetzt zu werden, wo die Trofts bereits das Sagen hatten, klang eher nach einem Selbstmordkommando als nach Militärdienst. Nach der leisen Unruhe im Raum zu urteilen stand er mit seiner Ansicht nicht allein.

»Natürlich«, fuhr Mendro fort, »heißt das nicht gerade, daß wir Sie mitten im All mit einem Lasergewehr in der einen und einem Funkgerät in der anderen Hand aussetzen. Wenn Sie sich entschließen, Soldat zu werden, erhalten Sie eine der umfassendsten Ausbildungen und die erstklassigsten Waffensysteme, die zur Zeit erhältlich sind.« Er gab dem Mann, der neben ihm saß, ein Zeichen. »C-3 Shri Bai wird der Chefausbilder dieser Einheit sein. Er wird Ihnen jetzt eine kleine Demonstration der Fähigkeiten liefern, die Sie als Cobras haben werden.«

Bai legte sein Combord zur Seite, erhob sich – und schoß mitten in der Bewegung zur Decke.

Überrascht sah Jonny nur eine verschwommene Bewegung, als Bai sprang – doch der doppelte Donnerschlag von oben und hinten waren die Übelkeit erregenden Anzeichen eines raketengestützten Sprunges, der auf fürchterliche Weise schiefgegangen war. Innerlich machte er sich auf den Anblick von Bais zerschundenem Körper gefaßt –

Bai stand seelenruhig neben der Tür, hatte den Anflug eines Lächelns im Gesicht und ließ den Blick über eine Reihe von verdutzten Gesichtern schweifen. »Sie werden sicher alle wissen«, sagte er, »daß sowohl der Einsatz einer Rucksackdüse als auch der von Muskelverstärkern des Exoskeletts auf so begrenztem Raum töricht wäre. Nicht wahr? Sehen Sie also noch einmal genau hin.«

Er beugte die Knie um ein paar Grad und stand mit einem weiteren Doppelschlag wieder auf dem Podium. »Also gut«, meinte er. »Wer hat gesehen, was ich gemacht habe?«

Schweigen ... und dann ging eine Hand zögernd in die Höhe. »Sie haben sich von der Decke abgestoßen, glaube ich«, sagte der Rekrut ein wenig unsicher. »Äh ... und die meiste Wucht mit den Schultern abgefangen?«

»Mit anderen Worten, Sie haben es nicht richtig gesehen«, meinte Bai und nickte. »Tatsächlich habe ich mich auf halbem Weg um hundertachtzig Grad gedreht, den Aufprall mit den Füßen abgefangen und mich dann weitergedreht, so daß ich bei der Landung wieder aufrecht stand.«

Jonnys Mund fühlte sich trocken an. Die Decke war gerade mal fünf Meter hoch. Ein so kompliziertes Manöver auf so engem Raum ...

»Das Entscheidende, mal abgesehen von der Kraft und der Präzision des Sprunges selbst«, sagte Mendro, »ist, daß selbst Sie, die wußten, was geschehen würde, Bais Bewegung nicht haben folgen können. Stellen Sie sich vor, wie das auf einen Raum voller Trofts wirkt, die nicht damit rechnen. Als nächstes –«

Er brach ab, als die Tür aufging und ein weiterer Rekrut eintrat. »Viljo?« fragte Bai und nahm das Combord zu seinen Füßen auf.

»Ja, Sir«, nickte der Neuankömmling. »Entschuldigen Sie die Verspätung, Sir – die Leute bei der Anmeldung waren etwas langsam.«

»Ach ja?« Bai schwenkte das Combord. »Hier steht, Sie waren um 14:50 an der Reihe. Das war – Augenblick – vierzig Minuten vor Moreau, der sieben Minuten vor Ihnen hier war. Nun?«

Viljos Gesicht wurde knallrot. »Ich ... vermutlich habe ich mich ein wenig verlaufen, Sir.«

»Bei all den Hinweisen, die im gesamten Komplex angebracht sind? Nicht zu reden vom Armeepersonal, das überall herumläuft. Nun?«

Viljo sah allmählich aus wie ein gehetztes Tier. »Ich ... ich habe mir noch die Ausstellungsstücke im Eingangsbereich angesehen, Sir. Ich dachte, dieser Raum wäre näher, als er tatsächlich war.«

»Verstehe.« Bai warf ihm einen langen frostigen Blick zu. »An seiner Pünktlichkeit, Viljo, erkennt man den guten Soldaten – und falls Sie die Absicht haben, ein Cobra zu werden, wird Pünktlichkeit absolut unabdingbar sein. Aber noch wichtiger sind Ehrlichkeit und Rechtschaffenheit Ihren Kameraden gegenüber. Konkret heißt das, wenn Sie Mist bauen, sollten Sie verdammt noch mal nicht versuchen, einem anderen die Schuld zuzuschieben. Haben Sie das verstanden?«

»Jawohl, Sir.«

»Also gut. Und jetzt kommen Sie hier herauf. Ich brauche einen Assistenten für die nächste Demonstration.«

Sichtlich schluckend löste Viljo sich von der Stelle, wo er wie festgeklebt gestanden hatte, und bahnte sich zwischen den Stühlen hindurch einen Weg zum Podium. »Was ich Ihnen vor einer Minute gezeigt habe«, sagte Bai, jetzt wieder an den ganzen Raum gewandt, »war im wesentlichen nichts weiter als ein Partytrick, wenn auch mit ein paar offenkundigen militärischen Einsatzmöglichkeiten. Was jetzt kommt, wird Ihnen vermutlich praxisbezogener vorkommen.«

Aus seiner Uniformjacke zog er zwei Metallscheiben von jeweils zehn Zentimetern Durchmesser, die in der Mitte einen kleinen schwarzen Einsatz hatten. »Halten Sie die eine in der linken Hand seitlich von sich«, wies Bai Viljo an, »und auf mein Kommando werfen Sie die andere hinten in den Raum.«

Mendro hatte sich inzwischen in eine der hinteren Ecken des Raumes gestellt. Bai trat ein paar Schritte zur Seite, überprüfte die Positionen und ging leicht in die Knie. »Also gut: *jetzt.*«

Viljo warf die Scheibe im Bogen Richtung Tür. Hinter sich spürte Jonny, wie Mendro sprang und sie fing, und einen Augenblick später schoß die Scheibe zu Bai zurück. Mit einer geschmeidigen Bewegung, die wiederum zu schnell war, um sie zu verfolgen, ließ sich Bai zur Seite fallen, aus der Wurfbahn der Scheibe heraus ... und während er sich abrollte und in die Hocke hochkam, schossen zwei Nadeln aus Licht in entgegengesetzter Richtung aus seinen ausgestreckten Händen hervor. Viljos überraschter Aufschrei ging fast unter, als die Metallscheibe scheppernd an die Wand prallte.

»Gut«, meinte Bai knapp, stand auf und ging die erste Scheibe holen. »Viljo, zeigen Sie ihnen Ihre.«

Selbst aus seiner Entfernung konnte Jonny das kleine Loch knapp neben der Mitte des schwarzen Einsatzes erkennen.

»Eindrucksvoll, was?« meinte Bai, trat zurück aufs Podium und präsentierte die andere Zielscheibe. »Natürlich kann man nicht immer davon ausgehen, daß der Feind stillhält.«

Der Schuß war längst nicht so sauber gewesen. Nur ganz am äußersten Rand des Schwarzen war die Markierung durch den Laser zu erkennen, und als das Licht richtig darauf fiel, konnte Jonny sehen, daß das angrenzende Metall unter der Hitze Falten geworfen hatte. Trotzdem, die Vorführung war eindrucksvoll – vor allem, da Jonny keine Ahnung hatte, wo Bai seine Waffen versteckt hatte.

Oder, wo sie jetzt waren.

»Das gibt Ihnen eine Vorstellung von den Fähigkeiten der Cobras«, sagte Mendro, kehrte zur Vorderseite des Raumes zurück und entließ Viljo, der sich einen Platz suchte. »Jetzt möchte ich Ihnen ein paar der Dinge zeigen, die daran beteiligt sind.« Er nahm das Combord, gab einen Befehl ein, und neben ihm erschien das lebensgroße Abbild eines Mannes. »Äußerlich ist ein Cobra von einem Normalbürger praktisch nicht zu unterscheiden. Von *innen* aber –« Der Umriß des Hologramms verblaßte zu einem blauen Skelett, über das wie zufällig eigenartig geformte weiße Flecken verteilt waren. »Das Blau symbolisiert eine Keramikschicht, die sämtliche größeren und die meisten kleineren Knochen so gut wie unzerbrechlich macht. Das sowie eine Bänderverstärkung an wichtigen Stellen hat C-3 Bai in die Lage versetzt, diese Deckensprünge durchzuführen. Die nicht beschichteten Bereiche, die Sie hier sehen, ermöglichen es dem Knochenmark, auch weiterhin rote Blutzellen an das System abzugeben.« Ein weiterer Tastendruck auf dem Combord, und das buntgescheckte Skelett erbleichte zu einem matten Grau, das einen Kontrast zu den kleinen gelben Ovalen bildete, die über das gesamte Hologramm verteilt an den Gelenken sichtbar wurden. »Servomotoren«, erklärte Mendro. »Die zweite Hilfe beim Deckensprung. Sie wirken als Kraftvervielfältiger, genau wie in den üblichen Exoskeletts und

Kampfanzügen, nur daß diese hier besonders schwer zu entdecken sind. Als Kraftquelle dient ein kleines nukleares Wunderding hier –« er zeigte auf einen asymmetrischen Gegenstand in Magennähe »– das ich Ihnen nicht erklären werde, weil ich es selbst nicht verstehe. Es soll genügen, wenn ich sage, daß das Ding funktioniert, und zwar sehr gut.«

Jonny mußte noch einmal an Bais unfaßbare Sprünge denken und spürte, wie sich sein Magen zusammenballte. Servos und Knochenbeschichtungen waren gut und schön, doch ein solcher Trick ließ sich wohl kaum über Nacht erlernen. Entweder dauerte diese Cobraausbildung wenigstens mehrere Monate, oder Bai war ein außergewöhnlich athletischer Mensch ... und wenn Jonny eins sicher wußte, dann, daß man ihn selbst nicht wegen seiner sportlichen Natur für diese Gruppe ausgewählt hatte. Offenbar bereitete sich die Armee auf einen langen, ausgedehnten Konflikt vor.

Das Hologramm auf dem Podium hatte sich ein weiteres Mal verändert. Diesmal waren mehrere Abschnitte rot markiert. »Die Offensiv- und Defensivausrüstung eines Cobra«, erläuterte Mendro. »Kleine Laser in den Spitzen beider kleinen Finger, von denen einer auch die Abschußelektroden eines Bogenwerfer-Kondensators hier in der Bauchhöhle enthält. In der linken Hälfte befindet sich ein Antipanzerlaser, hier sitzen die Lautsprecher für zwei unterschiedliche Typen von Schallwaffen, und oben in der Nähe von Augen und Ohren sitzt ein Satz optischer und akustischer Verstärker. Ja – eine Frage?«

»Rekrut MacDonald, Sir«, sagte dieser militärisch korrekt, wobei seine Worte wegen des Akzents schwer verständlich waren. »Gleichen diese optischen Verstärker den Ziellinsen eines Kampfanzuges, wo man ein Entfernungs-/Reichweite-Diagramm vor die Augen projiziert bekommt?«

Mendro schüttelte den Kopf. »Für Aufgaben im mittleren

und Langstreckenbereich ist das gut und schön, aber recht nutzlos bei der Art von Nahkampf, mit der Sie es zu tun bekommen werden. Was mich auf den eigentlichen Kern des gesamten Cobraprojektes bringt.« Das Rot verblaßte, und im Innern des Schädels erschien ein grüner, walnußgroßer Gegenstand unterhalb des Gehirns. Von dort gingen Dutzende feiner, sich schlängelnder Fäden aus, von denen die meisten parallel zur Wirbelsäule verliefen und sich verzweigten. Als Jonny dies betrachtete, fiel ihm plötzlich wieder ein Bild aus dem Biologieunterricht der vierten Klasse ein: ein Diagramm der Hauptbahnen des menschlichen Nervensystems …

»Dies«, sagte Mendro und wedelte mit dem Finger durch die grüne Walnuß, »ist ein Computer – wahrscheinlich der leistungsfähigste Computer dieser Größe, der je entwickelt wurde. Diese optischen Fasern –« er zeigte auf das Geflecht aus Fäden »– reichen zu sämtlichen Servos und Waffensystemen sowie einem Satz direkt in die Knochenbeschichtung implantierter kinästhetischer Sensoren. Ihre Ziellinsen, MacDonald, machen es noch immer erforderlich, daß Sie das eigentliche Zielen und Feuern selbst übernehmen. Dieser Nanocomputer läßt Ihnen die Wahl, die gesamte Operation vollautomatisch durchzuführen.«

Jonny blickte kurz zu MacDonald hinüber und sah, wie dieser nickte. Die Idee war gewiß nicht neu – computergesteuerte Waffensysteme waren auf interstellaren Raumschiffen und auf Atmosphärenjägern seit Jahrhunderten Standard –, aber dem einzelnen Soldaten diese Kontrollmöglichkeiten zu verschaffen war zweifellos ein technologischer Durchbruch.

Dabei war Mendro mit seinen Überraschungen noch nicht einmal am Ende. »Zusätzlich zur Feuerkontrolle«, sagte er, »verfügt der Computer über eine Anzahl vorprogrammierter Nahkampfreflexe – Reflexe, zu denen nicht nur Ausweichmanöver gehören, sondern auch solche Spielereien, wie wir sie vor ein paar Minuten vorgeführt haben. Nehmen Sie das alles zusammen« – das Hologramm verwandelte sich in ein farbenfrohes Puzzle, als sämtliche Überlagerungen zurückkehrten –, »und Sie erhalten den tödlichsten Guerillakämpfer, den die Menschheit je hervorgebracht hat.«

Er ließ das Bild noch ein paar Sekunden stehen, bevor er es ausschaltete und das Combord auf einem der Stühle ablegte. »Als Cobras werden Sie in der ersten Reihe einer strategischen Gegenoffensive stehen, von der ich erwarte, daß sie die Trofts aus dem Gebiet des Imperiums verdrängen wird. Die militärischen Gefahren, mit denen Sie es zu tun bekommen werden, habe ich bereits erwähnt – zum gegenwärtigen Zeitpunkt können wir nicht einmal abschätzen, welche Verluste es geben wird. Ich kann Ihnen jedoch eins versichern: sie werden hoch sein. Wir müssen Sie einer Vielzahl von Operationen unterziehen, und Operationen sind niemals angenehm. Darüber hinaus wird vieles von dem, was wir Ihnen einpflanzen, für immer dort bleiben. Die Beschichtungen zum Beispiel lassen sich nicht mehr entfernen, weshalb Sie zwangsläufig auch die Servos und den Nanocomputer behalten müssen. Auch werden zweifellos Probleme auftauchen, an die wir noch nicht gedacht haben, und da Sie zu den ersten Cobras gehören, werden Sie die gesamte Last aller Konstruktionsfehler auf sich nehmen müssen, die uns entgangen sind.«

Er hielt inne und sah sich im Raum um. »Nach alledem möchte ich Sie aber auch daran erinnern, daß Sie hier sind, weil wir Sie brauchen. Jeder einzelne von Ihnen hat in den Bereichen Intelligenz, Mut und emotionale Stabilität Ergebnisse erzielt, die zeigen, daß Sie zum Cobra geeignet sind – und ich sage es Ihnen ganz offen, dort draußen gibt es nicht gerade verdammt viele davon. Je mehr von Ihnen bei uns anheuern, desto schneller können wir diesen Krieg den Trofts dorthin schieben, wo er hingehört – in ihre Rachenblasen.

So weit, so gut. Der Rest des Tages gehört Ihnen. Richten

Sie sich in Ihren Zimmern ein, machen Sie sich mit dem Freyr Complex vertraut –« er blickte kurz in Viljos Richtung –, »und werfen Sie vielleicht auch einen Blick in die Ausstellungsräume. Morgen vormittag werden Sie hier erscheinen und mir Ihre Entscheidung mitteilen – wann immer jeder einzelne dazu bereit ist.« Er ließ den Blick ein letztes Mal durch den Raum schweifen und nickte. »Bis dahin: Weggetreten!«

Jonny verbrachte den Tag, wie Mendro vorgeschlagen hatte, lernte seine Zimmergenossen kennen – es waren fünf – und machte einen Spaziergang durch die Gebäude und das Freigelände des Freyr Complex. Die Cobragruppe schien ein ganzes Stockwerk der Kaserne für sich zu haben, und jedesmal, wenn Jonny am Foyer vorüberkam, schien eine neue Gruppe von ihnen dort herumzusitzen und über das Für und Wider des Eintritts in die Armee zu diskutieren. Manchmal blieb er stehen und hörte zu, die meiste Zeit jedoch ging er einfach seines Wegs, denn tief im Innern wußte er, daß die bevorstehende Entscheidung nicht auf die leichte Schulter zu nehmen war ... andererseits war Jonny in erster Linie deshalb hier, weil er den Menschen auf den besetzten Planeten helfen wollte. Er konnte schlecht einen Rückzieher machen, bloß weil das ein wenig mehr von ihm verlangte als erwartet.

Abgesehen davon – er war ehrlich genug, dies zuzugeben – erinnerte ihn das gesamte Cobrakonzept an die Heftchen mit den Superhelden und Serien, die ihn als Kind begeistert hatten, und die Gelegenheit, tatsächlich solche Kräfte zu erlangen, stellte selbst für den eher vernünftigen Collegestudenten, der er jetzt war, eine Verlockung dar.

Die Diskussionen auf ihrem Zimmer am Abend dauerten bis zum ›Licht aus‹ an, Jonny jedoch gelang es, abzuschalten und ein wenig früher einzuschlafen als die anderen. Beim Wecken war er der einzige der sechs, der nicht über die scheußlich frühe Stunde murrte, sondern sich rasch anzog und in den Speisesaal hinunterging. Als er zurückkam, waren die anderen – bis auf Viljo, der noch im Bett lag – ebenfalls frühstücken gegangen. Oben in Raum C-662 stellte er fest, daß er als dritter der Gruppe offiziell bei den Cobras eingetreten war. Mendro gratulierte ihm, gab ihm ein paar der, wie es schien, üblichen aufmunternden Worte mit auf den Weg und überreichte ihm einen wahrlich beängstigenden Operationsplan. Jonny machte sich mit einem nervösen Flattern im Bauch auf den Weg in den medizinischen Trakt. Dennoch hatte er das sichere Gefühl, die richtige Entscheidung getroffen zu haben.

Während der nächsten zwei Wochen wurde diese Gewißheit mehrere Male auf eine harte Zerreißprobe gestellt.

»Also gut, Cobras, aufgepaßt!«

Bais Stimme grollte im Halbdunkel der Dämmerung auf Asgard wie Donner, und Jonny mußte einen Übelkeitsanfall unterdrücken, den dieses Grollen und die frostige Luft in den Resten seines Magens hervorrief. Vom Zittern war ihm früher niemals schlecht geworden … allerdings hatte sein Körper auch noch nie einen derart massiven ärztlichen Eingriff über sich ergehen lassen müssen. Geblieben war wenig mehr als ein dumpfer Schmerz, der von seinen Augen bis hinunter zu den Zehen reichte, und da sich sein Körper anders nicht wehren konnte, hatte er sich auf diese Übelkeit versteift, um sein Mißfallen kundzutun. Jonny stand nervös und unruhig mit den anderen fünfunddreißig Rekruten in einer Reihe und verspürte an den verschiedensten Stellen ein Drücken und Ziehen, überall dort, wo seine Organe gegen die neue Ausrüstung und die Verstärkungen in seiner Bauchhöhle protestierten. Noch einmal flackerte die Übelkeit auf, als er an all das Gerät in seinem Innern dachte – dann konzentrierte er sich wieder auf Bai.

»– hart für Sie, aber aus eigener Erfahrung kann ich Ihnen

versichern, daß die nachoperativen Symptome in ein paar Tagen verschwunden sein werden. In der Zwischenzeit gibt es nichts, was Ihnen den Gebrauch Ihres neuen Körpers verbieten würde.

Ich weiß, Sie alle fragen sich, wieso Sie Ihre Computer um den Hals statt im Innern Ihres Schädels tragen. Nun, angeblich sind Sie ja alle ziemlich schlau, und während der letzten beiden Wochen hatten Sie nicht viel anderes zu tun, als über dergleichen Dinge nachzudenken. Möchte jemand seine Theorie darüber vorstellen?«

Jonny sah sich um, spürte, wie der weiche, kragenähnliche Computer sachte an seinem Hals scheuerte, sobald er den Kopf drehte. Er war ziemlich sicher, den Grund zu wissen, wollte aber nicht der erste sein, der etwas sagte.

»Rekrut Noffke, Sir«, meldete sich Parr Noffke, einer von Jonnys Zimmergenossen, zu Wort. »Ist es deswegen, weil Sie nicht wollen, daß unsere Computer einsatzbereit sind, bevor wir Asgard verlassen haben?«

»Fast«, meinte Bai und nickte. »Moreau? Möchten Sie das vielleicht näher ausführen?«

Erschrocken blickte Jonny wieder zu Bai. »Äh, könnte es sein, weil Sie uns nur stufenweise Zugang zu unserer Ausrüstung – den Waffen und den anderen Möglichkeiten – geben wollen?«

»Sie müssen lernen, Ihre Antworten klarer zu formulieren, Moreau, aber im großen und ganzen haben Sie recht«, sagte Bai. »Wenn der Computer endgültig implantiert ist, sind seine Programme festgelegt. Deshalb werden Sie diese programmierbaren also tragen, bis keine Gefahr mehr besteht, daß Sie sich selbst oder gegenseitig erschießen. Also schön: Lektion eins, das Körpergefühl. Ungefähr fünf Kilometer hinter mir steht der alte Beobachtungsturm des Geschützschießstandes. Interweltsportler schaffen das in ungefähr zwölf Minuten, wir werden es in zehn laufen. *Los.*«

Er machte kehrt und hielt in schnellem Tempo auf den

entfernten Turm zu, während die Rekruten einen ungeordneten Haufen in seinem Schlepptau bildeten. Jonny landete irgendwo in der Mitte und bemühte sich, seine Schritte im Takt zu halten, während er gegen das widersprüchliche Gefühl ankämpfte, gleichzeitig zu leicht und zu schwer zu sein. Fünf Kilometer waren doppelt so viel, wie er je zuvor in seinem Leben gelaufen war – egal in welchem Tempo –, und als er den Turm erreichte, ging sein Atem in kurzen Stößen, und die Anstrengung ließ ihm fast schwarz vor Augen werden.

Bai wartete bereits, als er stolpernd zum Stillstand kam. »Halten Sie den Atem an, und zählen Sie bis dreißig«, befahl ihm der Ausbilder knapp und trat sofort zur Seite, um den Befehl beim nächsten zu wiederholen. Seltsamerweise stellte Jonny fest, daß er es schaffte, und als die hinteren aufgeholt hatten, schienen sowohl seine Lungen als auch seine Augen wieder in Ordnung zu sein. »So, das war Lektion eins Punkt fünf«, knurrte Bai. »Ungefähr die Hälfte von Ihnen läßt zu, daß ihr Körper hyperventiliert, und das aus keinem besseren Grund als aus Gewohnheit. Bei dem Tempo, das Sie angeschlagen haben, hätten Ihre Servos Ihnen fünfzig bis siebzig Prozent der Arbeit abnehmen sollen. Mit der Zeit wird sich Ihr autonomes System darauf einstellen, bis dahin jedoch werden Sie ganz bewußt auf all diese kleinen Einzelheiten achten müssen.

Also gut. Lektion zwei: Springen. Wir beginnen mit senkrechten Sprüngen in unterschiedlicher Höhe, und Sie beginnen damit, daß Sie *mir* zusehen. Man hat Ihnen Ihre Kampfreflexe noch nicht einprogrammiert. Zwar können Sie sich nicht die Knöchel brechen, aber wenn Sie bei der Landung aus dem Gleichgewicht geraten und mit dem Kopf aufschlagen, wird das *weh tun.* Also passen Sie gut auf!«

Während der nächsten Stunde lernten sie, wie man sprang, wie man sich, falls erforderlich, mitten in der Luft ausrichtete und wie man sicher fiel, wenn das mit dem Ausrichten nicht geklappt hatte. Danach richtete Bai ihr Augenmerk auf den Turm, der über ihnen aufragte, und sie lernten ein Dutzend verschiedene Arten, die Außenseite eines Gebäudes hinaufzuklettern. Als Bai zur Mittagspause rief, hatten sie alle die heikle Klettertour die Seite hoch und durch ein unverschlossenes Fenster auf der Beobachtungsplattform hinter sich gebracht, und auf Bais Befehl hin kehrten sie zum Essen in die Außenwand zurück und schlangen ihre Feldrationen hinunter, während sie sich so gut es ging zehn Meter über dem Boden festkrallten.

Den Nachmittag verbrachten sie damit, mit ihren Armservos zu üben, wobei das wichtigste war, schwere Gegenstände so zu halten, daß die Belastung für Haut und Blutgefäße möglichst gering blieb. Das Problem war längst nicht so trivial, wie es auf den ersten Blick schien. Jonny kam mit ein paar blauen Flecken davon, andere dagegen hatten am Ende ernsthafte subkutane Blutungen oder schwere Hautabschürfungen. Die schlimmsten Fälle schickte Bai sofort ins Lazarett, der Rest fuhr mit dem Training fort, bis die Sonne dicht über dem Horizont stand. Ein weiterer flotter Fünfkilometerlauf brachte sie zurück zum Hauptgebäude des Komplexes; nach einem kurzen Abendessen trafen sie sich zum Unterricht in Guerillataktiken und -strategien ein weiteres Mal in C-662.

Dann endlich, wund an Geist und Körper, schickte man sie zurück auf ihre Zimmer.

Es war das erste Mal, daß Jonny seit Beginn seines zweiwöchigen Pensums in der Chirurgie auf seinem Zimmer war, doch es sah ungefähr so aus, wie er es in Erinnerung hatte. Er steuerte geradewegs auf seine Pritsche zu, ließ sich dankbar darauf fallen und zuckte zusammen, als er den unerwartet lauten Protest der Sprungfedern vernahm. Das war natürlich reine Einbildung – *so viel* schwerer war er trotz all der neuen technischen Ausrüstung, die er mit sich herumschleppte, nicht geworden. Er streckte seine wunden Muskeln, erforschte behutsam die blauen Flecken auf seinen Armen und fragte sich, ob er weitere vier Wochen dieser Ausbildung überleben würde.

Seine fünf Zimmergenossen trafen ungefähr eine Minute nach ihm ein, betraten das Zimmer als Gruppe und waren offenkundig gerade dabei, ihre Aufzeichnungen über den Tag zu vergleichen. »– sag dir, *alle* Ausbilder der Armee benehmen sich wie Montageroboter«, sagte Cally Halloran gerade, als sie einer nach dem anderen durch die Tür hereinkamen. »Das gehört zum Abhärtungsprozeß für Rekruten. Alles Psychologie, Leute. Reine Psychologie.«

»Zum Phrij mit der Psychologie«, meinte Parr Noffke, lehnte sich über das Ende seiner Koje und machte ein paar halbherzige Dehnübungen. »Dieser Unfug, daß wir unser Mittagessen in zehn Metern Höhe verspeisen sollen – das nennt ihr Abhärtung? Ich sag euch was, Bai mag es einfach, wenn uns der Arsch auf Grundeis geht.«

»Er hat bewiesen, daß du dich festhalten kannst, ohne deine gesamte Aufmerksamkeit auf deine Finger zu konzentrieren, oder nicht?« konterte Imel Deutsch trocken.

»Wie ich gesagt habe, alles Psychologie«, nickte Halloran. »Psychologie.«

Noffke schnaubte und gab seine Übungen auf. »He, Druma, Rolon? Kommt rein und spielt mit. Uns bleibt gerade noch genügend Zeit für eine Runde King's Bluff.«

»Einen Moment«, rief Druma aus dem Bad, in dem er und Rolon Viljo verschwunden waren. Jonny hatte die hellblauen Schnellheilverbände an Singhs Händen bemerkt, als er hereingekommen war, und vermutete, daß Viljo ihm half, sie zu wechseln.

»Du auch, Mr. Neunmalklug«, sagte Noffke und sah dabei in Jonnys Richtung. »Weißt du, wie man King's Bluff spielt?«

Mr. Neunmalklug? »Ich kenne eine Variante des Spiels, aber vielleicht spielt man es nur bei uns so«, meinte Jonny zu Noffke.

»Gut, finden wir es also heraus«, sagte dieser achselzuckend, trat an den runden Tisch und nahm das Kartenspiel aus einer Mappe, die darauf lag. »Kommt schon, auf Reginine gilt die Regel, daß man ein Kartenspiel nicht ablehnen kann, wenn es nicht um Geld geht.«

»Seit wann haben die Regeln von Reginine auf Asgard Gültigkeit?« wollte Viljo wissen, als er aus dem Bad hereingeschlendert kam. »Wieso spielen wir nicht nach Erdregeln: da spielt man immer um Geld.«

»Laut Aerieregeln spielt man um Grundbesitz«, erklärte Halloran von seiner Koje aus.

»In den Regeln auf Horizon –«, setzte Jonny an.

»Wir wollen nicht zu tief in die kulturellen Notstandsgebiete des Imperiums vordringen, was meint ihr?« schnitt ihm Viljo das Wort ab.

»Vielleicht sollten wir einfach schlafen gehen«, meinte Singh, als er sich wieder zu der Gruppe gesellte. »Morgen haben wir bestimmt einen schweren Tag.«

»Kommt schon«, rief Deutsch und setzte sich zu Noffke an den Tisch. »Bei einem Spielchen kommen wir alle zur Ruhe. Außerdem sind es diese kleinen Dinge, die helfen, Menschen zu einem Team zu formen. Alles Psychologie, Cally. Richtig?«

Halloran mußte lachen, wälzte sich aus dem Bett und kam auf die Füße. »Das ist nicht fair. Also gut, ich bin dabei. Los, Jonny, auf. Druma, Rolon – nach den Regeln von Reginine, wie der Mann sagt. Aber nur eine Runde.«

Wie sich herausstellte, war das Spiel, das Noffke erklärte, fast identisch mit dem King's Bluff, wie Jonny es kannte, und er war einigermaßen zuversichtlich, als er das erste Blatt aufnahm. Für ihn war es bedeutungslos, ob er gewann, aber er wollte spielen, ohne irgendwelche dummen Fehler zu machen. Viljos Gerede über die kulturellen Notstandsgebiete des Imperiums hatten genau das auf den Punkt gebracht, weshalb er sich in dieser Gruppe unwohl fühlte: mit der Ausnahme von Deutsch stammten alle anderen von Welten, die älter waren und einen besseren Ruf hatten als Horizon – und Deutsch, als einziger Cobrarekrut von Adirondack, gewann offenbar allein dadurch an Prestige, daß er von einer der beiden Welten kam, die die Trofts erobert hatten. Die meisten anderen waren weniger herablassend als Viljo, aber ganz fehlte dieser Zug bei keinem. Wenn er bewies, daß er gut Karten spielte, war das vielleicht ein erster Schritt dahin, die Klischees aufzubrechen, die die Jungs vom Siedlungsgrenzgebiet im allgemeinen und von Jonny im besonderen im Kopf hatten.

Eigentlich war er nur ein mittelmäßig begabter Spieler, und vielleicht lag es daran, daß er nicht unbedingt aufs Gewinnen aus war, vielleicht auch an den kleinen Unterschieden in der Körpersprache, die seinen Bluffs eine unerwartete Wirksamkeit gaben ... wie auch immer, am Ende wurde es die beste Runde, die er je gespielt hatte. Von sechs Spielen gewann er eins durch gute Karten, zwei weitere durch Bluff, und eines verlor er erst, als Noffke halsstarrig an einem Blatt festhielt, das von Rechts wegen sehr jung hätte sterben müssen. Viljo schlug eine zweite Runde vor – forderte sie geradezu –, doch Singh erinnerte sie an das Limit, auf das man sich geeinigt hatte. Das Spiel war zu Ende, und in stiller Unruhe machten sich alle zum Schlafengehen bereit.

Nachdem das Licht gelöscht war, ging Jonny das Spiel im Geiste noch einmal durch und überlegte sich, ob irgend etwas in der Sprache oder dem Benehmen der anderen darauf hindeutete, daß die gesellschaftlichen Barrieren zumindest erste Risse bekommen hatten. Doch er war zu müde, kam nicht sonderlich weit und gab bald auf. Trotzdem, sie hätten ihn auch ganz vom Spiel ausschließen können, und sein letzter Gedanke, bevor er einschlief, galt der nächsten Woche, die sich vielleicht doch überleben ließ.

In den ersten beiden Trainingswochen wurde viel mit dem Servosystem geübt, mit der Aktivierung der optischen und akustischen Verstärker, und die Rekruten machten auch die ersten Erfahrungen mit Waffen. Die kleinen Laser, die man ihnen in die kleinen Finger eingebaut hatte, waren, wie man ihnen erklärte, hauptsächlich für den Einsatz bei Metallen konstruiert, erwiesen sich aber als ebenso effektiv im Nahkampf gegen Menschen. Bai betonte, daß man den Energieausstoß weit unterhalb der tödlichen Dosis belassen hatte, doch Jonny sah darin nur einen geringen Trost, als er an den leicht schmelzenden Zielscheiben übte. Wenn bis zu zweiundsiebzig Laser gleichzeitig auf dem Schießstand abgefeuert wurden, brauchte man nicht viel Phantasie, um sich vorzustellen, was das unachtsame, servounterstützte Zucken eines Handgelenkes anrichten konnte. Die halbautomatischen Zielhilfen machten es, wenn sie eingeschaltet wurden, nur noch schlimmer. Es war viel zu einfach, seinen Blick mit aktivierter variabler/visueller Zielerfassung umherschweifen zu lassen und am Ende auf ein völlig falsches Ziel zu feuern. Doch entweder Glück oder Bais Training verhinderten üble Verletzungen, und nachdem die letzte dieser Übungsstunden vorüber war, konnte Jonny inmitten dieses Lasergewitters stehen, ohne auch nur mit der Wimper zu zucken. Beinahe jedenfalls.

»Hört genau zu, Cobras, denn heute erhalten Sie zum ersten Mal Gelegenheit, abgeschossen zu werden«, verkündete Bai, dem der strömende Regen offensichtlich nichts ausmachte. Jonny stand in Grundstellung und versuchte, das Wetter ebenso gelassen zu ertragen, doch die Rinnsale, die sich unter seinen Kragen vorarbeiteten, waren viel zu kalt, als daß ihm das gelingen sollte.

»Hundert Meter hinter mir sehen Sie eine Mauer«, fuhr Bai fort. »Sie ist Teil eines Rechtecks, das einen Innenhof mit einem kleinen Gebäude darin umschließt. Längs des oberen Mauerrandes verläuft ein photoelektrischer Strahl, der einen Verteidigungslaser darstellt, drinnen im Innenhof gibt es ein paar Roboter, die Wachtposten der Trofts darstellen. Ihr Ziel ist eine kleine rote Kiste im Innern des Gebäudes, die Sie – *leise* – an sich nehmen sollen, um dann mit ihr zu fliehen.«

»Großartig«, murmelte Jonny kaum hörbar. In seinem Magen machte sich bereits jetzt ein flaues Gefühl breit.

»Du kannst froh sein, daß wir nicht nach Reginine einmarschieren«, murmelte Noffke neben ihm. »Bei uns sind die Laser in die Mauer eingelassen und nach *oben* gerichtet, nicht quer.«

»Pssst!«

»Also, die Roboter sind nach den bestmöglichen Schätzungen des Sensor- und Reflexvermögens der Trofts programmiert«, erklärte Bai gerade, »und die Leute, die sie bedienen, sind die besten. Also verlassen Sie sich nicht darauf, daß sie irgendwelche dummen Fehler machen. Sie sind mit Farbpatronen ausgerüstet, und wen sie treffen, der ist offiziell erledigt. Geraten Sie in den Lichtstrahl auf der Mauer, sind Sie ebenfalls erledigt. Wenn Sie zuviel Lärm machen – was die von uns aufgestellten Meßgeräte bestimmen –, verlieren Sie nicht nur Punkte, sondern hetzen sich auch die ferngesteuerten Roboter auf den Hals und sind erledigt. Dazu kommt noch, daß es im Gebäude verschiedene automatische Waffen und *intelligente* Sprengladungen gibt, die Sie umgehen müssen – und fragen Sie erst gar nicht, um welche Art es sich handelt, denn das verrate ich Ihnen nicht. Noch Fragen? Nun? Also schön. Aldred, vorn Mitte, alle anderen rüber zu dem Zeltdach links von Ihnen.«

Einer nach dem anderen stellten sich die Rekruten neben Bai auf und liefen quer über das matschige Feld. Bai hatte vergessen zu erwähnen, daß ein Abschuß von einem Alarmsignal verkündet wurde, und als auf das Verschwinden eines Mannes nach dem anderen hinter der Mauer früher oder später dieses hämische Plärren folgte, bekam die leise Unterhaltung unter dem Schutzdach einen zunehmend nervösen Unterton. Als der achte Rekrut, der hinübergestiegen war –

Deutsch, wie es der Zufall wollte – wieder über der Mauer auftauchte, ohne den Alarm ausgelöst zu haben, war der kollektive Stoßseufzer ebenso vielsagend wie der ausufernde Beifall.

Nur zu bald war Jonny an der Reihe. »Also gut, Moreau, alles ist wieder eingestellt«, meinte Bai zu ihm. »Nicht vergessen, Sie werden nach Lautlosigkeit und Beobachtungsgabe beurteilt, *nicht* nach Geschwindigkeit. Lassen Sie sich Zeit, und denken Sie an all die Sachen, über die ich Ihnen an den letzten Abenden Vorträge gehalten habe, dann kommen Sie schon zurecht. Klar? Also los.«

Jonny rannte los, quer durch den Schlamm. Er lief vornübergebeugt, um allen hypothetischen optischen Sensoren ein kleineres Ziel zu bieten. Zehn Meter vor der Mauer wurde er langsamer und suchte jetzt gleichzeitig nach Stolperdrähten, nach an der Mauer angebrachten Sensoren und nach möglichen Kletterrouten. Er bemerkte keinerlei Gefahr, allerdings wies die Mauer auch keinen erkennbaren Halt auf. Vom Sockel aus ließ Jonny ein letztes Mal den Blick suchend über die Mauer schweifen. Dann ging er in die Knie, hoffte, daß seine Schätzung genau genug war, und sprang. Wenn überhaupt, verschätzte er sich nach oben, und seine Finger glitten am Scheitelpunkt seiner Sprungkurve mühelos über den oberen Mauerrand.

So weit, so gut. Von seinem neuen Aussichtspunkt aus konnte Jonny den photoelektrischen Mechanismus erkennen und schloß daraus, daß er für das Überqueren der Mauer höchstens zwanzig Zentimeter Spielraum brauchte. Eine vergleichsweise einfache Aufgabe ... vorausgesetzt, er hetzte sich dabei nicht die Pseudotrofts auf den Hals.

Mit einem Klicken seiner Backenzähne aktivierte er die akustischen Verstärker, klickte noch dreimal und fuhr sie zur Maximalleistung hoch. Das Prasseln des Regens wurde zunächst übersteuert verstärkt und pendelte sich bei einem dumpfen Grollen ein. Dahinter wurden schwächere Geräusche vernehmbar. Keines davon, entschied er, klang wie ein durch den Schlamm stapfender Fernlenkroboter. Er drückte sich in Gedanken die Daumen, schob seinen Kopf vorsichtig über die Mauer und schaltete sein Supergehör aus.

Das Gebäude im Innern war kleiner als erwartet: eine einstöckige Konstruktion, die vielleicht ein Zehntel der ummauerten Fläche einnahm. In seiner Nähe waren keine Wachen zu erkennen. Er wechselte die Blickrichtung und machte einen raschen Schwenk über den Rest des Innenhofes.

Nichts.

Entweder hatte er unfaßbares Glück und alle anderen Wachen befanden sich im Augenblick auf der gegenüberliegenden Seite des Gebäudes, oder sie befanden sich alle drinnen und beobachteten ihn durch die dunklen Fenster. In beiden Fällen blieb ihm nicht viel mehr übrig, als die Gelegenheit beim Schopf zu packen. Er brachte Beine und Oberkörper auf die Mauer und schob sich auf der anderen Seite über die Kante, wobei er die Arme an die Brust legte, um den Lichtbalken zu meiden. Dann sah er zum erstenmal unter sich die Stelle, wo er landen würde –

– und das matte metallische Glänzen eines Fernlenkroboters, der dort stand.

Ein einziger Gedanke – *das ist nicht fair!* –, für mehr blieb ihm keine Zeit. Er schaltete seine Zielerfassung ein, brachte seine Hände mit einem Ruck in Feuerstellung und verpaßte dem Roboter einen doppelten Laserstoß. Da er sich ganz auf das Feuern konzentrierte, geriet seine Landung kurz darauf unbeholfen bis zur Peinlichkeit. Wenigstens blieb ihm die Genugtuung, daß der Posten im selben Augenblick zu Boden ging wie er selbst.

Doch noch bestand kein Grund, sich auf die Schulter zu klopfen, und noch bevor er sein Gleichgewicht richtig wiedergefunden hatte, rannte Jonny auf das Gebäude zu. Wo immer sich die übrigen Fernlenkroboter befanden, bestimmt entdeckten sie ihren niedergeschossenen Kollegen sehr bald, und bis dahin mußte er verschwunden sein. Er erreichte das Gebäude, stahl sich zur Ecke und warf rasch einen Blick darum. Niemand zu sehen, allerdings war da die Treppe, die zur Eingangstür führte. Er rannte wieder los und steuerte darauf zu.

Auch ohne seine akustischen Verstärker war der Summer, der neben ihm losging, ohrenbetäubend laut. Jonny stieß einen leisen Fluch aus. Offenbar war er auf einen der automatischen Posten gestoßen, vor denen Bai sie gewarnt hatte. In Eile oder nicht, er hätte sich die Zeit für eine sorgfältige Prüfung nehmen sollen. Jetzt war es zu spät, und es blieb ihm nichts weiter übrig, als sich für den Nahkampf bereit zu machen. Wenn es ihm gelang, ins Haus hineinzukommen, bevor die Roboter auf den Alarm reagierten, hatte er vielleicht noch eine Chance … er war an der Tür und richtete gerade seinen Laser auf das Schloß aus Weichmetall, als ein Fernlenkroboter um die Ecke bog.

Jonny warf sich im Hechtsprung vom Gebäude fort, schwenkte den Arm herum und nahm den Posten in die Zielerfassung. Doch noch während er abdrückte, flog die Tür neben ihm krachend auf, und bevor er den Kopf drehen und hinsehen konnte, spürte er den dumpfen Aufprall einer Farbpatrone auf den Rippen.

Und dann gab das Tröten des Alarmhorns auf der Mauer der ganzen Welt sein Versagen bekannt. Jonny kam sich wie ein Idiot vor, rappelte sich auf und suchte nach dem Ausgang.

»Lassen Sie sich das eine Lehre sein«, rief jemand aus dem Gebäude, und Jonny drehte sich um und sah einen Mann mit einem *Cobra Operations*-Aufnäher auf dem Overall hinter dem Fernlenkroboter stehen, der ihn abgeschossen hatte. »Wenn Sie zwei oder mehr Ziele haben, kann es tatsächlich schneller gehen, wenn Sie das erste mit den Augen erfassen und ohne die Zielerfassung feuern.«

»Vielen Dank, Sir«, seufzte Jonny. »Wie komme ich hier raus?«

»Gleich dort drüben – gehen Sie zurück und waschen Sie sich. Und wenn es Ihnen hilft, von den anderen haben viele schlechter abgeschnitten.«

Jonny schluckte, nickte und machte sich auf den Weg in die angegebene Richtung. Es war kein großer Trost, daß die anderen früher gestorben waren. Tot war immer noch tot.

»Sieh an, die große Hoffnung von Horizon hat endlich auch einmal ins Fettnäpfchen getreten«, meinte Viljo, setzte sein Tablett am anderen Ende des Tisches ab und beehrte Jonny mit einem alles andere als herzlichen Lächeln.

Jonny senkte den Blick auf sein Mittagessen, sagte nichts und konzentrierte sich statt dessen auf die letzten Bissen seiner Mahlzeit, während ihm das Blut ins Gesicht schoß. In den letzten Tagen waren Viljos höhnische Kommentare immer häufiger geworden, und obwohl Jonny sich alle Mühe gab, den anderen nicht an sich herankommen zu lassen, wuchs die Spannung zwischen den beiden. Er hatte Angst, irgend etwas zu tun, das ihn als übermäßig empfindlich brandmarkte oder – schlimmer noch – das seine Herkunft aus dem Siedlungsgrenzgebiet unterstrich, und er konnte nichts weiter tun, als seine Wut zurückzuhalten und darauf hoffen, daß Viljo seiner verbalen Zielübungen müde wurde.

Wenn nicht er, dann vielleicht wenigstens andere. Jonny gegenüber beugte sich Halloran über den Tisch und sah Viljo scharf an. »Ich habe allerdings auch nicht gesehen, daß du mit großen Ehren herausspaziert gekommen wärst«, meinte er. »Tatsächlich haben sie uns allen, von Imel abgesehen, das Ego auf recht eindrucksvolle Weise zurechtgestutzt.«

»Stimmt – aber Jonny ist es doch, den Bai ständig behandelt, als sei er der ideale Rekrut. Ist euch das noch nicht aufgefallen? Ich hab mich bloß gefragt, ob es Jonny gefallen hat, zum Sterblichen degradiert zu werden.«

Neben Viljo rührte sich Singh auf seinem Platz. »Du übertreibst, Rolon, und selbst wenn nicht, dann kann Jonny wohl kaum etwas dafür.«

»Ach, nein?« schnaubte Viljo. »Komm schon – du weißt ebensogut wie ich, wie diese Art der Bevorzugung funktioniert. Wahrscheinlich hat Jonnys Familie irgendeine Abmachung mit Bai oder sogar mit Mendro getroffen, und Bai sorgt dafür, daß sie was kriegen für ihr Geld.«

Und mit dieser Beleidigung überschritt Viljo eine dünne Grenzlinie ... plötzlich hatte Jonny genug.

In einer einzigen geschmeidigen Bewegung erhob er sich, setzte über den Tisch hinweg und bekam nur am Rande mit, wie sein Stuhl hinten gegen den nächsten Tisch krachte. Er landete direkt hinter Viljo, der, sichtlich überrascht, noch immer saß. Jonny wartete nicht ab, bis er reagierte, packte ihn am Hemd, hievte ihn in die Senkrechte und riß ihn herum. »Das war's, Viljo – das ist der letzte Breaff-Fladen, den ich mir von dir gefallen lasse. Und jetzt – *laß es sein!* – kapiert?«

Viljo musterte ihn ruhig. »Aber, aber, du hast ja doch so was wie Temperament. Ich nehme an, Breaff-Fladen ist einer dieser farbigen Ausdrücke, die ihr da draußen in der Provinz gebraucht?«

Diese letzte Frechheit war zuviel. Jonny ließ Viljos Hemd los und schlug dem Kerl hart ins Gesicht.

Es war eine Katastrophe. Viljo duckte sich nicht nur erfolgreich, wegen der ungewohnten Schnelligkeit, den die Servos seinem Schwinger verliehen, geriet Jonny zudem völlig aus dem Gleichgewicht und stieß mit der Hüfte gegen den Tisch, bevor er sich wieder fangen konnte. Der Schmerz entfachte seinen Zorn zur Weißglut. Fauchend drehte er sich um und ließ den nächsten Hieb auf Viljo los. Wieder schlug er daneben, aber während er bereits seinen Arm für einen dritten Versuch spannte, hielt ihn irgend etwas mitten in der Luft fest. Er versuchte, sich aus dem Griff zu befreien, verlor aber nur erneut das Gleichgewicht. »Ruhig, Jonny, *ruhig*«, raunte ihm eine Stimme ins Ohr.

Und damit verschwand der rote Schleier unvermittelt vor seinem Blick, und plötzlich fand er sich in einem Raum voller schweigender Cobrarekruten wieder, die Arme im festen Griff von Deutsch und Noffke, sah sich Viljo gegenüber, der viel zu selbstzufrieden dreinschaute.

Er versuchte noch immer zu begreifen, was passiert war, als der Interkom-Monitor des Raumes ihm befahl, sich in Mendros Büro zu melden.

Das Gespräch war kurz, aber überaus peinlich, und als Jonny schließlich ging, fühlte er sich wie eine der Zielscheiben auf dem Laserschießstand. Die Vorstellung, wieder hinaus ins Übungsgelände zu müssen, lag ihm schwer im Magen, und auf dem Weg durch Mendros Vorzimmer überlegte er sich ernsthaft, umzukehren und um Versetzung zu einer anderen Waffengattung zu bitten. Wenigstens brauchte er dann nicht die Blicke der anderen Rekruten zu ertragen ... Doch während er über die Entscheidung mit sich zu Rate ging, setzte er einen Fuß vor den anderen, und draußen vor dem Büro war die Frage, sich zu verstecken oder nicht, plötzlich nur noch akademischer Natur.

Als Jonny die Tür hinter sich schloß, lösten sich Deutsch und Halloran von der Wand, an der sie gelehnt hatten. »Alles in Ordnung?« erkundigte sich Deutsch. Seine Stimme spiegelte die Besorgnis in seinem Gesicht wider.

»Aber sicher«, schnaubte Jonny, der sich von diesem unerwarteten Vordringen in seiner einsamen Schande gestört fühlte. »Man hat mir nur gerade mit Worten das Fell über die Ohren gezogen, das ist alles.«

»Na, wenigstens wirklich nur mit Worten«, strich Halloran heraus. »Vergiß nicht, *sämtliche* Waffen von Mendro erfüllen ihren Zweck. He, Kopf hoch, Jonny, du bist doch immer noch bei der Truppe, oder?«

»Ja«, sagte Jonny, und sein Magen begann sich ein wenig zu beruhigen. »Wenigstens, soweit ich weiß. Obwohl Bai wahrscheinlich auch noch ein Wörtchen darüber verlieren wird, wenn er hört, was passiert ist.«

»Oh, Bai weiß schon Bescheid – er hat uns gesagt, wir sollen hier auf dich warten«, sagte Halloran. »Er meinte, wir sollen dich raus zum Übungsgelände bringen, wenn du soweit bist. Bist du soweit?«

Jonny verzog das Gesicht und nickte. »Vermutlich. Ich kann es ebensogut gleich hinter mich bringen.«

»Was denn, Bai gegenüberzutreten?« fragte Deutsch, als sie sich auf den Weg den Gang hinunter machten. »Keine Sorge, er weiß, um was es bei der Sache ging. Parr und Druma übrigens auch.«

»Ich wünschte, *ich* wüßte es.« Jonny schüttelte den Kopf. »Was hat Viljo eigentlich gegen mich?«

Halloran sah ihn an, und Jonny bemerkte, daß er die Stirn runzelte. »Weißt du das etwa nicht?«

»Das habe ich doch gerade gesagt, oder? Mag er vielleicht keine Leute, die mehr als zehn Lichtjahre von der Erde geboren wurden?«

»Doch, durchaus ... solange sie ihm nicht zeigen, daß sie irgend etwas besser können als er.«

Jonny blieb abrupt stehen. »Was meinst du damit? So etwas habe ich nie getan.«

Halloran seufzte. »In deinen Augen vielleicht nicht, aber jemand wie Rolon macht eine andere Rechnung auf. Hör zu, kannst du dich noch an unser erstes Orientierungstreffen erinnern, zu dem er zu spät kam? Wen hat Bai ihm als gutes Beispiel vorgehalten?«

»Na ja ... mich. Aber doch nur deswegen, weil ich als letzter vor ihm eingetroffen war.«

»Wahrscheinlich«, räumte Halloran ein. »Aber das wußte Rolon nicht. Und dann hast du uns alle am ersten Abend beim King's Bluff nach Strich und Faden ausgenommen. Die

Leute von der Erde sind seit langem dafür bekannt, daß sie die besten Spieler sind, und vermutlich hat das das Faß zum Überlaufen gebracht.«

Jonny schüttelte verständnislos den Kopf. »Aber ich hatte es doch überhaupt nicht darauf abgesehen, ihn zu schlagen –«

»Natürlich hattest du – jeder hat es darauf abgesehen, bei einem Spiel zu gewinnen«, meinte Deutsch. »Vielleicht wolltest du ihn nicht demütigen, aber in gewisser Weise macht es das sogar noch schlimmer. Für jemanden mit Rolons Ader für Konkurrenz war es unerträglich, von jemandem fertiggemacht zu werden, der nach seiner Ansicht gesellschaftlich unter ihm steht und sich noch nicht mal richtig Mühe gibt.«

»Was soll ich also tun – mich auf den Rücken wälzen und für ihn den toten Mann markieren?«

»Nein, du sollst auch weiterhin alles so gut machen, wie du kannst, und zum Teufel mit seinem Ego«, meinte Deutsch erbittert. »Vielleicht befriedigt es sein seltsames Ehrgefühl, daß er dich ganz geschickt in Mendros Hütte hineinmanövriert hat. Wenn nicht –« Er zögerte. »Also, wenn er nicht lernt, mit *dir* zusammenzuarbeiten, dann wollen wir ihn, glaube ich, auch nicht auf Adirondack.«

Jonny sah ihn an. Einen kurzen Augenblick lang war Deutschs ruhige, humorvolle Art verschwunden, und darunter kam ein finsterer Ernst zum Vorschein. »Weißt du«, sagte Jonny, um Beiläufigkeit bemüht, »du wirkst oft so, als wärst du nicht sonderlich besorgt über das, was auf deiner Welt passiert.«

»Meinst du, weil ich lache und herumalbere?« fragte Deutsch. »Oder weil ich mich dafür entschieden habe, ein paar Monate lang auf Asgard herumzuhängen, anstatt mir einen Laser zu schnappen, zurückzurennen und zu helfen?«

»Hm … wenn du es so ausdrückst –«

»Adirondack ist mir alles andere als egal, Jonny. Aber ich

sehe keinen Vorteil darin, mir ständig den Kopf darüber zu zerbrechen, was die Trofts vielleicht gerade meiner Familie und meinen Freunden antun. Im Augenblick kann ich ihnen am besten helfen, wenn ich ein so guter Cobra wie möglich werde – und indem ich euch dazu anhalte, das gleiche zu tun.«

»Damit will er vermutlich andeuten, daß wir zurück zum Training sollten«, meinte Halloran grinsend.

»Einen psychologisch ausgebildeten Verstand kann man nicht täuschen«, erwiderte Deutsch und grinste schief, und damit war der vorübergehende Einblick in die Tiefen seiner Seele wieder versperrt. Doch zum ersten Mal wurde Jonny wirklich bewußt, welche Art von Männern die Armee für diese Einheit ausgewählt hatte.

Die Art von Männern, denen sich anzuschließen man ihn für wert befunden hatte.

Und das rückte die Affäre mit Viljo endgültig ins rechte Licht. Zu riskieren, bei den Cobras rausgeworfen zu werden, wegen einer Sache, die im Grunde nicht mehr war als ein emotionaler Mückenstich, war der absolute Gipfel der Dummheit. Von jetzt an, beschloß er, wollte er Viljos Hohn nur noch als eine Übung im Entwickeln von Geduld betrachten. Wenn Deutsch es schaffte durchzuhalten, obwohl sein Planet von den Aliens besetzt war, würde Jonny bestimmt auch mit Viljo fertig werden.

Sie hatten inzwischen den Ausgang erreicht, und Halloran führte sie nach draußen. »Augenblick mal, wir sind auf der falschen Seite des Gebäudes«, sagte Jonny, blieb stehen und sah sich um. »Das Übungsgelände ist da entlang, oder?«

»Stimmt«, nickte Halloran vergnügt. »Aber für Cobras geht es querfeldein schneller als durch alle Flure.«

»Querfeldein, du meinst: drum herum?« fragte Jonny und blickte an dem achtstöckigen Gebäude entlang, das sich zu beiden Seiten eine halbe Unendlichkeit weit erstreckte.

»Ich meine: drüber weg«, verbesserte ihn Halloran. Er

stellte sich mit dem Gesicht zur Wand und ging in die Knie. »Der letzte oben ist eine lahme Ente – und die Fenster, die du zerbrichst, werden dir vom Sold abgezogen.«

Die zweite Woche verstrich wie die erste – mit langen Tagen der Ausbildung und ebenso langen – so schien es wenigstens – Abenden theoretisch-militärischen Unterrichts. Alle ein, zwei Tage bekamen sie neue Computermodule, von denen jedes ihnen ermöglichte, eine neue Waffe aus ihrem Arsenal einzusetzen. Jonny lernte, seine Schallwaffen einzusetzen und wie man sie auf andere Frequenzen einstellen konnte, für die die Trofts besonders anfällig waren. Er lernte, seinen Bogenwerfer auszulösen, einen Stromstoß mit hoher Spannung, der längs der von seinem rechten Fingerspitzenlaser ausgebrannten Ionisationsspur verlief, lernte, wie man damit erfolgreich elektronische Geräte verschmorte, lernte schließlich, wie man den Antipanzerlaser in seiner linken Wade bediente, gleichzeitig die stärkste und unhandlichste seiner Waffen. Er war entlang des Schienbeins nach unten gerichtet, sein Strahl wurde mit Hilfe von Glasfaserkabeln durch den Knöchel geleitet, um schließlich durch eine bewegliche Bündellinse unter seiner Ferse auszutreten. An jenem Tag wurden zusammen mit dem Computermodul spezielle Stiefel ausgegeben, und als er lernen wollte, wie man auf einem Bein stehend feuerte, verfluchte Jonny mit den übrigen Rekruten zusammen den Idioten, der für diese Konstruktion verantwortlich war. Bai behauptete zwar, sobald sie ihre programmierten Reflexe besäßen, würden sie dahinterkommen, wie vielseitig der Laser war, doch ernstlich glaubte ihm das niemand.

Trotz all der Arbeit, dem Üben und Auswendiglernen – trotz seiner körperlichen und geistigen Erschöpfung – entgingen Jonny zwei Dinge nicht. Zum einen hörte nach dem Zwischenfall im Speisesaal Viljos Spott fast vollständig auf, obwohl dieser sich ihm gegenüber weiterhin äußerst reserviert verhielt, zum anderen neigte Bai in der Tat dazu, ein besonderes Auge auf Jonny zu haben.

Letzteres setzte ihm viel mehr zu, als er zugeben wollte. Viljos Andeutung, die Familie Moreau habe den Ausbilder bestochen, war natürlich absurd ... aber zumindest ein Teil der anderen Rekruten mußte die Beschuldigung mitbekommen haben, und wenn Jonny Bais Verhalten auffiel, dann auch ihnen. Wie dachten sie darüber? Nahmen sie an, daß ihm außerhalb des Trainingsgeländes besondere Privilegien zuteil wurden?

Was entscheidender war, weshalb tat Bai es überhaupt?

Er war gewiß nicht der beste der Rekruten – Deutsch war der beste Beweis dafür. Aber wohl auch nicht der schlechteste. Weil er der jüngste war? Der älteste? Kam er äußerlich einem alten Freund/Feind am nächsten? Oder – ein erschreckender Gedanke – teilte Bai insgeheim einige von Viljos Vorurteilen?

Doch was immer der Grund war, ihm fiel keine andere Reaktion ein als die, die er bereits erprobte: es nach außen hin mit soviel Gleichmut und innerer Ruhe zu ertragen, wie er aufbringen konnte. Wie sich herausstellte, war dies erfolgreicher als erwartet, und als die zweite Woche sich ihrem Ende näherte, konnte er sich ohne die geringste Nervosität Bais Bemerkungen stellen oder Seite an Seite mit Viljo arbeiten. Ob die anderen Rekruten seine neue Einstellung bemerkten, wußte er nicht, aber zumindest Halloran ließ diesbezüglich eine Bemerkung fallen.

Und dann begann die dritte Woche, und alles, was bis dahin geschehen war, erschien ihnen im Vergleich dazu wie ein gemütlicher Sommerspaziergang ... denn am ersten Tag dieser Woche begannen sie, mit den von ihren Computern errechneten Reflexen zu arbeiten.

»Es ist kinderleicht«, erklärte Bai und deutete auf die Decke kaum zwei Meter über ihren Köpfen. »Zuerst programmieren Sie Ihre Zielerfassung auf die Stelle, die Sie zu treffen beabsichtigen, dann springen Sie und versetzen Ihren Körper dabei in eine rückwärtige Drehung.« Er beugte seine Knie, streckte sie und drückte gleichzeitig dabei seinen Rücken durch. »Dann lassen Sie locker und überlassen Ihrem Computer die Steuerung der Servos. Versuchen Sie nicht, dagegen anzukämpfen, Sie zerren sich nur die Muskeln und erschweren es Ihrem Unterbewußtsein, sich daran zu gewöhnen, daß etwas anderes Ihren Körper steuert. Noch Fragen? Was? Also schön. Aldred, Ziel erfassen: *Los.*«

Einer nach dem anderen machten sie den Deckensprung, der ihnen vier Wochen zuvor als erste Demonstration der Fähigkeiten eines Cobras vorgeführt worden war. Jonny hatte geglaubt, er sei angemessen vorbereitet, doch als er an die Reihe kam, stellte er fest, daß dem nicht so war. Nichts – nicht einmal der mittlerweile vertraute Verstärkungseffekt der Servos – ließ sich so recht mit der grundlegenden Entkopplung von Körper und Gehirn vergleichen, die die automatischen Reflexe mit sich brachten. Zum Glück war das Manöver so schnell vorbei, daß er keine Zeit hatte, mehr als eine kurze Panik zu verspüren, dann standen seine Füße wieder auf dem Boden. Erst später wurde ihm klar, daß Bai sie wahrscheinlich aus genau diesem Grund mit dem Deckensprung hatte beginnen lassen.

Jeder machte die Übung fünfmal, und mit jedem gelungenen Sprung ließen Jonnys Angst und das seltsame Gefühl nach, und schließlich hatte er sich mit seinem neuen Kopiloten einigermaßen angefreundet.

Er hätte jedoch wissen können, daß man ihm dieses Wohlgefühl nicht lange lassen würde.

Sie befanden sich auf einem fünfstöckigen Gebäude und blickten über dessen Rand nach unten auf den Boden. Gegenüber, etwa fünfzehn Meter entfernt, stand eine verstärkte Mauer. »Das *kann* er einfach nicht ernst meinen«, raunte Halloran Jonny zu.

Jonny nickte ausdruckslos, sein Blick ging hinüber zu Bai, als der Ausbilder die Beschreibung des Manövers beendete und an die Kante trat, um es vorzumachen. »Wie immer«, erläuterte Bai, »beginnen Sie mit der Zielerfassung, damit Ihr Computer die Entfernung berechnen kann. Und dann ... springen Sie einfach.«

Seine Beine streckten sich krampfartig, und einen Augenblick später flog er im Bogen zur gegenüberliegenden Wand. Er landete etwa fünf Meter weiter unten mit den Füßen zuerst, wobei seine Schuhe laut scharrend ein kleines Stück tiefer rutschten. Das Zusammenwirken dieser Reibung mit dem aufprallschluckenden Einknicken seiner Knie drehte ihn teilweise herum, und als sich einen Augenblick später seine Beine wieder streckten, drückte ihn der Stoß in einem Rückwärtssalto zurück zum ersten Gebäude. Mit diesem Schwung gelang es ihm irgendwie, die Füße wieder nach vorn zu bekommen, als er, dem Boden um weitere fünf Meter näher, an der anderen Wand landete. Erneut stieß er sich ab, und mit einem letzten Salto erreichte er sicher den Erdboden am Fuße des Gebäudes. »Ist überhaupt nichts dabei«, wehte seine Stimme zu den wartenden Rekruten hinauf.

Er verschwand im Inneren des Gebäudes. »Ich glaube, ich würde lieber einen direkten Sprung riskieren«, meinte Noffke, an niemanden bestimmten gewandt.

»Von einem fünfstöckigen Gebäude ginge das noch, aber wenn es richtig hoch wird, schaffst du das nie«, widersprach Deutsch kopfschüttelnd. »Bei uns auf Adirondack gibt es ein paar richtige Städte, mußt du wissen.«

»Ich wette, die große Hoffnung von Horizon könnte dir ein Dutzend weiterer Gründe nennen, weshalb das ein gutes Manöver ist«, warf Viljo ein und grinste Jonny hämisch an.

»Genügen dir auch zwei?« fragte Jonny ihn seelenruhig. »Erstens: bei diesem Sprung befindet man sich nie lange im freien Fall, und abgesehen davon, daß man weicher landet, setzt man allen manuellen *oder* automatischen Waffen, mit denen jemand auf dich zu schießen versucht, arg zu. Und zweitens: da deine Beine die meiste Zeit nach oben zeigen, befindet sich dein Antipanzerlaser in einer guten Stellung, um auf das zu feuern, wovor du vom Dach geflohen bist.«

Zu seiner Genugtuung sah er, wie einige der anderen Rekruten zustimmend nickten. Viljos höhnisches Grinsen verzog sich zu einer säuerlichen Miene.

Es kam noch mehr – viel mehr –, und zehn Tage lang prüfte Bai sie auf Herz und Nieren. Täglich wurden die Computermodule gewechselt, und nach und nach konnten sie ihre gefährliche Ausrüstung immer uneingeschränkter nutzen. Ebenso schrittweise wurden die Brennlaser und Farbpatronen gegen echte Waffen ausgetauscht. Ein halbes Dutzend Rekruten zog sich kleinere Verbrennungen und Verletzungen zu, und alle betrachteten die Sache nun mit erheblich größerer Ernsthaftigkeit. Nur Deutsch behielt seine neckische Art bei. Wie Jonny vermutete, einfach deshalb, weil er hinter dieser Fassade bereits so ernst war, wie er nur sein konnte. Die abendlichen Vorträge wurden durch zusätzliche Trainingseinheiten ersetzt, in denen sie Gelegenheit erhielten, die Techniken, die sie bislang nur im Tageslicht eingesetzt hatten, mit ihrem verbesserten Nachtsehvermögen bei Dämmerung und Dunkelheit zu üben. Alles schien einem Höhepunkt entgegenzusteuern ... und dann, fast unerwartet – obwohl sie alle den Zeitplan kannten –, war es vorbei.

Fast.

»Irgendwann, Cobras, kommt der Zeitpunkt«, erklärte ihnen Bai an jenem letzten Nachmittag, »wenn die Ausbildung einen Sättigungspunkt erreicht, wo man mit Drill und Training nicht mehr erreicht als mit einem letzten Schliff. Das ist für einen Edelstein oder einen Athleten in Ordnung, Sie jedoch sind keines von beiden, sie sind Krieger. Und für Krieger gibt es keinen Ersatz für echte Kampferfahrung.

Von morgen früh an werden Sie also Kampferfahrung bekommen. Und zwar vier Tage lang: zwei allein, und zwei innerhalb einer Einheit. Sie werden gegen die gleichen Fernlenkroboter kämpfen, an denen Sie ausgebildet wurden, Ihre eigenen Waffen und Fähigkeiten werden identisch sein mit denen, die Sie besitzen werden, wenn man Ihnen in fünf Tagen, von jetzt an gerechnet, Ihre Kampf-Nanocomputer einsetzt. Also. Jetzt ist es 16.00 Uhr, und Sie haben bis morgen früh um 8.00 Uhr, wenn man Sie mit einem Fahrzeug auf das Testgelände bringt, ganz offiziell dienstfrei. Ich rate Ihnen, heute abend zu essen, als würden Sie für vier Tage auf Feldrationen gesetzt – denn genauso wird es sein –, und sich ordentlich auszuschlafen. Noch Fragen? Einheit weggetreten.«

Als sich die Gruppe an diesem Abend nach dem Essen in Jonnys Zimmer versammelte, waren alle sehr ernst. »Ich bin gespannt, wie das wird«, meinte Noffke, der am Tisch saß und nervös die Karten mischte.

»Leicht wird es jedenfalls nicht«, seufzte Singh. »Wir hatten schon leichte Verletzungen, als noch jeder wußte, was er selber und sein Gegner tut. Gut möglich, daß wir da draußen jemanden verlieren.«

»Oder mehrere«, gab Halloran ihm recht. Er stand am Fenster und starrte hinaus. Über seine Schultern hinweg konnte Jonny die Lichter eines anderen Teils des Freyr Complex funkeln sehen, und, weiter entfernt, die Lichter von Farnesee, der nächsten Stadt. Irgendwie erinnerte ihn das an sein Zuhause und seine Familie, ein Gedanke, der seine Trübsal noch verschlimmerte.

»Die machen das doch sicher nicht so gefährlich, daß einer von uns tatsächlich dabei draufgehen kann, oder?« fragte Noffke, obwohl sein angespannter Gesichtsausdruck vermuten ließ, welche Antwort er erwartete.

»Wieso nicht?« gab Halloran zurück. »Sicher, sie haben eine Menge in uns investiert – aber es ergibt keinen Sinn, Truppen landen zu lassen, die gerade so eben den Anforderungen entsprechen, nur damit sie im selben Augenblick, wenn sie den Boden Adirondacks betreten, abgeschossen werden. Wieso glaubst du, haben sie das Einsetzen unserer Computer bis nach dem Test verschoben?«

»Um überall dort, wo es möglich ist, Geld zu sparen«, knurrte Jonny. »Parr, hör auf, die Karten zu mischen – gib aus oder leg sie weg.«

»Weißt du, was wir brauchen?« meldete sich Viljo unvermittelt zu Wort. »Wir müssen hier mal raus. Ein paar Drinks, etwas Musik, ein wenig Unterhaltung mit richtigen Menschen – besonders der weiblichen Art –«

»Und wie willst du Mendro überreden, daß er uns für diesen kleinen *Ausfall* rausläßt?« meinte Deutsch mit verächtlichem Schnauben.

»Ehrlich gesagt, ich hatte nicht vor, ihn zu fragen«, sagte Viljo ruhig.

»Schätze, das gilt als unerlaubtes Entfernen von der Truppe«, gab Halloran zu bedenken. »Es gibt eine Menge einfacherer Möglichkeiten, rausgeworfen zu werden.«

»Unsinn. Bai hat gesagt, wir hätten dienstfrei, oder? Überhaupt, hat uns irgend jemand jemals *ausdrücklich* gesagt, wir dürften den Freyr Complex nicht verlassen?«

Einen Augenblick lang herrschte Schweigen. »Na ja, jetzt wo du es sagst«, gab Halloran zu. »Aber –«

»Kein Aber. Wir können uns hier mit Leichtigkeit rausschleichen – der Laden hier ist nicht einmal so streng bewacht wie eine gewöhnliche Militärbasis. Kommt schon – heute nacht wird sowieso keiner von uns gut schlafen. Dann können wir uns auch ein wenig Spaß gönnen.«

Weil wir morgen vielleicht sterben werden. Niemand sprach es laut aus, dem Scharren der Füße nach war jedoch klar, daß jedem ähnliche Gedanken durch den Kopf gingen ... und nach einer weiteren kurzen Stille erhob sich Halloran. »Klar. Wieso eigentlich nicht?«

»Ich bin dabei«, meinte Noffke sofort und nickte. »Ich hab gehört, in den Vergnügungszentren der Stadt kann man gut Karten spielen.«

»Und eine ganze Menge anderer Sachen machen«, nickte Deutsch. »Druma? Jonny? Was ist?«

Jonny zögerte. Ihm gingen die Worte seines Bruders über Dekadenz und das Festhalten an moralischen Grundsätzen durch den Kopf. Trotzdem, Viljo hatte recht: nirgendwo in ihren mündlichen oder schriftlichen Befehlen war davon die Rede, daß sie den Komplex nicht verlassen durften.

»Komm schon, Jonny«, sagte Viljo und gebrauchte zum ersten Mal seit Tagen seinen Vornamen. »Wenn du es nicht als Erholung akzeptieren kannst, stell dir vor, es wäre eine Übung für das Vordringen in eine vom Feind besetzte Stadt.«

»Na gut«, sagte Jonny. Schließlich brauchte er in der Stadt nichts zu tun, was er nicht mit seinem Gewissen vereinbaren konnte. »Ich will mir nur noch eben meine andere Hose anziehen –«

»Phrij drauf«, unterbrach ihn Viljo. »Die sehen doch prima aus. Hör auf, Zeit zu schinden, und laß uns losziehen. Druma?«

»Na gut, was soll's?« willigte Singh ein. »Aber nicht lange.«

»Du kannst zurück, wann immer du willst«, beruhigte ihn Halloran. »Sobald wir in der Stadt sind, kann jeder tun und lassen, was er will. Gut. Durch das Fenster?«

»Durch das Fenster und dann nach oben«, nickte Viljo. »Licht aus ... und los geht's.«

Wie sich herausstellte, war es weit einfacher, das Gelände des Komplexes zu verlassen, als Jonny erwartet hatte. Vom Dach ihres Flügels ließen sie sich auf einen dunklen Exerzierplatz hinab, der von den normalen Armeerekruten in Freyr benutzt wurde. Nachdem sie ihn überquert hatten, kamen sie an eine leicht zu überwindende Außenmauer. Sie umgingen die simple Lichtschranke der Alarmanlage und stiegen hinüber. »Das war's«, meinte Deutsch vergnügt. »Nichts als zehn Kilometer offenes Feld und Vororte zwischen uns und dem Vergnügen. Der erste gewinnt!«

Obwohl sie ihr Tempo drosseln mußten, als sie bewohntes Gebiet erreichten, brauchten sie nur eine halbe Stunde für den Weg ... und Jonny bekam einen ersten Eindruck davon, wie eine richtige Stadt aussah.

Nachher konnte er sich kaum noch an diesen ersten Sprung ins Nachtleben im Zentrum des Imperiums erinnern. Deutsch übernahm die Führung und schleppte sie auf einem schwindelerregenden, gewundenen Pfad durch die Shows, die Nachtbars, Restaurants und Vergnügungszentren. Diese hatte er in den Wochen zwischen seiner Ankunft von Iberiand und seinem Eintritt bei den Cobras eingehend ausgekundschaftet. In dem Viertel schienen sich mehr Menschen zu drängen, als Jonny je auf einmal gesehen hatte – Zivilisten in eigenwillig geschnittener, leuchtender Kleidung oder mit wildem Make-up sowie Militärpersonal sämtlicher Einheiten und Dienstgrade. Die Stimmung war viel zu gesellig, als daß Jonny sich hätte unwohl fühlen können, doch aus dem gleichen Grund war sie ihm auch zu fremd, um sich wirklich zu entspannen und die Atmosphäre zu genießen. Heraus kam ein lausiger Kompromiß, und bereits nach zwei Stunden hatte er genug. Er entschuldigte sich bei Deutsch und Singh – den einzigen, die von den ursprünglich sechs noch zusammen waren – und bahnte sich seinen Weg durch die Menschenmassen zurück in die wohltuende Dunkelheit außerhalb der Stadt. Wieder in den Komplex hineinzukommen war nicht schwerer als das Herausschleichen, und kurze Zeit später schlüpfte er durch das Fenster in ihr dunkles und verlassenes Zimmer. Er ließ das Licht aus und machte sich rasch zum Schlafengehen fertig.

Er hatte vielleicht eine halbe Stunde in seiner Koje gelegen und versucht, seinen überaktiven Geist in den Schlaf zu zwingen, als er ein Geräusch am Fenster hörte und die Augen aufschlug. »Wer ist da?« flüsterte er deutlich vernehmbar, als eine Gestalt in das Zimmer schlüpfte.

»Viljo«, raunte dieser gepreßt. »Bist du allein?«

»Ja«, sagte Jonny und schwang seine Beine aus dem Bett. Irgend etwas in Viljos Stimme klang entschieden falsch. »Was ist passiert?«

»Ich dachte, Mendro und die Militärpolizei wären inzwischen schon hier gewesen«, sagte Viljo besorgt und ließ sich rücklings in seine Koje fallen. »Ich bin nicht sicher, aber ich glaube, ich sitze in der Patsche.«

»Was?« Jonny stellte seine optischen Verstärker schnell eine Stufe höher. Im Restlicht wirkte Viljos Gesichtsausdruck angespannt, aber er schien unverletzt zu sein. »Und?«

»Ach, ich hatte hinter einer Bar eine kleine Auseinandersetzung mit einem dieser Phrijfresser. Ich mußte ihm ein wenig Benimm beibringen.« Plötzlich stemmte sich Viljo von der Koje hoch und stürzte ins Bad. »Geh wieder ins Bett«, rief er Jonny über die Schulter zu. »Sollte der Kerl Ärger machen, liegen wir beide besser unschuldig schlafend im Bett, wenn die Ermittlungen losgehen.«

»Wird er dich wiedererkennen? Ich meine –«

»Ich glaube nicht, daß er blind war oder des Lesens unkundig, nein.«

»Ich meine, war es hell genug, daß er deinen Namen von deiner Uniform ablesen konnte?«

»Ja, hell genug war es … vorausgesetzt, er hatte genug Zeit, darauf zu achten. Geh wieder ins Bett, ja?«

Klopfenden Herzens kroch Jonny zurück unter seine Decke. *Mußte ihm ein wenig Benimm beibringen.* Was bedeutete das? Hatte Viljo diesen Mann verletzt – vielleicht sogar schwer? Er öffnete den Mund, um nachzufragen … und schloß ihn wieder. Wollte er wirklich alle Einzelheiten wissen? »Was hast du vor?« fragte er statt dessen.

»Mich ausziehen und ins Bett gehen – was dachtest du?«

»Nein, ich meinte, wirst du es melden?«

Das Rauschen des Wassers hörte auf, und Viljo kam wieder aus dem Bad heraus. »Ich werde den Teufel tun und jemandem davon erzählen. Glaubst du, ich bin verrückt?«

»Aber der Typ könnte schwer verletzt sein –«

»Kaum, schließlich konnte er noch weglaufen. Außerdem war es nicht die Sorte Phrijfresser, für die es sich lohnt, die Karriere aufs Spiel zu setzen. Und das gilt auch für *deine* Karriere.«

»Ich – was meinst du?«

»Du weißt genau, was ich meine. Wenn du zu Mendro rennst und alles ausposaunst, mußt du auch zugeben, daß du selber heute abend ausgerückt bist.« Er hielt inne und musterte Jonnys Gesicht. »Abgesehen davon wäre es eine lausige Demonstration von Teamgeist, wenn du mich wegen so einer Kleinigkeit verpfeifen würdest.«

»*Kleinigkeit?* Womit war er bewaffnet, mit einer Laserkanone? Du hättest dich auch ohne Kampf aus der Affäre ziehen können. Wieso bist du nicht abgehauen?«

»Das verstehst du nicht.« Viljo kletterte in seine Koje. »Hör zu, ich habe ihn nicht wirklich verletzt, und wenn ich überreagiert haben sollte, dann ist es zu spät, jetzt noch was daran zu ändern. Also vergessen wir's einfach, einverstanden? Wahrscheinlich meldet er es nicht mal.«

»Und wenn doch? Wenn du es nicht zuerst meldest, sieht es so aus, als wolltest du es vertuschen.«

»Ja gut, das Risiko gehe ich ein – und da es *mein* Risiko ist, wäre es mir sehr lieb, wenn du dich raushalten würdest.«

Jonny antwortete nicht. Es wurde wieder still im Zimmer, und nach ein paar Minuten ging Viljos Atem ruhig und langsam, als würde der Kerl schlafen. Der Beweis eines reinen Gewissens, hätte Jonnys Vater gesagt, doch in diesem Fall schien das kaum wahrscheinlich. Für Jonny war das unmittelbare Problem allerdings nicht Viljos Gewissen, sondern sein eigenes.

Wie sollte er sich in diesem Fall verhalten? Hielt er den Mund, war das rein formal Begünstigung, und wenn der Zivilist tatsächlich schwere Verletzungen davongetragen hatte, konnte das richtigen Ärger bedeuten. Andererseits war Viljos Anspielung auf den Teamgeist ein gutes Argument. Jonny erinnerte sich, daß Bai beim Orientierungstreffen von solchen Dingen gesprochen hatte, und wenn Viljo nur einen Schläger in die Schranken gewiesen hatte, schien es *wirklich* am besten zu sein, den Vorfall zu vergessen.

Argument, Gegenargument. Und angesichts der mageren Informationen, die er hatte, konnten sich die beiden Argumente in seinem Kopf die ganze Nacht gegenseitig im Kreis jagen.

Sie gaben sich alle Mühe, genau das zu tun, und hielten ihn die nächsten anderthalb Stunden sinnlos wach. Einer nach dem anderen kamen seine vier Zimmergenossen durch das offene Fenster herein, bereiteten sich aufs Zubettgehen vor und gingen schlafen. Wenigstens war keiner von ihnen geschnappt worden, und endlich gelang es Jonny, seine Sorgen zu verdrängen und einzuschlafen. Seine Träume jedoch waren wild und spannungsgeladen, und als das Wecken ihnen ein Ende bereitete, fühlte er sich schlimmer, als hätte er die ganze Nacht wachgelegen.

Irgendwie schaffte er es, sich anzuziehen und zusammen mit den anderen in den Speisesaal zu gehen, ohne daß irgend jemand eine Bemerkung über seine müden Augen gemacht hätte. Und weder trafen MPs ein, während sie beim Essen saßen, noch wartete jemand beim Transporter, als sie sich mit den übrigen Rekruten hineinzwängten. Und mit jedem geflogenen Kilometer wurde Jonny ein wenig leichter ums Herz. Gewiß hätte ihre Dienststelle sie nicht fortgelassen, wenn irgendwelche Klagen über ein Fehlverhalten von Cobras in der Stadt vorgelegen hätten. Offenbar hatte Viljos Gegner tatsächlich beschlossen, die ganze Sache auf sich beruhen zu lassen.

Eine Stunde später erreichten sie das einhunderttausend Hektar große Testgelände, und nachdem Bai ihnen neue Computermodule, zusätzliches Material und letzte Anweisungen gegeben hatte, ließ er sie auf ihre individuellen Angriffsziele los. Jonny verbannte die vergangene Nacht aus seinen Gedanken und bereitete sich darauf vor, seine Prüfung zu überleben.

Daher war es keine geringe Überraschung, als er bei seiner Rückkehr ins Feldhauptquartier einen wartenden MP-Transporter vorfand. Noch größer war der Schock, als er feststellte, daß er auf *ihn* wartete.

Der junge Mann, der neben Mendros Schreibtisch unruhig in seinem Sessel hin und her rutschte, war zweifellos in eine Schlägerei geraten. Schnellheilverbände bedeckten eine Wange und seinen Kiefer, und sein linker Arm war mitsamt Schulter in jene Sorte Gußverband aus geriffeltem Plastik gehüllt, den man benutzte, um die Heilung gebrochener Knochen zu beschleunigen. Was von seinem Gesicht zu erkennen war, wirkte nervös, aber entschlossen.

Mendros Miene war lediglich entschlossen. »Ist das der Mann?« fragte er ihn, als Jonny sich in den Sessel setzte, den ihm sein Bewacher von der Militärpolizei zugewiesen hatte.

Der Blick des Zivilisten huschte kurz über Jonnys Gesicht und kam auf seiner Uniformjacke zur Ruhe. »Es war zu dunkel, um sein Gesicht genau zu erkennen, Commander«, meinte er. »Aber der Name stimmt, das ist sicher.«

»Verstehe.« Mendros Blick bohrte sich in Jonnys Augen. »Moreau, Mr. P'alit hier behauptet, Sie hätten ihn gestern abend hinter der Thasser Eya Bar in Fernesee tätlich angegriffen. Ja oder nein?«

»Nein«, brachte Jonny zwischen trockenen Lippen hervor. Im Nebel aus Unwirklichkeit, der den Raum füllte, nahm plötzlich ein schrecklicher Verdacht Gestalt an.

»Aber Sie *waren* gestern abend in Fernesee?« hakte Mendro nach.

»Ja, Sir, war ich. Ich ... habe mich rausgeschlichen und wollte versuchen, ein wenig auszuspannen, bevor heute die Abschlußprüfung beginnt. Ich war nur knapp zwei Stunden dort –« Er sah kurz zu P'alit hinüber, »– und ganz bestimmt habe ich mich mit niemandem geprügelt.«

»Er lügt«, sagte P'alit laut und deutlich. »Er war –«

Mendros Geste brachte ihn zum Schweigen. »Waren Sie allein unterwegs?«

Jonny zögerte. »Nein, Sir. Alle aus meinem Zimmer sind mitgegangen. In der Stadt haben wir uns allerdings getrennt, ich habe also kein Alibi. Aber ...«

»Aber was?«

Jonny holte tief Luft. »Ungefähr eine halbe Stunde nach meiner Rückkehr kam einer der anderen herein und erzählte mir – also, er sagte, er hätte sich hinter einer der Bars in Fernesee geprügelt.«

Mendros Blick wurde hart, ungläubig. »Und das haben Sie nicht gemeldet?«

»Er deutete an, es sei nur eine kleine Auseinandersetzung gewesen. Gewiß nichts so ... Ernstes.« Er sah wieder zu P'alit hinüber, und erst in diesem Augenblick wurde ihm bewußt, wie raffiniert das abgekartete Spiel war. Deswegen hatte Viljo nicht gewollt, daß Jonny sich umzog, bevor sie alle zusammen aufgebrochen waren. »Vermutlich hat er zu der Zeit meine Reservejacke getragen.«

»Aha. Und wer hat Ihnen das alles erzählt?«

»Rolon Viljo, Sir.«

»Viljo. Den Sie vor einiger Zeit im Speisesaal angefallen haben?«

Jonny biß die Zähne aufeinander. »Ja, Sir.«

»Offensichtlich will er die Schuld einem anderen in die Schuhe schieben«, warf P'alit voller Verachtung ein.

»Vielleicht. Wie ist es zu der Schlägerei gekommen, Mr. P'alit?«

Der Mann zuckte mit seiner freien Schulter. »Oh, ich habe irgendeine abfällige Bemerkung über die äußeren Provinzen gemacht – ich weiß nicht mal mehr, wie wir überhaupt auf das Thema gekommen sind. Er hat das sehr persönlich genommen und mich zur Hintertür hinausgestoßen, wo eine Gruppe von uns stand.«

»Haben Sie aus dem gleichen Grund nicht auch Viljo aufs Korn genommen, Moreau?« fragte Mendro.

»Ja, Sir.« Jonny widerstand dem fast überwältigenden Drang, diesen Vorfall nochmals zu erklären. »Vermutlich hat keiner Ihrer vier Gefährten einen genauen Blick auf Ihren Angreifer werfen können, oder, Mr. P'alit?«

»Nein, niemand hat ihn genau gesehen – aber ich glaube auch nicht, daß das nötig sein wird.« P'alit sah Mendro wieder an. »Ich denke, die Sache ist doch wohl ganz klar, Commander. Werden Sie etwas wegen der Geschichte unternehmen?«

»Disziplinarstrafen sind ausschließlich Sache der Armee«, sagte Mendro und drückte auf einen Knopf in seiner Schreibtischkonsole. »Vielen Dank, daß Sie uns auf den Vorfall aufmerksam gemacht haben.« Hinter Jonny ging die Tür auf, und ein anderer MP erschien. »Sergeant Costas wird Sie hinausbegleiten.«

»Vielen Dank.« P'alit stand auf, nickte Mendro zu und folgte dem MP nach draußen. Mendro machte sich bei Jonnys Posten bemerkbar, machte eine winzige Handbewegung, und dieser schloß sich den Hinausgehenden an. Die Tür ging zu, und Jonny und Mendro waren unter sich.

»Haben Sie noch etwas zu der Angelegenheit zu sagen?« fragte Mendro freundlich.

»Nichts, was mir etwas bringen würde, Sir«, erklärte Jonny erbittert. All die Arbeit, all der Schweiß ... und das alles drohte in Kürze mit Getöse über ihm zusammenzubrechen. »Ich habe es nicht getan, kann es jedoch nicht beweisen.«

»Hm.« Mendro sah ihn lange prüfend an, dann zuckte er mit den Achseln. »Nun ... ich denke, am besten gehen Sie wieder zurück zu Ihren Tests, bevor Sie noch weiter im Zeitplan zurückfallen.«

»Sie werfen mich nicht aus der Einheit, Sir?« fragte Jonny, und ein leichter Hoffnungsschimmer versuchte, unter den Trümmern seiner eingebrochenen Zukunft hervorzubrechen.

»Glauben Sie, ein solches Fehlverhalten würde das rechtfertigen?« konterte Mendro.

»Ich weiß es nicht.« Jonny schüttelte den Kopf. »Ich weiß, man braucht uns für den Krieg, aber ... zumindest auf Horizon gilt es als feige, sich mit einem Schwächeren anzulegen.«

»Auf Asgard gilt das ganz genauso«, seufzte Mendro. »Sehr gut möglich, daß es zu einer Entlassung kommt, Moreau. Zum gegenwärtigen Zeitpunkt weiß ich das nicht. Aber bis diese Entscheidung fällt, hat es keinen Sinn, Ihr Team bei den Gruppeneinsätzen Ihrer Unterstützung zu berauben.«

Mit anderen Worten, sie gaben ihm die Gelegenheit, sein Leben aufs Spiel zu setzen – und es möglicherweise zu verlieren –, und *dann erst* wollten sie entscheiden, ob sich dieses Risiko tatsächlich für ihn lohnte oder nicht. »Jawohl, Sir«, sagte Jonny und erhob sich. »Ich werde mein Bestes geben.«

»Weniger hätte ich auch nicht erwartet.« Mendro drückte auf einen Knopf, und der MP erschien erneut. »Wegtreten.«

Seine neuen Sorgen im weiteren Verlauf der Prüfungen zu vergessen war nicht so schwer, wie Jonny angenommen hatte. Die Gegenwehr, mit der er es zu tun bekam, war höllisch, und er brauchte jedes Quentchen seiner Konzentration, um die ihm zugewiesenen Aufträge zu erledigen. Doch sein Glück und sein Geschick hielten an, und er schloß die Einzelübungen ab, ohne sich ernsthaftere Schäden als aufgerissene Hände und eine eindrucksvolle Sammlung blauer Flecken zugezogen zu haben.

Dann schloß er sich seinen Zimmergenossen für die

Gruppenprüfungen an ... und damit nahm die Katastrophe ihren Lauf.

Viljo wieder gegenüberzustehen – mit ihm zu arbeiten und zu kämpfen – rief Gedanken und Empfindungen hervor, die selbst die Gefahr nicht unterdrücken konnte ... und diese Ablenkung äußerte sich rasch in eingeschränkter Handlungsfähigkeit. Zweimal manövrierte Jonny sich in Situationen, aus denen ihn nur seine computergesteuerten Reflexe wieder herausholten, noch häufiger führte ein Versagen bei seinem Teil einer Aufgabe dazu, daß einer der anderen unnötig in Gefahr geriet. Singh wurde durch einen Laser verletzt und war so gezwungen, durch starke Schmerzmittel benommen zu operieren, während Noffke nur durch schnelles Reagieren von Deutsch und Jonny aus einer Zwickmühle herauskam, in der er fast sicher den Tod gefunden hätte.

Jonny überlegte während dieser zwei Tage hundertmal, die Sache mit Viljo auszutragen – entweder mit Worten oder mit Fäusten – und den anderen zu zeigen, mit was für einer Sorte Ungeziefer sie hier zusammenarbeiteten, um so wenigstens die Lüge auszumerzen, mit der er leben mußte. Aber jedesmal, wenn sich die Gelegenheit dazu bot, unterdrückte er seine Wut und schwieg. Solange nur einer aus der Gruppe mit einem emotionalen Handikap belegt war, schafften es alle so gerade eben zu überleben – diese Belastung noch zu vervielfältigen und auf alle zu verteilen war nicht nur unfair, sondern obendrein vielleicht sogar tödlich.

Die andere logische Alternative kam ihm nur ein einziges Mal in den Sinn, und hinterher bedauerte er noch eine Stunde lang, daß seine moralische Erziehung ihm verbot, Viljo einfach in den Rücken zu schießen.

Die Einsätze gingen weiter, ohne auf Jonnys innere Qual Rücksicht zu nehmen. Gemeinsam brachen sie zu sechst in ein befestigtes, zehnstöckiges Gebäude ein, drangen in eine zwanzig Mann starke Kaserne ein und zerstörten sie, entschärften die Sprengladungen rings um einen unterirdischen Bunker, sprengten dessen Eingang und retteten erfolgreich vier Fernlenkroboter, die Zivilgefangene darstellten, aus einem Gefängnis der Trofts. Sie kampierten über Nacht in einem von Trofts kontrollierten, verwüsteten Gebiet, übernahmen schnell und präzise genug die Eigenschaften einer Gruppe exzentrischer Zivilisten, um eine Stunde später nicht als Fremde erkannt zu werden, und führten eine Gruppe Widerstandsroboter bei einer einfachen Mission an, die trotz der häufigen, gefährlichen Fehler, die die Operateure der Roboter diesen zugestanden, erfolgreich war.

Das alles machten sie, und sie machten es gut, und sie überstanden es lebend ... und als der Transporter sie nach Freyr zurückflog, entschied Jonny, daß sich das Risiko gelohnt hatte. Welche Disziplinarmaßnahmen Mendro auch verhängen würde, jetzt wußte er, daß er das hatte, was man brauchte, um ein Cobra zu sein. Ganz gleich, ob man ihm je erlauben würde, als Cobra seinen Dienst zu tun oder nicht, diese innere Gewißheit konnten sie ihm nicht nehmen.

Als sie in Freyr ankamen und die MP bereits wartete, war er fast froh. Wie auch immer Mendro entschieden hatte, offensichtlich würde es schnell vorüber sein.

Und so war es auch. Allerdings hatte er nicht damit gerechnet, daß Mendro Publikum dazu einladen würde.

»C-3 Bai berichtet, daß Sie sich überaus gut geschlagen haben«, meinte Mendro und blickte in die Runde aus sechs verdreckten Rekruten, die in einem Halbkreis vor seinem Schreibtisch saß. »In Anbetracht der Tatsache, daß Sie alle noch leben und vergleichsweise unversehrt sind, neige ich dazu, ihm zuzustimmen. Haben Sie zu den Einsätzen noch Fragen?«

»Ja, Sir«, sagte Deutsch laut vernehmbar nach einem Augenblick nachdenklichen Schweigens. »Bei der Führung des Widerstandstrupps hatten wir ein paar größere Probleme – es war äußerst schwierig, die Fehler zu kompensieren, die diese Leute gemacht haben. War diese Simulation realistisch?«

Mendro nickte. »Leider ja. Zivilisten werden immer wieder Dinge tun, die Ihnen wie unfaßbar dumme Fehler vorkommen werden. Sie können praktisch nichts weiter tun, als die Schäden so gering wie möglich zu halten und Geduld zu bewahren. Noch Anmerkungen dazu? Nein? Dann sollten wir wohl damit weitermachen, weswegen ich Sie herbeordert habe: die Anklage, die demnächst gegen Rekrut Moreau erhoben wird.«

Angesichts des plötzlichen Themawechsels ging ein überraschtes Raunen durch die Gruppe. »Anklage, Sir?« fragte Deutsch vorsichtig.

»Ja. Er wird beschuldigt, während Ihres nicht genehmigten Ausflugs in die Stadt vor vier Tagen einen Zivilisten tätlich angegriffen zu haben.« Mendro gab ihnen eine knappe Zusammenfassung von P'alits Geschichte. »Moreau bestreitet die Tat«, schloß er. »Irgendeine Anmerkung dazu?«

»Ich kann es nicht glauben, Sir«, sagte Halloran tonlos. »Ich will diesen Menschen keinen Lügner schimpfen, aber ich denke, er muß den Namen falsch abgelesen haben.«

»Oder er hat Jonny an jenem Abend gesehen, wurde später in eine Prügelei verwickelt und versucht jetzt, der Armee die Arztkosten anzuhängen«, schlug Noffke vor.

»Kann sein.« Mendro nickte. »Aber nehmen wir im Augenblick einmal an, der Vorwurf stimmt. Halten Sie es für gerechtfertigt, Moreau in diesem Fall aus den Cobras zu entlassen?«

Beklommenes Schweigen machte sich breit. Jonny beobachtete das Spiel der Gefühle in ihren Gesichtern, doch obschon er eindeutig ihre Sympathien besaß, war ebenfalls klar, zu welcher Meinung sie neigten. Er konnte es ihnen eigentlich nicht verdenken, an ihrer Stelle wüßte er, welche Antwort er wählen würde.

Deutsch war es, der schließlich aussprach, was alle dachten. »Ich fürchte, Sir, Ihnen bleibt keine Wahl. Der Mißbrauch unserer Ausrüstung würde die Zivilbevölkerung gegen uns aufbringen, wenn auch vielleicht nur unbewußt. Als Bürger von Adirondack möchte ich hinzufügen, daß wir zur Zeit bereits mehr Gegner haben, als wir gebrauchen können.«

Mendro nickte. »Freut mich, daß Sie mir zustimmen. Nun. Während der nächsten Tage werden Sie erneut dienstfrei haben. Danach werden wir mit jedem von Ihnen eine genaue Analyse seiner Prüfungsleistung durchsprechen und Ihnen zeigen, wie Sie Ihre Ausrüstung effektiver hätten einsetzen können.« Er hielt inne ... und irgend etwas in seinem Gesicht durchdrang die Benommenheit, die sich um Jonnys Verstand gelegt hatte. »Was ich jetzt sage, ist eines der Dinge, die wir vor Ihnen geheimhalten mußten, um keine übermäßige Unsicherheit zu erzeugen«, fuhr der Kommandant fort. »Da in den Halsbandcomputern eine vergleichsweise große Menge Speicherplatz zur Verfügung steht, konnten wir Aufzeichnungen über sämtliche Einsätze Ihrer Ausrüstung machen.« Fast träge wechselte er die Blickrichtung. »In dieser Gasse hinter der Thasser Eya Bar war es dunkel, Rekrut Viljo. Sie mußten Ihre optischen Verstärker einsetzen, als Sie mit diesem Zivilisten gekämpft haben.«

Alle Farbe wich aus Viljos Gesicht. Er öffnete den Mund ... doch dann wanderte sein Blick nervös jeden einzelnen der Gruppe ab, und was immer er an Protest oder Beschwerde vorzubringen beabsichtigt hatte, erstarb ungesagt.

»Wenn Sie eine Erklärung haben, bin ich bereit, sie mir jetzt anzuhören«, fügte Mendro hinzu.

»Keine Erklärung«, preßte Viljo hervor.

Mendro nickte. »Halloran, Noffke, Singh, Deutsch: Sie werden Ihren ehemaligen Teamkameraden in den medizinischen Trakt begleiten. Die Leute dort haben bereits Instruktionen erhalten. Wegtreten.«

Langsam erhob sich Viljo. Er sah Jonny einmal kurz leeren

Blicks an, dann ging er zur Tür, die Reste seiner Würde fast sichtbar um den Körper tragend. Die anderen folgten mit gußeisernen Mienen.

Die spröde Stille hing noch mehrere Sekunden lang im Raum, nachdem sich die Tür hinter ihnen geschlossen hatte. »Sie haben die ganze Zeit gewußt, daß ich es nicht war«, meinte Jonny schließlich.

Mendro zuckte kaum merklich mit den Achseln. »Nicht endgültig, aber wir waren zu neunzig Prozent sicher. Nicht jedesmal, wenn die Verstärker eingesetzt werden, zeichnet der Computer einen vollständigen Film auf, wissen Sie. Wir mußten die Servobewegungen vergleichen, um festzustellen, ob Sie es getan hatten oder nicht – und bis sie Viljo als mutmaßlichen Täter identifiziert hatten, wußten wir nicht, wessen Aufzeichnungen wir noch hinzuziehen mußten.«

»Trotzdem hätten Sie mir sagen können, daß ich nicht wirklich unter Verdacht stand.«

»Das hätte ich«, räumte Mendro ein. »Doch es schien eine gute Gelegenheit, ein paar zusätzliche Informationen über Ihre emotionale Struktur zu bekommen.«

»Sie wollten sehen, ob mich das zu sehr beschäftigt, um in einer Kampfsituation zu bestehen? Oder ob ich Viljo einfach niederschießen würde, um es hinter mich zu bringen?«

»Hätten Sie die Beherrschung verloren, wären Sie sofort im hohen Bogen aus der Einheit geflogen«, sagte Mendro, und seine Stimme wurde eine Spur härter. »Aber bevor Sie sich über unfaire Behandlung beklagen, vergessen Sie bitte nicht, daß wir Sie hier auf einen *Krieg* vorbereiten und nicht auf irgendein Spiel mit festen Regeln. Wir tun das, was nötig ist. Und wenn manche Leute ein wenig mehr an der Last zu tragen haben als andere, nun, so ist das einfach der Lauf der Dinge. Das ganze Leben ist so, und Sie täten gut daran, sich darauf einzustellen.« Der Commander gab ein Knurren von sich. »Tut mir leid, ich wollte Ihnen keinen Vortrag halten. Entschuldigen Sie, wenn wir Sie auf eine Extrarunde durch den Hamsterkäfig geschickt haben, aber jetzt, nachdem Sie die Tests so hervorragend bestanden haben, werden Sie sich wohl kaum ernsthaft beschweren wollen.«

»Nein, Sir. Aber es war nicht bloß eine Zusatzrunde im Käfig. Seit Trainingsbeginn hat C-3 Bai mich immer irgendwie herausgestellt – und hätte er das nicht getan, dann hätte sich Viljo vielleicht auch nicht soweit reizen lassen, mein Ansehen so sehr in den Schmutz zu ziehen.«

»Wodurch wir etwas Wichtiges über ihn gelernt haben, oder nicht?« konterte Mendro kühl.

»Schon, Sir. Aber –«

»Lassen Sie mich es dann wie folgt ausdrücken«, unterbrach ihn Mendro. »Während der gesamten Geschichte der Menschheit haben Menschen aus dem einen Teil einer Region, eines Landes, Planeten oder Systems die Neigung gehabt, auf Menschen aus einem anderen Teil herabzublicken. Das ist einfach die menschliche Natur. Im heutigen Imperium der Menschen äußert sich das in einer leicht herablassenden Haltung den Planeten im Siedlungsgrenzgebiet gegenüber. Gegenüber Welten wie Horizon, Rajput, sogar Zimbwe … und Adirondack.

Es handelt sich um eine Kleinigkeit ohne jede kulturelle Zuordnungsmöglichkeit, daher ist es verdammt schwer, ihren Einfluß auf die Einstellung eines bestimmten Rekruten auszutesten. Von daher sind wir auf Experimente angewiesen. Wir stellen jemanden von einer dieser Welten als leuchtendes Beispiel dafür heraus, wie ein guter Cobra sein sollte, und dann verfolgen wir, wer damit nicht zurechtkommt. Viljo offenbar nicht. Und auch, wie ich leider sagen muß, einige der anderen nicht.«

»Verstehe.« Vor einer Woche, dachte Jonny, wäre er vielleicht noch erbost darüber gewesen, daß man ihn auf diese Weise benutzt hatte. Aber jetzt … *er* hatte seine Prüfung bestanden und würde ein Cobra bleiben. Die anderen nicht, und sie würden … tja, was würde aus ihnen werden? »Was geschieht mit ihnen? Sie haben gesagt, ein Teil unserer Ausrüstung sei nicht wieder zu entfernen. Werden Sie sie ...?«

»Töten?« Mendro lächelte schwach, erbittert, und schüttelte den Kopf. »Nein. Die Ausrüstung läßt sich nicht entfernen, aber in diesem Stadium kann sie praktisch vollkommen unbrauchbar gemacht werden.« In den Augen seines Gegenübers blitzte so etwas wie Schmerz auf, stellte Jonny plötzlich fest. Wie viele Male, überlegte Jonny, und aus wie vielen bedeutenden und unbedeutenden Gründen hatte der Commander einem seiner sorgfältig ausgewählten Rekruten erklären müssen, daß all die Plackerei und Aufopferung umsonst gewesen waren? »Die Nanocomputer, mit denen man diese Leute ausstatten wird, werden nur ein schwacher Abglanz dessen sein, was Sie bald bekommen. Er wird die Verbindung zwischen der Energiequelle und sämtlichen verbliebenen Waffen lösen und die Servokraft auf eine bescheidene Höchstleistung begrenzen. Wenn diese Leute Asgard verlassen, werden sie nichts anderes sein als ganz normale Menschen mit unzerbrechlichen Knochen.«

»Und ein paar miesen Erinnerungen.«

Mendro bedachte ihn mit einem langen, festen Blick. »Die haben wir alle, Moreau. Erinnerungen sind es letzten Endes, die den Unterschied zwischen einem Rekruten und einem Soldaten ausmachen. Wenn Sie Erinnerungen an Dinge besitzen, die nicht funktioniert haben – an Dinge, die Sie hätten besser machen können, oder anders oder vielleicht besser überhaupt nicht –, wenn Sie das alles vor Augen haben und immer noch tun können, was nötig ist ... *dann* sind Sie ein Soldat.«

☆☆☆

Eine Woche darauf brachen Jonny, Halloran, Deutsch, Noffke und Singh – jetzt Cobra-Trupp 2/03 – zusammen mit den anderen frisch ernannten Cobras auf einem schwer gesicherten Schnelltransporter ins Kriegsgebiet auf. Beim Eindringen in das Kampfgebiet wurden die Trupps mit Fallschirmen in einem achthundert Kilometer breiten Streifen des strategisch wichtigen Essek-Distrikts auf Adirondack abgesetzt.

Die Landung war eine einzige Katastrophe. Die Bodentruppen der Trofts reagierten sehr viel schneller, als irgend jemand erwartet hatte, und schnitten Jonnys Trupp bereits am Rand jener Stadt den Weg ab, zu der Deutsch sie geführt hatte. Es gelang den Cobras, der Umzingelung mit nicht mehr als harmlosen Fleischwunden zu entkommen … doch im mörderischen Kreuzfeuer des Gefechts wurden drei Zivilisten getötet, die sich zur falschen Zeit am falschen Ort aufgehalten hatten. Noch tagelang danach verfolgten ihre Gesichter Jonny in Gedanken, und erst als die Cobras sich ihre verdeckten Identitäten verschafft hatten und mit der Planung ihres ersten Sabotageunternehmens begannen, merkte er, daß Mendro recht gehabt hatte.

Er war auf dem besten Weg, Erinnerungen als Soldat zu sammeln.

Zwischenspiel

Auf der anderen Seite von Asgard, gegenüber dem Freyr Complex – von den Zentren militärischer Macht sowohl räumlich als auch in der Zielsetzung weit entfernt –, lag die sich nach allen Richtungen ausbreitende Stadt, die schlicht unter dem Namen Dome bekannt war. Während der letzten zwei Jahrhunderte hatte man immer wieder versucht, ihr einen eleganteren Namen zu geben, doch die Bemühungen waren ebenso zum Scheitern verurteilt gewesen, wie es der Versuch gewesen wäre, die Erde selbst umzubenennen. Der Name – und der geodätische Kuppeldom, der ihre Silhouette beherrschte – war in den Köpfen der Bürger des Imperiums ebenso fest verankert wie ihre eigenen Namen … hier erließ das Zentrale Komitee Befehle, Gesetze und Erlasse, die letzten Endes das Leben jedes Bürgers betrafen. Hier konnten die Entscheidungen von Bürgermeistern, Abgeordneten und sogar Generalgouverneuren der Planeten revidiert werden, und da vor dem Gesetz alle gleich waren, konnte theoretisch jede Beschwerde oder Eingabe eines Bürgers dem Komitee vorgelegt werden.

Praktisch war dies allerdings reine Legende, und jeder, der im Schatten des Kuppeldomes arbeitete, wußte das. Unbedeutendere lokale Angelegenheiten fielen in den Aufgabenbereich der unteren Regierungsebenen. Angelegenheiten, die nicht Milliarden von Menschen unmittelbar betrafen, wurden selten auch nur einem einzigen Mitglied des Komitees zur Kenntnis gebracht.

Dennoch kam dies vor.

Das Büro des Komiteemitgliedes Sarkiis H'orme entsprach ungefähr dem Durchschnitt für einen der dreißig mächtigsten Männer des Imperiums. Ein nobler Teppich, Wandtäfelung aus seltenem Holz, ein großer Schreibtisch mit Einlegearbeiten aus einem Dutzend Welten – in gewissem Sinne eine stille Art des Luxus. Hinter den Seitentüren lagen sein privates Acht-Zimmer-Apartment und der Miniatur-Haikugarten, wo H'orme häufig seinen Gedanken nachhing. Manche Komiteemitglieder benutzten ihre Apartments im Kuppeldom nur selten, sie zogen es vor, abends nach der Arbeit hinaus auf ihre Landsitze zu fliegen. Zu diesen gehörte H'orme nicht. Von Natur aus ein gewissenhafter, harter Arbeiter, saß er oft bis spät in der Nacht am Schreibtisch … und für sein Alter war ihm der Streß oft nur zu deutlich anzusehen.

So wie auch jetzt, dachte Vanis D'arl, der H'orme mit kritischen Augen musterte, während das Komiteemitglied den Bericht überflog, den er vorbereitet hatte. Schon bald – wahrscheinlich schneller, als einer der beiden erwartete – würde H'orme sich in einen frühen Tod oder die vorzeitige Pensionierung hetzen, und D'arl würde seinen Platz im Komitee einnehmen. Die höchste Stufe des Erfolges, den das Imperium zu bieten hatte, ein Erfolg, der jedoch ein gewisses Maß an Unbehagen in sich barg. D'arl hatte H'orme neunzehn Jahre lang begleitet – die letzten acht als dessen rechte Hand und designierter Nachfolger –, und wenn er eins in dieser Zeit gelernt hatte, dann, daß man ein unendliches Maß an Wissen und Weisheit brauchte, um das Imperium zu regieren. Die Tatsache, daß auch sonst niemand über diese Eigenschaften verfügte, war nicht von Bedeutung. Die Vorstellung von Vortrefflichkeit, mit der man ihn großgezogen hatte, verlangte, daß er die größtmögliche Annäherung an das Ideal anstrebte. H'orme, der ebenfalls auf Asgard geboren und aufgewachsen war, teilte diesen Werdegang mit ihm ... daher wußte D'arl, wieviel Arbeit das Erreichen dieser Ziele erforderte.

H'orme drückte ein letztes Mal auf die Taste ›Umblättern‹, legte sein Combord zur Seite, hob den Kopf und blickte D'arl in die Augen. »Dreißig Prozent. Nach all den Vorabtests werden immer noch dreißig Prozent der Cobrarekruten als ungeeignet eingestuft. Vermutlich haben Sie gesehen, was als Hauptgrund angeführt wird?«

D'arl nickte. »Mangelnde Eignung für die unmittelbare Zusammenarbeit mit der Zivilbevölkerung. Ein Begriff, der alles mögliche umfaßt, fürchte ich, aber das Zahlenmaterial ließ sich nicht weiter aufschlüsseln. Ich arbeite noch daran.«

»Aber Sie sehen, was das bedeutet, oder? Wenn die Tests derart danebenliegen, muß sich zwischen den Vorabtests und der Endauswahl *irgend etwas* verändert haben, und *das* bedeutet wiederum, daß wir voll aktivierte Cobrakrieger nach Silvern und Adirondack entsenden, ohne ihren psychologischen Status ganz begriffen zu haben. Schon aus ganz allgemeinen Erwägungen kann man ein solches Vorgehen nicht gutheißen.«

D'arl schürzte die Lippen. »Nun ja ... es könnte sich um ein zeitlich begrenztes Allmachtgefühl handeln, verursacht durch ihre neuen Fähigkeiten«, schlug er vor. »Wenn sie erstmal eine Vorstellung vom Krieg bekommen, erkennen sie vielleicht, daß sie genauso fehlbar sind wie jeder andere Sterbliche auch. Und ihre Eitelkeit reduziert sich wieder auf ein normales Maß.«

»Vielleicht. Vielleicht aber auch nicht.« H'orme blätterte zum Inhaltsverzeichnis des Berichtes zurück und nahm sich einen weiteren Unterpunkt vor. »Dreihundert von ihnen wurden mit der ersten Landungswelle rausgeschickt, sechshundert weitere befinden sich in der Ausbildung. Hmmm. Möglicherweise ist es wirklich nur auf das schlechte Zahlenmaterial zurückzuführen, das uns zur Verfügung steht. Irgendwelche Hinweise darauf, daß die Armee ihr Vorabtestraster darauf abstimmt?«

»Es ist noch zu früh, um das zu sagen.« D'arl schüttelte den Kopf.

Einen Moment lang schwieg sein Gegenüber. D'arl ließ den Blick zu den dreieckigen Fenstern hinter H'ormes Rücken schweifen, durch die sich ihm das Panorama des Kuppeldoms bot. Einige Komiteemitglieder ließen die Fenster zugunsten eines pittoreskeren Holos permanent blind, und er hatte oft gedacht, daß H'ormes Entscheidung auf eine größere Entschlossenheit hindeutete, Wahrheit und Wirklichkeit aufzuspüren. »Wenn Sie möchten, Sir«, sagte er laut und deutlich, »könnte ich das gesamte Projekt über die Berücksichtigungslisten einstellen. Zumindest würde der Rest des Komitees dann dahingehend alarmiert, daß möglicherweise etwas damit nicht stimmt.«

»Hm.« H'orme blickte wieder auf sein Combord. »Dreihundert bereits im Kampfeinsatz. Nein, nein, die Gründe, aus denen das Komitee anfänglich seine Zustimmung gegeben hat, bestehen noch immer: wir befinden uns in einem Krieg um ein Gebiet des Imperiums, und wir müssen jede Waffe zum Einsatz bringen, die uns möglicherweise nützlich sein kann. Wenn wir jetzt alles abblasen, verdammt das die bereits im Einsatz befindlichen Cobrakrieger lediglich zu einem langen Zermürbungskrieg. Trotzdem ...« Er trommelte mit den Fingern auf den Schreibtisch. »Forsten Sie das gesamte militärische Nachrichtenmaterial, das von Silvern und Adirondack hereinkommt, nach Daten darüber durch, wie die Cobras miteinander und mit der örtlichen Zivilbevölkerung interagieren. Sollten sich dabei irgendwelche Probleme ergeben, will ich sofort davon in Kenntnis gesetzt werden.«

»Jawohl, Sir.« D'arl nickte. »Es wäre vielleicht hilfreich, wenn ich wüßte, wonach genau Sie suchen.«

H'orme machte eine vage Handbewegung. »Ach, nennen Sie es ... einen *Titan-Komplex,* vermutlich. Die Überzeugung, so mächtig zu sein, daß man über den normalen Gesetzen und Normen steht. Man hat die Cobrakrieger mit außerordentlich großer körperlicher Kraft ausgestattet, und das kann durchaus gefährlich sein.«

D'arl mußte lächeln, als er das hörte. Man stelle sich vor, ein Komiteemitglied des Imperiums, das über eine zu hohe Konzentration von Macht in einem einzelnen besorgt war. Trotzdem, er wußte, wie H'orme es meinte. Die Cobrakrieger hatten ihre gesamte Macht auf einmal bekommen und sie sich nicht nach und nach erkämpfen müssen. Damit waren die üblichen Gewöhnungsmechanismen außer Kraft gesetzt. »Verstehe«, meinte er zu H'orme. »Möchten Sie, daß ich den Bericht im Hauptsystem abspeichere?«

»Nein, das mache ich später selbst. Ich will zuvor noch einen genaueren Blick auf die Zahlen werfen.«

»Jawohl, Sir.« Stillschweigend folgerte er daraus, daß ein paar dieser Zahlen am Ende möglicherweise nur in H'ormes persönlicher Datenbank auftauchten und nicht im zugänglicheren Hauptsystem von Dome. Eines der Fundamente der Macht, das hatte D'arl schon lange gelernt, bestand darin, mögliche Gegner nicht alles, was man tat, wissen zu lassen. »Soll ich Ihnen etwas zum Abendessen heraufschicken?«

»Ja, bitte. Und dazu noch eine Extrakanne Kahve. Es wird vermutlich eine lange Nacht werden.«

»Jawohl, Sir.« D'arl erhob sich. »Ich bin wahrscheinlich ebenfalls noch eine Weile in meinem Büro, falls Sie mich brauchen.«

H'orme brummte etwas, zum Zeichen, daß er verstanden hatte, und hatte sich bereits wieder in sein Combord vertieft. D'arl trat leise über den dicken Teppich zu der mit Intarsien verzierten Tür aus Edelholz. Solange die Cobrakrieger in einem Krieg beschäftigt waren, stellten sie keine Gefahr dar, doch H'orme war nicht der Typ, der beim leisesten Geräusch hochschreckt, und wenn er sich schon Sorgen machte, dann war es an der Zeit, daß D'arl dies ebenfalls tat. Der erste Schritt wäre ein Anruf beim Ausbildungszentrum der Cobras im Freyr Complex auf der anderen Seite des Planeten, um vielleicht ein paar weitere Zahlen zu bekommen.

Und danach... wäre es vielleicht das beste, vom Service zwei Abendessen hinaufbringen zu lassen anstelle von nur einem. Wie es aussah, würde es auch für ihn eine lange Nacht werden.

Krieger: 2406

Das Wohnzimmer des Apartments war klein und unordentlich und strahlte jene Art trauriger Schäbigkeit aus, die eher eine Folge des Mangels an Zeit und Geld darstellt, als daß sie auf fehlendes Interesse an häuslicher Ordnung zurückzuführen ist. Jonny saß an dem zerkratzten Tisch in der Zimmermitte, ließ den Blick an der gegenüberliegenden Wand entlangwandern und betrachtete deren verblichene blaue Farbe als Metapher für seine eigene Erschöpfung. Eine Landkarte seiner eigenen Seele, mit kleinen Rissen und abgeblätterten Stellen, in denen sich die Auswirkungen dreier

Kriegsjahre auf seinem Gemüt widerspiegelten. *Aber die Wand steht noch immer,* sagte er sich entschlossen, wie immer an diesem Punkt seiner Grübeleien. *Die Explosionen und der Knall der Sonics können die Oberfläche stark erschüttern, doch darunter bleibt die Wand stabil. Wenn eine blöde Wand das kann, dann kann ich das schon lange.*

»So?« fragte zögernd eine Stimme neben ihm.

Jonny blickte auf das zerknitterte Stück Papier und die Zeilen und Zahlen, die das Kind darauf gemalt hatte. »Also, die ersten drei sind richtig«, nickte er. »Aber die letzte müßte –«

»Ich komme noch drauf«, unterbrach ihn Danice und machte sich mit neuem Eifer über das Geometrieproblem her. »Verrat's mir nicht.«

Jonny mußte lächeln und beobachtete liebevoll das zerzauste rote Haar und den ernst-entschlossenen Blick, mit dem das Mädchen die Aufgaben nochmals durchrechnete. Danice war zehn Jahre alt, genauso alt wie Jonnys Schwester jetzt war, und obwohl er seit seiner Ankunft auf Adirondack nichts von seiner Familie gehört hatte, stellte er sich manchmal vor, daß Gwen zu einer dunkelhaarigen Version des Mädchens hier neben ihm herangewachsen war. Gwens Schwung und ihr gesunder Menschenverstand waren auch bei Danice im Überfluß vorhanden. Und sie zeigte zudem jene Selbständigkeit, die Jonny oft bei seiner Schwester aufgefallen war, indem sie ihn – trotz der Reserviertheit ihrer Eltern dem Cobrakrieger gegenüber, der sich vorübergehend in ihrer Wohnung eingenistet hatte – wie einen guten Freund behandelte.

Doch Danice wuchs in einem Kriegsgebiet auf, und mochte sie noch so charakterstark sein, all dies würde sie kaum unbeschadet überstehen. Bislang hatte sie Glück gehabt. Sie hockte zwar zusammengepfercht mit zu vielen Menschen in einer kleinen Wohnung, aber ansonsten hatte der schwelende Guerillakrieg draußen ihr Leben nur indirekt berührt.

Genügend Zeit vorausgesetzt, würde sich das jedoch mit Sicherheit ändern, besonders wenn die Cobras länger blieben, als sie erwünscht waren, und die Trofts in die Gegend lockten. Auf der einen Seite bereitete das Jonny zusätzliche Sorgen, auf der anderen lieferte es ihm einen weiteren Anreiz, seine Arbeit gut zu machen und den Krieg so schnell wie möglich zu beenden.

Durch das offene Fenster drang ferner, dumpfer Donner herein. »Was war das?« fragte Danice, während ihr Bleistift über dem Blatt Papier innehielt.

»Sonicdonner«, sagte Jonny sofort. Er hatte sofort seine akustischen Verstärker eingeschaltet und das unverwechselbare Sirren des Troft-Triebwerkes hinter der Schockwelle erkannt. »Wahrscheinlich ein paar Kilometer entfernt.«

»Oh.« Der Bleistift setzte seinen Weg über das Papier fort.

Jonny stand auf, trat ans Fenster und sah hinaus. Das Apartment lag sechs Stockwerke hoch, viel zu sehen gab es trotzdem nicht. Wegen des weichen Bodens um Cranach herum war man gezwungen gewesen, in die Höhe zu bauen statt in die Breite wie in den meisten anderen Städten auf Adirondack. Gleich gegenüber befand sich eine massive Wand aus sechsstöckigen Gebäuden, dahinter waren nur die Spitzen der Wolkenkratzer im Zentrum von Cranach zu erkennen. Er vergrößerte den Bildausschnitt mit einem Klikken und suchte den sichtbaren Teil des Himmels nach Spuren von Raumgleitern ab. Die Pulscodenachricht gestern abend von außerhalb des Planeten hatte eine verzweifelte, hektische Aktivität ausgelöst. Der Untergrund versuchte, sich auf die neuen Cobras vorzubereiten – Cobras, die dank der katastrophalen Planung praktisch mitten im Aufmarsch der Trofts landen würden, der in und um Cranach im Gange war. Jonnys Kiefermuskeln spannten sich bei dem Gedanken, doch niemand hatte irgend etwas dagegen unternehmen können. Eine verschlüsselte Nachricht zu empfangen war eine Sache, erheblich heikler war es, das Signal zu erwidern, selbst wenn das Kurierschiff sich erlauben konnte, in der Nähe zu bleiben. Jonny kannte ein rundes Dutzend Wege, Peilempfänger für Funk-, Laser- und Pulscodesender auszutricksen – und jeder von ihnen hatte höchstens viermal funktioniert, bevor die Trofts eine Möglichkeit gefunden hatten, den Sender zu lokalisieren. Für Notfälle hatte der Untergrund noch eine Methode in der Hinterhand; die Landung der Cobras allerdings hatte man nicht als einen solchen betrachtet.

»Kannst du was sehen?« fragte Danice vom Tisch aus.

Jonny schüttelte den Kopf. »Blauer Himmel, Wolkenkratzer – und ein kleines Mädchen, das seine Hausaufgaben nicht macht«, fügte er hinzu, drehte sich um und sah sie mit gespieltem Zorn an.

Danice schmunzelte, ohne daß der sehr kindliche Ausdruck in ihrem Gesicht auf den eher erwachsenen Ernst in ihren Augen übergesprungen wäre. Jonny fragte sich oft, wieviel sie über die Aktivitäten ihrer Eltern auf den sich ständig verändernden und improvisierten Schlachtfeldern Adirondacks wußte. Wußte sie zum Beispiel, daß sie sich im Augenblick in einem in aller Eile ausgeführten Ablenkungsmanöver befanden?

Er hatte keine Ahnung. Aber wenn sie keine Ablenkung von den Geschehnissen draußen brauchte, er hatte sie ganz bestimmt nötig. Er setzte sich wieder neben sie und konzentrierte sich so gut es ging auf die mathematischen Rätsel der fünften Klasse.

Fast drei Stunden später hörte man das Klicken eines Schlüssels im Schloß der Wohnungstür. Jonny krümmte automatisch die Hände, so daß die Fingerspitzenlaser in Feuerstellung standen, und verfolgte in stummer Besorgnis, wie sechs Personen nacheinander schweigend die Wohnung betraten. Dabei suchte er Gesichter und Körper der Ankömmlinge nach Anzeichen von Verletzungen ab. Das Ergebnis war wie üblich besser als seine Befürchtungen und schlimmer als seine Hoffnungen. Auf der Habenseite stand, daß alle, die die Wohnung in der Morgendämmerung verlassen hatten – zwei Cobras, vier Zivilisten – aus eigener Kraft zurückgekehrt waren. Auf der Sollseite stand –

Danices Mutter hatte noch keine zwei Schritte ins Zimmer gemacht, als Jonny bereits bei ihr war und ihren nicht bandagierten Arm aus dem Griff ihres müde aussehenden Vaters löste. »Was hat dich erwischt?« fragte er ruhig und führte sie hinüber zur Couch.

»Ein Hornet«, sagte Marja Tolan mit von Schmerzmitteln schwerer Zunge. Zwei der Zivilisten schoben Jonny zur Seite und holten Verbandszeug aus dem sperrigen Erste-Hilfe-Kasten der Wohnung.

»Wir nehmen an, daß es sich auf das Klicken des Feuermechanismus ihrer Popcornkanone eingeloggt hat«, fügte Marjas Ehemann Kem müde von dem Stuhl aus hinzu, auf dem Jonny eben noch gesessen hatte. Erschöpft oder nicht, Jonny fiel auf, daß er sofort zu seiner Tochter hinübergegangen war, um sie zu beruhigen.

Jonny nickte erbittert. Popcornkanonen waren bislang bemerkenswert sichere Waffen gewesen – bis zu einem gewissen Grad jedenfalls. Ihre winzigen, trägheitsgelenkten Geschosse gaben keinerlei Radar-, Sonar- oder Infrarotstrahlung ab, die die unzähligen Detektoren und Reaktionswaffen der Trofts hätten auffangen können. Darüber hinaus hatten die Geschosse keinen eigenen Antrieb, sondern wurden durch einen massiven Stoß komprimierter Luft aus dem Lauf der Waffe abgefeuert, wobei ihre Raketen erst zündeten, wenn sie sich fünfzehn Meter vom Schützen entfernt hatten. Die Projektile selbst waren in großer Menge von den Trofts im Flug mittels Hornets und Laserzielerfassungsgeräten abgeschossen worden, doch bislang hatten die Aliens keine Möglichkeit, die Spur zum Schützen zurückzuverfolgen. Es sei denn, Marja war nur zufällig getroffen worden …

Jonny sah Cally Halloran an und zog die Brauen hoch. Die

Frage, die auf seinem Gesicht stand, brauchte er nicht laut auszusprechen. Und Halloran verstand. »Das werden wir erst genau wissen, wenn die Popcornschützen reihenweise fallen«, meinte der Cobra matt. »Aber eigentlich war der Treffer zu präzise, um reiner Zufall zu sein. Ich denke, wir können mit Sicherheit davon ausgehen, daß wir die Popcornwaffen für die Dauer dieses Krieges ausrangieren müssen.«

»Als hätten die verdammten Dinger bislang viel gebracht«, brummte Imel Deutsch. Er schritt steifbeinig ans Fenster, blieb dort stehen und starrte hinaus, die Hände in steifer Rührt-Euch-Haltung hinter dem Rücken verschränkt.

Plötzlich war es still im Zimmer. In Jonnys Magen begann es zu rumoren, als er wieder zu Halloran blickte. »Was ist passiert?«

»Ein Cobra ist gefallen«, seufzte Halloran. »Wir vermuten, einer aus MacDonalds Trupp, obwohl die Sicht ziemlich schlecht war. Die Leute, die darauf achten sollten, ob sich jemand ihrer Stellung nähert, haben offenbar nicht aufgepaßt, daher gelang es einem Dutzend Trofts, unversehens einzudringen. Wir konnten gerade noch eine Warnung rausschicken, waren aber zu weit weg, um einzugreifen.«

Jonny nickte und spürte die gleiche Verbitterung, die Deutsch fast sichtbar ausstrahlte … jene Verbitterung, an der er selbst seit seiner Ankunft auf Adirondack schon zweimal fast erstickt wäre. Parr Noffke und Druma Singh – die beiden Verluste aus ihrem eigenen Trupp – gingen auf die gleiche zivile Inkompetenz zurück. Jonny hatte lange gebraucht, um über den Tod jedes einzelnen hinwegzukommen, Halloran, dessen Toleranz für Leute aus dem Siedlungsgrenzgebiet noch niedriger war, sogar noch etwas länger.

Deutsch, der auf Adirondack geboren und aufgewachsen war, hatte die Sache noch überhaupt nicht weggesteckt.

»Irgendeine Idee, wie hoch die Verluste insgesamt sind?« fragte Jonny Halloran.

»Niedrig, denke ich, von den Cobras abgesehen«, antwortete dieser. Die unausgesprochene Schlußfolgerung, die in letzter Zeit häufiger gezogen wurde, als ihm lieb war, ließ Jonny zusammenzucken – daß nämlich das Leben der Cobras wertvoller sei als das der verbündeten Untergrundkämpfer. »Natürlich haben wir nicht wirklich *versucht,* diese Schotterhalde einzunehmen, niemand mußte also ein übertriebenes Risiko eingehen. Sind die frischen Truppen sicher gelandet?«

»Keine Ahnung.« Jonny schüttelte den Kopf. »Über den Pulsempfänger ist von außerhalb des Planeten nichts reingekommen, das dies bestätigt hätte.«

»Das sähe diesen Phrijgesichtern ähnlich, den Absprung in letzter Minute noch abzublasen, ohne uns zu informieren.«

Jonny zuckte mit den Achseln und drehte sich wieder zu den Leuten um, die Marjas Arm verarzteten. »Wie sieht es aus?«

»Typische Hornetverletzung«, meinte einer von ihnen. »Starke Oberflächenschäden, aber es wird wieder verheilen. Sie ist allerdings eine Weile außer Gefecht.«

Und wenigstens solange hatte Danice einen Elternteil, der nicht mehr unmittelbar an den Kämpfen beteiligt war.

Als ob das eine Rolle spielte. Jonny hatte bereits zu viele unbeteiligte Zivilisten tot im Kreuzfeuer liegen sehen.

Die nächsten paar Minuten verstrichen, ohne daß jemand etwas gesagt hätte. Die beiden Zivilisten hatten Marjas Arm verbunden und gingen, dabei nahmen sie den bescheidenen Bestand an Kampfausrüstung der Gruppe mit, um ihn zu verstecken. Kem und Danice begleiteten Marja in eines der drei Schlafzimmer des Apartments, vorgeblich, um sie ins Bett zu bringen, hauptsächlich jedoch – vermutete Jonny –, um die drei Cobras ein wenig in Ruhe zu lassen, damit sie die Operation diskutieren und zukünftige Strategien planen konnten, bevor die übrigen Bewohner des Apartments von der Arbeit nach Hause kamen.

Während der ersten Monate, überlegte Jonny, hätten sie das wohl auch gemacht. Doch nach drei Jahren war fast alles gesagt, die meisten Pläne durchdiskutiert, und wo früher lange Gespräche nötig waren, genügte jetzt eine Geste mit der Hand oder ein Zucken der Augenbrauen.

Im Augenblick verrieten die Gesten nichts als Müdigkeit. »Morgen«, erinnerte Jonny sie an das nächste hochrangige Treffen, während sie bereits auf dem Weg zur Tür und in ihre eigenen, beengten Apartments waren.

Halloran nickte. Deutsch zuckte bloß mit dem Mundwinkel.

Und damit ging ein weiterer wundervoller Tag auf Adirondack seinem Ende zu. *Wenn die Mauer es aushalten kann*, wiederholte Jonny innerlich, *dann kann ich es auch.*

Die drei Leute, die am Tisch saßen, sahen aus wie so ziemlich alle Menschen von Cranach in diesen Tagen: müde, schmutzig und mehr als nur ein wenig verängstigt. Manchmal fiel es schwer, sich vorzustellen, daß sie zu den besten Anführern des Untergrunds gehörten, die Adirondack zu bieten hatte.

Noch schwerer fiel es angesichts der Verluste unter den Cobras und der Zivilbevölkerung zuzugeben, wie gut sie im Grunde ihren Job erledigten.

»Die erste Neuigkeit ist die, daß trotz einiger abgefangener Signale der letzte Cobraabsprung erfolgreich war«, verkündete Borg Weissmann den schweigenden Untergrundtruppführern des Zentralen Sektors, die im Raum verteilt saßen. Klein und untersetzt, mit hartnäckigen Spuren von Betonstaub in den Haaren und unter den Fingernägeln, sah Weissmann in der Tat aus wie der zivile Bauunternehmer, der er eigentlich war. Vor zwanzig Jahren jedoch war er als Chef der Taktikprogrammierung aus der Armee ausgeschieden, und jetzt stellte er seit einem Jahr unter Beweis, daß er auf dem Posten mehr gelernt hatte, als mit Computern umzugehen.

»Wie viele bekommen wir?« fragte jemand an der Seitenwand.

»Cranach kriegt dreißig: sechs neue Trupps«, sagte Weissmann. »Die meisten von ihnen werden in den Nordsektor beordert, wo sie die ersetzen sollen, die beim Angriff auf den Landeplatz vor einem Monat gefallen sind.«

Jonny warf Deutsch einen Blick zu und sah, wie dieser das Gesicht verzog, als er sich daran erinnerte. Ihr Trupp war an dieser Geschichte gar nicht beteiligt gewesen, doch das spielte für Deutsch offenbar keine Rolle. Sobald *irgend jemand* von Adirondack beteiligt war, reagierte er, als hätte er seine Cobrakameraden persönlich im Stich gelassen. Jonny fragte sich, ob er selbst ähnlich empfinden würde, wenn der Krieg auf Horizon stattfände. Vermutlich ja, entschied er.

»Wir bekommen auch einen Trupp«, fuhr Weissmann fort. »Ama hat bereits ihre Unterkünfte vorbereitet, ihren fingierten Werdegang und alles, was dazugehört. Angesichts der vermehrten Troft-Aktivitäten in den letzten Wochen wäre es aber vielleicht eine gute Idee, ihnen eine kleine Verschnaufpause zu gönnen, solange sie sich hier einrichten.«

»Mit anderen Worten, einen Angriff.« Der Ton von Hallorans Stimme machte deutlich, daß es sich nicht um eine Frage handelte.

Weissmann zögerte, dann nickte er. »Ich weiß, es gefällt Ihnen nicht, Operationen so schnell aufeinander folgen zu lassen, aber ich denke, wir sollten es tun.«

»›Wir‹?« ließ sich Deutsch von seinem gewohnten Platz in der Ecke aus vernehmen. »Damit meinen Sie sich selbst, oder?«

Weissmann leckte sich über die Lippen, ein kurzes Zucken mit der Zunge, das sein Unbehagen verriet. Deutsch war früher einmal eine Art Puffer zwischen den Cobras und den Streitkräften Adirondacks gewesen. Seine doppelte Staatsangehörigkeit ermöglichte es ihm, Mißverständnisse und kulturelle Differenzen zu überwinden. Jetzt, in seinem gegenwärtigen Zustand der Ernüchterung, fiel es *allen* höllisch schwer, mit ihm klarzukommen. »Ich – äh – nahm an, Sie wollten vielleicht einen oder zwei Züge dabeihaben, die Ihnen ein wenig unter die Arme greifen«, schlug Weissmann vor. »Auf jeden Fall sind wir bereit, unseren Teil zu übernehmen, der –«

»Weil Sie gestern Ihren Teil der Aufgabe nicht übernommen haben, mußte ein weiterer Cobra dran glauben«, sagte Deutsch ruhig. »Vielleicht machen wir das besser selbst.«

Ama Nuki rutschte unruhig auf ihrem Platz hin und her. »Gerade Sie sollten nicht so unklug sein, zuviel von uns zu erwarten, Imel. Wir sind hier auf Adirondack, nicht auf der Erde oder auf Centauri – wir haben keine Geschichte der Kriegsführung, auf die wir zurückgreifen können.«

»Wie nennen Sie denn das, was hier in den letzten drei Jahren –?« begann Deutsch aufgebracht.

»Andererseits«, warf Jonny ein, »hat Imel in diesem Punkt vielleicht recht. Was wir brauchen, ist ein kurzer, harter Schlag, der die Trofts zwingt, diese Schnüffeleien von Tür zu Tür ein wenig niedriger auf ihrer Dringlichkeitsliste einzustufen, jedoch keine große Operation, die sie möglicherweise veranlaßt, um Unterstützung aus der Garnison in Dannimor zu bitten. Ein schneller Cobraschlag würde diesen Zweck erfüllen.«

Weissmann atmete sichtlich erleichtert auf, und Jonny spürte, wie im ganzen Raum die Anspannung nachließ. In letzter Zeit schien er bei diesen Zusammenkünften immer häufiger Deutschs Rolle als Friedensstifter zu übernehmen, ein Job, auf den er nicht besonders scharf war und für den er sich auch nicht besonders geeignet hielt. Aber *irgend jemand* mußte es tun, und Halloran besaß weit weniger Einfühlungsvermögen für die Menschen aus dem Siedlungsgrenzgebiet als Jonny. Er konnte also lediglich weitermachen so gut es ging und darauf hoffen, daß Deutsch sich bemühte und endlich aufhörte, nur dumpf vor sich hinzubrüten.

»Ich denke, Jonny hat recht«, sagte Halloran. »Vermutlich haben Sie schon eine Idee, was reif wäre, um gepflückt zu werden?«

Weissmann wandte sich an Jacob Dane, die dritte Person am Tisch. »Wir haben uns vier akzeptable Ziele herausgesucht«, sagte Dane. »Natürlich sind wir davon ausgegangen, daß ein kompletter Sturmtrupp Sie begleiten würde –«

»Verraten Sie uns einfach, welche Ziele es sind«, unterbrach ihn Deutsch.

»In Ordnung, Sir.« Dane nahm einen Zettel zur Hand, dessen dünnes Papier das leichte Zittern seiner Hand noch unterstrich, und begann vorzulesen. Wie sich herausstellte, handelte es sich bei allen vier Objekten um kleinere Ziele. Offenbar hatte Dane eine ebenso schlechte Meinung von den Untergrundtruppen wie Deutsch.

»Davon ist keines den Sprit wert, um dort hinzufahren«, schnaubte Halloran, als er fertig war.

»Vielleicht möchten Sie lieber das Phantomzentrum ausradieren?« schlug Ama bissig vor.

»Das ist nicht komisch«, murmelte Jonny, als Hallorans Miene sich verfinsterte. Seit Monaten war klar, daß die Trofts über ein größeres Hauptquartier für die Kampfeinheiten in Cranach verfügten, doch bislang war es nicht gelungen, das treffend ›Phantomzentrum‹ getaufte Lager ausfindig zu machen. Besonders für Halloran war das ein wunder Punkt, denn er hatte wenigstens ein Dutzend Suchtrupps mit diesem Ziel angeführt und war jedesmal ohne Erfolg zurückgekommen.

An all das schien sich Ama erst mit Verspätung zu erinnern. »Du hast recht, Jonny«, meinte sie und beugte den Kopf, wie es hierzulande zur Entschuldigung üblich war, doch sogar Jonny fand diese Geste übertrieben. »Tut mir leid. Über diese Dinge sollte man wirklich keine Scherze machen.«

Halloran brummte zum Zeichen seines Einverständnisses, war aber nicht vollkommen besänftigt. »Hat irgend jemand einen *ernsthaften* Vorschlag?« fragte er.

»Was ist mit der Ladung elektronischer Ersatzteile, die gestern eintreffen sollte?« meldete sich Deutsch zu Wort.

»Die ist hier«, nickte Dane. »Eingeschlossen in der alten Wolker-Fabrik. Wird nicht einfach sein, dort ranzukommen.«

Deutsch lenkte Hallorans und Jonnys Aufmerksamkeit auf sich und zog fragend eine Braue hoch. »Klar, warum nicht?« Halloran zuckte mit den Achseln. »Eine beschlagnahmte Plastikfabrik weist bestimmt ein paar Sicherheitslöcher auf, die die Trofts noch nicht gestopft haben.«

»Man sollte meinen, daß sie das mittlerweile gelernt haben«, sagte Deutsch, stand auf und ließ den Blick durch den Raum wandern, zu den Truppführern hin. »Wie es aussieht, brauchen wir Sie heute nicht mehr. Vielen Dank für Ihr Kommen.«

Rein formal war keiner der Cobras befugt, das Treffen zu beenden, doch schien niemand darauf erpicht zu sein, diesen Punkt anzusprechen. Ohne großes Palaver leerte sich der Raum rasch, und zurück blieben nur die Cobras und die drei zivilen Führer.

»Also«, sagte Deutsch, an letztere gerichtet, »dann lassen Sie mal sehen, was Sie an Blaupausen für diese Fabrik besitzen.«

Auf Amas Gesicht zeichnete sich Wut ab, aber als klar war, daß die beiden anderen sich über Deutschs Benehmen nicht aufregen würden, beschloß sie offenbar, es ebenfalls sein zu lassen. Statt dessen ging sie steif zum Bildschirm in der Ecke und brachte sowohl ihn als auch eine Sammlung harmlos betitelter Bänder zurück zum Tisch. Eingestreut zwischen die Videoaufnahmen fanden sich Blaupausen von größeren Gebäuden der Stadt, Daten über Abwasserkanäle und die Energieversorgung sowie andere Einzelinformationen, die der Untergrund Stück für Stück heimlich zusammengetragen hatte. Wie sich herausstellte, war der Eintrag für die Wolker-Plastikfabrik bemerkenswert detailliert.

Die Planungssitzung dauerte bis zum späten Nachmittag, trotzdem gelang es Jonny, vor der Ausgangssperre bei Sonnenuntergang wieder im Apartment der Tolans zu sein. Zwei der Bewohner – Marjas Bruder und ihr Neffe, Flüchtlinge aus der geschleiften Stadt Paris – waren über Nacht nicht da, so daß Jonny heute ein Schlafzimmer für sich allein haben würde. Niemand fragte nach dem Treffen, doch schienen alle den neuen Einsatz zu ahnen. Sie rückten kaum merklich von Jonny ab, so als errichteten sie im letzten Augenblick einen emotionalen Panzer, für den Fall, daß dies der Einsatz wäre, von dem er nicht zurückkommen würde.

Später am Abend lag Jonny auf seiner Matratze und zog diese Möglichkeit für sich selbst in Betracht. Vermutlich würde er eines Tages den Punkt erreichen, wo ihm der Gang in den fast sicheren Tod nicht einmal mehr etwas ausmachte. Doch so weit war es noch nicht, und er hoffte, diesen Zeitpunkt noch eine ganze Weile hinausschieben zu können. Wer in die Schlacht zog und seinem Tod gleichgültig gegenüberstand, kam gewöhnlich darin um.

Daher listete er in den letzten Minuten vor dem Einschlafen sämtliche Gründe auf, die er hatte, diesen Einsatz lebend zu überstehen. Wie immer begann er mit seiner Familie und endete mit der Wirkung, die sein Tod auf Danice haben würde.

Die in ihren Nanocomputer eingebaute Zeitschaltung war gleichzeitig der einfachste und auch der nützlichste Ausrüstungsteil im gesamten Cobra-Arsenal. Gleich dem traditionellen Soldatenchronometer ermöglichte er weit verstreuten Truppen, ihr Vorgehen aufeinander abzustimmen. Dieses Instrument war allerdings noch um eine Stufe besser. Es ließ sich so in den Rest des Servonetzwerkes einbinden, daß gemeinsames Vorgehen im Mikrosekundenbereich möglich wurde. Das eröffnete Möglichkeiten, die bis dahin ausnahmslos Automatikwaffen, Fernlenkrobotern und den am höchsten entwickelten gepanzerten Fronttruppen vorbehalten waren.

Und in exakt zwölf Minuten und achtzehn Sekunden würde sich der kleine Apparat wieder einmal bezahlt machen. Jonny schlängelte sich durch den langen Entlüftungsschacht nach unten, in den er durch die südliche Filterstation der Wolker-Fabrik eingedrungen war, und verglich in regelmäßigen Abständen die verbleibende Zeit mit seinem Vorankommen. Er war nicht gerade scharf darauf gewesen, diese Hintertür zu benutzen – geschlossene Räume waren die gefährlichste Umgebung, in der ein Cobra gefangen werden konnte –, doch bislang sah es so aus, als würde sich das Risiko auszahlen. Die Alarmvorrichtungen, die die Trofts angebracht hatten, waren vergleichsweise leicht zu umgehen gewesen, und nach den Bauplänen zu urteilen, müßte er sehr bald in einer Wanne fast direkt unter dem Haupteingang des Gebäudes herauskommen. Dann hätte er noch ausreichend Zeit, eine Stelle zu finden, von wo aus die Posten innen hinter der Tür zu sehen waren.

Früher hatten die Trofts sich oft auf tragbare Black-Box-Sensoren verlassen, um umgewandelte Zivilgebäude wie dieses zu schützen, ein Verfahren, das auszuschalten der Untergrund sich alle Mühe gegeben hatte. Die Aliens waren bald dahintergekommen, daß ihre Gegner, egal auf welche kritische Schwellen die Auslöser eingestellt waren, schnell herausfanden, wie sich falscher Alarm auslösen ließ. Nachdem man oft genug hinter Hunden und mit Zwillen und Feuerwerkskörpern bewaffneten kindlichen Quälgeistern hergejagt war, hatte man die Automaten durch lebende Wachen ersetzt, die mit Vorwarnsensoren und Toter-Mann-Schaltern ausgerüstet waren. Dieses System war schwerer zu täuschen und fast ebenso sicher.

Fast.

Vor sich entdeckte Jonny einen Flecken helleren Graus inmitten undurchdringlicher Schwärze. Wahrscheinlich das Gitter, von wo aus man ins Hauptgebäude kam. Das schwache Hintergrundlicht deutete darauf hin, daß dieser Raum nicht besetzt war. Hoffentlich. So früh wollte er bei diesem Einsatz keine Aliens niedermähen müssen.

Die entscheidende Frage war natürlich, ob sich sämtliche Toter-Mann-Schalter in einer Mikrosekunde deaktivieren ließen, bevor ihre Besitzer in dem synchronen Cobra-Angriff ausgeschaltet wurden. Diese Aufgabe lastete vermutlich auf Jonnys Schultern, da sich die Relais für die Alarmvorrichtungen im Innern befinden würden. Die Trofts hatten sowohl Schalter mit offenen als auch in sich geschlossenen Schaltkreisen, und er mußte herausfinden, welche Sorte hier benutzt wurde, bevor er etwas unternahm.

Jetzt hatte er das Gitter erreicht. Er fuhr seine optischen Verstärker hoch und untersuchte das Gitter auf Alarmvorrichtungen und Sprengladungen. Mit einem Spannungsprüfer aus seiner Ausrüstung entdeckte er vier verdächtige Leitungen. Er überbrückte sie durch Kabel mit einstellbarem Widerstand, durchschnitt den Maschendraht mit seinem Fingerspitzenlaser und schlüpfte durch die beiden letzten Röhrenmeter in eine leere Wanne. Eine Vorrichtung, um deren Klappe von innen zu öffnen, gab es nicht, Jonnys Laser behoben dieses Manko mühelos. Er steckte seinen Kopf durch die Öffnung und sah sich sorgfältig um.

Er befand sich fünf Meter über dem Fußboden, seine Wanne war die größte in einer Reihe ähnlicher Konstruktionen. Vier Meter entfernt befand sich in Augenhöhe etwas, das der Ausgang aus diesem Raum zu sein schien – vom Boden aus über eine in die Wand eingelassene Treppe zu erreichen.

Angesichts der bisherigen Sicherheitsvorkehrungen der Trofts hegte Jonny keine großen Befürchtungen, was in den Boden unten eingelassene Sprengladungen betraf. Trotzdem, ihm blieben nur sieben Minuten, um oben in Stellung zu gehen ... und für einen Cobra war ein Viermetersprung ebenso einfach wie ein Spaziergang über einen Laufsteg. Er zog die Füße an, balancierte einen Augenblick auf dem Rand der Wartungsöffnung und stieß sich ab.

Am Abend zuvor hatte er sich noch vor den Gefahren der Gleichgültigkeit gewarnt. Und jetzt, einen fürchterlichen Augenblick lang – mehr Zeit hatte er nicht –, erkannte er, daß zu großes Selbstvertrauen ebenfalls einen bitteren Preis verlangte. Das scharfe Schnappen ausgeklinkter Federn erfüllte sein verstärktes Gehör, und die Servos in seinen Armen ließen seine Fingerspitzenlaser schneller in Stellung rasten, als sein Verstand die schwarze Wand erfaßte, die auf ihn zugeschnellt kam. Doch die Geste war im Grunde bedeutungslos. Noch während die feinen Lichtstrahlen aufleuchteten, erkannte er, daß die Trofts ihn meisterhaft in die Falle gelockt hatten. Ein großes militärisches Ziel, ein verlockender Hintereingang mit mangelhaften Alarmvorrichtungen und schließlich eine Falle mitten in der Luft.

Die fliegende Wand erreichte ihn, und ihm blieb gerade noch genügend Zeit, um zu erkennen, daß es sich um ein Netz handelte. Dann kam der Aufprall, und das Netz wickelte sich wie ein gigantischer Kokon um ihn. Den Bruchteil einer Sekunde später wurde er heftig aus seiner ursprünglichen Flugbahn befördert, als unsichtbare Spannseile ihn zurückrissen und er mehr oder weniger kopfüber mitten im Raum hing.

Und Jonny saß in der Falle ... was für einen Cobra gleichbedeutend mit dem Tod war.

Natürlich nahm sein Körper diese Tatsache nicht so schnell hin und wehrte sich weiter behutsam gegen das klebrige Drahtgeflecht, das sich in seine Kleidung schnitt. Doch was dem Ganzen Grenzen setzte, war nicht etwa die Kraft seiner Servos, und es war nur zu deutlich, daß das Netz mit seinen Fäden sowohl Kleidung als auch Fleisch durchtrennen und erst an den Knochen haltmachen würde. Oberhalb seines linken Fußes blitzte sein Antipanzerlaser auf, verdampfte ein kleines Stück des Materials und sprengte Betonsplitter aus der Decke, doch er hatte weder mit Armen noch mit Beinen genügend Spielraum, um dem Netz ernsthaften Schaden zuzufügen. Wenn es ihm gelänge, eins oder mehrere der Seile zu treffen, die ihn in der Luft hielten ... doch in dem schwachen Licht und mit zwei, drei Schichten des Netzes über den Augen konnte er sie nicht einmal erkennen.

Irgendwo in den hintersten Winkeln seines Verstandes löste der Sensor, der seinen Herzschlag überwachte, einen Alarm über eine direkte Nervenreizung aus.

Er stand im Begriff einzuschlafen.

Das war der Todesstoß des Feindes, ebenso zwangsläufig wie tödlich. Das dem Klebstoff auf dem Netz beigemengte Kontaktgift drang schneller in seinen Blutkreislauf ein, als das Notaufputschsystem unter seinem Herzen dies ausgleichen konnte. Ihm blieben bloß noch Sekunden, bevor sich das Universum ihm für immer verschloß ... dabei hatte er noch eine überlebenswichtige Aufgabe zu erledigen.

Seine Zunge klebte wie ein Klumpen kalten Tons an seinem Gaumen. Mit aller Willenskraft, die ihm noch blieb, schob er sie in den Mundwinkel ... preßte sie zwischen hölzernen Lippen hindurch ... und berührte den Schalter des Notfunks, der längs seiner Wange verlief. »Abbruch«, murmelte er. Im Raum wurde es dunkler, doch es war viel zu mühevoll, seine optischen Verstärker hochzuregeln. »Abbruch. Bin in eine ... Falle ...«

Irgendwo ganz weit entfernt glaubte er eine schneidige Bestätigung zu hören, doch der Versuch, die Worte zu verstehen, kostete zu viel Kraft. Im Grunde kostete es zu viel Kraft, überhaupt etwas zu tun.

Dunkelheit erhob sich und deckte ihn sachte zu.

Das Gebäude, das der Wolker-Fabrik am nächsten stand, war eine verlassene Lagerhalle einhundert Meter nördlich des

Haupteingangs. Dort hockte Cally Halloran in geduckter Stellung auf dem Dach und knirschte wütend mit den Zähnen, während er versuchte, alle Richtungen gleichzeitig im Auge zu behalten. Eine Falle, hatte Jonny gesagt, als Schlaf oder der Tod bereits kurz davor standen, ihn zu übermannen ... aber handelte es sich um eine einfache Sprengladung oder um etwas Komplizierteres? Wenn letzteres der Fall war, würde es auch Deutsch vermutlich nicht mehr schaffen, das Fabrikgelände lebend zu verlassen. War die Operation breit genug angelegt, konnte sich auch diese zurückgezogene Stellung in eine tödliche Falle verwandeln.

Im Augenblick jedoch drang Jonnys Tod kaum bis in seine Gedanken vor. Später war Zeit zum Trauern, doch jetzt galt Hallorans Pflicht ausschließlich den Lebenden. Er schob vorsichtig sein Bein vor, vergewisserte sich, daß der Antipanzerlaser das Gelände ungehindert bestreichen konnte, und wartete.

Da er seinen Lichtverstärker auf volle Kraft geschaltet hatte, erschien die Nacht ringsum nicht dunkler als ein trüber Nachmittag, trotzdem erkannte er Deutsch erst, als dieser längst auf dem Rückweg von seinem Platz tief im Schatten war, von wo aus er das Tor hätte angreifen sollen. Offenbar entdeckten ihn die Posten ungefähr zur gleichen Zeit, und einen Augenblick lang verdunkelte sich das Bild, als Laserblitze den Überladeschutz seines Lichtverstärkers auslösten. Antwortfeuer folgte augenblicklich: Deutschs Antipanzerlaser feuerte im Laufen nach hinten. Mit der ruhigen Selbstverständlichkeit langer Erfahrung zielte Halloran weiter oben auf das Dach und die Fenster der Fabrik, Bereiche, die Deutschs Eigenfeuerschutz nur mit Mühe erreichen konnte.

Die Vorsichtsmaßnahme erwies sich als überflüssig. Trotz des knöchelbrecherischen Zickzacks, der seine Bahn verwirrte, überwand Deutsch die Entfernung wie ein sich dem Bodenprofil anpassendes Projektil, und nur Sekunden später war er um die Ecke von Hallorans Lagerhalle verschwunden und damit außer Sicht der Feinde.

Aber es war klar, daß die Trofts sich nicht einfach damit zufriedengeben würden, die Cobras zu vertreiben. Noch während Halloran über das Dach glitt und sich an der gegenüberliegenden Seite hinunterließ, erwachte die Wolker-Fabrik zum Leben.

Deutsch wartete am Boden auf ihn. Im schwachen Licht glänzte sein Gesicht angespannt. »Alles in Ordnung?« flüsterte Halloran.

»Ja. Aber du solltest besser verschwinden – in einer Minute wimmelt es hier von ihnen wie von Ameisen.«

»Einverstanden – aber nur, wenn du mitkommst. Los.« Er packte Deutschs Arm, machte kehrt und wollte los.

Der andere schüttelte seine Hand ab. »Nein, ich bleibe hier, um – ich will ganz sichergehen.«

Halloran drehte sich wieder um und musterte seinen Freund aufmerksam. Wenn Deutsch jetzt den Verstand verlor ... »Er ist tot, Imel«, redete er auf ihn ein wie auf ein kleines Kind. »Du hast gehört, wie es ihn erwischt hat –«

»Sein Selbstzerstörer ist noch nicht losgegangen«, unterbrach ihn Deutsch schroff. »Selbst hier draußen hätten wir das hören oder zumindest die Vibrationen spüren müssen. Und wenn er noch lebt ...«

Er ließ den Satz unbeendet, aber Halloran hatte verstanden. Einen gefangenen Cobra hatten die Trofts schon bei lebendigem Leib seziert, wie sie wußten. Jonny hatte etwas Besseres verdient, vorausgesetzt, es stand in ihrer Macht.

»Also schön«, seufzte er und unterdrückte ein Schaudern. »Aber geh kein Risiko ein. Jonny einen anständigen Tod zu verschaffen ist es nicht wert, daß du dein Leben dabei verlierst.«

»Weiß ich. Keine Sorge, ich mache keine Dummheiten.« Deutsch hielt einen Augenblick lang inne und lauschte. »Du solltest besser verschwinden.«

»Na gut. Ich tue, was ich kann, um sie abzulenken.«

»Jetzt geh du aber kein Risiko ein.« Deutsch gab Halloran einen Klaps auf den Arm und sprang, erwischte die Dachkante der Lagerhalle und verschwand über deren Rand.

Halloran schaltete sämtliche akustischen und optischen Verstärker auf volle Kraft, machte kehrt, fing an zu rennen und hielt sich so weit als möglich im Schatten. Noch war es längst nicht an der Zeit, Trauergesänge anzustimmen.

Die erste Empfindung, die wieder in sein Bewußtsein drang, als sich der schwarze Nebel lichtete, war ein eigenartiges Brennen in seinen Wangen. Allmählich wurde das Gefühl stärker und verband sich mit dem Bewußtsein von etwas Kaltem auf seinem Rücken und an seinen Beinen. Als nächstes kam der Durst, augenblicklich gefolgt von einem Druck auf seinen Unterarmen und Schienbeinen. Das Geräusch leise zischender Luft ... das Bewußtsein, daß es vor seinen geschlossenen Lidern hell war ... das Wissen, daß er in der Waagerechten lag ...

Erst dann erwachte Jonnys Verstand weit genug, um zu erkennen, daß er noch am Leben war.

Vorsichtig öffnete er die Augen. Ein Meter über ihm befand sich eine nichtssagende Decke aus weißem Stahl. Er ließ den Blick daran entlangwandern und stellte fest, daß sie an vier Wänden aus weißem Stahl endete, die nicht mehr als fünf Meter voneinander entfernt waren. Indirekte Beleuchtung verlieh dem Raum die Atmosphäre eines Krankenzimmers. Der einzige erkennbare Ausgang war eine Stahltür in einem schwer verstärkten Rahmen. Aus der Wand in einer der Ecken ragte ein Hahn – Wasser? – über einer zehn Zentimeter breiten Ablaufrinne, die im äußersten Notfall als Toilette dienen konnte. Der Rucksack mit seiner Ausrüstung und sein Waffengürtel waren verschwunden, aber die Kleider hatten ihm seine Häscher gelassen.

Für eine Todeszelle erschien ihm der Raum ziemlich

freundlich. Als Vorraum für einen OP war er erbärmlich unzureichend.

Er hob den Kopf und musterte die Platten, die seine Arme und Beine auf dem Tisch fixierten. Keine Fesseln, entschied er, sondern eher ein komplizierter Satz biomedizinischer Sensoren, mit deren Hilfe Drogen injiziert werden konnten. Demnach dürften die Trofts mittlerweile wissen, daß er aufgewacht war. Und daraus folgte unmittelbar, daß sie ihm *erlaubt* hatten, jetzt aufzuwachen.

Tief im Innern war er sich darüber im klaren, daß der Nebel sich noch nicht gänzlich gelichtet hatte, trotzdem hielt er dies für einen unglaublich dummen Schachzug von ihnen.

Sein erster Impuls war, sich mit einem einzigen servoverstärkten Ruck vom Tisch zu befreien, den Antipanzerlaser auf die Türangeln zu richten und von hier zu verschwinden. Doch die schiere Unlogik der Situation ließ ihn innehalten.

Was glaubten die Trofts eigentlich, was sie taten?

Was immer es war, es geschah sehr wahrscheinlich unter Verletzung von Befehlen. Vor ein paar Monaten hatte der Untergrund eine Reihe von allgemeinen Befehlen abgefangen, von denen einer besagte, daß ein gefangener Cobra entweder sofort zu töten oder bis zur Sektion am lebendigen Leib unter Betäubungsmittel zu setzen sei. Beim Gedanken an letzteres drehte sich ihm der Magen um, aber erneut widerstand er dem Drang zu fliehen. So offenkundig unüberlegte Fehler machte der Feind ganz einfach nicht. Was immer hier vor sich ging, ob unter Verletzung von Befehlen oder nicht, es geschah mit Absicht.

Aber was konnte jemand mit einem lebenden Cobra bei vollem Bewußtsein wollen?

Ein Verhör kam nicht in Frage. Körperliche Folter, die ein bestimmtes Maß überstieg, löste eine elektrische Selbstzerstörung aus, ebenso der Einsatz bestimmter Drogen. Wollten sie ihn festhalten, um ein Lösegeld zu erpressen, oder als Tauschobjekt? Lächerlich. Trofts dachten offensichtlich nicht in diesen Kategorien, und selbst wenn sie dahintergekommen wären, daß Menschen dies taten, würde es nicht funktionieren. Um seinen Freunden zu beweisen, daß er noch lebte, waren sie auf Jonnys Mitarbeit angewiesen, und eher würde er eigenhändig seine Selbstzerstörung auslösen, als ihnen dieses Druckmittel an die Hand zu geben. Wollten sie ihn entkommen lassen und ihn bis zu seinen Kontakten zum Untergrund verfolgen? Genauso lächerlich. Es gab Dutzende sicherer Telefone rings um die Stadt, von denen aus er sich bei Borg Weissmann melden konnte, ohne auch nur einem Untergrundmitglied nahe zu kommen. Die Trofts hatten dies erfolglos mit anderen gefangenen Rebellen versucht – einem ausgebildeten Cobra hinterherzuschleichen wäre ein Musterbeispiel für Sinnlosigkeit. Nein, wenn sie ihm auch nur den Hauch einer Chance zur Flucht gaben, würden sie damit nichts weiter bewirken, als sich einen Pfad der Zerstörung mitten durch ihr Gebäude einzuhandeln.

Ein Pfad der Zerstörung. Ein Pfad der Zerstörung von einem *Cobra* ...

Jonnys Herz schlug schneller, während er seine Aufmerksamkeit wieder auf die Wände und die Decke richtete. Weil er diesmal nach ihnen suchte, fand er die Stellen, wo Kameras und andere Sensoren angebracht sein konnten. Es schien jede Menge davon zu geben.

Vorsichtig ließ er den Kopf auf den Tisch zurücksinken. Er fröstelte am ganzen Körper. *Darum* ging es also – um einen Versuch, Informationen in Laborqualität über die Cobraausrüstung und Waffensysteme im konkreten Einsatz zu gewinnen. Und das bedeutete, was immer sich dort draußen hinter dieser Stahltür befand, er hatte eine faire Chance, lebendig durchzukommen.

Eine ganze Weile rang er mit der Versuchung. Wenn ihm die Flucht tatsächlich gelänge, wäre sie es sicher wert, den Trofts ein paar Daten zu überlassen. Das meiste von dem, was sie bekämen, war ihnen sicher längst bekannt, und selbst wenn sie seine Kampfreflexe in Aktion bewundern konnten, wäre das für sie von nur geringem Nutzen. Nur wenige der kompliziertesten Bewegungsmuster waren fest programmiert, den Rest hatte man so allgemein gehalten, daß sich damit höchst unterschiedliche Situationen bewältigen ließen. Möglicherweise wären die Trofts danach in der Lage, den Fluchtweg eines anderen Cobras aus dieser Zelle vorherzusagen, aber das wäre es dann in etwa auch schon.

Doch die ganze Debatte war letzten Endes nichts weiter als ein mentales Training ... denn Jonny wußte nur zu gut, daß der beabsichtigte Handel illusorisch war. Irgendwo längs des Troftschen Spießrutenlaufes – irgendwo gegen Ende – wartete etwas, das ihn bestimmt töten würde.

Eine idiotensichere tödliche Falle gibt es nicht. C-3 Bai hatte ihnen das auf Asgard immer wieder eingeschärft, bis Jonny es selbst geglaubt hatte. Allerdings war man immer davon ausgegangen, daß der Gefangene wußte, womit er es zu tun hatte. Jonny hatte keine Ahnung, wie der tödliche Angriff erfolgen würde, er hatte kein Gespür für die Anlage dieses Gebäudes, er wußte nicht einmal, wo auf Adirondack er sich befand.

Daher war seine Pflicht leider klar. Er schloß die Augen und konzentrierte sich voll und ganz auf das Warnsignal seiner Nerven, das ihm den Versuch, ihn wieder einzuschläfern, anzeigen würde. Wenn und falls es dazu kam, wäre er gezwungen, seine Fesseln zu sprengen und ein Minimum an Information gegen sein Wachsein einzutauschen. Bis dahin ... blieb ihm nichts weiter übrig als abzuwarten.

Und zu hoffen. So unlogisch das vielleicht auch war.

Sie saßen da und lauschten, und als Deutsch fertig war, sah er ihnen an, daß sie nicht überzeugt waren.

Ama Nuki sprach es als erste aus. »Ein zu großes Risiko«, sagte sie und schüttelte langsam den Kopf, »bei so geringen Aussichten auf Erfolg.«

Die Untergrund- und Cobra-Anführer rutschten unruhig auf ihren Stühlen herum, doch so ohne weiteres zustimmen wollte niemand. Demnach gab es noch eine Chance ...

»Hören Sie zu«, meinte Deutsch, darum bemüht, auch weiterhin vernünftig zu wirken. »Ich weiß, es klingt verrückt, aber ich sage Ihnen, ich habe Jonny gesehen, als man ihn in ein Flugzeug geschafft hat, und dieses Flugzeug ist tatsächlich Richtung Süden geflogen. Sie wissen ebensogut wie ich, daß es keinen Grund gibt, weshalb sie ihn woanders als in ihr Krankenhaus bringen sollten, wenn sie ihn einfach nur sezieren wollten. Sie *müssen* also etwas anderes vorhaben, etwas, für das sie ihn lebend brauchen – und wenn er noch lebt, kann man ihn auch retten.«

»Aber zuerst muß man ihn finden«, erklärte Jacob Dane geduldig. »Von Ihrer Schätzung, wo die Maschine gelandet ist, mal abgesehen, aber die Annahme, die Suche nach ihm könne irgendein Zeichen von ihm ans Licht bringen, ist bestenfalls ein frommer Wunsch.«

»Wieso?« konterte Deutsch. »Wo immer die Trofts ihn auch unterbringen wollen, das Gebäude müßte eher groß sein, praktisch unangreifbar und vermutlich leerstehend. Schon gut, schon gut – ich weiß auch, daß es in diesem Teil der Stadt eine ganze Menge solcher Gebäude gibt. Aber zumindest haben wir es eingegrenzt.«

»Und was, wenn wir das Gebäude tatsächlich finden?« meldete sich Kennet MacDonald zu Wort, ein Cobra aus dem Ostsektor von Cranach. »Werfen wir unsere gesamten Kräfte in einen Überfall, der leicht in einer Katastrophe enden könnte? Die Trofts brauchen doch nichts weiter zu tun, als Moreau zu töten, damit sein Selbstzerstörer das gesamte Gebäude mitsamt seinen Rettern und allem anderen ausradiert.«

»Gut möglich, daß sie es genau darauf abgesehen haben«, meinte Ama.

»Wenn sie eine riesige Todesfalle hätten aufstellen wollen, hätten sie ihn einfach in der Wolker-Fabrik lassen können, wo wir uns nicht erst die Mühe hätten machen müssen, ihn aufzuspüren«, hielt Deutsch dagegen, der gegen das Gefühl ankämpfte, daß er bei dieser Auseinandersetzung den kürzeren ziehen würde. Er warf Halloran einen glühenden Blick zu, doch der hielt sich weiterhin bedeckt. War ihm Jonnys Rettung gleichgültig?

»Ich muß Kennet recht geben«, sagte Pazar Oberton, ein Untergrundführer aus MacDonalds Sektor. »Wir haben Sie nie gebeten, einen von unseren Leuten zu retten, und ich halte es für falsch, gemeinsam nach Süden vorzustoßen, nur um einen von Ihren Leuten zu retten.«

»Wir führen hier kein Handelsregister, sondern einen Krieg«, fuhr Deutsch ihn an. »Und falls Sie es vergessen haben, wir Cobras sind Ihre beste Chance, diesen Krieg zu gewinnen und diese verdammten Invasoren von Ihrem Planeten zu vertreiben.«

»Von *unserem* Planeten?« murrte Dane. »Sie sind also offiziell ausgewandert?«

Dane würde niemals erfahren, wie nahe er in diesem Augenblick dem Tod war. Deutsch biß die Zähne fest aufeinander, als die endlosen Monate voller Kummer und Enttäuschungen sich in einem gewaltigen Feuerwerk aus Laserstrahlen zu entladen drohten, die den unsensiblen Narren in mehrere Teile zerlegt hätten. Keiner von ihnen begriff – keiner von ihnen versuchte auch nur zu begreifen –, was für ein Gefühl das war mit anzusehen, wie die Fehler und Dummheiten der eigenen Landsleute den Tod von Soldaten verursachten, die er mittlerweile als seine Brüder betrachtete … was für ein Gefühl es war, Menschen zu verteidigen, die oft nicht bereit zu sein schienen, die gleichen Anstrengungen zu unternehmen … was für ein Gefühl es war, ihre Schande zu teilen, weil er letzten Endes auch einer von ihnen war …

Langsam lichtete sich der Dunst, und er sah die geballte Faust vor sich auf dem Tisch. »Borg?« sagte er und sah

Weissmann an. »Sie sind der Anführer von diesem Haufen. Was meinen Sie dazu?«

Ein beklommenes Rascheln machte die Runde, doch Weissmann hielt Deutschs Blick stand. »Ich weiß, Sie fühlen sich verantwortlich, weil Sie die Wolker-Fabrik selbst vorgeschlagen haben«, sagte er ruhig, »aber diese Sache hat nur geringe Aussichten auf Erfolg.«

»Krieg ist die Geschichte geringer Erfolgsaussichten«, konterte Deutsch. Er ließ den Blick durch den Raum wandern. »Ich muß Sie nicht um Erlaubnis bitten, wissen Sie. Ich könnte Ihnen befehlen, mir bei Jonnys Rettung zu helfen.«

Halloran machte sich bemerkbar. »Imel, rein formell steht es nicht in unserer Macht –«

»Ich rede hier nicht von Formalitäten«, unterbrach ihn Deutsch, dessen ruhige Stimme eine gewisse Schärfe angenommen hatte. »Ich rede von den tatsächlichen Machtverhältnissen.«

Eine ganze Weile war es totenstill im Raum. »Wollen Sie uns etwa drohen?« fragte Weissmann endlich.

Deutsch öffnete den Mund, die Worte *da haben Sie verdammt noch mal recht* auf den Lippen ... doch bevor er etwas sagen konnte, tauchte eine längst vergessene Szene wieder vor seinem inneren Auge auf. Rolon Viljos Gesicht, nachdem Commander Mendro den Befehl gegeben hatte, ihn aus der Truppe und den Cobras zu entfernen ... und Deutschs eigene Beurteilung von Viljos Verbrechen. *Der Mißbrauch unserer Ausrüstung würde die Bevölkerung von Adirondack gegen uns aufbringen.* »Nein«, meinte er zu Weissmann, und es kostete ihn eine ungeheure Willensanstrengung, das Wort auszusprechen. »Nein, natürlich nicht. Ich – ach, was soll's.« Er sah sich ein letztes Mal im Raum um und erhob sich dann. »Sie können allesamt machen, was Ihnen verdammt noch mal in den Sinn kommt. Ich jedenfalls werde losziehen und Jonny suchen.«

Alles schwieg, als er zur Tür trat und hinausging. Auf dem Weg zur Treppe dachte er kurz daran, wie sie seinen Ausbruch aufnehmen würden. Aber das war nicht weiter von Bedeutung. Und in Kürze wäre es höchstwahrscheinlich vollkommen bedeutungslos.

Er trat hinaus in die Nacht, auf der Hut vor Troftpatrouillen, die Sinne geschärft, und machte sich auf den Weg nach Süden.

»Meiner Meinung nach«, sagte Jacob Dane, als Deutschs Schritte verhallten, »ist Adirondacks selbsternanntes Gewissen mehr als reif für einen Urlaub.«

»Halten Sie den Mund, Jacob«, rief ihm Halloran mit stahlhartem Unterton in der Stimme zu. Ihm war längst klar geworden, daß jeder der Untergrundkämpfer die Anwesenheit der Cobras auf seine eigene Weise verdauen mußte, Danes Methode aber – sie mit Herablassung zu behandeln – war eine gefährliche Form der Überkompensation. Vermutlich hatte Dane es nicht einmal bemerkt, doch als Deutsch die Hände vor ein paar Minuten gekrümmt hatte, war sein Daumen einen winzigen Augenblick auf dem Nagel seines Ringfingers zur Ruhe gekommen ... in jener Stellung, in der man den Fingerspitzenlaser mit voller Kraft abfeuern konnte. »Für den Fall, daß Sie es nicht bemerkt haben sollten«, fügte er hinzu, »so ziemlich alles, was Imel gesagt hat, war richtig.«

»Auch was die Erfolgsaussichten einer Rettungsaktion betrifft?« schnaubte Dane.

Halloran drehte sich zu Weissmann um. »Wie mir aufgefallen ist, Borg, haben Sie Ihre Entscheidung, ob Sie Leute aus dem Untergrund für die Suche nach Jonny abstellen wollen, nicht geäußert. Bevor Sie das tun, lassen Sie mich kurz auf eines hinweisen: unserer Kenntnis nach gibt es genau *eine* Trofteinrichtung, deren Standort wir nicht einmal ungefähr kennen.«

»Sie meinen das Phantomzentrum?« Ama runzelte die Stirn. »Das ist doch verrückt. Jonny ist eine Zeitbombe – sie wären dumm, wenn sie ihn an einem so wichtigen Ort unterbringen würden.«

»Kommt darauf an, was sie mit ihm vorhaben«, brummte MacDonald nachdenklich. »Solange er lebt, sind sie durchaus sicher. Außerdem sind unsere Selbstzerstörer so mächtig auch wieder nicht. Jeder Ort, der, sagen wir, gegen taktische Nukleargranaten abgesichert ist, hätte mit uns keine Schwierigkeiten.«

»Darüber hinaus«, fügte Halloran hinzu, »weist ihre verzögerte Reaktion auf Imel und mich deutlich darauf hin, daß sie mit einem Überfall auf Wolker heute abend nicht unbedingt gerechnet haben. Jonnys Falle hat vielleicht schon monatelang dort gewartet, und womöglich hatten sie wirklich kein anderes, uns nicht bekanntes Gebäude vorbereitet, wo sie ihn hätten hinschaffen können. Wenn das Phantomzentrum den anderen taktischen Stützpunkten gleicht, dürfte es in parallele, unabhängig voneinander gesicherte Teile untergliedert sein. Bestimmt würden sie nicht mehr als den einen aufs Spiel setzen, in dem Jonny sich tatsächlich befindet.«

»Diese Geschichte über die taktischen Stützpunkte ist mir neu«, sagte Ama, den Blick fest auf Halloran gerichtet.

Er zuckte mit den Achseln. »Es gibt eine Menge Dinge, die Ihnen neu sein dürften«, erklärte er ihr mit schonungsloser Offenheit. »Sollten Sie sich jemals freiwillig melden, mit uns in eine militärische Anlage der Trofts einzudringen, dann verraten wir Ihnen vielleicht, was wir über diese Höllenlöcher wissen.« Zu seiner Genugtuung sah er, wie sie die Lippen fest zusammenpreßte. Für Menschen wie Ama war Wissen die einzig wirkliche Macht. Er drehte sich zu Weissmann um und zog eine Braue hoch. »Nun, Borg?«

Weissmann drückte die Fingerspitzen an die Lippen, starrte Halloran an, durch ihn hindurch. »Also schön«, sagte er mit einem Seufzer. »Ich werde ein paar von unseren Leuten zum Suchdienst einteilen und sehen, ob ich mir in anderen Sektoren weitere Männer ausleihen kann. Aber sie werden nur passiv tätig werden, und das auch erst nach Sonnenaufgang. Ich möchte nicht, daß jemand dabei erwischt wird, wie er die Ausgangssperre bricht – und an Kampfeinsätzen wird sich niemand beteiligen.«

»Geht in Ordnung.« Es war ungefähr das, was Halloran erwartet hatte. »Kennet?«

MacDonald legte die Fingerspitzen aneinander. »Ich werde nicht den ganzen Süden von Cranach von meinem Trupp auseinandernehmen lassen. Das Risiko ist zu hoch«, sagte er ruhig. »Aber wenn Sie mir ein einleuchtendes Ziel nennen, werden wir Ihnen helfen, dieses anzugreifen. Was immer die Trofts mit Jonny vorhaben, ich finde, wir sollten ihnen den Spaß daran verderben.«

»Einverstanden. Und danke.« Halloran deutete auf Ama. »Sitzen Sie nicht einfach so rum. Holen Sie die hochaufgelösten Karten raus, und dann an die Arbeit.«

Jonny wartete, bis sein Durst unerträglich wurde, bevor er sich schließlich aus den Halterungen befreite und zum Hahn in der Zellenecke ging. Ohne sein Analyseset ließ sich unmöglich feststellen, ob das Wasser dort sauber und drogenfrei war, aber das kümmerte ihn nicht sonderlich. Die Trofts hatten bereits reichlich Gelegenheit gehabt, ihn mit Chemikalien vollzupumpen, und exotische Bakterien waren seine geringste Sorge.

Er trank, bis er nicht mehr konnte, und machte dann einen Rundgang durch die Zelle. Im großen und ganzen war es eine öde Angelegenheit, aber sie bot ihm die Möglichkeit, die Wände genauer nach versteckten Kameras abzusuchen. Wie er bereits vorher vermutet hatte, war der Raum voll davon.

Aus der Nähe betrachtet, war die Zellentür ein faszinierendes Stück Technik. An einer Seite gab es Anzeichen dafür, daß man sowohl ein elektronisches als auch ein Kombinationsschloß mit Zuhaltung benutzt hatte, zwei sich gegenseitig ergänzende Alternativen zu den verführerisch freiliegenden Angeln, die er bereits bemerkt hatte. Offenbar boten ihm die Trofts sowohl subtile Fluchtmöglichkeiten an als auch solche, die brutaler Gewalt bedurften. Beides würde ihnen brauchbare Informationen über seine Ausrüstung liefern – leider.

Er kehrte zum Tisch zurück, entfernte die Überreste der Überwachungseinrichtung/Halterung, und legte sich wieder hin. Seine eingebaute Uhr, die er bislang weder ausgeschaltet noch umgestellt hatte, zeigte ihm wenigstens an, wie draußen die Zeit verstrich. Er war drei Stunden lang bewußtlos gewesen, seit seinem Aufwachen waren fünf weitere Stunden vergangen. Also war es fast zehn Uhr morgens. Die Menschen von Cranach waren auf den Beinen und arbeiteten in ihrer zerstörten Stadt, die Kinder – darunter auch Danice Tolan – waren in der Schule, und der Untergrund ...

Im Untergrund hatte man sich vermutlich bereits mit seinem Tod abgefunden, ihn betrauert und sich wieder an die Arbeit gemacht. Mit seinem Tod – und möglicherweise auch mit dem von Cally und Imel.

Eine quälende Minute lang fragte sich Jonny, was aus seinen Kameraden geworden war. War seine Warnung rechtzeitig gekommen, so daß sie hatten fliehen können? Oder hatten ihnen die Trofts ebenfalls mit einer Falle aufgelauert? Vielleicht befanden sie sich in diesem Augenblick in ganz ähnlichen Räumen und stellten sich dieselben Fragen, überlegten sich, ob sie fliehen sollten oder nicht. Möglicherweise waren sie sogar Zellennachbarn. In diesem Fall würde ein Feuerstoß aus dem Antipanzerlaser eine Verbindung zu ihnen herstellen, dann konnten sie gemeinsam darüber nachdenken, wie sie vorgehen.

Er schüttelte den Kopf, um solche Gedanken zu vertreiben. Das war zu unwahrscheinlich. Niemand würde ihm zu Hilfe kommen, und es wurde langsam Zeit, daß er dieser

Tatsache ins Gesicht sah. Wenn Imel und Cally noch lebten, waren sie bestimmt nicht so verrückt, etwas so Dämliches wie einen Rettungsversuch zu unternehmen, selbst wenn sie wußten, wo er sich befand. Und wenn sie tot waren ... standen die Chancen gut, daß er ohnehin bald wieder bei ihnen war.

Unaufgefordert sah er Danice Tolans Gesicht vor sich. Ein Wunder einmal ausgeschlossen, würde sie schließlich doch einen guten Freund an diesen Krieg verlieren.

Hoffentlich wurde sie damit fertig.

Jetzt hockte der Mensch seit fast sieben *vfohra* in der Zelle, und von dem beiläufigen Zerreißen seiner Halterungen vor zwei *vfohra* einmal abgesehen, hatte er keine Anstalten gemacht, seine implantierten Waffensysteme zu seiner Befreiung einzusetzen. Der City Commander legte die flügelähnlichen Kühlmembranen wieder an die Rückseite seiner Arme an, blickte auf die Monitorwand und überlegte, was er tun sollte.

Sein ET-Biologe trat von links zu ihm und blies seine Kehlkopfblase auf, ein Zeichen seiner Unterwürfigkeit. »Sprechen Sie«, forderte der CCom ihn auf.

»Die letzten Zahlen sind noch einmal gründlich überprüft worden«, sagte der andere, dessen Stimme wegen des hohen Stickstoffgehalts der hiesigen Atmosphäre leicht flötenartig klang. »Der Mensch weist keinerlei Anzeichen eines Traumas oder ihrer Art von Schlafwandlerei auf.«

Der CCom schlug einmal mit den Armmembranen zum Zeichen, daß er verstanden hatte. Es war tatsächlich so, wie er vermutet hatte: der Gefangene hatte freiwillig auf einen Fluchtversuch verzichtet. Die Entscheidung war lächerlich, sogar für einen Fremdling ... es sei denn, er war irgendwie dahintergekommen, was sie mit ihm vorhatten.

Vom Standpunkt des CComs aus betrachtet, hätte sich der Fremdling keinen ungünstigeren Zeitpunkt aussuchen können, um den seiner Rasse eigenen Hang zur Sturheit unter Beweis zu stellen. Der Dauerbefehl, demzufolge diese *kouhbra*-Soldaten auf der Stelle zu töten waren, ließ sich leicht genug umgehen, doch wäre all die Zeit und Mühe umsonst gewesen, wenn dieses Wesen keine aktive Demonstration für die versteckten Sensoren lieferte.

Und das bedeutete, daß sich der CCom ein weiteres Mal dieser höchst unangenehmen Pflicht unterziehen mußte. Er legte seine Armmembrane fest an, reichte tief hinein in seinen parabewußten Verstand und berührte jene Masse des unter großen Mühen gewonnenen Denkmaterials, das dort an Bord des Mutterschiffes ihres Domäneherrschers untergebracht worden war ... und versuchte, wie ein Mensch zu denken.

Die Anstrengung hinterließ einen Geschmack von Kupferoxyd in seinem Mund, doch als der CCom stammelnd aus seinem traumwandlerischen Zustand erwachte, hatte er einen Plan. »VerOff!« rief er dem Verbindungsoffizier zu, der am Sicherheitspult saß. »Eine Patrouille, voll ausgerüstet, in Tunnel eins, und zwar sofort.«

Der VerOff blies seine Kehlkopfblase auf, zum Zeichen, daß er verstanden hatte, und beugte sich über seinen Kommunikator. Der CCom breitete seine Armmembrane aus – im Traumzustand war ihm unangenehm warm geworden –, beobachtete den schlafenden Menschen und überlegte, wie sich die Sache am besten bewerkstelligen ließe.

In der Welt draußen war es eine Stunde nach Mittag, und Jonny ging zum wiederholten Male alles durch, was man ihm über die Flucht aus Gefängnissen beigebracht hatte, als er plötzlich ein metallisches Knarren an der Tür hörte und sich sofort vom Tisch herunterrollte. Er ging hinter der Platte in die Hocke, richtete die Fingerspitzenlaser aus und verfolgte gespannt, wie die Tür sich einen Meter weit öffnete und jemand in seine Zelle gesprungen kam.

Er hatte das Ziel erfaßt und verfolgte es mit den Lasern, noch bevor sein Bewußtsein zwei wichtige Einzelheiten registrierte: dieser Jemand war ein Mensch, und er war nicht aus eigener Kraft hierhergekommen. Er sah zurück zur Tür und bekam gerade noch zwei Trofts mit Körperpanzerung zu sehen, die die schwere Stahlplatte wieder zuschlugen. Der dumpfe Schlag hallte wie Donner durch den winzigen Raum, und die Gelegenheit, aus seiner Zelle zu fliehen, war dahin. Jonny richtete sich langsam auf und ging um den Tisch, um seinen neuen Zellengenossen zu begrüßen.

Es war eine Frau. Sie war wieder auf den Beinen, als er sie erreichte, und rieb sich, leicht vorgebeugt, die offensichtlich schmerzende Kniescheibe. »Diese verdammten hühnergesichtigen Idioten«, murrte sie. »Sie hätten mich auch einfach *reingehen* lassen können.«

»Alles in Ordnung?« erkundigte sich Jonny und musterte sie flüchtig von Kopf bis Fuß. Ein Stück kleiner als er und ebenso schlank, vielleicht sieben oder acht Jahre älter, gekleidet in jenem Stilgemisch, wie es seit Beginn des Krieges alltäglich war. Keine sichtbaren Verletzungen oder Blutflecken, soweit er erkennen konnte.

»Ja, sicher.« Sie richtete sich auf und ließ den Blick kurz durch die Zelle schweifen. »Aber das kann sich vermutlich jederzeit ändern. Was wird hier eigentlich gespielt?«

»Sagen *Sie* mir, was passiert ist.«

»Das wüßte ich selber gerne. Ich ging einfach die Strassheim Street entlang und kümmerte mich um meinen eigenen Kram, als diese Troftpatrouille um die Ecke bog. Sie wollten wissen, was ich dort tue, und ich habe ihnen im wesentlichen gesagt, daß sie zur Hölle fahren sollen, und dann haben sie mich ohne erkennbaren Grund gepackt und hierhergeschleppt.«

Jonnys Lippe zuckte, er mußte lächeln. In den frühen Tagen der Besatzung war es, wie er gehört hatte, möglich gewesen, aus kürzester Entfernung eine Vielzahl von Obszönitäten abzufeuern, und solange man dabei ein respektvolles Gesicht machte und einen dementsprechenden Ton anschlug, hatten die Trofts keinerlei Möglichkeit, etwas zu verstehen. Mit den Fortschritten der Aliens bei der Übersetzung aus dem Anglischen gelang es nur noch den wirklich Einfallsreichen, sich etwas auszudenken, das sie noch nicht kannten.

Strassheim Street. In Cranach gab es eine Strassheim Street, erinnerte er sich, unten am Südende der Stadt, wo früher ein großer Teil der Leichtindustrie gewesen war. »Und was haben Sie nun dort gemacht?« fragte er die Frau. »Die Gegend ist doch vollkommen verlassen.«

Sie warf ihm einen kühlen, abschätzenden Blick zu. »Soll ich wiederholen, was ich den Trofts geantwortet habe?«

Er zuckte mit den Achseln. »Nicht nötig. War nur eine Frage.« Er drehte ihr den Rücken zu, sprang wieder auf den Tisch, schlug die Beine übereinander und setzte sich mit dem Gesicht zur Tür hin. Es ging ihn wirklich nichts an.

Außerdem beschlich ihn ein unangenehmes Gefühl, was die Gründe für ihr Hiersein anbetraf ... und wenn er recht hatte, war es um so besser, je weniger Kontakt er zu ihr hatte. Es hatte keinen Sinn, jemanden kennenzulernen, mit dem zusammen man aller Wahrscheinlichkeit nach bald sterben würde.

Einen Augenblick lang sah es so aus, als wäre sie zu dem gleichen Schluß gekommen. Dann kam sie zögernden Schritts um die Ecke des Tisches herum.

»He, tut mir leid«, sagte sie, immer noch mit hörbarem Biß in der Stimme, wenn auch auf ein verträgliches Maß reduziert. »Ich wollte bloß – ich kriege es langsam ein bißchen mit der Angst, das ist alles, und ich neige nun mal dazu, jemandem den Kopf abzureißen, wenn ich Angst bekomme. Ich war auf der Strassheim Street, weil ich gehofft hatte, in eine der alten Fabriken reinzukommen und ein paar Schalttafeln oder andere elektronische Teile zu organisieren. Klar?«

Er schürzte die Lippen und sah sie an. Er spürte, wie sein frisch gefaßter Entschluß bereits wieder ins Schwanken kam. »Diese Gebäude sind doch während der letzten drei Jahre ausgeräumt worden«, gab er zu bedenken.

»Meist von Leuten, die keine Ahnung haben«, sagte sie und zuckte mit den Achseln. »Es ist immer noch genug Zeug da – wenn man weiß, wie und wo man es findet.«

»Gehören Sie zum Untergrund?« fragte Jonny – und wünschte sich augenblicklich, er könnte die unbedachten Worte zurücknehmen. Umgeben von Monitoren konnte ihre Antwort sie die letzte kleine Chance auf Freiheit kosten, die sie noch hatte.

Aber sie schnaubte bloß. »Sind Sie verrückt? Ich schlage mich als Einbrecherin durch, Kumpel, ich bin keine freiwillige Wahnsinnige.« Plötzlich bekam sie große Augen. »Sagen Sie mal, Sie sind doch nicht etwa – he, warten Sie, die denken doch nicht, daß *ich* – na, großartig. Großartig. Was haben Sie ausgefressen, sind Sie mit einem Laser in der einen und einer Granate in der anderen Hand ins Old Tyler gestürmt?«

»Old Tyler?« fragte Jonny, beim verständlichsten Teil dieses verbalen Erdrutsches einhakend. »Wer oder was ist das?«

»Wir befinden uns in seiner Villa«, sagte sie und runzelte die Stirn. »Glaube ich zumindest. Haben Sie das nicht gewußt?«

»Ich war bewußtlos, als man mich hierhergebracht hat. Was soll das heißen, Sie glauben es?«

»Na ja, genaugenommen hat man mich in ein altes Mietshaus einen Block weiter gebracht, und dann durch einen unterirdischen Tunnel hierher. Aber ich konnte kurz einen Blick durch ein nicht versperrtes Fenster werfen, als man mich durch das Hauptgebäude geführt hat, und ich glaube, ich habe die Außenwand der Tyler-Villa gesehen. Wie auch immer, auch ohne die tollen Möbel und all das kann man sehen, daß die Zimmer hier für einen Reichen entworfen wurden.«

Die Tyler-Villa. Der Name war ihm aus Ama Nukis Geschichts-/Geographiestunden vertraut: ein großes Haus in einer Art Pseudo-Reginine-Stil für Millionäre, wie er sich erinnerte, das im Süden der Stadt erbaut worden war, noch bevor sich hier die Industrie niedergelassen hatte. Über den Aufenthaltsort des zurückgezogen lebenden Besitzers seit der Troftinvasion hatte Ama Nuki nur vage Andeutungen gemacht, doch allgemein glaubte man, daß er sich in seiner Villa verbarrikadiert halte und auf die Schutzanlagen des Hauses vertraute, die sowohl Plünderer als auch Aliens fernhalten sollten. Jonny erinnerte sich, daß er die Trofts damals für ungewöhnlich großzügig gehalten hatte, weil sie das Haus unter diesen Umständen stehengelassen hatten. Und er hatte sich gefragt, ob vielleicht insgeheim irgendeine Abmachung getroffen worden war. Sah ganz so aus, als hätte er recht behalten ... wenngleich diese Abmachung wahrscheinlich ein wenig einseitig war.

Doch interessanter als die jüngste Geschichte waren die Fluchtmöglichkeiten, die diese Villa bieten mußte. Im Gegensatz zu einer Fabrik verfügte das Haus eines Millionärs sicherlich über einen Notausgang. Wenn es ihm gelang, diesen zu finden, konnte er vielleicht die Todesfalle umgehen, die die Trofts für ihn aufgestellt hatten. »Sie sagten, Sie seien durch einen Tunnel gekommen«, meinte er zu seiner Zellengenossin. »Sah er neu oder hastig gebaut aus? Sagen wir mal, so als hätten ihn die Trofts in den letzten drei Jahren gebuddelt?«

Sie runzelte erneut die Stirn, fixierte ihn mit hartem Blick. »Wer, zum Teufel, sind Sie eigentlich, daß Sie noch nie von Old Tyler gehört haben? Über ihn wurde mehr geschrieben als über jede andere Berühmtheit auf Adirondack – selbst ein freiwilliger Irrer kann unmöglich so dumm sein. Wenigstens keiner, der in Cranach aufgewachsen ist.«

Jonny seufzte. Sie hatte ein Recht darauf zu erfahren, von wem ihr Leben möglicherweise abhing. Und ganz gewiß würde er damit keine Geheimnisse an die Trofts verraten, die sie belauschten. »Sie haben recht – ich bin ein ganzes Stück von hier entfernt aufgewachsen. Ich bin ein Cobra.«

Sie bekam große Augen, die wieder kleiner wurden, als sie sein Äußeres taxierten. »Ein Cobra, ja? Sie sehen kaum aus, als wären Sie was Besonderes.«

»Das ist auch nicht der Sinn der Sache«, erklärte Jonny ihr geduldig. »Wir sind verdeckte Guerillakämpfer – haben Sie das vergessen?«

»Weiß ich doch. Aber ich habe gesehen, wie sich Männer als Cobras verkleidet haben, um Leute zu beeindrucken oder ihnen angst zu machen.«

»Wollen Sie einen Beweis?« Er hatte ohnehin nach einem Vorwand dafür gesucht. Er sprang vom Tisch, trat näher an die hintere Wand und streckte seinen rechten Arm aus. Genau vor ihm, etwas unter Augenhöhe, befand sich vermutlich eine Reihe möglicher Sensorpositionen. Er nahm sie in die Zielerfassung, drehte den Kopf und sah die Frau an. »Passen Sie auf«, forderte er sie auf und feuerte seinen Bogenwerfer ab.

Wer genau hinsah, dem wäre vielleicht aufgefallen, daß der Lichtblitz, der einen Augenblick später den Raum erhellte, in Wirklichkeit aus zwei Teilen bestand: dem Lichtstrahl des Fingerspitzenlasers, der einen ionisierten Pfad in die Luft brannte, sowie dem Funken mit hoher Amperezahl, der längs dieses Pfades zur Wand hinüberschlug. Doch am beeindruckendsten war der damit verbundene Donnerschlag, und in der metallgewandeten Zelle hätte er nicht beeindruckender sein können. Die Frau sprang aus dem Stand einen Meter nach hinten und rief etwas, das Jonny wegen des mehrfachen Widerhalls nicht verstand. »Zufrieden?« fragte er, als der Lärm endlich verklungen war.

Sie starrte ihn aus großen Augen an, dann nickte sie schnell. »Oh, ja. Doch, durchaus. Was in Herrgotts Namen war das?«

»Ein Bogenwerfer. Entwickelt, um elektronisches Gerät zu verschmoren. Funktioniert gewöhnlich recht gut.« Er hatte wirklich gut funktioniert – von dieser speziellen Ansammlung von Sensoren erwartete Jonny keinen Ärger mehr.

»Das glaube ich Ihnen gern.« Sie atmete tief durch, und damit schien sie auch ihren Verstand wieder in Gang zu setzen. »Ein echter Cobra. Und wieso sind Sie noch nicht von hier ausgebrochen?«

Eine ganze Weile starrte er sie an und überlegte, was er darauf antworten sollte. Wenn die Trofts wußten, daß er ihnen auf die Schliche gekommen war … andererseits bewies die Gegenwart der Frau, daß sie sich das sowieso bereits ausgerechnet hatten. Sollte er ihr also die Wahrheit sagen? – Daß die Aliens ihn vor die Wahl stellten, entweder seine Cobrakameraden zu verraten oder ihr das Leben zu retten?

Er entschied sich für eine einfachere, wenn auch nur vorübergehende Lösung und wechselte das Thema. »Sie wollten mir von dem Tunnel erzählen«, erinnerte er sie.

»Ja. Richtig. Nein, er sah aus, als wäre er schon viel älter als drei Jahre. An ein paar Stellen sah es so aus, als hätte man dort Tore und Sicherheitsanlagen entfernt.«

Mit anderen Worten, Tylers Schlupfloch, auf das er gehofft hatte, befand sich bereits in den Händen der Aliens. »Wie gut wird er bewacht?«

»Es wimmelt dort nur so von Trofts.« Sie sah ihn argwöhnisch an. »Sie haben doch nicht etwa vor, auf diesem Weg zu verschwinden, oder?«

»Und wenn doch?«

»Es wäre Selbstmord – und da ich die Absicht habe, mich hinter Ihnen zu halten, säße ich damit ebenfalls ziemlich in der Klemme.«

Er blickte sie stirnrunzelnd an und erkannte erst in diesem Moment, daß sie offenbar mehr von dem begriffen hatte, was hier gespielt wurde, als er ihr zugetraut hatte. Auf ihre nicht gerade sehr feinfühlige Art gab sie ihm damit zu verstehen, daß er sich nicht mit ihr zu belasten brauchte, sollte er sich zur Flucht entscheiden. Er mußte sich nicht für ihre Sicherheit verantwortlich fühlen.

Wenn es nur so einfach wäre, dachte er bitter. Würde sie ebenso großes Verständnis zeigen, wenn er tatenlos in der Zelle herumsitzen bliebe und sie damit zum Tode verurteilte?

Oder stand ihm diese Alternative schon gar nicht mehr offen? Entgegen seinem Entschluß konnte er sie bereits jetzt nicht mehr als gesichtslose Statistin in diesem Krieg betrachten. Er hatte sich mit ihr unterhalten, hatte gesehen, wie sich der Ausdruck in ihren Augen veränderte, hatte sogar angefangen, sie ein bißchen zu verstehen. Was immer der Preis war – sein Leben oder auch Informationen –, er wußte jetzt, daß er letzten Endes versuchen mußte, sie hier rauszubringen. Das Bauernopfer der Trofts hatte funktioniert.

Du wirst stolz auf mich sein, Jame, solltest du je davon erfahren, dachte er zu den fernen Sternen. *Meine Horizonmoral hat den Krieg überstanden, ohne etwas von ihrer dämlichen Größe zu verlieren.*

Andererseits ... war er jetzt mit einer professionellen Einbrecherin in dem vermutlich verlockendsten militärischen Ziel eingesperrt, das Cranach zu bieten hatte.

Möglicherweise hatten sich die Trofts in ihrer Versessenheit, ihm einen emotionalen Mühlstein um den Hals zu hängen, sogar selbst überlistet. »Ich heiße Jonny Moreau«, erklärte er der Frau. »Und Sie?«

»Ilona Linder.«

Er nickte, denn er wußte, indem er sich ihr vorgestellt hatte, war seine Entscheidung gefallen. »Also schön, Ilona, wenn Sie den Tunnel als Ausgang für eine schlechte Wahl halten, dann wollen wir mal sehen, was uns sonst noch einfällt. Wieso erzählen Sie mir nicht erst mal alles, was Sie über die Tyler-Villa wissen.«

»Es ist hoffnungslos«, seufzte Halloran und ließ den Blick von seinem Ausguck im Fenster des achten Stocks über die Stadtlandschaft schweifen. »Wir könnten tagelang in verlassene Gebäude rein – und wieder rausschleichen, ohne irgendeinen Hinweis zu finden.«

»Du kannst Schluß machen, wenn du willst«, lautete Deutschs vorhersehbare Antwort. Der andere Cobra hockte auf dem Boden und brütete über einer Vorkriegsluftkarte des südlichen Cranach.

»Aha. Also ich denke, solange du für unsere Hilfe solche Dankbarkeit zeigst, bleibe ich noch ein Weilchen.«

Jetzt war Deutsch mit Stöhnen an der Reihe. »Schon gut, schon gut. Wenn es deine glühende Empörung ein wenig mildert, dann gebe ich zu, ich war ein wenig überreizt, als ich das hier Borg und Konsorten verkauft habe. In Ordnung? Hörst du jetzt endlich auf mit deinen Sticheleien?«

»Wann immer du willst. Aber letzten Endes hast du dir selbst zuzuschreiben, was du diesen Leuten antust, nicht zu reden von dem, was du dir selbst antust.«

Deutsch schnaubte. »Du meinst, ich untergrabe die Moral und setze mich gleichzeitig mit unrealistischen Zielen und Maßstäben unter Druck?«

»Also, wo du gerade davon sprichst –«

»Ich mache mir nicht mehr Druck, als ich ertragen kann – das weißt du. Und was den Untergrund betrifft –« Er zuckte mit den Achseln, eine Bewegung, bei der seine Karte raschelte. »Du begreifst nicht, in welcher Lage sich Adirondack befindet, Cally. Wir sind eine Welt im Siedlungsgrenzgebiet, auf die jeder andere im Imperium hinabblickt – sogar die Trofts, soweit ich weiß. Wir müssen uns vor euch allen beweisen, und das können wir nur, indem wir die Trofts aus unserer Welt verjagen.«

»Ja, ich weiß, das ist deine Arbeitshypothese«, nickte Halloran. »Ich dagegen frage mich, ob es das ist, was den Menschen am ehesten im Gedächtnis bleiben wird.«

Deutsch schnaubte erneut. »Was sonst gibt es in einem Krieg?«

»Mumm, zum Beispiel. Und Adirondack beweist verdammt viel Mumm.« Er hob eine Hand und zählte an den Fingern ab. »Erstens: auf dem gesamten Planeten gibt es nicht eine einzige Regierung, die mit den Trofts wirklich gemeinsame Sache macht. Das zwingt die Trofts, eine lächerlich hohe Zahl Soldaten mit Verwaltungs- und Polizeiaufgaben zu beschäftigen, die sie lieber euch überlassen würden. Zweitens: die regionalen Regierungen, die sie zur Mitarbeit verpflichtet haben, geben sich anständig Mühe, mehr Ärger zu machen als alles andere. Erinnerst du dich, als die Trofts Leute aus Cranach und Dannimor für die Reparatur der Leeding-Brücke zwangsverpflichtet haben?«

Fast widerwillig mußte Deutsch schmunzeln. »Sich mehrfach widersprechende Anordnungen, unbrauchbares Gerät und versteckte Materialmängel. Sie haben doppelt solange gebraucht wie die Trofts, wenn sie es selbst gemacht hätten.«

»Und jeder einzelne von den Leuten, die für dieses Fiasko verantwortlich waren, hat dabei sein Leben aufs Spiel gesetzt«, erinnerte Halloran ihn. »Und das war nur die Tat einfacher, vergleichsweise unbeteiligter Bürger. Von den Opfern des Untergrunds habe ich überhaupt noch nicht gesprochen – allein die Hartnäckigkeit, die sie in den vergangenen drei Jahren an den Tag gelegt haben. Vielleicht bist du nicht von deiner Welt beeindruckt, aber ich sag's dir hier und jetzt, ich wäre verdammt stolz, wenn Aerie unter diesen Umständen nur halb soviel auf die Beine stellen würde.«

Deutsch schürzte die Lippen und heftete den Blick auf die Karte, die jetzt zusammengefaltet auf seinen Knien lag. »Also gut«, meinte er schließlich. »Ich gebe zu, vielleicht schlagen wir uns gar nicht mal so schlecht. Aber Eventualitäten und ›Vielleichts‹ zählen in diesem Spiel nichts. Wenn wir verlieren, wird sich niemand darum scheren, ob wir unser Bestes gegeben haben, denn es wird sich niemand an uns erinnern – Ende. Nur die Sieger kommen in die Geschichtsbücher.«

»Schon möglich«, nickte Halloran. »Vielleicht aber auch nicht. Hast du je von Massada gehört?«

»Ich glaube nicht. War das eine Schlacht?«

»Eine Belagerung. Sie hat im ersten Jahrhundert auf der Erde stattgefunden. Das Römische Reich war in irgendein Land eingefallen – Israel wird es jetzt, glaube ich, genannt. Eine Gruppe der dortigen Verteidiger – ich bin nicht mal sicher, ob es reguläre Truppen oder nur Guerillas waren – zog sich auf ein Hochplateau mit dem Namen Massada zurück. Die Römer umzingelten es und versuchten ein Jahr lang, es einzunehmen.«

Deutschs dunkle Augen waren fest auf seine gerichtet. »Und, haben sie es geschafft?«

»Ja. Aber die Verteidiger hatten einen Schwur abgelegt, sich nicht lebendig besiegen zu lassen … und als die Römer dann in das Lager einmarschierten, fanden sie dort nur Leichen vor. Die Verteidiger hatten den Freitod der Gefangenschaft vorgezogen.«

Deutsch leckte sich die Lippen. »Ich hätte versucht, noch ein paar Römer mehr mitzunehmen.«

Halloran zuckte mit den Achseln. »Ich auch. Aber darum geht es gar nicht. Sie haben verloren, aber sie wurden nicht besiegt, wenn du den Unterschied verstehst. Zwar haben die Römer am Ende den Krieg gewonnen, aber Massada ist niemals in Vergessenheit geraten.«

»Hm.« Deutsch starrte noch einen Augenblick ins Leere, dann griff er unvermittelt nach seiner Karte. »Trotzdem, bei diesem Spiel wäre mir ein etwas positiveres Ende lieber«, meinte er energisch. »Kannst du da draußen irgendwas besonders Vielversprechendes für unseren nächsten Ausfall sehen?«

Halloran richtete seine Aufmerksamkeit wieder aus dem

Fenster und fragte sich, ob er mit seinen aufmunternden Worten etwas erreicht hatte. »Ein paar sehr eindeutig ausgebrannte Gebäude in südwestlicher Richtung, die möglicherweise gute Deckung für ein Postenhaus oder einen verdeckten Tunneleingang bieten. Und hinter dieser Schutzmauer ein Stück weiter hinten liegt ein regelrechter Dschungel.«

»Die Tyler-Villa«, bestätigte Deutsch mit einem Nicken und trug die Positionen auf seiner Karte ein. »Vor dem Krieg war das Haus von sehr hübschen Gärten und Obstgärten umgeben. Inzwischen werden die Gärtner von Tyler längst das Weite gesucht haben.«

»Sieht aus, als könnte man unter dem ganzen Gestrüpp eine ganze Panzerdivision verstecken. Könnte es sein, daß die Trofts das Gelände eingenommen haben?«

»Kann sein, aber es ist schwer vorstellbar, wie sie das ohne offensichtliche Schlacht geschafft haben sollen. Zum einen ist die Mauer nicht bloß zur Zierde da, und Tyler hat bestimmt noch schwereres Gerät in der Hinterhand. Außerdem hat noch niemand Trofts beim Betreten oder Verlassen des Gebäudes gesehen.«

»Da fällt mir ein – wir sollten vielleicht ein sicheres Telefon suchen und uns zurückmelden, bevor wir die Stellung wechseln. Mal hören, ob die Späher schon irgend etwas herausgefunden haben, was die Troftbewegungen anbelangt.«

»Wenn sie in vier Monaten nichts herausgefunden haben, warum dann ausgerechnet jetzt?« gab Deutsch zu bedenken und faltete seine Karte zusammen. »Na gut, melden wir uns trotzdem zurück. Und dann nehmen wir uns die ausgebrannten Gebäude vor.«

»Einverstanden.« *Zumindest,* dachte Halloran, *hat er jetzt noch etwas anderes, über das er grübeln kann, als simple Gewinn-Verlust-Berechnungen. Vielleicht reicht das ja schon.*

Erst als sie die dunkle Treppe zur Straße hinunterstiegen, kam ihm in den Sinn, daß es vielleicht nicht das Allerklügste gewesen war, Deutsch in seiner gegenwärtigen Verfassung etwas von Selbstaufopferung zu erzählen.

Wie sich herausstellte, war Ilona eine wandelnde Magcard mit Informationen über die Tyler-Villa.

Sie kannte das Gebäude von außen, kannte den Grundriß der Hauptgärten, wie sie vor dem Krieg ausgesehen hatten, sowie die Größe und ungefähre Lage eines Teils ihrer Räumlichkeiten. Sie konnte sowohl die Steinmetzarbeiten an der fünf Meter hohen Außenmauer beschreiben als auch die Ausmaße der Mauer angeben, und sie hatte zumindest eine allgemeine Vorstellung von der gesamten Anlage der Villa und des Grundstücks. Jonny war ungeheuer beeindruckt, bis ihm auffiel, daß alle ihre Informationen klangen, als stammten sie aus einem dieser Boulevardblättchen, wie es sie überall im Imperium gab. Jene Informationen, die sowohl er als auch ein mutiger Eindringling nützlicher gefunden hätten – Sicherheitssysteme, Waffenstellungen und dergleichen –, fehlten völlig. Schließlich – und mit Bedauern – entschied er, daß sie lediglich einer jener begeisterten Fans der geheimnisvollen Aura um den Namen Tyler war, von der sie bereits kurz gesprochen hatte.

Dennoch, man hatte ihm beigebracht, wie man aus dem äußeren Erscheinungsbild von Gebäuden seine Schlüsse zieht, und selbst wenn man bedachte, daß diese Informationen aus zweiter Hand stammten, konnte er sich ein brauchbares Bild dessen machen, was Tyler aufgeboten hatte, um sein Heim zu beschützen.

Und dieses Bild war nicht besonders ermutigend.

»Das Haupttor sieht so aus«, sagte Ilona und zeichnete kaum erkennbare Linien mit den Fingern auf die Tischplatte. »Angeblich ist es elektronisch verriegelt und aus zwanzig Zentimeter dickem Kyreliumstahl, genau wie die Innenseite der Mauer.«

Jonny versuchte kurz zu berechnen, wie lange es dauern

würde, mit seinem Antipanzerlaser ein Loch durch so starkes Kyrelium zu bohren. Das Ergebnis belief sich auf eine Größenordnung von mehreren Stunden. »Gibt es an der Außenseite auch so hübsche Steinmetzarbeiten wie am Haus?«

»Am Tor selbst nicht, aber rechts und links an der Mauer befinden sich zwei Reliefs. Ungefähr *hier* und *hier.*« Sie zeigte auf die Stellen.

Sensorgruppen höchstwahrscheinlich, und wahrscheinlich auch Waffen. Waren sie nach innen und nach außen gerichtet? Schwer zu sagen, aber bei zwanzig Zentimeter starkem Kyrelium, das einem den Weg versperrte, spielte das kaum eine Rolle. »Gut, damit bleibt uns nur der Weg über die Mauer«, seufzte er. »Was hat er dort oben?«

»Nichts, soweit ich weiß.«

Jonny runzelte die Stirn. »Er muß dort oben irgendwelche Verteidigungsanlagen haben, Ilona. Seit Erfindung der Leiter gelten fünf Meter hohe Mauern nicht mehr als sicherer Schutz vor Angreifern. Hm … was ist mit den Ecken? Gibt es dort irgendwelche Steinreliefs oder dergleichen?«

»Nein.« Sie fühlte mit ihm. »Nichts als glatte Mauer, rund um das gesamte Gelände.«

Das bedeutete, daß es oben auf der Mauer keine photoelektrische Laseranlage gab. War es denkbar, daß Tyler tatsächlich ein derart offensichtliches Loch in seinem Sicherheitssystem gelassen hatte? Natürlich konnte alles, was über die Mauer kam, von den Lasern des Hauses erfaßt werden, doch diese Vorgehensweise war von launischer und möglicherweise abschaltbarer Highspeed-Elektronik abhängig. Nein, Tyler mußte noch etwas anderes im Sinn gehabt haben. Aber was?

Und dann kreuzten sich zwei verirrte Gedanken in Jonnys Erinnerung. Tyler hatte seine Villa im Reginine-Stil erbaut, und Jonnys verstorbener Kamerad Parr Noffke stammte von dieser Welt. Hatte er jemals irgendwas erwähnt, das ihm jetzt vielleicht weiterhalf …?

Hatte er. Am Tag des ersten bescheidenen Tests für die Rekruten, jenes Tests, dessentwegen Jonny Viljo anschließend fast die Visage poliert hatte. *Unsere Mauerlaser,* hatte Noffke gesagt, *sind nach oben und nicht waagerecht ausgerichtet.*

Dann war es natürlich einleuchtend. Einleuchtend und ernüchternd. Statt vier Laser so anzubringen, daß sie waagerecht längs der Mauer feuerten, hatte Tyler buchstäblich hunderte dieser Dinger wie die Stämme einer alten Palisade nebeneinander angeordnet, die auf der Innenseite der Mauer senkrecht nach oben zielten. Eine grauenhaft teure Barriere, die aber sowohl Schutz gegen tieffliegende Geschosse und Bodenprofilraketen bot als auch gegen Eindringlinge, die mit Wurfhaken ausgerüstet waren. Schnell, leicht zu bedienen und praktisch idiotensicher.

Das war sie also, die von den Trofts geplante Todesfalle.

Jonny schluckte. Bittere Ironie des Schicksals. Genau das hatte er gewollt; einen Aufschluß darüber, wie die Aliens ihn stoppen wollten ... und jetzt, da er es wußte, sah das Ganze hoffnungsloser aus denn je. Wenn er nicht an die Steuerschaltkreise dieser Laser herankam, gab es keine Möglichkeit, wie er und Ilona die Mauer überwinden konnten, ohne getroffen zu werden.

Er spürte, wie Ilona ihn ungeduldig beobachtete. »Und? Gibt es eine Möglichkeit, durchs Tor zu kommen?«

»Das bezweifle ich.« Jonny schüttelte den Kopf. »Aber das müssen wir auch nicht. Oben drüber ist die weit bessere Wahl.«

»Oben drüber? Soll das heißen, Sie wollen über eine fünf Meter hohe Mauer klettern?«

»Ich will sie überspringen. Das dürfte ohne große Schwierigkeiten zu schaffen sein.« Tatsächlich war die Höhe der Mauer das geringste Problem, es hatte jedoch keinen Sinn, ihren verborgenen Lauschern das zu verraten.

»Was ist mit den Verteidigungsanlagen, die es dort vielleicht gibt, wie Sie sagten?«

»Die dürften eigentlich kein Problem darstellen«, log Jonny im Hinblick auf die Trofts. Er wagte es nicht, zu naiv zu erscheinen, möglicherweise erregte gerade das ihren Verdacht. »Vermutlich hat Tyler seine Mauerlaser in ausfahrbaren Geschütztürmen an den Ecken untergebracht. Bei all dem Stuck, in dem sich Laser unterbringen lassen, dürfte es kein Problem sein, sie rechtzeitig in Stellung zu bringen, falls jemand über die Mauer klettern will. Diese Art der Anordnung habe ich bislang auf Adirondack noch nicht gesehen, aber sie wäre eine logische Erweiterung unserer Laserverteidigungsanlagen, besonders für jemanden wie Tyler, der einen Sinn für klassische Ästhetik zu haben scheint. Eigentlich mache ich mir weit größere Sorgen, wie wir überhaupt erst an die Mauer herankommen sollen. Erzählen Sie mir alles über den Weg, auf dem die Trofts Sie hergebracht haben!«

Sie nickte, und während sie Zimmer, Flure und Treppenhäuser auflistete, wußte er, daß er sie mit seinem Falschspiel überzeugt hatte. Hoffentlich war ihm das bei den Trofts ebenfalls gelungen, damit sie ihn bis an die Todesfalle heranließen.

Seine eingebaute Zeitschaltung zeigte zehn Uhr abends an, und es war besser, bald aufzubrechen.

Jonny war mit sich selbst uneins, ob er die Nacht oder den Nachmittag für den Ausbruch wählen sollte. Nachmittags befanden sich Menschen jenseits der Mauern der Tyler-Villa, Menschenmengen, in denen die beiden Flüchtlinge untertauchen konnten, wenn sie es bis dorthin schafften, und diese Menschen würden vielleicht Zeugen ihres Todes – und der Bedeutung der Villa – werden, wenn sie nicht so weit kamen. Aber es ergab wenig Sinn, sich in einer Menschenmenge zu verstecken, solange die Trofts bereit waren, Zivilisten niederzumetzeln, um die beiden zu fassen. Außerdem konnte es sich auch als ein geringfügiger Nachteil erweisen, wenn man die Trofts zwang, sich mit ihren außerhalb des Hauses befindlichen Waffensystemen auf Radar, Infrarot und Lichtverstärkung zu verlassen.

Das waren die Gründe, die er Ilona mitteilte. Einen weiteren – daß nämlich die Aliens vielleicht nicht riskieren würden, sie bei hellichtem Tag bis an die Mauer heranzulassen – behielt er für sich.

Er lag mit dem Rücken auf dem Tisch, die Hände über der Brust gefaltet. Ilona saß neben ihm, die Knie an die Brust gezogen, und dachte über die Tür nach. Ilonas Lustlosigkeit war nicht gespielt: ihr hatte er gesagt, um zehn Uhr dreißig losschlagen zu wollen. Vermutlich fände er niemals heraus, ob sich die Trofts von einem derart simplen Trick zum Narren halten ließen, aber einen Versuch war es immerhin wert.

Jonny atmete tief durch und aktivierte sein Rundumsonic.

In seinem Unterleib erhob sich ein Kribbeln, ein leichtes Vibrieren, als die eingebauten Lautsprecher in einem Bereich schwangen, wo sein gesamter Körper mitzuvibrieren begann. Wenn er seine Ohren anstrengte, konnte er fast hören, wie der Ultraschallpegel sich veränderte, als das Geräusch in die Wände eindrang und dort die Resonanzen der winzigen akustischen und optischen Sensoren suchte, die dafür offen waren ...

Angeblich benötigte man für die gesamte Prozedur eine Minute, Jonny hatte jedoch nicht die Absicht, die Trofts so lange vorzuwarnen. Er brauchte die Sensoren nicht dauerhaft außer Gefecht zu setzen, sondern mußte nur so viele wie möglich verwirren, während er seinen entscheidenden Schachzug machte. Er wartete fünf Sekunden, und als Ilona begann, sich verwundert umzusehen, hob er sein linkes Bein leicht an und feuerte.

Die obere Angel der Tür explodierte buchstäblich, überall gingen Splitter nieder. Ilona schrie erschrocken auf. In einer einzigen geschmeidigen Bewegung schob Jonny sich nach vorn, so daß er die untere Angel in die Zielerfassung bekam, und feuerte erneut. Dieser Schuß traf nicht ganz so sauber.

Jonny feuerte noch dreimal, nahm bei dieser Attacke seine Fingerspitzenlaser zu Hilfe, und innerhalb von Sekunden baumelte die Angel lose an der Wand. Er packte die Tischkante und schleuderte sie mit den Füßen voran wie einen selbstgesteuerten Rammbock gegen die Anschlagseite der Tür. Die Tür ächzte unter der Wucht des Aufpralls und verschob sich um einen oder zwei Zentimeter. Jonny fand sein Gleichgewicht wieder, sprang quer durch den Raum, machte kehrt und versuchte es erneut, wobei er sich mit den Händen im Vorbeifliegen zusätzlich vom Tisch abstieß. Der Tisch überlebte die Aktion, die Tür zum Glück nicht. Kreischend riß das Metall, die Tür löste sich aus dem Rahmen, sackte schief zur Seite und wurde nur noch vom Schließmechanismus gehalten.

»Sie sagten doch *zehn Uhr dreißig*«, murrte Ilona. Sie war bereits an der Tür, als er sein Gleichgewicht wiedererlangt hatte, und spähte vorsichtig nach draußen. »Die Luft scheint rein zu sein, kommen Sie.«

Sie kletterten an der zerstörten Tür vorbei und traten hinaus in einen schwach beleuchteten Flur. Die Verstärker auf höchster Stufe, suchte Jonny rasch die Wände und den Boden ab, während er im Trab vor Ilona herlief. Hier gab es offenbar keine –

Sie hatten die leichte Farbveränderung in der Wand schon fast erreicht, als Jonny sie entdeckte. Das konnte nur eine versteckte Photozelle in Kniehöhe sein. »Detektor!« stieß er hervor und blieb stehen, damit Ilona ihn einholen konnte. Ihr den Detektor zu zeigen hätte nur unnötig Zeit gekostet. Er packte sie bei den Oberarmen, schwenkte sie über den unsichtbaren Balken hinweg und sprang dann selbst hinüber. *Zu einfach,* dachte er mit einem unguten Gefühl im Bauch. *Viel zu einfach.* Er wußte, die Trofts wollten, daß er den Spießrutenlauf lebend überstand, aber das hier war lächerlich.

Am Ende des Ganges hörte es auf, lächerlich zu sein.

Jonny zögerte an der Schwelle eines großen Raumes, doch weder ein vollständiges Stehenbleiben noch ein Sprint in höchstem Tempo hätten ihm das geringste genützt. Zu beiden Seiten neben der Tür zum Gang warteten gepanzerte Trofts in zwei Viertelkreisen.

In den Gang zurückzuweichen wäre bestenfalls eine provisorische Lösung gewesen. Doch er nahm diesen bescheidenen Schutz wahr, ging in die Knie und sprang.

Die Decke hier war nicht ganz so stabil wie jene damals in Raum C-662 des Freyr Complex, wo Bai ihnen seinen Wunderkörper zum ersten Mal demonstriert hatte. Aber sie war stabil genug, und Jonny landete auf dem Boden, ohne das Gleichgewicht zu verlieren, begleitet nur von einem kleinen Hagelschauer zersprungener Deckenplatten. Er drehte sich ... und als die Troftlaser ihn ins Visier nahmen, warf er sich rücklings zu Boden und kreiste auf den Schulterblättern.

Bai hatte diesem Manöver aus ihm unerklärlichen historischen Gründen den Namen *Breakdance* gegeben, die Rekruten hatten es untereinander *Rückendreher* genannt.

Halb zusammengerollt in fetaler Körperhaltung, die Knie fast bis an die Brust hochgezogen, bestrich Jonny mit seinem Antipanzerlaser die Reihe der Soldaten und versprühte einen schnellen Tod. Nur drei der etwa ein Dutzend Soldaten entkamen dieser ersten Salve, und diese starben bei Jonnys zweiter Drehung.

Das metallische Scheppern gepanzerter Körper, die auf dem Boden aufschlugen, war kaum verhallt, als Jonny bereits wieder in der Hocke war und in alle Richtungen Ausschau hielt. »Ilona!« flüsterte er deutlich hörbar. »Kommen Sie!« Er spähte den Gang hinunter, sah, wie sie auf die Füße sprang und auf ihn zugetrabt kam.

»Du lieber Himmel!« stieß sie hervor. »Haben Sie das ganz allein zustande gebracht?«

»Soweit es etwas genützt hat, ja.« Offensichtlich hatte er

sich nicht getäuscht, was den Plan der Trofts anbetraf. Er hätte sich in diesem Feuergefecht zumindest ein paar leichte Verbrennungen einhandeln müssen. »Diese Tür dort?«

»Genau. Denken Sie dran, dahinter liegt ein Treppenhaus.«

»Verstanden.«

Wie sich herausstellte, drohte im Treppenhaus keine ernsthafte Gefahr. Vermutlich, entschied Jonny, waren die Sensoren, die dort versteckt waren, so konstruiert, daß sie seine Ausrüstung sofort nach dem Einsatz analysieren sollten, etwa um theoretische Grenzwerte oder Emissionsspektren zu ermitteln. Er löste erneut seinen Sonic aus, führte Ilona um die beiden Photozellen im Treppenhaus herum und wappnete sich gegen das, was ihn dort oben erwarten mochte.

Beim ersten Mal hatten die Trofts es mit einem direkten Angriff versucht. Diesmal gingen sie nur unwesentlich subtiler vor. Quer über den Fußboden, zwischen den Flüchtlingen und dem einzigen Ausgang des Raumes, zog sich ein drei Meter breiter schwarzer Streifen. Jonny schnupperte, witterte einen schwachen Hauch jenes Geruchs, den er noch vom Netz in der Wolker-Fabrik kannte. »Ein Klebestreifen«, warnte er Ilona und suchte die Wände mit den Augen ab. Ein senkrechter Streifen aus Photozellen erstreckte sich zu beiden Seiten des Klebstoffes vom Boden bis zur Decke. Sechs sehr flache Kästen zierten die Wand dahinter. Im Gegensatz zu den offensichtlich eher dauerhaft installierten Photozellen hinten im Gang und im Treppenhaus erweckte diese Anlage den Anschein, als hätte man sie hastig eigens aus diesem Anlaß aufgebaut.

Zur Abwechslung stand Ilona diesmal direkt hinter ihm. »Wir sollen also springen, und dann trifft uns irgend etwas mitten in der Luft?« raunte sie nervös.

»Sieht ganz so aus.« Jonny trat in der Nähe des Klebestreifens an die Wand und streckte seinen rechten Arm aus.

»Ich versuche es einfach mal mit Sabotage. Gehen Sie zurück ins Treppenhaus, für alle Fälle.«

Noch während sie seiner Anweisung folgte, blitzte sein Bogenwerfer auf ... und Jonny mußte feststellen, wie sehr er die Lernfähigkeit der Trofts unterschätzt hatte.

Auf der anderen Seite des Raumes löste sich plötzlich eines der Kästchen zu einer wirbelnden Masse auf, die direkt auf ihn zugeschossen kam. Die Masse wurde im Näherkommen größer, und aus dem wirbelnden Etwas entfaltete sich ein riesiges Netz aus Maschendraht.

Ihm blieb keine Zeit zu bedauern, daß er die Fähigkeiten seines Bogenwerfers vor ein paar Stunden so eindrucksvoll demonstriert hatte, keine Zeit, irgend etwas anderes zu tun, als in Deckung zu gehen – und zwar schnell.

Seine programmierten Reflexe gaben ihr Bestes. Sie warfen ihn zu Boden, während seine Servos ihn im rechten Winkel zur Bewegungsrichtung des Netzes in einen Hechtsprung zwangen. Der Raum war jedoch zu klein, das Netz zu groß, und noch während er sich überschlug und neben der Tür zum Treppenhaus an der Wand landete, erwischte ihn der Rand des Netzes an der linken Schulter und klebte ihn am Boden fest.

Ilona kam aus ihrer Deckung hervorgeschossen. »Alles in Ordnung?« wollte sie wissen, während sie auf ihn zurannte.

Er winkte sie fort, wand sich herum und stützte sich auf einen Ellenbogen. Das einfachste wäre wahrscheinlich, das Gitter zu zerschneiden, doch für den Fall, daß der Klebstoff abermals ein Kontaktschlafmittel enthielt, wollte er nicht riskieren, einen Fetzen davon an sich herumzutragen. Mit einem Ruck riß er den festgeklebten Ärmel sauber an der Schulter ab.

»Und jetzt?« wollte Ilona wissen, als er mühsam wieder auf die Beine kam.

»Jetzt ist Schluß mit der Zurückhaltung. Halten Sie sich bereit.« Nacheinander nahm er die restlichen fünf Kästchen an der Wand in die Zielerfassung, hob seine Hände und feuerte.

Halb befürchtete er, der Angriff könnte ihren Feuermechanismus auslösen, anstatt ihn zu zerstören. Doch als ein Kästchen nach dem anderen zersprang und der Laser über die zusammengelegten Netze hinter den Abdeckungen strich, deutete alles darauf hin, daß die Trofts ihn erneut unterschätzt hatten. Erst als er den hellbraunen Rauch sah, der von den brennenden Netzen aufstieg …

»Luft anhalten!« rief er Ilona zu. Er stellte sich neben sie, packte sie an Schenkel und Schulter und sprang.

Nicht einfach nur über den Klebestreifen hinweg, sondern ganz hinüber bis zur Tür auf der anderen Seite des Raumes. Ein Manöver, das leicht in einer Katastrophe hätte enden können, doch zum Glück hatten die Trofts keine weiteren Sprengfallen mit ihren Photozellen verschaltet. Die Tür war zu, Jonny hatte aber nicht die Absicht, stehenzubleiben und auszuprobieren, ob sie verschlossen war oder nicht: er landete auf seinem linken Fuß, während sein rechter sich bereits zu einem servounterstützten Tritt gegen den Türgriff streckte. Die Tür zersplitterte mit erfreulicher Leichtigkeit, und er warf sich – Ilona immer noch im Arm – hindurch.

Der Raum dahinter war kleiner, doch wie in allen anderen, die er bis jetzt gesehen hatte, fehlte jegliches Mobiliar. Er hätte den Raum am liebsten von der Türschwelle aus nach weiteren Fallen abgesucht, mit der sich ausbreitenden Wolke unbekannten Gases im Nacken war dies hingegen ein Luxus, den sie sich nicht leisten konnten. Statt dessen nahm er die gesamten fünf Meter in vollem Tempo, vermied es aber, die gegenüberliegende Tür auf direktem Wege anzusteuern, und verließ sich ansonsten ausschließlich auf seine Kampfreflexe.

Was immer die Trofts vorbereitet hatten, dieses Manöver überraschte sie offensichtlich. Er erreichte unverletzt die Tür, stemmte sie auf und schlüpfte hindurch, ließ Ilona zu

Boden fallen und schlug die Tür krachend hinter ihnen zu. Wie Jonny erwartet hatte, befanden sie sich in der Mitte eines langen Flures. Er brachte seine Hände mit einem Ruck in Feuerstellung, verschaffte sich rasch einen Überblick und wandte sich dann wieder Ilona zu. »Alles in Ordnung?«

»Die blauen Flecken, die ich mir eingehandelt habe, versprechen interessant zu werden«, sagte sie und griff an die Stellen, wo er sie festgehalten hatte. »Sonst ja. Ich bin dort drüben reingekommen – durch die vorletzte Tür, glaube ich.«

»Hoffentlich haben Sie recht.« Belanglos war diese Frage keineswegs. Trofts versiegelten die Türen im Innern eines von ihnen eingenommenen Gebäudes normalerweise, und wenn sie falsch abbogen, landeten sie womöglich in einem irrgartenähnlichen Sektor, in dem sich auch Ilona nicht auskennen würde. Zumindest war es tatsächlich ein Gang und daher – vorausgesetzt, die Trofts hielten sich soweit an ihr Schema – nicht mit Sprengfallen ausgestattet. Eine Atempause käme durchaus gelegen. »Also schön, los geht's.«

Er konzentrierte sich auf die Wände, und trotzdem hätte er beinahe alles ruiniert.

Als Summen in seinem Unterleib fing es an, vergleichbar mit dem seines eigenen Waffensystems, und es war purer Zufall, daß sie fast einen Schwingungsknoten der Welle erreicht hatten, als ihm auf einmal dämmerte, was hier vor sich ging, und er plötzlich schlitternd stehenblieb. »Was ist?« keuchte Ilona und stieß mit ihm zusammen.

»Ein Infrasonicangriff«, fuhr er sie an. Aus dem Summen war mittlerweile eine Woge von Übelkeit geworden, und sein Kopf fing an zu pochen. »Der Gang ist ein Resonanzkörper. Wir stehen an einem Schwingungsknotenpunkt.«

»Kann hier nicht bleiben«, brachte sie hervor und sackte, sich den Bauch haltend, gegen ihn.

»Weiß ich. Halten Sie sich fest.« Es blieben nur Sekunden, schätzte er, bevor ihnen so übel wurde, daß sie sich nicht mehr von der Stelle bewegen konnten – leider hatten ihm die Trofts nur eine Antwortmöglichkeit gelassen. Er hatte gehofft, ihnen wenigstens eine Waffe auf diesem Trip vorenthalten zu können, aber ohne Hinweis darauf, wo sich der Infrasonic-Generator befand, waren seine Laser nutzlos. Er hielt die auf wackeligen Beinen stehende Ilona mit einem Arm, brachte sie aus der direkten Schußlinie, aktivierte seinen Unterbrecher und begann, die Enden des Ganges damit zu bestreichen.

Entweder hatte er viel Glück, oder – was wahrscheinlicher war – die Trofts hatten ihm wieder einmal einen kleinen Sieg gelassen, denn kaum vier Sekunden später war der Strahl seines Sonic auf eine der Frequenzen im Generator der Trofts gestoßen. Jonny biß die Zähne aufeinander – im vollen Bewußtsein, daß der Sonic nicht für derartig große Räume konzipiert war – und hielt den Strahl still, während sein Nanocomputer die Amplitude vergrößerte ... und urplötzlich ließ die Übelkeit nach. Zwölf Herzschläge später war von dem Angriff nichts mehr geblieben als wackelige Knie und ein schwacher Schmerz, der sich in seinem ganzen Körper ausbreitete.

»Kommen Sie, wir müssen weiter«, forderte er Ilona mit schwerer Zunge auf und stolperte auf die Tür zu, die sie ihm gezeigt hatte.

»Ja«, stimmte sie zu und gab ihr Bestes, um seiner Aufforderung Folge zu leisten. Am Ende trug er sie mehr, als daß sie lief, was ohne seine Servos unmöglich gewesen wäre. Er erreichte die Tür und riß sie auf.

Die Trofts waren wieder zu unfeineren Methoden zurückgekehrt. Dieser Raum war im Gegensatz zu allen vorangegangenen fast buchstäblich mit Möbeln vollgestellt ... und hinter jedem einzelnen Möbelstück schien ein feindlicher Soldat zu hocken.

In jener ersten wie erstarrten Millisekunde dämmerte Jonny, welch möglicherweise katastrophale Folgen es hätte, von Ilonas vorgeschlagenem Weg abzuweichen, wenn auch aus keinem anderen Grund als dem, daß er den Troft-Commander dadurch in Panik versetzte. Aber auf keinen Fall würde er sich einem Raum voller feindlicher Soldaten stellen, solange es noch eine andere Möglichkeit gab ... oder sich diese herbeiführen ließ.

Ein einzelner Stoß aus seinem Sonic, für mehr war keine Zeit, bevor er die Tür zuschlug. Wenn sie Glück hatten, schüttelte der die Trofts lange genug durch, um sie eine Weile an der Verfolgung zu hindern. Er packte Ilonas Arm, sprintete zur nächsten Tür, der letzten an diesem Ende des Ganges.

»Auf diesem Weg bin ich aber nicht reingekommen!« schrie sie, als er sie losließ und die Tür zu öffnen versuchte. Sie war natürlich abgeschlossen.

»Wir haben keine andere Wahl. Werfen Sie sich auf den Boden, und schreien Sie, wenn Sie jemanden kommen sehen.« Seine Fingerspitzenlaser schlugen bereits vernichtend in den Türrand ein und verfolgten eine gestrichelte Linie, die größtmögliche Materialermüdung in kürzester Zeit versprach. Nach halber Strecke versetzte er der Tür einen festen Tritt. Und noch einmal trat er zu. Beim zweiten Tritt spürte er, wie die Tür nachgab, und vier Tritte später zersplitterte die Füllung plötzlich. Dicht gefolgt von Ilona, warf er sich hindurch.

Und sofort wurde ihm klar, daß sie von dem für sie vorbereiteten Pfad abgewichen waren. Hier gab es keine menschlichen Möbel oder Anlagen – vom Boden bis unter die Decke war der Raum erschütternd fremd. Längliche, seltsam geformte Sofas standen in Gruppen um eine Art kreisrunder Tische herum, aus deren Mitte halbkugelartige Kuppeln herausragten. An den Wänden befanden sich abwechselnd archaisch anmutende Wandgemälde und kleinere blinkende elektronische Geräte. Auf der gegenüberliegenden Seite des Raumes bekam Jonny gerade noch das nach hinten abgeknickte Bein eines Trofts zu sehen, als der Alien hastig das Weite suchte ... und in der relativen Stille war ein Geräusch zu hören, das bislang völlig gefehlt hatte: das dünne, wimmernde Geheul eines Troftalarms.

»Eine Messe?« fragte Ilona und sah sich um.

»Ein Salon.« Eine kleine Enttäuschung. Er hatte gehofft, sie würden irgendwo landen, wo er den Bogenwerfer zum Einsatz bringen könnte. Im Kontrollraum für die Verteidigungsanlagen der Mauer, zum Beispiel.

Andererseits ...

»Verschwinden wir«, drängte Ilona, die ängstliche Blicke auf die zertrümmerte Tür hinter ihnen warf. »Die Typen können uns jeden Augenblick wieder im Nacken sitzen.«

»Eine Sekunde«, meinte Jonny und suchte die Wände ab. Trofts plazierten Wohnräume und andere weniger wichtige Einrichtungen stets am äußeren Rand ihrer Stützpunkte ... und endlich, halb verborgen hinter den Wandmalereien, fand er, was er suchte: den Umriß eines Fensters.

Natürlich gut versiegelt. Eine dunkle Kyreliumstahlplatte, drei mal ein Meter groß, war exakt in die Öffnung eingepaßt, so daß nur ein haarfeiner Spalt in der ansonsten markierungslosen grauen Wand zurückgeblieben war. Unzerstörbar selbst mit Cobrawaffen – aber wenn der Erbauer sich an die Standardvorgaben für die Verstärkung von Troftgebäuden gehalten hatte, dann bestand vielleicht eine Chance, gleich hier zu entkommen. »Halten Sie sich bereit, mir hinterherzuspringen«, rief er Ilona über die Schulter zu. Er stemmte sich kräftig in den Boden, rannte auf das Fenster zu und sprang. Mitten in der Luft hob er die Füße nach vorn und traf die Fensterabdeckung genau in der Mitte.

Die Platte löste sich mit einem Knall sauber aus ihrer Verankerung und fiel draußen scheppernd zu Boden. Jonny hatte eine Menge von seinem Schwung eingebüßt und landete kurz vor dem Haus. Er ließ sich in die Hocke sinken, aktivierte seinen Lichtverstärker und blickte sich um.

Er befand sich auf einem Stück nackter Erde, das früher vermutlich ein ausgedehntes Blumenbeet gewesen war und fast bis zu jener Stelle reichte, wo die gestutzten Bäume und Sträucher eines kunstvoll gestalteten Haiku-Gartens begannen, der wiederum in eine Reihe ausgewachsener Bäume in der Nähe der Außenmauer überging. Keine Deckung bis zu den Bäumen – Jonnys Entfernungsmesser legte die Distanz auf etwa zweiundfünfzig Meter fest. Die Mauer selbst lag … dreißig Meter dahinter.

Von hinten hörte er ein Geräusch. Er wirbelte herum und war sich undeutlich bewußt, daß die Bewegung schmerzte; er sah, wie Ilona leichtfüßig zu Boden sprang. »Toller Tritt«, zischte sie, als sie sich neben ihn hockte.

»Gar nicht mal. Die Kanten sind nur gegen Einwirkungen von außen verankert. Irgendeine Ahnung, wo wir sind?«

»Auf der Westseite der Villa. Das Tor befindet sich um die Ecke nach Norden.«

»Das Tor ist mir egal – wir können genausogut hier über die Mauer steigen.« Ein Teil von Jonnys Verstand wog die Wahrscheinlichkeit ab, daß die Trofts Richtmikrophone auf sie hielten. »Zuerst allerdings«, fügte er hinzu, »will ich feststellen, ob die Laser am Haus so eingestellt sind, daß sie auf Ziele feuern, die sich von hier fortbewegen.«

Immer noch kein Zeichen von den feindlichen Soldaten. Er ging zu der ehemaligen Fensterabdeckung und nahm das Metall für eine kurze Untersuchung in die Hand. Er hatte keine Ahnung, ob es für seine Zwecke geeignet war, es war aber keine Zeit mehr, etwas Besseres zu suchen. Er packte die Platte an beiden Seiten, hob sie wie einen behelfsmäßigen Schirm über seinen Kopf … und schleuderte sie mit allem, was die Servos hergaben, auf die weit entfernte Mauer zu.

Noch nie war er derart an die Grenzen gegangen, und einen Augenblick lang befürchtete er, die Platte zu weit geschleudert zu haben. Wenn sie über die Mauer flog und dadurch verriet, daß seine Unkenntnis über die Verteidigungslaser dort nur vorgetäuscht war …

In Wirklichkeit jedoch hatte er nichts zu befürchten. Die Platte stieg in sanftem Bogen in den Himmel und ging im Krachen von zersplitternden Ästen inmitten der fernen Baumgruppe nieder, gut zwanzig Meter diesseits der Mauer.

Sie legten die gesamte Strecke zurück, ohne daß auf sie gefeuert wurde.

Jonny befeuchtete sich die Lippen. Die automatischen Waffen ließen sie also höchstwahrscheinlich in Frieden. Würden sich die zweifellos oben vorhandenen lebendigen Schützen ebenfalls zurückhalten? Ihm blieb nichts anderes übrig, als darauf zu hoffen, daß sie nach wie vor auf die Mauerlaser vertrauten, um ihn endgültig zu stoppen. Wenn es so war … und wenn sein Plan tatsächlich funktionierte …

»Sind Sie bereit für einen Sprint?« fragte er Ilona im Flüsterton.

Ihre Augen ruhten noch immer auf der Stelle, wo die Kyreliumplatte niedergegangen war. »Donnerwetter noch mal«, raunte sie. »Ah – ja, ich bin bereit. Bis zur Mauer?«

»Ganz recht. Und zwar so schnell Sie können. Ich bin hinter Ihnen, wo ich mich theoretisch mit jedem befassen kann, der uns aufhalten will.« Ein letzter Blick – »Gut, los jetzt.«

Sie flitzte los, als wäre die gesamte Kriegsmaschinerie der Trofts hinter ihr her, und duckte sich dabei halb, was ihr die Illusion relativer Sicherheit gab. Jonny ließ sie vielleicht fünf Meter vorauslaufen, optische und akustische Verstärker bereit, jedes Anzeichen von Verfolgung aufzufangen. Doch nach dem, was die Geräte empfingen, hätte die Tyler-Villa ebensogut verlassen sein können. *Bestimmt stehen sie alle in Reih und Glied auf dem Balkon und schauen zu, wie wir uns selbst umbringen,* dachte er und merkte dabei, wie ihm die Anspannung zuzusetzen begann. *Noch ein paar Sekunden,* sagte er im Rhythmus seiner Schritte immer wieder vor sich hin. *Noch ein paar Sekunden, dann ist es vorbei.*

Am Rand der Baumgruppe legte er zu und hatte Ilona kurz darauf eingeholt. »Warten Sie – ich muß diese Kyreliumplatte holen.«

»Was?« japste sie. »Wozu?«

»Keine Zeit für Fragen!«

Das Metall war unbeschädigt, was nicht überraschte. Jonny hob es auf, balancierte es wie eine übergroße Tür vor seinem Körper und suchte nach den Stellen, wo er die Platte am besten festhalten konnte.

»Was ... tun ... Sie da?«

»Ich bringe uns hier raus. Kommen Sie her – stellen Sie sich vor mich. Kommen Sie schon!«

Sie gehorchte und trat zwischen ihn und die Platte. »Die Arme um meinen Hals – halten Sie sich fest ... und jetzt schlingen Sie die Beine um meine Hüften ... gut. Was auch passiert, halten Sie sich *gut* fest. Verstanden?«

»Ja.« Sogar noch durch seine Brust gedämpft klang ihre Stimme ängstlich. Vielleicht schwante ihr, was jetzt kam.

Zwanzig Meter bis zur Mauer. Jonny ging weitere zehn zurück und versuchte, ein Gefühl für die Verteilung des zusätzlichen Gewichts zu bekommen. »Los geht's«, meinte er zu Ilona. »Festhalten –«

Das Sirren der Servos klang ihm lauter in den Ohren als das Pochen seines Pulses, als seine Füße sich mit jedem Schritt immer tiefer in die Erde gruben und seine Geschwindigkeit zunahm. Acht Schritte, neun Schritte – er war fast schnell genug – *zehn* Schritte –

Und einen Augenblick später drückten sich seine Knie durch und schleuderten sie in hohem Bogen nach oben.

Es war ein Bewegungsablauf, den Jonny auf Asgard immer wieder geübt hatte: die Rolle eines Hochspringers, die ihn über jedes Hindernis tragen sollte, das ihm in die Quere kam. In der Waagerechten, das Gesicht nach unten gerichtet, näherte er sich sowohl dem Scheitelpunkt seiner Flugbahn als auch der todbringenden Mauer ... und einen Augenblick, bevor er beides erreichte, ließ er die Platte los, die sich jetzt direkt unter ihm befand, und schlang die Arme fest um Ilona.

Der Blitz war unfaßbar grell, vor allem, wenn man bedachte, daß Jonny nur die Reflexion des Laserlichtes von der Unterseite der Kyreliumplatte in die umliegende Landschaft sah. Kurz hintereinander krachte das sich unter der Hitze verziehende Metall mehrmals, und wo es schmolz, zischte es – dann waren sie über die Mauer, und Jonny schraubte sich und Ilona in eine aufrechte Stellung.

Er landete in einem Winkel, der ihn ohne seine Sehnen- und Knochenverstärkungen wahrscheinlich beide Knöchel gekostet hätte. Sofort fand er sein Gleichgewicht wieder, packte Ilona fester und fing an zu rennen.

Er schaffte es halb bis zum nächsten Gebäude, bevor die Trofts sich von ihrer Überraschung erholt hatten und zu feuern begannen. Laserstöße schlugen neben und hinter ihm ein, während er im Zickzack über das offene Gelände rannte. *Das bringt euch Schweinen vermutlich wertvolle Meßdaten,* dachte er, dann zwang er seine Beinservos erneut, bis an die Grenze zu gehen, und nahm die letzten zwanzig Meter im Blitzsprint. Eine Sekunde später waren sie um die Gebäudeecke herum und außer Reichweite.

Jonny rannte weiter, hielt auf eine verlassene Fabrik einen kurzen Block weiter zu. »Irgendwelche Vorschläge, wo wir uns verstecken können?« rief er Ilona zu.

Sie machte sich nicht mal die Mühe, ihr Gesicht von seiner Schulter zu heben. »Laufen Sie einfach weiter«, sagte sie, und selbst während des Laufens konnte er spüren, wie heftig sie zitterte.

Er rannte weiter, wechselte ständig die Richtung und hielt nach Gebäuden oder Straßen Ausschau, die er kannte. Ungefähr einen Kilometer später kam er an eine ihm bekannte Straßenkreuzung, bog nach Norden ab und steuerte eines der sicheren Telefone des Untergrundes an. Sie waren noch immer einen Block entfernt, als sie das Geräusch eines näher kommenden Flugzeugs hörten. Jonny schätzte Entfernung und Geschwindigkeit, beschloß, nichts zu riskieren, und trat in den nächsten Hauseingang. Er war natürlich verschlossen: aber nach dem, was sie gerade durchgemacht hatten, war eine verschlossene Tür kaum der Beachtung wert. Sekunden später waren sie drinnen.

»Sind wir hier sicher?« erkundigte sich Ilona, als Jonny sie absetzte. Sie rieb sich die Rippen und spähte durch das mit Maschendraht gesicherte Fenster nach draußen.

»Nicht wirklich, aber im Augenblick muß es genügen.« Jonny fand einen Stuhl, setzte sich – und zuckte zusammen. Jetzt, da die Gefahr fürs erste gebannt war, fand er endlich Zeit, den Zustand seines Körpers zu überprüfen. Ganz so unverletzt, wie er angenommen hatte, war er nicht davongekommen. Wenigstens fünf kleinere Brandwunden auf Armen und Oberkörper deuteten auf Beinahetreffer der Trofts hin. Sein linker Knöchel fühlte sich wegen des Hitzestaus in seinem Antipanzerlaser an, als stünde er in Flammen – einer der Konstruktionsfehler, stellte er fest, vor denen Bai sie gewarnt hatte. Jeder einzelne seiner Muskeln schien zu schmerzen, überall hatte er blaue Flecken, und an manchen Stellen wußte er nicht recht, ob die kalte Feuchtigkeit in seiner Kleidung auf Schweiß oder Blut zurückzuführen war. »Wir werden warten müssen, bis die Suchflugzeuge einem bestimmten Muster folgen, durch das ich mich hindurchschlängeln kann, aber dann sollte ich eigentlich in der Lage sein, ein Telefon zu finden und den Untergrund zu alarmieren. Dort wird man wissen, wo Sie sich verstecken können, während ich zurück zur Villa gehe.«

»Während Sie *was* tun?« Sie fuhr herum und sah ihn an. In ihrem Gesicht spiegelte sich die seltsame Eindringlichkeit ihrer Stimme wider.

»Während ich zurückgehe«, wiederholte er. »Sie wußten es nicht, aber die Trofts haben uns nur entkommen lassen, um Daten über meine Ausrüstung im Einsatz zu sammeln. Ich muß versuchen, an diese Aufzeichnungen ranzukommen.«

»Das ist Selbstmord!« fuhr sie ihn an. »Da wird es jetzt nur so von ihnen wimmeln.«

»Hier draußen wimmelt es viel mehr von ihnen, denn sie suchen nach uns«, erinnerte er sie. »Die Villa selbst ist möglicherweise noch eine Weile nicht sehr gut gesichert, und wenn ich schnell genug bin, kann ich sie vielleicht überraschen. Ich muß es wenigstens versuchen.«

Sie schien etwas erwidern zu wollen und schürzte die Lippen. »In dem Fall ... können Sie sich wahrscheinlich auch nicht die Zeit nehmen, den Untergrund anzurufen. Wenn Sie zurück wollen, dann am besten gleich.«

Jonny starrte sie an. Kein Widerspruch, kein wirklicher Protest ... und plötzlich wurde ihm klar, daß er eigentlich überhaupt nichts über sie wußte. »Wo, haben Sie gesagt, wohnen Sie?« fragte er.

»Ich hab gar nichts gesagt. Was hat das damit zu tun?«

»Eigentlich gar nichts ... mir ist nur gerade aufgefallen, daß ich hier entschieden im Nachteil bin. *Sie* wissen, daß ich ein Cobra bin, und daher wissen Sie auch, auf wessen Seite ich stehe. Aber ich weiß gar nichts über Sie.«

Sie starrte ihn einen Augenblick lang an ... und als sie weitersprach, war der übliche sarkastische Unterton aus ihrer Stimme verschwunden. »Wollen Sie mir unterstellen, ich hätte mich an die Trofts verkauft?« fragte sie ruhig.

»Verraten Sie es mir. Ich weiß von Ihnen nur, was Sie mir selbst erzählt haben – unter anderem, wie es dazu kam, daß man Sie in meine Zelle geworfen hat. Sicher, die Trofts hätten jeden x-beliebigen Bürger von der Straße auflesen können, aber es wäre sehr viel klüger, jemanden zu nehmen, von dem sie erwarten können, daß er mich unter Druck setzt, wenn ich mich noch weigern sollte, ihnen ihre Vorstellung zu geben.«

»Habe ich Sie denn unter Druck gesetzt?«

»Nein, aber das war ja auch nicht nötig. Aber jetzt fordern Sie mich auf, allein zurückzugehen, ohne den Untergrund auch nur zu informieren.«

»Wäre ich eine Spionin, müßte ich dann nicht sogar wollen, daß Sie mich zum Untergrund führen?« konterte sie. »Ich könnte mir vorstellen, wie gern die Trofts einen festen Draht zum Untergrund hätten. Und wenn ich Sie aufgefordert habe, allein zurückzugehen – gut, ich gebe zu, ich bin kein Taktikexperte, aber ist es nicht wahrscheinlich, daß die Trofts wieder in der Villa und auf den Angriff vorbereitet sind, bevor sich Ihre Hilfstruppen formiert haben?«

»Sie haben auf alles eine Antwort, was?« brummte er. »Na gut. Dann lassen Sie mal hören, was ich Ihrer Ansicht nach mit Ihnen machen soll.«

Sie kniff die Augen ein wenig zusammen. »Soll das heißen …?«

»Wenn Sie eine Spionin sind, will ich Sie nicht in der Nähe des Untergrundes sehen. Ich kann Sie auch schlecht laufen lassen, damit Sie den Trofts den Tip geben, daß ich komme.«

»Auf jeden Fall gehe ich nicht mit Ihnen zurück zur Villa«, sagte sie mit Nachdruck.

»Das verlange ich auch nicht von Ihnen. Vermutlich werde ich Sie hier fesseln müssen, bis ich wieder zurück bin.«

Ein Muskel in ihrem Unterkiefer zuckte. »Und wenn Sie nicht zurückkommen?«

»Dann findet Sie der Ladenbesitzer morgen früh.«

»Oder vorher die Trofts«, wandte sie leise ein. »Die Patrouillen suchen nach uns, schon vergessen?«

Und wenn sie keine Spionin war … dann würden die Trofts sie eher töten, als irgend etwas über ihr Hauptquartier in der Villa nach außen dringen zu lassen. »Können Sie beweisen, daß Sie keine Spionin sind?« fragte er und spürte, wie ihm der Schweiß auf die Stirn trat. Sein Entscheidungsspielraum wurde immer enger.

»Innerhalb der nächsten dreißig Sekunden? Seien Sie nicht albern.« Sie holte tief Luft. »Nein, Jonny. Wenn Sie wirklich eine Chance haben wollen, die Villa heute abend anzugreifen, werden Sie meine Geschichte einfach glauben oder sie nach eigenem Gutdünken ablehnen müssen. Wenn Ihre Verdachtsmomente stark genug sind, um meinen Tod zu rechtfertigen ... dann kann ich kaum etwas dagegen tun. Vermutlich lautet die Frage, ob mein Leben es wert ist, Ihres dafür zu riskieren.«

Und wenn man es so formulierte, stand die Entscheidung eigentlich schon fest. Einmal hatte er sein Leben bereits für sie riskiert ... und ob sie nun vom Feind gekauft war oder nicht, die Trofts hätten sie jedenfalls mit ihm zusammen auf der Mauer draufgehen lassen. »Ich schlage vor, Sie suchen sich ein Versteck, bevor die Patrouillen auftauchen«, knurrte er sie, bereits auf dem Weg zur Tür, an. »Und passen Sie auf die Flugzeuge auf.«

Draußen war das Geräusch der Antriebsdüsen noch weit genug entfernt. Ohne sich umzudrehen, schlüpfte er hinaus in die Nacht, machte sich auf den Rückweg zur Tyler-Villa und fragte sich, ob er gerade den letzten dummen Fehler seines Lebens gemacht hatte.

Es ging langsamer als vorher, denn je weiter er sich seinem Ziel näherte, desto häufiger zwangen ihn Luft- und Bodenfahrzeuge, Deckung zu suchen. Das ging so weit, daß sogar die taktische Grundüberlegung hinter seiner einsamen Anstrengung ins Wanken geriet, als er sich schließlich der Außenmauer der Villa bis auf Sichtweite genähert hatte. Fast eine Dreiviertelstunde war seit ihrer Flucht vergangen – genug Zeit für die Trofts, sich über einen Angriff Sorgen zu machen und ihre Truppen in den Verteidigungsstellungen zusammenzuziehen. Überall ringsum nahmen Jonnys akustische Verstärker Hintergrundgeräusche von Personen- und

Materialbewegungen auf, durchsetzt vom Kieferklacken der sogenannten Gebrauchssprache der Trofts, während die Aliens damit begannen, die Zufahrten zu ihrem Hauptquartier zu verbarrikadieren. Schließlich war er gezwungen, das ebene Gelände zu verlassen. Er schlüpfte in eines der aufgegebenen Gebäude in der Nachbarschaft, arbeitete sich vorsichtig in eines der oberen Stockwerke vor, wo er die Villa aus einem Fenster beobachten konnte. Die Lichtverstärker voll aufgedreht, betrachtete er die Szene unten.

Und wußte, daß er verloren hatte.

Die Trofts waren überall: sie versperrten Straßen, bewachten Dächer und Fenster, errichteten Feuerstellungen für Laser am Mauerfundament. Hinter ihnen konnte er Luftfahrzeuge sehen, die über die hintere Mauer hinwegschwebten und sich zu denen gesellten, die rings um die Villa geparkt standen. Den Absperrungen nach hatten die Trofts alle Hoffnung aufgegeben, ihre Anwesenheit in der Villa geheimzuhalten; die Flugzeuge deuteten darauf hin, daß sie ihren Abzug vorbereiteten. Ein paar Stunden – höchstens ein, zwei Tage –, dann wären sie verschwunden, und mit ihnen die Aufzeichnungen über seine Flucht. Bis dahin –

Bis dahin mußten die Verteidigungslaser der Mauer in regelmäßigen Abständen abgeschaltet werden, um die Flugzeuge rein- und rauszulassen.

Während sich der größte Teil der Truppen *außerhalb* der Mauer befand.

Ein verlockender Gedanke … aber so ohne weiteres sah er keine Möglichkeit, daraus Kapital zu schlagen. Solange die Absperrungen der Trofts fast minütlich stärker wurden, war es nahezu unmöglich, an die Mauer heranzukommen. Tatsächlich war nicht einmal sicher, ob es ihm gelänge, wieder unbemerkt herauszuschleichen, ohne abgeschossen zu werden. *Ich hätte nicht zurückkommen sollen,* dachte er verdrießlich. *Jetzt sitze ich hier fest, bis das Gewimmel nachläßt.*

Er wollte sich gerade abwenden, als das untere Stockwerk eines Gebäudes links von ihm in einer Feuerwolke aufging, woraufhin der ganze Bau in sich zusammensackte. Der Explosionsdonner hatte ihn kaum erreicht, als die Straßen unter ihm plötzlich im zuckenden Aufblitzen von Mehrfachlasern zum Leben erwachten.

Das alles kam so unerwartet, daß er am Fenster erstarrte … doch fürs erste blieb das *Wieso* ungeklärt. Er war zu ungeschützt, um das Risiko einzugehen, mit seinen Lasern die Aufmerksamkeit auf sich zu lenken, doch es gab andere Wege, sich an der Schlacht zu beteiligen.

Er sah noch ein paar Sekunden zu, prägte sich den Lageplan ein, insbesondere die Stellungen der Trofts, dann ging er daran, einzelne Mauerwerksbrocken einzusammeln, die bei früheren Kämpfen in dieser Gegend aus den Wänden gebrochen worden waren. Von der präzisen Hand eines Cobras geworfen, waren sie nahezu so gefährlich wie Granaten.

Während er noch immer damit beschäftigt war, die Straße von Trofts zu säubern, machte eine zweite Explosion die Nacht zum Tag. Er hob gerade noch rechtzeitig den Kopf, um zu sehen, wie in einem der oberen Fenster der Tyler-Villa das rote Nachglühen verblaßte.

Eine Stunde später war die Schlacht vorbei.

Eingewickelt in Verbände und intravenöse Schläuche, glich Halloran eher einem Fund aus einer archäologischen Grabungsstätte als einem lebenden Menschen. Aber was man von seinem Gesicht erkennen konnte, wirkte so glücklich, wie Jonny ihn seit Monaten nicht gesehen hatte. Dazu hatte er auch allen Grund, wenn man bedachte, unter welch miserablen Bedingungen die drei Cobras überlebt hatten. »Sobald wir von diesem Felsbrocken runter sind«, meinte Jonny zu seinem Gegenüber, »erinnere mich bitte daran, daß ich dich und Imel zu einem kompletten Psychocheck schicke. Ihr seid beide völlig verrückt.«

»Was – nur weil wir den Blödsinn ausgeführt haben, den du vorhattest?«

»Von wegen Blödsinn«, erwiderte Deutsch von Hallorans Nachbarbett aus. Seinen Körper zierten nur wenige Verbände, stummes Zeugnis überlegenen Könnens oder Glücks. »Wir waren praktisch schon über der Villa, als du und Ilona ausgebrochen seid, so nahe, daß wir uns praktisch schon innerhalb ihrer Postenkette befanden, als sie alle hinter euch herrannten. Taktisch gesehen war es eine ganz klare Geschichte – nur die Durchführung wurde ein wenig kritisch.«

»Kritisch, daß ich nicht lache. Ein paar von uns haben dort drinnen eine Menge Federn gelassen.« Halloran deutete mit dem Kopf auf Deutsch. »*Ihn* kannst du gern untersuchen lassen. Du hättest sehen sollen, was er da drinnen alles riskiert hat. Gar nicht zu reden davon, wie er Borg angestarrt hat, bis er nicht mehr weiter wußte, und alle dazu gebracht hat, die Straßen nach dir abzusuchen.«

Was mit ein wenig unbewußter Hilfe der Trofts Jonny letztlich das Leben gerettet hatte. Er fragte sich, ob die Aliens irgendeine Vorstellung hatten, was Ilona tatsächlich dort draußen tat, als sie sie aufgriffen. »Ich bin euch beiden eine Menge schuldig«, sagte er und wußte, wie unzureichend diese Worte waren. »Danke.«

Deutsch tat dies mit einer Handbewegung ab. »Vergiß es – du hättest dasselbe für uns getan. Außerdem war es eigentlich eine gemeinschaftliche Anstrengung, schließlich war der halbe Untergrund von Cranach an dieser riskanten Aktion beteiligt.«

»Unter anderem damit, daß sie uns die Position dieses versteckten Tunneleingangs zugefunkt haben, gleich nachdem Ilona uns per Telefon die Einzelheiten durchgegeben hatte«, fügte Halloran hinzu. »Vermutlich haben sie dir das nicht erzählt? – Nein, ich glaube, das haben sie nicht. Das war wirklich eine verrückte Geschichte. Sie hatten verdammtes Glück, daß die Trofts zu sehr damit beschäftigt waren, den

Funkspruch zurückzuverfolgen – das Gerät dazu hatten sie mit Sicherheit. Ich glaube, der gesamte Planet muß in psychiatrische Behandlung, wenn das alles erst vorbei ist.«

Jonny lächelte zusammen mit ihnen und überspielte dadurch das peinliche Gefühl, das ihn noch immer erfüllte, sobald jemand auf Ilonas Part beim Gegenangriff der südlichen Sektion des Untergrunds auf die Tyler-Villa anspielte. »Da wir gerade von Ilona sprechen, sie soll mich in die neue Wohnung fahren, in die Ama mich verlegt hat«, meinte er zu ihnen. »Überanstrengt euch nicht, und ich komme wieder und helfe euch, sobald ihr transportfähig seid.«

»Nur keine Eile«, meinte Halloran gutgelaunt zu ihm. »Die Leute hier behandeln mich nämlich mit erheblich mehr Respekt als ihr zwei Clowns.«

»Er ist eindeutig nicht ganz klar im Kopf«, schnaubte Deutsch. »Geh endlich, Jonny, hat doch keinen Sinn, Ilona wegen dem Kerl warten zu lassen.«

Er traf Ilona im Foyer. »Alles geregelt?« fragte sie gutgelaunt. »Dann lassen Sie uns fahren – man erwartet uns in ein paar Minuten, und Sie wissen ja, wie nervös wir werden, wenn die Zeitpläne nicht eingehalten werden.«

Sie ging vor, nach draußen zu einem am Bordstein geparkten Wagen. Sie stiegen ein, und sie fuhr in Richtung Norden ... und zum ersten Mal seit ihrer Flucht vor zwei Tagen waren sie unter sich.

Jonny räusperte sich. »Tja ... was gibt's Neues von der Durchsuchung der Villa?«

Sie sah ihn an. »Cally und Imel und dieser Trupp aus dem Ostsektor haben ein Bild der Verwüstung hinterlassen, trotzdem haben wir eine Menge interessanter Dinge gefunden, die die Trofts nicht mehr vernichten konnten. Ich würde sagen, im Tausch gegen die Aufzeichnungen von Jonny Moreau in Aktion sind wir mehr als quitt.«

»Keine Spur davon, was?«

»Nein, aber das spielt kaum eine Rolle. Sie haben das Datenmaterial fast sicher gleich nach unserer Flucht woandershin gefunkt.«

»Ja, das ist mir klar. Aber ich hatte gehofft, wenn wir die Originalaufzeichnungen hätten, könnten wir uns ausrechnen, wieviel genau sie über unsere Ausrüstung erfahren haben. Dann hätten wir einschätzen können, wieviel größer das Risiko geworden ist, bei dem wir arbeiten.«

»Ach so. Ja, das ergibt vermutlich Sinn. Ich glaube allerdings nicht, daß Sie sich irgendwelche Sorgen machen müssen.«

Jonny schnaubte. »Sie unterschätzen den Einfallsreichtum der Trofts. Wie Sie auch fast mein freundliches Wesen unterschätzt hätten. Sie hätten mir doch sagen können, daß Sie zum Untergrund gehören.«

Er erwartete, daß sie mit irgendeiner bürokratischen und völlig unangemessenen hiesigen Sicherheitsbestimmung antwortete, daher war ihre Antwort schließlich eine ziemliche Überraschung. »Hätte ich machen können«, gab sie zu. »Und falls es danach ausgesehen hätte, als würden Sie die falsche Entscheidung treffen, hätte ich es auch getan. Aber ... statt dessen haben Sie ohne wirkliche Beweise ein ebenso übereiltes wie paranoides Urteil gefällt, und ich ... na ja, ich wollte wissen, wie weit ihre Handlungen von diesem Urteil beeinflußt würden.« Sie holte tief Luft. »Sehen Sie, Jonny, ob Ihnen das bewußt ist oder nicht, wir alle, die wir mit den Cobras zusammen arbeiten und kämpfen, haben nicht wenig Angst vor Ihnen. Seit Ihrer Landung halten sich hartnäckig die Gerüchte, daß Sie von Asgard eine Art Persilschein bekommen haben, der Ihnen erlaubt, alles zu tun, was Sie für nötig halten, um die Trofts zu vertreiben – Massenhinrichtungen für irgendwelche Vergehen, die Ihnen nicht in den Kram passen, eingeschlossen.«

Jonny starrte sie an. »Das ist absurd.«

»Wirklich? Das Imperium kann euch nicht aus einer Entfernung von x Lichtjahren kontrollieren, und *wir* ganz sicher nicht. Wenn Sie ohnehin die Macht haben, warum dann nicht auch offiziell?«

»Weil –« Jonny geriet ins Stocken. »Weil das nicht der richtige Weg wäre, Adirondack zu befreien.«

»Das kommt darauf an, ob das wirklich das Hauptziel von Asgard ist, oder nicht? Wenn man dort eher daran interessiert ist, die Kriegsfähigkeit der Trofts zu zerstören, könnte unsere kleine Welt ganz nützlich sein.«

Jonny schüttelte den Kopf. »Nein. Mir ist klar, von hier aus ist das schwer zu entscheiden, aber ich weiß absolut sicher, daß die Cobras nicht auf Adirondack sind, um irgend etwas auf Kosten der Bevölkerung zu gewinnen. Wenn Ihnen die Auswahlverfahren bekannt wären, die wir durchlaufen müssen – und wie viele gute Leute sogar noch *nach* der Ausbildung entlassen werden –«

»Klar, das verstehe ich ja alles. Aber militärische Ziele ändern sich nun mal.« Sie zuckte mit den Achseln. »Aber mit ein bißchen Glück ist das bald alles eine rein akademische Frage.«

»Wie meinen Sie das?«

Sie sah ihn verkniffen lächelnd an. »Wir haben heute morgen eine Nachricht von außerhalb des Planeten erhalten. Alle Untergrund- und Cobraeinheiten sollen als Vorbereitung auf eine Invasion augenblicklich mit einer Sabotagekampagne beginnen.«

Jonny fiel die Kinnlade herunter. »Als Vorbereitung auf eine Invasion?«

»So hieß es. Und wenn sie erfolgreich ist … wir haben den Cobras viel zu verdanken, Jonny, und das werden wir euch nicht vergessen. Aber ich glaube trotzdem kaum, daß hier jemand über euren Abzug traurig wäre.«

Darauf wußte Jonny keine Antwort, und den Rest der Fahrt über schwiegen sie. Ilona fuhr mehrere Blocks an Jonnys altem Apartmenthaus vorbei und hielt schließlich vor einem anderen, noch nichtssagenderen Gebäude. Eine

Frau mit müden Augen empfing ihn an der Tür und führte ihn in eine Wohnung im obersten Stock, wohin man bereits seine spärlichen Besitztümer gebracht hatte. Oben auf den Taschen lag ein kleiner Briefumschlag.

Jonny runzelte die Stirn und machte ihn auf. Drinnen war ein einfaches Blatt Papier mit einer kurzen, sorgfältig geschriebenen Notiz:

Lieber Jonny,
Mum hat gesagt, du fährst woandershin und wohnst nicht mehr bei uns. Bitte sei vorsichtig und laß dich nicht noch mal erwischen. Und komm mich mal besuchen.

Ich hab dich lieb.

Danice.

Jonny mußte lächeln, als er den Brief zurück in den Umschlag schob. *Sei du auch vorsichtig, Danice,* dachte er. *Vielleicht bleiben wir wenigstens dir in guter Erinnerung.*

Zwischenspiel

Die Verhandlungen waren abgeschlossen, der Vertrag war unterzeichnet, ratifiziert und stand kurz davor, in Kraft gesetzt zu werden, und der feine Hauch von Euphorie, der sich in den vergangenen zwei Monaten über die Sitzungen des Zentralen Komitees gelegt hatte, begann sich zu lichten. Vanis D'arl hatte erwartet, Komiteemitglied H'orme werde diesen Punkt zum Anlaß nehmen, die Cobras erneut aufs Tapet zu bringen, und er hatte recht behalten.

»Es ist keine Frage von Undankbarkeit oder mangelnder Gerechtigkeit – es ist eine Frage der Notwendigkeit«, erklärte das Komiteemitglied der Versammlung mit leicht zitternder Stimme. D'arl, der hinter ihm saß, betrachtete nervös H'ormes Rücken, denn er sah dem Mann an seiner Körperhaltung an, wie erschöpft er war. Er fragte sich, ob die anderen ahnten, wie sehr der Krieg H'orme zugesetzt hatte … er fragte sich, ob sie demzufolge auch die Dringlichkeit erkannten, die seine Anwesenheit hier, allein um die Nachricht persönlich vorzutragen, bedeutete.

Ihren Gesichtern jedoch war anzusehen, daß die meisten dies nicht taten, eine Einstellung, die die erste Person, die sich nach H'ormes Rede erhob, sehr deutlich zum Ausdruck brachte. »Ich werde Ihnen Ihren Ton verzeihen, H'orme«, sagte dieser mit einer oberflächlichen Geste des Respekts, »ich denke, das Komitee kennt Ihre Voreingenommenheit bezüglich der Cobras zur Genüge. Wie Sie sich erinnern, haben wir die Armee auf Ihr Drängen hin angewiesen, ihnen außergewöhnlich liberale Bedingungen für die Wiedereinstellung anzubieten, und an Ihrer Stelle würde ich es als einen Sieg verbuchen, daß über siebzig Prozent sich entschlossen haben, dieses Angebot anzunehmen. Wir alle haben von Commander Mendro und seinen Mitarbeitern vernommen, was in etwa die restlichen gut zwanzig Prozent von ihrer Ausrüstung ins zivile Leben mitnehmen werden, und daraus geschlossen, daß die Pläne der Armee annehmbar sind. Der erneute Vorschlag, diese Männer zu zwingen, in der Armee zu bleiben, erscheint mir … übertrieben besorgt.«

Oder paranoid, meinen Sie doch? dachte D'arl. Doch H'orme hatte noch eine taktische Nukleargranate in der Hinterhand, und als das Komiteemitglied eine Magcard von seinem Stapel nahm, wußte D'arl, daß er im Begriff stand, sie hochgehen zu lassen. »Commander Mendros Besuche sind mir noch gut in Erinnerung, danke«, richtete er das Wort mit einem Nicken an das andere Komiteemitglied, »und ich habe mir die Mühe gemacht, die von ihm vorgelegten Fakten und Zahlen zu überprüfen.« Er ließ die Magcard in sein Lesegerät gleiten, wählte den ersten von ihm ausgesuchten Abschnitt an und schickte das Diagramm auf die anderen Sichtgeräte rings um den Tisch. »Wie Sie sehen, ist der Prozentsatz der Cobrarekruten, die man tatsächlich zum Offizier ernannt und in den Krieg geschickt hat, hier als Funktion der Zeit dargestellt. Die unterschiedlichen Farben beziehen sich auf die laufend auf den neuesten Stand gebrachten Auswahltests der Armee.«

Die ersten runzelten die Stirn. »Wollen Sie damit sagen, daß zu keinem Zeitpunkt mehr als vierundachtzig Prozent zum Einsatz gekommen sind?« meldete sich ein weibliches Komiteemitglied in der Mitte der gegenüberliegenden Tischseite zu Wort. »Die Zahl, die ich in Erinnerung habe, belief sich auf siebenundneunzig Prozent.«

»Das ist die Zahl derer, die nach dem Training *körperlich* in der Lage waren, eingesetzt zu werden«, erklärte ihr H'orme. »Die übrigen wurden aus psychologischen Gründen fallengelassen.«

»Tatsächlich?« meinte jemand achselzuckend. »Keine Testmethode ist perfekt. Solange sie alle erwischt haben, die nicht akzeptabel waren –«

»Ich nehme an, H'orme möchte auf die Frage hinaus, ob man sie tatsächlich alle erwischt hat«, äußerte ein weiteres Komiteemitglied trocken.

»Eine simple Durchsicht der Augenzeugenberichte von Silvern und Adirondack.«

»Würde Monate dauern«, unterbrach ihn H'orme. »Aber da ist noch etwas. Lassen Sie die Möglichkeit antisozialer Tendenzen einiger der Cobras einmal außer acht, wenn Sie wollen. Ist Ihnen klar, daß sie ihre Nanocomputer für den Kampfeinsatz mit zurücknehmen werden? – *Ohne* jegliche Umprogrammierung?«

Aller Augen richteten sich auf ihn. »Wovon sprechen Sie? Mendro hat gesagt ...« Der Sprecher hielt inne.

»Mendro hat die Frage überaus geschickt abgebogen«, meinte H'orme erbittert. »Tatsache ist, daß die Nanocomputer lediglich über einen ROM-Speicher verfügen und nicht umprogrammiert werden können, und sind sie erst mal auch nur kurze Zeit an Ort und Stelle, können sie nur mit großen Schäden für das Gehirngewebe wieder entfernt werden, das sich nachträglich um sie herum gebildet hat.«

»Wieso hat man uns das nicht gesagt?«

»Ursprünglich vermutlich deshalb, weil die Armee die Cobras wollte und weil man befürchtete, wir könnten ein Veto einlegen oder den Entwurf abwandeln, für den man sich entschieden hatte. In der letzten Zeit wurde das Thema vermutlich deshalb nicht angesprochen, weil niemand etwas daran ändern konnte.«

Das alles war, wie D'arl wußte, nur teilweise richtig. Sämtliche Daten über die Nanocomputer hätte man in dem ursprünglichen Cobraauftrag lesen können, hätte irgend jemand außer H'orme es für wert befunden, sie auszugraben. Vielleicht hielt H'orme diesen Umstand zurück, um später noch etwas in der Hand zu haben.

Die Diskussion ging eine Weile lebhaft hin und her, und bereits lange vor ihrem Ende war der Rest an Euphorie aus dem Sitzungssaal verflogen. Doch falls das neue Gespür für die Realitäten D'arls Hoffnungen geschürt hatte, so machte das Endergebnis sie wieder zunichte. Mit neunzehn gegen elf Stimmen beschloß das Komitee, sich nicht in die Entlassung der Cobras aus dem Militärdienst einzumischen.

»Ihnen sollte inzwischen klar geworden sein, daß eindeutige Siege ebenso selten sind wie sauerstoffhaltige Welten«, tadelte H'orme D'arl später in seinem Büro. »Wir haben sie zum Nachdenken gebracht – *wirklich* zum Nachdenken, mehr konnten wir in diesem Stadium nicht erhoffen. Das Komitee wird ein sorgsames Auge auf die Cobras halten, und sollte es erforderlich sein einzugreifen, wird dafür nur ein Minimum an Nachhilfe nötig sein.«

»All das hätte vermieden werden können, hätten Sie gleich am Anfang auf das Cobraprojekt achtgegeben«, murmelte D'arl.

»Kein Mensch kann auf alles achten«, meinte H'orme achselzuckend. »Außerdem kommt hier ein wichtiger psychologischer Effekt zum Tragen. Der größte Teil des Imperiums sieht Militär und Regierung im wesentlichen als zwei Teile einer einzigen monolithischen Struktur, und ob man es dort zugibt oder nicht, das Komitee trägt noch einen Rest dieser Annahme in seinem kollektiven Unterbewußtsein mit sich herum. Sie und ich, die wir auf Asgard aufgewachsen sind, haben eine, wie ich denke, realistischere Sicht davon, wo und in welchem Ausmaß sich die militärischen Ziele von den unseren unterscheiden. Die Cobras wurden zu dem einzigen Zweck erdacht, einen Krieg zu gewinnen, und ihre gesamte Ausbildung und Ausrüstung – die Konstruktion ihrer Nanocomputer eingeschlossen – ergab nur innerhalb dieser begrenzten Vorgaben einen Sinn. Was das Komitee hätte tun sollen, aber nicht getan hat: es hätte daran denken müssen, daß jeder Krieg irgendwann einmal endet. Statt dessen sind wir davon ausgegangen, daß die Armee uns dieses Nachdenken bereits abgenommen hatte.«

D'arl trommelte mit zwei Fingern auf die Lehne seines Sessels. »Vielleicht ist man dort nächstes Mal klüger.«

»Möglich. Aber das bezweifle ich.« H'orme lehnte sich mit einem müden Seufzer in seinem Sessel zurück. »Das ist jedenfalls die Situation, mit der wir leben müssen. Was schlagen Sie als nächsten Zug von unserer Seite vor?«

D'arl schürzte die Lippen. H'orme hatte ihn in letzter Zeit häufig um Rat gefragt, und ob der Grund dafür seine eigene geistige Erschöpfung war oder der bewußte Versuch, die Führungsfähigkeiten des jungen Mannes zu schärfen, es war ein schlechtes Zeichen. Schon sehr bald, das wußte D'arl, würde H'ormes Schleudersitz an ihn übergehen. »Wir sollten uns eine Liste aller heimkehrenden Cobras und ihrer Zielorte verschaffen«, meinte er zu H'orme. »Anschließend sollten wir lokale und regionale Infoweichen einrichten, um sämtliche für die Regierung zugänglichen Informationen, die die Heimkehrer betreffen, direkt an Sie weiterzuleiten – mit gesonderten Kennzeichnungen bei kriminellem oder anderweitig abweichendem Verhalten.«

H'orme nickte. »Einverstanden. Lassen Sie irgend jemand – vielleicht Joromo – gleich damit anfangen.«

»Jawohl, Sir.« D'arl erhob sich. »Ich denke allerdings, ich werde das persönlich übernehmen. Ich möchte sichergehen, daß es vernünftig gemacht wird.«

Die Andeutung eines Lächelns huschte über H'ormes Lippen. »Sie lassen einem alten Mann seine Besessenheiten, D'arl, und ich weiß das zu schätzen. Aber ich bin überzeugt, Sie – *ebenso* wie der Rest des Komitees – werden noch herausfinden, daß die Cobras einen weit größeren Einfluß auf das Imperium haben werden, als sogar ich befürchte.« Er drehte seinen Sessel so, daß er aus dem Fenster auf die darunterliegende Stadt blicken konnte. »Ich wüßte nur gerne«, fügte er leise hinzu, »welche Form dieser Einfluß annehmen wird.«

Veteran: 2407

Die späte Nachmittagssonne glitzerte weißlich auf den fernen Bergen, als das Shuttle mit einem leichten Ruck zum Stand kam. Den Armeesack über die Schulter geschlungen, trat Jonny hinaus auf die Ladefläche und sah sich nach allen Seiten um. Horizon City war ihm nie sonderlich vertraut gewesen, doch selbst ihm fiel auf, wie sehr sich die Stadt verändert hatte. Vom Flughafen aus war ein halbes Dutzend neuer Gebäude zu erkennen, und ein oder zwei alte waren verschwunden. Die Landschaft rings um das Gelände war mit Hilfe importierter Pflanzenarten neu gestaltet worden, so als unternähme die Stadt eine gemeinschaftliche Anstrengung, ihren Status als Welt im Siedlungsgrenzgebiet loszuwerden. Doch der Wind blies von Norden her, über die

Ebenen und Wälder hinweg, die bislang von Menschenhand noch unberührt waren, und mit ihm kam jener süß-säuerliche Duft, den alles Trachten nach Kultur nicht überdecken konnte. Vor drei Jahren noch wäre Jonny der Geruch kaum aufgefallen, jetzt schien es fast, als hätte Horizon selbst ihn bestellt, um ihn zu Hause willkommen zu heißen.

Er sog den Duft in einem tiefen Zug ein, verließ die Landefläche und ging die hundert Meter hinüber zu einem langen, eingeschossigen Gebäude mit der Aufschrift »Horizon Zoll: Eingang«. Er öffnete die Außentür und trat ein.

Ein lächelnder Mann erwartete ihn an einer hüfthohen Theke. »Hallo, Mr. Moreau. Willkommen daheim auf Horizon. Entschuldigen Sie – muß ich Sie C-3 Moreau nennen?«

»›Mister‹ genügt vollkommen«, lächelte Jonny. »Ich bin jetzt Zivilist.«

»Natürlich, natürlich«, erwiderte der Mann. Er lächelte noch immer, doch hinter all der Freundlichkeit schien sich ein Hauch von Anspannung zu verbergen. »Und vermutlich sind Sie auch froh darüber. Ich bin Harti Bell, der neue Zollvorsteher hier. Ihr Gepäck wird gerade vom Shuttle herübergebracht. Dürfte ich in der Zwischenzeit vielleicht einen kurzen Blick in ihren Armeesack werfen? Eine reine Formalität.«

»Sicher.« Jonny ließ den Sack von seiner Schulter gleiten und setzte ihn auf der Theke ab. Dabei drang leise das schwache Summen seiner Servos an sein Innenohr, ein Geräusch, das angesichts der sanft verschwommenen Jugenderinnerungen seltsam deplaziert klang. Bell griff nach dem Armeesack und wollte ihn zu sich herüberziehen. Das Gepäckstück bewegte sich vielleicht einen Zentimeter. Bell verlor fast das Gleichgewicht. Er warf Jonny einen seltsamen Blick zu, besann sich offenbar eines Besseren und öffnete den Sack dort, wo er stand.

Als er fertig war, hatte man Jonnys zwei andere Taschen hereingebracht. Bell durchsuchte sie mit professioneller Zügigkeit, nahm ein paar Eintragungen auf seinem Combord vor und sah schließlich, noch immer lächelnd, wieder auf.

»Alles erledigt, Mr. Moreau«, meinte er. »Sie können jetzt gehen.«

»Danke.« Jonny hängte sich seinen Armeesack wieder über die Schulter und stellte die beiden anderen Taschen von der Theke auf den Fußboden. »Gibt es den Transcape-Fahrzeugverleih noch? Ich brauche einen Wagen, um nach Cedar Lake zu kommen.«

»Aber ja. Sie sind aber drei Straßen weiter nach Osten gezogen. Soll ich Ihnen ein Taxi rufen?«

»Danke, ich gehe zu Fuß.« Jonny streckte ihm die rechte Hand entgegen.

Einen winzigen Augenblick lang verrutschte das Lächeln. Dann ergriff Bell, fast mißtrauisch, die angebotene Hand. Er ließ sie so schnell wie möglich los, ohne unhöflich zu wirken.

Jonny nahm seine Taschen, nickte Bell zu und verließ das Gebäude.

Bürgermeister Teague Stillman schüttelte müde den Kopf, als er sein Combord ausschaltete und zusah, wie Seite zweihundert des jüngsten Landnutzungsplanes vom Bildschirm verschwand. Niemals würde er des Erstaunens darüber müde werden, wieviel Papierkram der Stadtrat von Cedar Lake produzierte – ungefähr eine Seite im Jahr für jeden der sechzehntausend Einwohner des Ortes. *Entweder haben die offiziellen Magnetformulare gelernt, sich selbst zu vermehren,* dachte er bei sich, während er sich kräftig die Augen rieb, *oder jemand importiert sie. Wie auch immer, wahrscheinlich stecken die Trofts dahinter.*

An der offenen Tür klopfte es. Stillman hob den Kopf und sah, daß Stadtrat Sutton Fraser in der Tür stand. »Kommen Sie herein«, forderte er ihn auf.

Fraser tat dies und schloß die Tür hinter sich. »Zieht es Ihnen zu sehr?« erkundigte sich Stillman freundlich, als Fraser sich auf einem der Besuchersessel des Bürgermeisters niederließ.

»Vor ein paar Minuten hat mich Harti Bell vom Flughafen angerufen«, begann Fraser ohne Vorrede. »Jonny Moreau ist wieder da.«

Stillman starrte sein Gegenüber einen Augenblick lang an, dann zuckte er leicht die Achseln. »Irgendwann mußte er ja kommen. Schließlich ist der Krieg vorbei. Die meisten Soldaten sind schon vor Wochen zurückgekehrt.«

»Richtig, aber Jonny ist nicht gerade ein einfacher Soldat. Harti meinte, er habe einen Armeesack, der dreißig Kilo gewogen haben muß, mit einer Hand hochgehoben. Mühelos. Wahrscheinlich könnte der Junge ein Haus in Stücke reißen, wenn er durchdreht.«

»Immer mit der Ruhe, Sut. Ich kenne die Moreaus. Jonny ist ein sehr ausgeglichener Junge.«

»*War,* meinen Sie wohl«, sagte Fraser düster. »Er ist jetzt seit drei Jahren Cobra, hat Trofts gekillt und mit angesehen, wie sie seine Freunde umbrachten. Wer weiß, was das bei ihm ausgelöst hat.«

»Wenn er ist wie die meisten Soldaten, hat es bei ihm wahrscheinlich eine tiefe Abneigung gegen den Krieg bewirkt. Davon abgesehen vermutlich nicht sehr viel.«

»Das wissen Sie doch besser, Teague. Der Bursche ist gefährlich, das ist ganz einfach eine Tatsache. Die zu ignorieren wird Ihnen nicht viel nützen.«

»Ihn als ›gefährlich‹ zu bezeichnen vielleicht? Was haben Sie vor, wollen Sie eine Panik auslösen?«

»Ich glaube, hier wird auch ohne meine Hilfe bald Panik ausbrechen. Jeder in der Stadt hat die idiotischen Bildwandberichte über unsere heroischen Streitkräfte gesehen – jeder weiß, wie übel die Cobras den Trofts auf Adirondack und Silvern mitgespielt haben.«

Stillman seufzte. »Hören Sie. Ich gebe zu, möglicherweise

wird es einige Probleme mit Jonnys Wiedereingliederung in das zivile Leben geben. Um ganz offen zu sein, ich wäre glücklicher gewesen, wenn er bei den Streitkräften geblieben wäre. Ist er aber nicht. Ob es Ihnen gefällt oder nicht, Jonny ist wieder zu Hause, und das können wir entweder in aller Ruhe hinnehmen, oder wir laufen herum und verkünden lauthals den Weltuntergang. Er hat da draußen sein Leben riskiert. Das mindeste, was wir tun können, ist, ihm eine Chance zu geben, den Krieg zu vergessen und sich wieder in die normale Bevölkerung einzureihen.«

»Na ja, schon möglich.« Fraser schüttelte langsam den Kopf. »Leicht wird das allerdings nicht werden. Hören Sie, da ich gerade hier bin – vielleicht könnten Sie und ich darüber eine Art öffentliche Erklärung an die Presse vorbereiten. Um Gerüchten zuvorzukommen.«

»Gute Idee. He, Kopf hoch, Sut – seit die Menschen damit angefangen haben, Kriege zu führen, sind Soldaten wieder heimgekehrt. Mittlerweile sollten wir doch wissen, wie das vor sich geht.«

»Ja«, knurrte Fraser. »Nur daß dies das erste Mal seit Erfindung des Schwertes ist, daß die Soldaten ihre Waffen nicht ablegen können.«

Stillman zuckte hilflos mit den Achseln. »Das liegt nicht in unserer Hand. Kommen Sie, machen wir uns an die Arbeit.«

Jonny hielt vor dem Haus der Moreaus, stellte den Motor des Wagens ab und seufzte erleichtert. Die Straßen zwischen Horizon City und Cedar Lake waren schlechter als in seiner Erinnerung, und mehr als einmal hatte er sich gewünscht, er hätte den höheren Betrag für ein Luftkissenfahrzeug bezahlt, obwohl die wöchentliche Miete fast doppelt so hoch war wie für Radfahrzeuge. Aber offensichtlich hatten seine Nieren nicht allzusehr gelitten, und das allein zählte.

Er stieg aus dem Wagen und holte seine Taschen aus dem

Kofferraum, und als er sie auf der Straße absetzte, legte sich ihm eine Hand auf die Schulter. Er drehte sich um und blickte fünf Zentimeter höher in das lächelnde Gesicht seines Vaters. »Willkommen zu Hause, mein Junge«, sagte Pearce Moreau.

»Hi, Dad«, sagte Jonny, dessen Gesicht sich zu einem breiten Lächeln verzog, als er die ausgestreckte Hand des anderen Mannes ergriff. »Wie steht's?«

Pearces Antwort wurde durch einen Jubelschrei von der Haustür her unterbrochen. Jonny drehte sich um und sah, wie die zehnjährige Gwen über den Rasen auf ihn zugerannt kam und dabei kreischte wie eine Todesfee mit einem Lotterielos für den Hauptgewinn in der Hand. Er ging in die Hocke und breitete die Arme aus, und als sie sich auf ihn stürzte, packte er sie um die Hüfte, richtete sich auf und warf sie einen halben Meter über seinem Kopf in die Luft. Ihr schrilles Lachen übertönte Pearces erschrockenes Luftholen. Jonny fing seine Schwester mühelos wieder auf und setzte sie auf dem Boden ab. »Mensch, du bist aber gewachsen«, meinte er zu ihr. »Bald bist du zu groß, um dich hochzuwerfen.«

»Gut«, sagte sie atemlos. »Dann kannst du mir zeigen, wie man ringt. Komm und sieh dir mein Zimmer an, ja, Jonny?«

»Ich komme gleich«, vertröstete er sie. »Zuerst will ich Mum ›Hallo‹ sagen. Ist sie in der Küche?«

»Ja«, sagte Pearce. »Warum läufst du nicht schon vor, Gwen? Ich möchte mich noch einen Augenblick mit Jonny unterhalten.«

»Na schön«, zirpte sie. Sie drückte Jonnys Hand und hüpfte zurück zum Haus.

»Sie hat ihr Zimmer mit Artikeln und Bildern aus den letzten drei Jahren vollgeklebt«, erläuterte Pearce, als er und Jonny dessen Gepäck holen gingen. »Alles, wovon sie Ausdrucke kriegen konnte und das etwas mit den Cobras zu tun hatte.«

»Hast du was dagegen?«

»Wogegen – daß sie dich zu ihrem Idol macht? Du lieber Himmel, nein. Warum auch?«

»Du wirkst etwas nervös.«

»Ach. Wahrscheinlich habe ich mich nur ein wenig erschrocken, als du Gwen gerade in die Luft geworfen hast.«

»Ich benutze die Servos jetzt schon eine ganze Weile«, erinnerte ihn Jonny freundlich, als sie zum Haus zurückgingen. »Ich weiß, wie ich meine Kräfte gebrauchen muß.«

»Ich weiß, ich weiß. Verdammt, im Minthisti-Krieg habe ich selber eine Exoskelettausrüstung benutzt, als ich in deinem Alter war. Aber das Ding war ziemlich sperrig, und man hat nie vergessen, daß man sie am Leibe hatte. Vermutlich ... na, wahrscheinlich hatte ich bloß Angst, du könntest übermütig werden.«

Jonny zuckte mit den Achseln. »Also, wahrscheinlich habe ich das Ganze besser in der Gewalt als du damals, denn ich brauche keine zwei unterschiedlichen Reaktionssets – mit Kraftverstärker und ohne. Die Servos und die Keramikbeschichtungen werden mich mein Leben lang begleiten, und ich habe mich längst an sie gewöhnt.«

Pearce nickte. »Na gut.« Er zögerte, dann fuhr er fort. »Hör zu, Jonny, da wir gerade beim Thema sind ... in dem Brief, den uns die Armee geschickt hat, stand, das ›meiste‹ deiner Cobraausrüstung würde wieder entfernt, bevor du nach Hause kommst. Was haben sie – ich meine, was hast du davon noch?«

Jonny seufzte. »Mir wäre es lieber, sie würden das Zeug einfach ganz offen auflisten, anstatt sich so zu zieren. Sonst denken die Leute, ich wäre noch ein Panzer auf zwei Beinen. Die Wahrheit ist: abgesehen von den Knochenbeschichtungen und den Servos ist mir nur noch der Nanocomputer geblieben – der nicht viel mehr zu tun hat, als die Servos zu steuern – sowie zwei winzige Laser in meinen beiden kleinen Fingern, die man ohne Amputation nicht entfernen kann. Und natürlich die Energieversorgung für die Servos. Alles andere – die Kondensatoren für die Bogenwerfer, den Antipanzerlaser und die Schallwaffen – ist weg.« Genau wie der Selbstzerstörer, ein Thema, das man besser gar nicht erst ansprach.

»Gut«, meinte Pearce. »Tut mir leid, daß ich davon angefangen habe, aber deine Mutter und ich, wir waren ein bißchen nervös.«

»Schon in Ordnung.«

Sie waren jetzt beim Haus. Sie traten ein und gingen zu dem Zimmer, das Jame während der letzten drei Jahre für sich allein gehabt hatte. »Wo steckt eigentlich Jame?« fragte Jonny, während er seine Taschen neben sein altes Bett stapelte.

»Draußen in New Persius. Er holt eine Ersatzlaserröhre für das Karosserieschweißgerät ab. Im Augenblick haben wir nur eins in der Werkstatt, und ich kann nicht riskieren, daß es ausfällt. In der letzten Zeit war es fast unmöglich, Ersatzteile zu bekommen – eine Auswirkung des Krieges, weißt du.« Er schnippte mit den Fingern. »Sag mal, diese kleinen Laser – kannst du mit denen schweißen?«

»Punktschweißen, ja. Sie wurden sogar ausdrücklich für die Arbeit an Metallen entwickelt.«

»Großartig. Vielleicht könntest du uns ein wenig zur Hand gehen, bis wir die Ersatzteile für die anderen Laser haben. Was meinst du?«

Jonny zögerte. »Tja ... wenn ich ganz ehrlich sein soll, lieber nicht. Ich will nicht ... na ja, die Laser erinnern mich zu sehr an ... an andere Dinge.«

»Verstehe ich nicht«, sagte Pearce, und seine Stirn legte sich in Falten. »Schämst du dich dessen, was du getan hast?«

»Nein, natürlich nicht. Ich meine, als ich zu den Cobras gegangen bin, wußte ich ziemlich genau, worauf ich mich einlasse, und zurückblickend denke ich, daß ich meinen Job wohl kaum besser hätte machen können. Es ist nur ... dieser

Krieg war anders als deiner, Dad. Sehr anders. Während der gesamten Zeit auf Adirondack war ich in Gefahr – und mußte andere Menschen in Gefahr bringen. Hättest du je von Mann zu Mann gegen die Minthisti kämpfen oder dabei helfen müssen, die Leichen unbeteiligter Zivilisten, die in die Kämpfe hineingeraten sind, zu begraben« – er schluckte den Kloß in seinem Hals herunter –, »dann würdest du verstehen, warum ich das alles vergessen will. Wenigstens für eine Weile.«

Pearce schwieg einen Augenblick lang. Dann legte er seinem Sohn eine Hand auf die Schulter. »Du hast recht, Jonny. Es war wirklich etwas anderes, einen Krieg von einem Raumschiff aus zu führen. Wahrscheinlich begreife ich wirklich nicht so recht, was du durchgemacht hast, aber ich werde mir alle Mühe geben. Einverstanden?«

»Klar, Dad. Danke.«

»Schon gut. Komm jetzt, gehen wir deine Mutter suchen. Und dann kannst du dir Gwens Zimmer ansehen.«

Das Essen an jenem Abend wurde zu einem Festmahl. Irena Moreau hatte das Lieblingsessen ihres Sohnes gekocht – gebratenes wildes Balis –, und die Unterhaltung war unbeschwert und wurde häufig von Gelächter unterbrochen. Jonny kam es so vor, als wäre der Raum von einer Wärme und Liebe erfüllt, die sie alle fünf mit einem unsichtbaren Schutzwall umgab. Zum ersten Mal, seit er Asgard verlassen hatte, fühlte er sich wirklich sicher, und selbst längst vergessene Spannungen lösten sich ganz allmählich.

Es dauerte den größten Teil der Mahlzeit, bis die anderen Jonny auf den neuesten Stand über die Menschen in Cedar Lake gebracht hatten, daher kam das Gespräch erst auf Jonnys Pläne, als Irena den Kahve brachte.

»Ich weiß nicht recht«, gestand Jonny, der seinen Kahvebecher mit beiden Händen hielt, um die Wärme in die Handflächen ziehen zu lassen. »Vermutlich könnte ich wieder zur

Schule gehen und endlich das Examen in Computertechnik ablegen. Aber das würde noch ein ganzes Jahr dauern, und ich bin nicht besonders wild darauf, wieder die Schulbank zu drücken. Jedenfalls jetzt nicht.«

Jame, der ihm am Tisch gegenübersaß, nippte vorsichtig an seinem Becher. »Angenommen, du gehst arbeiten, was für eine Arbeit würde dir Spaß machen?« fragte er.

»Na ja, eigentlich dachte ich, ich könnte zurück zu Dad in die Werkstatt gehen, aber ihr scheint ja niemanden zu brauchen.«

Jame warf seinem Vater einen kurzen Blick zu. »Quatsch, Jonny, in der Stadt gibt es genug Arbeit für uns alle drei.«

»Sicher«, antwortete Pearce nach einem winzigen Zögern.

»Danke«, sagte Jonny, »aber es hat sich angehört, als hättet ihr zu wenig Werkzeug, so daß ich euch eher im Weg stehen würde. Also hab ich mir überlegt, ich könnte vielleicht irgendwo anders ein paar Monate jobben, bis wir es uns leisten können, die Werkstatt für drei Leute einzurichten. Wenn dann genug zu tun ist, könnte ich wieder für dich arbeiten.«

Pearce nickte. »Das klingt vernünftig, Jonny. Das wäre bestimmt am besten.«

»Also zurück zur Ausgangsfrage«, sagte Jame. »Was für eine Arbeit wirst du dir suchen?«

Jonny hielt den Becher einen Augenblick an die Lippen und genoß das volle, minzeartige Aroma. Armeekahve schmeckte ganz ordentlich und enthielt reichlich anregende Stoffe, aber ihm fehlte jenes angenehme Aroma. »Ich habe in den vergangenen drei Jahren eine Menge über zivile Technik gelernt, besonders was den Einsatz von Sprengstoffen und Sonicschneidewerkzeugen betrifft. Ich denke, ich werde es bei einer der Straßen- oder Bergbaufirmen versuchen, die, wie du mir erzählt hast, südlich der Stadt arbeiten.«

»Ein Versuch kann nicht schaden«, meinte Pearce achselzuckend. »Willst du dich erst mal ein paar Tage ausruhen?«

»Nein – ich gehe gleich morgen früh los. Ich dachte jedoch, ich fahre heute abend ein bißchen durch die Stadt, um mich wieder einzugewöhnen. Kann ich dir beim Abwaschen helfen, bevor ich fahre?«

»Red keinen Unsinn«, lächelte Irena ihn an. »Ruh dich aus, und amüsier dich ordentlich.«

»Jedenfalls heute abend«, verbesserte Jame. »Morgen kommst du zu all den anderen neuen Sklaven in die Salzminen.«

Jonny richtete drohend den Zeigefinger auf ihn. »Hüte dich vor der Finsternis der Nacht«, sagte er mit gespieltem Ernst. »Gut möglich, daß dort draußen ein Kissen mit deinem Namen liegt.« Er wandte sich wieder an seine Eltern. »In Ordnung, wenn ich jetzt verschwinde? Braucht ihr noch etwas aus der Stadt?«

»Ich war heute erst einkaufen«, erwiderte Irena.

»Geh schon, Junge«, sagte Pearce.

»Es wird nicht allzu spät werden.« Jonny stürzte den letzten Rest seines Kahve runter und stand auf. »Das Essen war prima, Mum, danke.«

Er verließ das Zimmer. Auf dem Weg zur Haustür stellte er fest, daß sich Jame ihm angeschlossen hatte. »Willst du mit?« fragte Jonny.

»Nur bis zum Auto«, meinte Jame. Er schwieg, bis sie vor dem Haus waren. »Ich wollte über ein paar Dinge mit dir reden, bevor du fährst«, sagte er, als sie sich auf den Weg quer über den Rasen machten.

»Na gut. Schieß los.«

»Nummer eins: ich glaube, du solltest vorsichtig sein, wenn du mit dem Finger auf Leute zeigst, wie gerade vor ein paar Minuten auf mich. Besonders, wenn du dabei ein verärgertes oder auch nur ernstes Gesicht machst.«

Jonny sah ihn verständnislos an. »He, ich habe mir überhaupt nichts dabei gedacht. Das war doch nur Spaß.«

»*Ich* weiß das, und mir hat es auch nichts ausgemacht. Jemand, der dich vielleicht nicht so gut kennt, wäre vielleicht unter den Tisch gehechtet.«

»Das kapiere ich nicht. Wieso?«

Jame zuckte mit den Achseln, wich dem Blick seines Bruders aber nicht aus. »Die Leute haben ein wenig Angst vor dir«, sagte er rundheraus. »Hier draußen hat jeder die Nachrichten ziemlich genau verfolgt. Alle wissen, was ein Cobra anrichten kann.«

Jonny verzog das Gesicht. Das klang immer mehr nach einer Wiederholung seines letzten, schwierigen Gesprächs mit Ilona Linder, und das paßte ihm überhaupt nicht. »Was wir anrichten *konnten*«, verbesserte er Jame vielleicht ein wenig heftiger als nötig. »Die meisten meiner Waffen sind weg – und selbst wenn nicht, würde ich sie bestimmt nicht einsetzen. Ich habe das Kämpfen satt.«

»Ich weiß. Aber das wissen die anderen nicht, wenigstens nicht mit Sicherheit. Ich stelle hier nicht einfach bloß Vermutungen an, Jonny. Seit der Krieg zu Ende ist, habe ich mit einer ganzen Menge Jungs gesprochen, und die Vorstellung, dich wiederzusehen, macht sie ziemlich nervös. Du wärst überrascht, wie viele von ihnen Angst haben, du könntest dich an irgendeine alte Rechnung von der High-School erinnern und vorbeikommen, um sie zu begleichen.«

»Also bitte, Jame. Das ist doch lächerlich.«

»Das hab ich denen, die mich danach gefragt haben, auch gesagt, aber sie wirkten wenig überzeugt. Und es scheint, als würden einige ihrer Eltern die Dinge genauso sehen und – verdammt, du weißt doch selbst, wie schnell Neuigkeiten hier die Runde machen. Du wirst dir wohl eine Zeitlang ein Bein ausreißen und so friedlich tun müssen wie eine Taube mit beschnittenen Krallen. Um ihnen zu zeigen, daß sie keine Angst vor dir zu haben brauchen.«

Jonny schnaubte. »Das ist lächerlich, aber na schön. Ich werde ein braver Junge sein.«

»Großartig.« Jame zögerte. »Und jetzt zu Nummer zwei.

Hast du vor, heute abend bei Alyse Carne vorbeizuschauen?«

»Ich habe tatsächlich mit dem Gedanken gespielt«, meinte Jonny stirnrunzelnd und versuchte, den Gesichtsausdruck seines Bruders zu deuten. »Wieso? Ist sie umgezogen?«

»Nein, sie wohnt immer noch draußen in der Blakely Street. Aber es wäre vielleicht besser, du rufst sie an, bevor du hinfährst. Um dich zu vergewissern, daß sie ... keinen Besuch hat.«

Jonny kniff die Augen ein wenig zusammen. »Worauf willst du hinaus? Lebt sie mit jemandem zusammen?«

»Nein, nein, das nicht gerade«, beeilte sich Jame zu sagen. »Aber sie war in der letzten Zeit viel mit Doane Etheridge zusammen aus und – na ja, er nennt sie seine Freundin.«

Jonny schürzte die Lippen und starrte vorbei an Jame und auf die vertraute Landschaft hinter dem Grundstück der Moreaus. Er konnte Alyse kaum zum Vorwurf machen, daß sie sich in seiner Abwesenheit einen anderen gesucht hatte – sie waren bei seinem Abschied nicht gerade ein Traumpaar gewesen, und drei Jahre wären selbst dann eine ziemlich lange Zeit, wenn sie es ernster miteinander gemeint hätten. Und trotzdem, Alyse hatte zusammen mit seiner Familie einen seiner psychologischen Rettungsanker gebildet, wenn die Dinge auf Adirondack besonders übel geworden waren. Wenn er an sie gedacht hatte, hatte er Blut und Tod für kurze Zeit vergessen können. Sie einfach nur um sich zu haben würde ihm bestimmt bei seiner Wiedereingliederung ins Zivilleben helfen ... außerdem war es vollkommen undenkbar, sie jemandem wie Doane Etheridge kampflos zu überlassen. »Dagegen werde ich wohl etwas unternehmen müssen«, meinte er langsam. Er sah James Gesichtsausdruck und zwang sich zu einem Lächeln. »Keine Sorge, ich hole sie mir auf ganz zivile Art zurück.«

»Na ja, dann viel Glück. Nur, laß dich warnen: er ist nicht mehr die Flasche von früher.«

»Ich werde es mir merken.« Jonny strich mit der Hand ruhig über das glatte Metall des Wagens. Alles ringsum war vertraut, und doch war alles auch irgendwie anders. Vielleicht, so flüsterten ihm seine Kampfinstinkte ein, wäre es besser, zu Hause zu bleiben, bis er mehr über die Lage hier in Erfahrung gebracht hatte.

Jame schien seine Unentschlossenheit zu spüren. »Willst du immer noch ausgehen?«

Jonny schürzte die Lippen. »Ja, ich denke, ich sehe mich mal ein bißchen um.« Er öffnete die Tür, stieg ein und ließ den Motor an. »Warte nicht auf mich«, fügte er hinzu, bevor er abfuhr.

Schließlich hatte er nicht drei Jahre lang gegen die Trofts gekämpft, redete er sich entschlossen ein, um nach Hause zu kommen und sich vor seinen eigenen Leuten zu verstecken.

Trotzdem kam ihm die Fahrt durch Cedar Lake eher vor wie eine Aufklärungsmission denn wie die triumphale Heimkehr, die er sich einst erträumt hatte. Er fuhr in der Stadt herum, blieb aber im Wagen und grüßte die Leute nicht, die er wiedererkannte. An Alyses Apartmenthaus vorbeizufahren vermied er völlig. Und nach einer Stunde war er wieder zu Hause.

Seit vielen Jahren war die einzige Verbindung am Boden zwischen Cedar Lake und der winzigen Farmergemeinde im Südwesten, Boyar, eine eindreiviertelspurige Festschotterstraße, die parallel zu den Shard Mountains im Westen verlief. Man hatte sie einfach deshalb so lange für ausreichend gehalten, weil es in oder um Boyar nur wenig gab, was jemanden aus Cedar Lake interessieren konnte. Die Ernten von Boyar gingen über New Persius nach Horizon City, Versorgungsgüter nahmen den gleichen Weg in umgekehrter Richtung.

Jetzt jedoch war das alles anders geworden. Nördlich von Boyar hatte man eine mächtige Ader cäsiumhaltigen Polluciterzes entdeckt, und mit den Bergleuten kamen auch die Straßenarbeiter. Die Anlage für die Cäsiumgewinnung wurde aus verschiedenen technischen Gründen nahe Cedar Lake errichtet, daher brauchte man eine mehrspurige Hauptstraße, um das Erz zu befördern.

Jonny fand den Vorarbeiter der Straßenbauer in der Nähe einer großen Felsnase aus Granit, die mitten im geplanten Weg der Straße lag. »Sie sind Sampson Grange?« fragte er.

»Ja. Und du?«

»Jonny Moreau. Mr. Oberland meinte, ich sollte wegen eines Jobs zu Ihnen kommen. Ich bin mit Laser ausgebildet, mit Sprengstoffen und Sonicsprengausrüstungen.«

»Also, Junge, eigentlich brauche ich – warte mal. Jonny Moreau, der Cobra?«

»*Ex*-Cobra, richtig.«

Grange schob das Streichholz in seinem Mund herum, während er die Augen zusammenkniff. »Doch, ich denke, ich kann dich gebrauchen. Bezahlung nach Normstufe acht.«

Das war zwei Stufen über dem Mindestlohn. »Einverstanden. Besten Dank.« Jonny deutete mit dem Kopf auf die Felsnase aus Granit. »Soll die da aus dem Weg?«

»Ja, aber das läuft uns nicht weg. Komm mal einen Augenblick mit nach hinten.«

Er führte Jonny zu einer Gruppe von acht Männern, die sich damit abmühten, riesige Ballen Teerpappe von einem Lastwagen abzuladen. Pro Ballen brauchte man drei oder vier Männer, und sie keuchten und schwitzten vor Anstrengung.

»Leute, das hier ist Jonny Moreau«, erklärte Grange ihnen. »Jonny, das Zeug muß sofort abgeladen werden, damit der Lastwagen die nächste Fuhre holen kann. Hilf ihnen ein bißchen, klar?« Er verschwand mit langen Schritten, ohne eine Antwort abzuwarten.

Jonny kletterte widerstrebend auf den Laster. Das war

nicht ganz das, was er sich vorgestellt hatte. Die anderen Männer musterten ihn kühl, und Jonny hörte, wie man den zweien oder dreien, die ihn nicht erkannt hatten, das Wort ›Cobra‹ zuflüsterte. Entschlossen, sich davon nicht abschrecken zu lassen, ging er zum nächstgelegenen Ballen und sagte: »Kann mal einer mit anfassen?«

Niemand rührte sich. »Wären wir dir dabei nicht bloß im Weg?« meinte einer von ihnen, ein stämmiger Arbeitertyp, und in seiner Stimme schwang mehr als nur ein wenig Gehässigkeit mit.

Jonny ließ sich davon nicht irritieren. »Hör zu, ich bin bereit, meinen Teil der Arbeit zu tun.«

»Klingt fair«, meinte ein anderer sarkastisch. »Schließlich waren es unsere Steuern, mit denen man dich zum Supermann gemacht hat. Und vermutlich zahlt dir Grange genug für vier. Also schön. Wir haben die ersten acht Ballen abgeladen, dann kriegst du die nächsten fünf. Ist das fair genug, Leute?«

Zustimmendes Gemurmel erhob sich. Jonny betrachtete einen Augenblick lang ihre Gesichter, suchte nach irgendeinem Zeichen von Sympathie oder Rückhalt. Doch alles, was er sah, war Feindseligkeit und Vorsicht. »Also schön«, sagte er leise.

Er ging leicht in die Knie und drückte die Rolle Teerpappe an seine Brust. Die Servos sirrten ihm in den Ohren, als er sich aufrichtete und die Rolle bis zum Rand der Ladefläche trug. Dort setzte er sie ab, sprang herunter, nahm sie wieder auf und legte sie neben der Straße zu den anderen. Dann sprang er wieder auf den Lastwagen und ging an die nächste Rolle.

Keiner der Arbeiter hatte sich bewegt, aber ihre Gesichter sprachen Bände. Angst, wohin Jonny auch sah. Es war eine Sache, überlegte er verbittert, sich auf der Bildwand Filme über die Cobras anzusehen, die Trofts abschießen. Etwas vollkommen anderes war es, einen zu beobachten, der direkt vor einem zweihundert Kilo hebt. Innerlich fluchend beendete er das Umladen der Ballen so schnell wie möglich, dann machte er sich wortlos auf die Suche nach Sampson Grange.

Er fand ihn, als er gerade damit beschäftigt war, Säcke mit Zement auf einer Liste abzuhaken, und wurde sofort dazu angehalten, sie zu den entsprechenden Arbeitern zu schleppen. Während der nächsten paar Stunden bekam er eine Reihe ähnlicher Aufgaben. Jonny bemühte sich, unauffällig zu sein, aber es hatte sich schon bald herumgesprochen, daß jetzt ein Cobra bei der Truppe war. Die meisten Arbeiter verhielten sich ihm gegenüber nicht unbedingt feindselig, doch fühlte er sich, als arbeitete er auf einer Bühne, und Jonny begann wegen der argwöhnischen Höflichkeit und der Seitenblicke innerlich zu kochen.

Kurz vor Mittag schließlich hatte er die Nase voll und suchte noch einmal den Vorarbeiter auf. »Ich mag es nicht, von Leuten herumkommandiert zu werden, Mr. Grange«, fauchte er diesen an. »Ich habe die Arbeit hier angenommen, um bei den Sprengarbeiten zu helfen. Statt dessen lassen Sie mich wie einen Lastesel Zeug herumschleppen.«

Grange schob sein Streichholz in den Mundwinkel und musterte Jonny kühl. »Ich habe dich bei Normstufe acht für Straßenarbeiten eingestellt. Was für Arbeit du kriegst, habe ich nicht gesagt.«

»Das ist doch zum Kotzen. Sie wußten, was ich wollte.«

»Und was, zum Teufel, willst du – Sonderbehandlung, oder was? Ich habe richtige Sprengmeister hier – soll ich die gegen einen Jungen eintauschen, der noch nicht mal ein richtiges Video darüber gesehen hat?«

Jonny öffnete den Mund, aber keines der Worte, die er sagen wollte, fand den Weg hinaus. Grange zuckte mit den Achseln. »Paß auf, Junge«, sagte er gar nicht mal unfreundlich. »Ich habe nichts gegen dich. Verdammt, ich bin selber Veteran. Aber du bist weder für den Straßenbau ausgebildet, noch hast du Erfahrung darin. Klar, wir könnten noch mehr

Arbeiter gebrauchen, und mit deinem hochgezüchteten Körper bist du mindestens so viel wert wie zwei – deswegen zahle ich dir Normstufe acht. Darüber hinaus, ich will ganz ehrlich sein, bist du nichts Besonderes. Also mach deine Arbeit oder laß es sein, die Entscheidung liegt bei dir.«

»Danke, aber so'n Job ist nicht drin«, preßte Jonny zwischen zusammengebissenen Zähnen hervor.

»In Ordnung.« Grange holte ein Kärtchen hervor und kritzelte etwas darauf. »Bring das ins Hauptbüro in Cedar Lake, und man wird dir dein Geld auszahlen. Und falls du es dir anders überlegst, kannst du jederzeit wiederkommen.«

Jonny nahm das Kärtchen, machte sich davon und gab sich alle Mühe, die hundert Augenpaare zu ignorieren, deren bohrende Blicke er im Rücken spürte.

Zu Hause war niemand, als er dort ankam, und er war froh darüber. Während der Fahrt hatte er Zeit gehabt, sich zu beruhigen, und jetzt wollte er einfach eine Weile allein sein. Als Cobra war er Versagen nicht gewohnt. Wenn die Trofts einen Angriff abwehrten, brauchte er sich bloß zurückfallen zu lassen und einen neuen Angriff zu versuchen. Hier jedoch galten andere Regeln, an die er sich keineswegs so schnell anpassen konnte, wie er erwartet hatte.

Trotzdem war er noch meilenweit davon entfernt, sich geschlagen zu geben. Er holte die Zeitung vom Vorabend auf die Bildwand und blätterte zu den Arbeitsangeboten. Die meisten angebotenen Jobs waren für Arbeiter auf Normstufe zehn, ab und an fand er auch einen der qualifizierteren Jobs, nach denen er suchte. Er machte es sich vor der Bildwand bequem, nahm den Block und den Stift zur Hand, der immer neben dem Telefon lag, und machte sich Notizen.

Schließlich hatte er zwei Seiten Angebote aufgelistet, und er verbrachte den größten Teil des Nachmittags damit herumzutelefonieren – eine ernüchternde und enttäuschende Erfahrung. Am Ende hatte er für gerade zwei Vorstellungsgespräche Termine bekommen, beide am nächsten Vormittag.

Mittlerweile war es fast Zeit fürs Abendessen. Er stopfte die Notizzettel in eine Tasche und ging in die Küche, wo er seiner Mutter beim Kochen helfen wollte.

Irena lächelte ihn an, als er hereinkam. »Glück gehabt bei der Arbeitssuche?«

»Es geht so«, meinte er. Sie war vor ein paar Stunden nach Hause gekommen und hatte bereits eine knappe Zusammenfassung seiner Erlebnisse beim Straßenbau gehört. »Morgen habe ich zwei Vorstellungsgespräche – Svetlanov Electronics und Outworld Mining. Und ich kann von Glück reden, daß es überhaupt so viele geworden sind.«

Sie tätschelte seinen Arm. »Du wirst schon etwas finden. Mach dir keine Gedanken.« Ein Geräusch draußen ließ sie aus dem Fenster sehen. »Dein Vater und Jame sind zurück. Oh, sie haben noch jemanden mitgebracht.«

Jonny sah hinaus. Hinter Pearce und Jame hatte ein zweiter Wagen am Straßenrand gehalten. Jonny sah zu, wie ein großer, etwas dicklicher Mann ausstieg und sich den beiden anderen auf dem Weg zum Haus anschloß. »Er kommt mir bekannt vor, Mom, aber ich kann ihn nirgendwo unterbringen.«

»Das ist Teague Stillman, der Bürgermeister«, staunte sie. »Was will der denn hier?« Sie riß sich die Schürze herunter, wischte sich die Hände ab und eilte ins Wohnzimmer. Jonny folgte ihr langsam und blieb im Wohnzimmer unbewußt an der Wand stehen, als würde er Rückendeckung suchen.

Die Tür ging im selben Moment auf, als Irena sie erreichte. »Hallo, Schatz«, begrüßte Pearce seine Frau. Die drei Männer traten ein. »Teague hat in der Werkstatt reingeschaut, als wir gerade zumachten, da habe ich ihn eingeladen, auf ein paar Minuten rüberzukommen.«

»Das ist aber nett«, sagte Irena in ihrer besten Gastgeberinnenstimme. »Wir haben Sie lange nicht gesehen, Teague. Wie geht es Sharene?«

»Danke der Nachfrage, gut, Irena«, erwiderte Stillman,

»auch wenn sie sich ständig darüber beklagt, daß sie mich in letzter Zeit kaum noch zu Gesicht bekommt. Ich habe eigentlich nur vorbeigeschaut, weil ich sehen wollte, ob Jonny schon von der Arbeit zurück ist.«

»Ja, bin ich«, sagte Jonny und trat vor. »Glückwunsch zum Gewinn Ihrer Wahl letztes Jahr, Mr. Stillman. Leider habe ich es nicht bis zum Wahlbüro geschafft.«

Lachend streckte Stillman den Arm aus, um Jonny kurz die Hand zu geben. Er wirkte gelöst und freundlich … und doch, gleich um die Augen entdeckte Jonny eine Spur der gleichen vorsichtigen Zurückhaltung wie bei den Straßenarbeitern. »Ich hätte dir die Briefwahlunterlagen geschickt, wenn ich gewußt hätte, wo du steckst«, scherzte der Bürgermeister. »Willkommen zu Hause, Jonny.«

»Vielen Dank, Sir.«

»Sollen wir uns nicht setzen?« schlug Irena vor.

Sie gingen ins Wohnzimmer. Stillman und die Eltern der Moreaus tauschten Neuigkeiten aus. Jame hatte immer noch kein einziges Wort gesagt, wie Jonny auffiel, und der jüngere der beiden wählte einen Platz in der Ecke, ein Stück abseits von den anderen.

»Der Grund, weshalb ich mit dir sprechen wollte, Jonny«, sagte Stillman, als sie es sich bequem gemacht hatten, »ist folgender: der Stadtrat und ich möchten für dich in der nächsten Woche eine kleine Willkommensfeier im Park ausrichten. Keine große Sache, nur eine kurze Parade durch die Stadt, ein paar Reden – du brauchst selbst keine zu halten, wenn du nicht willst –, dann ein kleines Feuerwerk und vielleicht einen Fackelzug. Was hältst du davon?«

Jonny zögerte, doch fand er keinen Weg, es diplomatisch auszudrücken. »Vielen Dank, aber das wäre mir nicht so recht.«

Pearces stolzes Lächeln erlosch. »Was soll das heißen, Jonny? Warum nicht?«

»Weil ich nicht vor einer ganzen Menschenmenge stehen

und mich bejubeln lassen will. Das ist peinlich und – es ist einfach peinlich. Ich will nicht, daß man solches Aufheben um mich macht.«

»Jonny, die Stadt will dich ehren für das, was du getan hast«, mischte sich Stillman besänftigend ein, so als befürchte er, Jonny könne wütend werden.

Allein der Gedanke ließ Zorn in ihm hochbrodeln. »Die größte Ehre könnte mir die Stadt dadurch erweisen, indem sie aufhört, mich wie ein Monster zu behandeln«, erwiderte er heftig.

»Jonny –«, setzte Pearce warnend an.

»Dad, wenn Jonny keinen offiziellen Rummel will, finde ich, ist das Thema erledigt«, meldete sich Jame unerwartet aus seiner Ecke zu Wort. »Es sei denn, ihr wollt ihn alle an das Rednerpult ketten.«

Einen Augenblick lang herrschte beklommenes Schweigen. Dann rutschte Stillman ungeduldig in seinem Sessel hin und her. »Also, wenn Jonny es nicht möchte, brauchen wir nicht länger darüber zu reden.« Er erhob sich, und die anderen taten es ihm hastig nach. »Ich muß jetzt wirklich nach Hause.«

»Grüßen Sie Sharene von uns«, sagte Irena.

»Werde ich tun«, nickte Stillman. »Wir müssen uns mal wieder treffen. Auf Wiedersehen alle miteinander, und noch einmal: Willkommen zu Hause, Jonny.«

»Ich bringe Sie noch bis zum Wagen«, sagte Pearce, der sichtlich wütend war, aber versuchte, es zu verbergen.

Die beiden Männer gingen hinaus. Irena sah Jonny fragend an, aber bevor sie wieder in der Küche verschwand, sagte sie nur: »Ihr Jungs wascht euch die Hände und holt Gwen aus ihrem Zimmer. Das Abendessen ist gleich fertig.«

»Alles in Ordnung mit dir?« erkundigte sich Jame leise, nachdem ihre Mutter gegangen war.

»Ja. Danke für die Hilfe.« Jonny schüttelte den Kopf. »Sie begreifen das nicht.«

»Ich bin auch nicht sicher, ob ich es begreife. Ist es, weil ich gesagt habe, die Leute hätten Angst vor dir?«

»Damit hat es nichts zu tun. Die Menschen auf Adirondack hatten auch Angst vor uns, einige jedenfalls. Aber trotzdem –« Jonny seufzte. »Hör zu. Horizon befindet sich genau auf der anderen Seite des Imperiums, weit weg vom Krieg. Selbst zum Zeitpunkt ihres weitesten Vordringens seid ihr hier nicht einmal auf fünfzig Lichtjahre an einen Troft herangekommen. Wie kann ich das Lob von Menschen entgegennehmen, die keine Vorstellung davon haben, was sie eigentlich bejubeln? Ich müßte ihnen etwas vorspielen.« Er starrte aus dem Fenster. »Adirondack hat nach dem endgültigen Abzug der Trofts eine große Siegesfeier abgehalten. Das hatte nichts von Pflichtgefühl an sich – als die Menschen jubelten, konnte man genau sehen, weshalb. Und sie wußten auch, wen sie ehrten. Nicht die von uns, die auf der Bühne standen, sondern die, die nicht anwesend waren. Statt einen Fackelzug abzuhalten, haben sie ein Requiem gesungen.« Er sah Jame an. »Wie könnte ich mir danach noch das Feuerwerk in Cedar Lake ansehen?«

Jame legte seinem Bruder die Hand auf den Arm und nickte schweigend. »Ich gehe Gwen rufen«, sagte er einen Augenblick später.

Pearce kam ins Haus zurück. Er sagte nichts, warf Jonny jedoch einen enttäuschten Blick zu, bevor er in der Küche verschwand. Seufzend ging Jonny sich die Hände waschen.

An jenem Abend war es sehr still beim Essen.

Die Vorstellungsgespräche am nächsten Vormittag waren ein völliger Reinfall. Die beiden potentiellen Arbeitgeber empfingen ihn eindeutig nur aus Höflichkeit. Jonny kehrte zähneknirschend nach Hause zurück und rief noch einmal die Zeitung auf. Diesmal schraubte er seine Ansprüche etwas zurück, und am Ende war seine Liste dreieinhalb Seiten lang. Verbissen setzte er sich ans Telefon.

Als Jame schließlich kam und ihn zum Mittagessen holte, hatte er sämtliche Nummern auf der Liste bereits abgehakt. »Nicht ein einziges Vorstellungsgespräch diesmal«, meinte er angewidert zu Jame, als sie ins Eßzimmer gingen, wo die anderen warteten. »In dieser Stadt sprechen sich Neuigkeiten schnell rum, was?«

»Komm schon, Jonny, *irgend jemanden* muß es hier doch geben, dem es nichts ausmacht, daß du ein Ex-Cobra bist«, sagte Jame.

»Vielleicht solltest du deine Erwartungen etwas zurückschrauben«, schlug Pearce vor. »Ein Job als Hilfsarbeiter würde dir bestimmt nicht schaden.«

»Oder vielleicht könntest du Polizist werden«, meldete sich Gwen zu Wort. »Das wäre doch super.«

Jonny schüttelte den Kopf. »Ich habe bereits versucht, eine Stelle als Hilfsarbeiter zu bekommen, schon vergessen? Die Leute in der Straßenbaukolonne hatten entweder Angst vor mir, oder sie dachten, ich wollte sie lächerlich machen.«

»Aber das wird doch anders, wenn sie dich erst einmal kennengelernt haben«, wandte Irena ein.

»Vielleicht würden sie dich auch mehr respektieren, wenn sie eine klarere Vorstellung davon hätten, was du für das Imperium getan hast«, fügte Pearce hinzu.

»Nein, Dad.« Jonny hatte versucht, seinem Vater zu erklären, weshalb er nicht wollte, daß Cedar Lake ihn öffentlich ehrte, und der ältere Moreau hatte zugehört und behauptet, er hätte verstanden. Aber Jonny bezweifelte das, und Pearce hatte den Versuch noch nicht aufgegeben, seinen Sohn umzustimmen. »Vielleicht wäre ich ein guter Polizist, Gwen«, fügte er an seine Schwester gewandt hinzu, »aber das würde mich zu sehr an manche Dinge erinnern, die ich in der Armee tun mußte.«

»Also, dann solltest du vielleicht wieder zur Schule gehen«, schlug Irena vor.

»*Nein!*« fuhr Jonny in einem plötzlichen Wutanfall auf.

Erschrockenes Schweigen legte sich über den Raum. Jonny atmete tief durch und zwang sich, wieder ruhig zu werden. »Hört zu, ich weiß, ihr versucht alle, mir zu helfen, und ich weiß das zu schätzen. Aber ich bin vierundzwanzig Jahre alt und kann allein mit meinen Problemen fertig werden.« Plötzlich legte er seine Gabel aus der Hand und stand auf. »Ich habe keinen Hunger. Ich glaube, ich gehe ein bißchen raus.«

Minuten später fuhr er die Straße hinunter und überlegte, was er tun sollte. In der Stadt war gerade ein neues Vergnügungszentrum eröffnet worden, er war jedoch nicht in der Stimmung für große Menschenmengen. In Gedanken ging er eine Liste alter Freunde durch, doch das war lediglich zur Übung – er wußte, wohin er wirklich wollte. Jame hatte ihm geraten, Alyse Carne anzurufen, bevor er sie besuchte, doch Jonny war in einer trotzigen Stimmung. An der nächsten Ecke bog er ab und fuhr zur Blakely Street.

Alyse wirkte überrascht, als er sich über die Gegensprechanlage ihres Apartmentgebäudes meldete, aber als sie die Tür aufmachte, hatte sie ein strahlendes Lächeln aufgesetzt. »Jonny, schön, dich zu sehen«, begrüßte sie ihn und streckte die Hand aus.

»Hi, Alyse.« Er lächelte zurück, ergriff ihre Hand, trat in ihr Apartment und schloß die Tür hinter sich. »Ich hatte schon Angst, du hättest mich vergessen, während ich fort war.«

Ihre Augen leuchteten. »Wohl kaum«, murmelte sie ... und plötzlich lag sie in seinen Armen.

Eine volle Minute später löste sie sich sachte von ihm. »Sollen wir uns nicht setzen?« schlug sie vor. »Wir haben drei Jahre nachzuholen.«

»Stimmt irgend etwas nicht mit dir?« fragte er sie.

»Nein. Wieso?«

»Du wirkst ein bißchen nervös. Vielleicht bist du ja verabredet.«

Sie wurde rot. »Heute abend nicht. Du weißt vermutlich, daß ich mich oft mit Doane getroffen habe.«

»Ja. Ist das was Ernstes, Alyse? Komm schon, ich habe ein Recht, es zu erfahren.«

»Ich mag ihn«, antwortete sie und zuckte verlegen mit den Achseln. »Irgendwie wollte ich mich wohl gegen den Schmerz absichern, falls du ... nicht zurückgekommen wärst.«

Jonny nickte verständnisvoll. »Das habe ich auf Adirondack auch mehrmals beobachtet, meist in den Familien der Zivilisten, bei denen ich gerade lebte.«

Alyse schien leicht zusammenzuzucken. »Tut mir leid. Auf jeden Fall wurde mehr daraus als erwartet, und jetzt, da du wieder da bist ...« Sie ließ den Satz unbeendet.

»Du brauchst dich heute abend nicht zu entscheiden«, sagte Jonny nach einer Weile. »Höchstens, ob du den Abend mit mir verbringen willst oder nicht.«

Die Anspannung in ihrem Gesicht ließ ein wenig nach. »Das ist nicht schwer. Hast du schon gegessen, oder soll ich uns nur etwas Kahve aufsetzen?«

Sie unterhielten sich fast bis Mitternacht, und als Jonny schließlich ging, hatte er einen Teil jener Zufriedenheit zurückgewonnen, die er bei seiner Ankunft in Cedar Lake verspürt hatte. Doane Etheridge würde sehr bald wieder im Hintergrund verschwinden, dessen war er sicher, und wenn Alyse und seine Familie wieder ihre gewohnten Plätze einnahmen, würde er endlich wieder in einer Welt leben, die er kannte. Den Kopf voller Pläne für die Zukunft, ließ er sich ins Haus der Moreaus ein und schlich auf Zehenspitzen auf sein Zimmer.

»Jonny?« flüsterte es von der anderen Seite des Zimmers. »Alles in Ordnung?«

»Ja, Jame – einfach großartig«, flüsterte Jonny zurück.

»Wie war's bei Alyse?«

Jonny lachte in sich hinein. »Schlaf weiter, Jame.«

Seine Pläne lösten sich einer nach dem anderen in Luft auf. Die Arbeitgeber wiesen Jonny mit quälender Regelmäßigkeit ab, und schließlich war er gezwungen, nacheinander eine Reihe von Jobs mit körperlicher Arbeit auf Normstufe Neun und Zehn anzunehmen, was er so verzweifelt hatte vermeiden wollen. In keinem dieser Jobs blieb er lange. Immer wieder schufen die Ressentiments und die Angst seiner Kollegen eine Atmosphäre dumpfer Feindseligkeit, die Jonny nie länger als ein paar Tage ertragen konnte.

So wie seine Suche nach einer festen Anstellung scheiterte, so scheiterte auch seine Beziehung zu Alyse. Sie war nach wie vor freundlich und bereit, sich mit ihm zu treffen, doch herrschte eine Distanziertheit zwischen ihnen, die es vor dem Krieg nicht gegeben hatte. Um alles noch schlimmer zu machen, weigerte sich Doane, taktvoll das Feld zu räumen, und wetteiferte verbissen mit ihm um Alyses Zeit und Gunst.

Doch von Jonnys Standpunkt aus am allerschlimmsten war der unerwartete Ärger, der mit seinen Problemen über die übrige Familie hereinbrach. Seine Eltern und Jame konnten die Blicke, die geflüsterten Bemerkungen und leisen Ausgrenzungen ertragen, die es mit sich brachte, mit einem Ex-Cobra verwandt zu sein, das wußte er. Aber es war entsetzlich schmerzlich, mit ansehen zu müssen, wie sich Gwen vor den Grausamkeiten ihrer Altersgenossen zurückzog.

Mehr als einmal spielte Jonny mit dem Gedanken, Horizon zu verlassen und wieder in den aktiven Dienst einzutreten, um so seine Familie aus dem Kreuzfeuer zu befreien, in das sie seinetwegen geraten war. Aber jetzt zu gehen wäre dem Eingeständnis einer Niederlage gleichgekommen, und das brachte er nicht über sich.

Und so blieb die Situation drei Monate lang heikel – bis zu jener Nacht, in der der Unfall geschah. Oder der Mord, wie einige es nannten.

Jonny saß in seinem Wagen, betrachtete die letzten Strahlen der untergehenden Sonne, ließ Ärger und Enttäuschung von sich abfallen und überlegte, was er als nächstes tun sollte. Gerade war er nach ihrem jüngsten Streit – es war ungefähr der zehnte nach seiner Rückkehr gewesen – aus Alyses Apartment gestürmt. Genau wie am Arbeitsplatz schien es mit Alyse immer schlimmer statt besser zu werden. Aber im Gegensatz zu seinen Problemen mit der Arbeit mußte er sich für seine Probleme in der Liebe selbst die Schuld zuschreiben.

Die Sonne war vollständig untergegangen, als er sich wieder imstande fühlte, sicher ein Auto zu lenken. Es wäre natürlich vernünftig gewesen, nach Hause zu fahren. Doch die anderen Moreaus waren zum Abendessen ausgegangen, und die Vorstellung, allein im Haus zu sein, war ihm unerträglich. Was er jetzt brauchte, entschied er, war etwas Ablenkung. Er ließ den Wagen an und fuhr in die Stadtmitte, wo das Raptopia lag, Cedar Lakes neues Vergnügungszentrum.

Auf Asgard hatte Jonny sowohl vor als auch nach seiner Dienstzeit auf Adirondack Vergnügungszentren besucht, und gemessen an ihnen war das Raptopia unspektakulär. Es gab fünfzehn Räume und Hallen, von denen jede ihren Kunden eine eigene Mischung aus Sinnesstimulantien zur Wahl stellte.

Doch diese Auswahl war begrenzt auf Abwandlungen der traditionellen Vergnügungen: Musik, Speisen und Getränke, sanfte Drogen, Lightshows und Spiele. Extreme körperliche und intellektuelle Vergnügungen, also Prostituierte und bezahlte Begleiterinnen, gab es nicht.

Jonny schlenderte ein paar Minuten umher, bevor er sich für einen Raum mit einer lauten Musikgruppe und einer flackernden Lightshow entschied. Bei diesem Licht konnte man kaum etwas sehen, und solange er sich von den anderen Gästen fernhielt, war es unwahrscheinlich, daß man ihn erkannte. Er suchte sich einen Platz auf dem konturierten, weichen Boden und setzte sich.

Die Musik war gut, wenn auch nicht ganz die neueste – dieselben Songs hatte er auf Asgard vor drei Jahren schon gehört –, und er begann sich zu entspannen, während das Licht und der Lärm wie eine reinigende Woge über seinen Verstand hinwegfluteten. Das alles nahm ihn so sehr in Anspruch, daß er die Gruppe Teenager, die von hinten an ihn herantrat, erst bemerkte, als ihn einer von ihnen mit der Spitze seines Schuhs anstieß.

»Hallo, Cobra«, sagte er, als Jonny den Kopf hob. »Was gibt's Neues?«

»Hm, nicht viel«, antwortete Jonny vorsichtig. Sie waren sieben, wie er bemerkte: drei Mädchen und vier Jungen, alle nach der derzeit üblichen Teenagermode gekleidet, die den eher konservativen Eltern in Cedar Lake so sehr mißfiel. »Kenne ich euch?«

Die Mädels kicherten. »Nee«, sagte einer der Jungs gedehnt. »Wir dachten bloß, alle sollen wissen, daß eine Berühmtheit hier ist. Sagen wir's ihnen doch einfach, was meint ihr?«

Jonny erhob sich langsam auf die Beine und stellte sich ihnen gegenüber. Alle sieben hatten glänzende Augen und atmeten schnell, ein Zeichen dafür, daß sie regelmäßig starke Stimulantien konsumierten. »Das ist wohl kaum nötig«, meinte Jonny.

»Willst du kämpfen?« fragte der erste Typ und nahm plötzlich die Karikatur einer Kampfstellung ein. »Komm schon, Cobra. Zeig uns, was du drauf hast.«

Jonny machte wortlos kehrt und ging zur Tür, von der kichernden Gruppe gefolgt. Als er den Ausgang erreichte, drückten sich die beiden geschwätzigen Jungs an ihm vorbei, stellten sich in die Tür und blockierten sie.

»Du kommst hier nicht raus, bevor du uns einen deiner Tricks zeigst«, meinte einer.

Jonny sah ihm in die Augen und widerstand erfolgreich dem Bedürfnis, das Großmaul an die gegenüberliegende Wand zu klatschen. Statt dessen packte er beide Jungs am Gürtel, hielt sie einen Augenblick lang in die Höhe, dann drehte er sich und setzte sie neben dem Eingang ab. Ein leichter Stoß, und sie landeten auf dem weichen Boden. »Ich schlage vor, ihr bleibt hier und genießt die Musik«, meinte er zum Rest der Gruppe, als sie ihn aus großen Augen anstarrten.

»Truthahnsprung«, murmelte einer der beiden Maulhelden. Jonny ignorierte die offenkundige Beleidigung und verließ in aller Ruhe den Raum, überzeugt, daß sie ihm nicht folgen würden. Sie taten es nicht.

Aber die Stimmung des Abends war dahin. Für jeweils ein paar Minuten probierte Jonny es noch in zwei oder drei anderen Räumen und hoffte darauf, jenen Zustand der Entspannung wiederzufinden, den er zuvor verspürt hatte. Doch es hatte keinen Zweck, und eine Viertelstunde später war er wieder draußen vor dem Raptopia und ging durch die kühle Nacht zu seinem Auto, das einen Block entfernt auf der anderen Straßenseite geparkt stand.

Er hatte den Block bereits hinter sich und trat gerade auf die Straße, um sie zu überqueren, als er das leise Brummen eines Autos im Leerlauf ganz in der Nähe hörte. Er drehte sich um und blickte die Straße entlang zurück – und in diesem Augenblick blendete ein Wagen, der gemächlich am Bordstein entlanggerollt war, die Scheinwerfer auf und schoß direkt auf ihn zu.

Zum Nachdenken oder für menschliche Reaktionen blieb keine Zeit, aber Jonny brauchte das auch alles nicht. Zum ersten Mal seit dem Verlassen von Adirondack übernahm sein Nanocomputer die Kontrolle über seinen Körper und katapultierte ihn in einen flachen, sechs Meter weiten Hechtsprung, der ihn bis auf das Trottoir der gegenüberliegenden Straßenseite schleuderte. Jonny landete auf seiner rechten

Schulter, rollte ab, um die Wucht des Aufpralls abzufangen, krachte aber schmerzhaft gegen ein Gebäude, bevor er völlig zum Stillstand kam. Das Auto röhrte vorbei, und genau in diesem Augenblick zuckten Lichtnadeln aus Jonnys Fingerspitzenlasern in den rechten Zwillingsreifen des Autos. Der doppelte Knall der platzenden Reifen übertönte den Lärm des Motors. Der Wagen geriet sofort außer Kontrolle, kam heftig ins Schleudern, prallte von zwei geparkten Wagen ab und krachte schließlich mit der Breitseite gegen eine Häuserecke.

Mit Schmerzen am ganzen Körper sprang Jonny auf die Füße und rannte hinüber zum Auto. Ohne auf die sich versammelnde Menschenmenge zu achten, bearbeitete er fieberhaft das zerquetschte Metall und hatte die Tür aufbekommen, als der Rettungswagen eintraf. Doch seine Mühe war umsonst. Der Fahrer des Wagens war bereits tot, und sein Beifahrer starb an inneren Verletzungen auf dem Weg ins Krankenhaus.

Es waren die beiden Teenager, die Jonny im Raptopia angemacht hatten.

Bürgermeister Stillmans Gedankengang wurde unterbrochen, als die Tür geöffnet wurde. Er kehrte seiner nachdenklichen Betrachtung des Morgenhimmels rechtzeitig den Rücken, um zu sehen, wie Sutton Fraser die Tür hinter sich schloß. »Klopfen Sie eigentlich nie an?« fragte er den Stadtrat gereizt.

»Aus dem Fenster starren können Sie später«, sagte Fraser, zog einen Sessel an den Schreibtisch und setzte sich. »Im Augenblick haben wir etwas zu besprechen.«

Stillman seufzte. »Jonny Moreau?«

»Sie haben es erfaßt. Es ist jetzt eine Woche her, Teague, und die Lage da draußen hat sich noch immer nicht entspannt. Die Menschen in meinem Stadtbezirk wollen wissen, wieso Jonny nicht in Untersuchungshaft sitzt.«

»Wir haben das bereits durchgesprochen, haben Sie das vergessen? Die Staatsanwaltschaft in Horizon City hat den Polizeibericht, und solange dort keine Entscheidung getroffen wird, betrachten wir es als Notwehr.«

»Ach kommen Sie. Sie wissen doch, daß die Jungs den Wagen herumgerissen hätten, um ihm auszuweichen. So wird dieser dumme Truthahnsprung eben gespielt – ja, sicher, mir ist klar, Jonny konnte das nicht wissen. Aber immerhin hat er auf den Wagen gefeuert, *nachdem* der ihn passiert hatte. Ich habe mittlerweile drei Zeugen, die das bestätigen.«

»Wie auch die Polizisten. Ich muß gestehen, dieser Aspekt ist mir auch unklar. Vielleicht hat es etwas mit seiner Kampfausrüstung zu tun.«

»Na großartig«, brummte Fraser.

Stillmans Interkom summte. »Bürgermeister Stillman, hier ist ein Mr. Vanis D'arl, der Sie sprechen möchte«, gab seine Sekretärin durch.

Stillman warf Fraser einen fragenden Blick zu, der zuckte mit den Achseln und schüttelte den Kopf. »Schicken Sie ihn rein«, gab Stillman zurück.

Die Tür öffnete sich, und ein schlanker, dunkelhaariger Mann trat ein und ging bis zum Schreibtisch. Sein Aussehen, seine Kleidung und sein Gang verrieten den Mann von einer anderen Welt, noch bevor er zwei Schritte gemacht hatte. »Mr. D'arl«, sagte Stillman, indem er und Fraser sich erhoben, »ich bin Bürgermeister Teague Stillman, und dies ist Stadtrat Sutton Fraser. Was können wir für Sie tun?«

D'arl zückte einen goldenen ID-Stift. »Vanis D'arl, ich vertrete Komiteemitglied Sarkiis H'orme vom Imperium.« Er sprach mit leichtem Akzent.

Aus dem Augenwinkel sah Stillman, wie Fraser leicht erstarrte. Auch er bekam etwas weiche Knie. »Es ist mir eine Ehre, Sie kennenzulernen, Sir. Möchten Sie sich nicht setzen?«

»Danke.« D'arl nahm den Sessel, in dem Fraser gesessen

hatte. Der Stadtrat begab sich zu einem Sessel, der weiter entfernt vom Schreibtisch stand, möglicherweise in der Hoffnung, dort weniger aufzufallen.

»Betrachten Sie meine Anwesenheit hier als inoffiziellen Höflichkeitsbesuch, Mr. Stillman«, sagte D'arl. »Was ich Ihnen jedoch mitzuteilen habe, sollten Sie als vertrauliche Angelegenheit des Imperiums behandeln.« Er wartete, bis beide Männer mit einem Nicken ihr Einvernehmen ausgedrückt hatten, bevor er fortfuhr. »Ich komme gerade aus Horizon City, wo alle anhängigen Vorwürfe gegen Reservist Cobra-3 Jonny Moreau auf Befehl fallengelassen wurden.«

»Verstehe«, meinte Stillman. »Darf ich fragen, wieso das Zentrale Komitee sich für diesen Fall interessiert?«

»C-3 Moreau steht formal noch unter der Gerichtsbarkeit der Armee, da er jederzeit wieder zum aktiven Dienst einberufen werden kann. Komiteemitglied H'orme hat das gesamte Cobraprojekt von Anbeginn an sehr interessiert mitverfolgt.«

»Sind Sie mit dem Vorfall vertraut, in den Mr. – äh, C-3 Moreau verwickelt war?«

»Ja, und ich verstehe die Skepsis, mit der die Regierung dieses Planeten den Vorfall betrachtet. Man kann Moreau jedoch nicht für sein Handeln zum Zeitpunkt der Tat verantwortlich machen. Er wurde angegriffen und hat dementsprechend gehandelt.«

»Ist seine Kampfausbildung derart zwingend?«

»Nicht unbedingt.« D'arl zögerte. »Es tut mir leid, Ihnen das mitteilen zu müssen, aber bis vor kurzem unterlag dies der militärischen Geheimhaltung. Haben Sie sich je gefragt, wofür der Name Cobra steht?«

»Nun ja …« Stillman geriet ins Schwimmen. Die Frage überraschte ihn. »Ich nehme an, er bezieht sich auf diese Schlange, die auf der Erde vorkommt.«

»Nur in zweiter Hinsicht. Es ist ein Akronym für ›Computerized Body Reflex Armament‹ – computergesteuerte körpereigene Reflexwaffensysteme. Sie wissen bestimmt von den Keramikbeschichtungen und dem Servonetz und alldem, vielleicht haben Sie auch von dem direkt unterhalb seines Gehirns eingesetzten Nanocomputer gehört. Und genau dort ... liegt die ... Quelle des Problems.

Sie müssen wissen, ein Soldat, ganz besonders ein Guerillakämpfer auf feindlichem Gebiet, braucht gute Kampfreflexe, wenn er überleben will. Im Training kann man ihm einen Teil dessen vermitteln, was er benötigt, aber das dauert lange und hat seine Grenzen. Daher hat man ihm, da für die Überwachung seiner Ausrüstung ohnehin ein Computer notwendig war, zusätzlich Kampfreflexe einprogrammiert.

Letztlich läuft es auf folgendes hinaus: Moreau wird auf jeden Angriff gegen sein Leben mit nur sehr geringer bewußter Kontrolle reagieren. In diesem speziellen Fall beweist das Handlungsmuster eindeutig, daß genau dies geschehen ist. Er ist dem ersten Angriff ausgewichen, blieb aber weiterhin angreifbar – er war nicht mehr auf den Beinen und ohne Deckung –, daher war er gezwungen, einen Gegenangriff durchzuführen. Der Computer überwacht die Waffensysteme, Moreau wußte also gewissermaßen, daß ihm nur noch die Fingerspitzenlaser zur Verfügung standen. Also hat er sie benutzt.«

Eine Grabesstille legte sich über den Raum. »Damit wir uns nicht mißverstehen«, sagte Stillman schließlich. »Die Armee hat aus Jonny Moreau eine automatisierte Kampfmaschine gemacht, die mit tödlicher Präzision auf alles reagiert, was auch nur nach einem Angriff *aussieht!* Und dann läßt sie ihn zu uns zurückkehren, ohne alles daranzusetzen, daß dies geändert wird?«

»Das System wurde entwickelt, um einen Soldaten auf feindlichem Gebiet zu schützen«, sagte D'arl. »Es ist längst nicht so labil, wie Sie offenbar annehmen. Und was das ›Zurückkehrenlassen‹ in diesem Zustand anbetrifft, es gab keine andere Möglichkeit. Der Computer kann nicht umprogrammiert oder ohne die Gefahr einer Hirnschädigung entfernt werden.«

»Teufel noch mal!« Stillman vergaß alle Höflichkeit, die einem Vertreter des Imperiums gegenüber angebracht gewesen wäre. »Welcher gottverdammte Idiot hat sich denn das ausgedacht?«

D'arl drehte sich zum Stadtrat um. »Das Zentrale Komitee ist Kritik gegenüber durchaus aufgeschlossen, Mr. Fraser.« Seine Stimme klang ruhig, dennoch schwang eine gewisse Gereiztheit darin mit. »Ihr Ton jedoch ist nicht akzeptabel.«

Fraser dachte nicht daran, klein beizugeben. »Vergessen Sie's. Wie sollen wir Ihrer Ansicht nach mit ihm umgehen, wenn er so auf Angriffe reagiert?« Er schnaubte. *»Angriffe,* daß ich nicht lache. Es waren zwei Jungs, die ein Spiel spielen wollten.«

»Denken Sie doch einmal nach«, fuhr D'arl ihn an. »Wir konnten unmöglich riskieren, daß ein Cobra von den Trofts gefangengenommen und mit einem umprogrammierten Computer zu uns zurückgeschickt wurde. Die Cobras waren in allererster Linie Soldaten, und jede einzelne ihrer Waffen und Vorrichtungen ergab vom militärischen Standpunkt aus einen Sinn.«

»Ist eigentlich niemand auf die Idee gekommen, daß der Krieg eines Tages aus sein würde? Und daß die Cobras wieder ins Zivilleben zurückkehren würden?«

Vielleicht hatte D'arls Lippe gezuckt, seine Stimme jedoch blieb fest. »Eine weniger schlagkräftige Ausrüstung hätte das Imperium in diesem Krieg möglicherweise den Sieg und ganz sicher sehr viel mehr Cobras das Leben gekostet. Wie auch immer, jetzt ist es geschehen, und Sie werden einfach, wie jeder andere auch, lernen müssen, damit umzugehen.«

Stillman runzelte die Stirn. »Wie jeder andere auch? Wie weit ist dieses Problem denn verbreitet?«

D'arl drehte sich wieder zum Bürgermeister um, offensichtlich verärgert darüber, daß ihm diese Bemerkung herausgerutscht war. »Es sieht nicht gut aus«, gab er schließlich zu. »Wir hatten gehofft, nach dem Krieg so viele Cobras wie möglich in der Armee halten zu können, von Rechts wegen stand es jedoch allen frei, den Dienst zu quittieren, und über zweihundert haben das auch getan. Viele von ihnen haben ähnliche Probleme. Wir versuchen, ihnen zu helfen, doch das ist schwierig. Die Menschen fürchten sich vor ihnen, und das behindert unsere Bemühungen.«

»Können Sie Jonny nicht irgendwie helfen?«

D'arl zuckte kaum merklich mit den Achseln. »Ich weiß nicht. Sein Fall ist insofern ungewöhnlich, als er in eine Kleinstadt zurückgekehrt ist, wo jeder weiß, was er war. Möglicherweise würde es ihm helfen, ihn auf einem anderen Planeten unterzubringen und ihn vielleicht mit einer neuen Identität auszustatten. Aber irgendwann würden die Leute dahinterkommen. Die Kraft eines Cobras läßt sich nur schwer lange verheimlichen.«

»Wie auch die Reflexe eines Cobras«, nickte Stillman verbittert. »Außerdem lebt Jonnys Familie hier. Ich glaube kaum, daß es ihm gefallen würde, sie zu verlassen.«

»Deswegen will ich mich auch nicht für eine Umsiedlung aussprechen, obwohl in solchen Fällen üblicherweise so vorgegangen wird«, sagte D'arl. »Die meisten Cobras erfahren von ihrer Familie keine solche Unterstützung wie er. Das spricht sehr zu seinen Gunsten.« Er erhob sich. »Morgen früh werde ich Horizon verlassen, doch den nächsten Monat über werde ich noch ein paar Tagesreisen von hier entfernt bleiben. Sollte irgend etwas vorfallen, können Sie mich über das Büro des Generalgouverneurs von Horizon in Horizon City erreichen.«

Stillman erhob sich aus seinem Sessel. »Ich nehme an, das Zentrale Komitee wird versuchen, irgendeine Lösung für dieses Problem zu finden.«

D'arl blickte ihm ruhig in die Augen. »Mr. Stillman, das Komitee ist über diese Situation weit mehr besorgt als Sie. Sie verwalten eine kleine Stadt im Siedlungsgrenzgebiet, wir haben es mit siebzig Welten zu tun. Wenn es einc Lösung gibt, werden wir sie finden.«

»Und was sollen wir bis dahin tun?« erkundigte sich Fraser mit schwerer Stimme.

»Ihr Bestes geben, natürlich. Ich wünsche Ihnen noch einen schönen Tag.«

Jame blieb vor der Tür stehen, holte tief Luft und klopfte leise. Keine Antwort. Er hob die Hand, um erneut zu klopfen, und besann sich dann eines Besseren. Schließlich war dies auch sein Zimmer. Er öffnete die Tür und ging hinein.

Jonny saß an James Schreibtisch, die Hände vor sich zu Fäusten geballt, und starrte aus dem Fenster. Jame räusperte sich.

»Hallo, Jame«, sagte Jonny, ohne sich umzudrehen.

»Hi.« Der Schreibtisch war, wie Jame sah, mit offiziell aussehenden Magnetformularen übersät. »Ich bin bloß vorbeigekommen, um dir zu sagen, daß das Abendessen in einer Viertelstunde fertig ist.« Er deutete mit dem Kopf auf den Schreibtisch. »Was hast du vor?«

»Ich bin dabei, ein paar Bewerbungen fürs College auszufüllen.«

»Ach so. Hast du dich entschlossen weiterzustudieren?«

Jonny zuckte mit den Achseln. »Warum nicht?«

Jame stellte sich neben seinen Bruder und überflog die Magnetformulare. Universität von Rajput, das Bomu-Institut für Technik auf Zimbwe, Universität von Aerie. Alle außerplanetarisch. »Du wirst eine lange Reise machen müssen, wenn du Weihnachten nach Hause kommen willst«, meinte er. Dann fiel ihm noch etwas auf: die drei Bewerbungen waren nur bis zu der Zeile *Militärdienst* ausgefüllt.

»Ich werde wohl nicht oft nach Hause kommen«, erwiderte Jonny ruhig.

»Du willst einfach aufgeben, stimmt's?« Jame legte soviel Geringschätzung wie möglich in seine Worte.

Es nützte nichts. »Ich ziehe mich aus feindlichem Gebiet zurück«, verbesserte ihn Jonny nachsichtig.

»Die Jungs sind tot, Jonny. Im ganzen Universum gibt es nichts, was du dagegen tun könntest. Paß auf, die Stadt macht dir keinen Vorwurf – es wurde keine Anklage erhoben, hast du das bereits vergessen? Also hör auf, dich selbst zu bemitleiden. Finde dich mit der Tatsache ab, daß es passiert ist, und laß es damit gut sein.«

»Du bringst die Schuld vor dem Gesetz und moralische Schuld durcheinander. Das Gesetz spricht mich frei, die Moral nicht. Und die Stadt wird dafür sorgen, daß ich die Sache niemals vergesse. Ich kann den Ekel und die Angst in den Augen der Menschen sehen. Mittlerweile haben die sogar Angst, mir gegenüber sarkastisch zu sein.«

»Na ... ist doch besser, als bekämst du gar keinen Respekt.«

Jonny schnaubte. »Na, vielen Dank«, meinte er und verzog das Gesicht. »Mir wäre es lieber, sie würden auf mir herumhacken.«

Endlich ein Lebenszeichen. Jame preschte weiter voran, aus Angst, der Funken könne wieder erlöschen. »Weißt du, Dad und ich haben über die Werkstatt gesprochen. Weil sie nicht für drei Leute ausgestattet ist.«

»Ja – und?«

»Was hindert uns daran, daß *du* und Dad den Laden führen, während *ich* ein paar Monate woanders arbeiten gehe?«

Jonny schwieg einen Augenblick lang, schüttelte dann aber den Kopf. »Danke, aber nein. Das wäre nicht fair.«

»Wieso nicht? Früher war das dein Job. Es ist nicht so, als würdest du dich hineindrängen. Außerdem würde ich ganz gerne eine Weile mal was anderes machen.«

»Ich würde wahrscheinlich sämtliche Kunden vertreiben.«

Jame verzog den Mund. »Das wird schon nicht passieren, das weißt du auch. Dads Kunden kommen, weil sie ihn und seine Arbeit schätzen. Es ist ihnen vollkommen gleichgültig, wer die Reparaturarbeiten ausführt, solange Dad die Oberaufsicht hat. Du willst dich bloß rausreden.«

Jonny schloß kurz die Augen. »Und wenn schon.«

»Wahrscheinlich ist es dir zur Zeit egal, ob dein Leben den Bach runtergeht oder nicht«, preßte Jame zwischen zusammengebissenen Zähnen hervor. »Vielleicht überlegst du mal einen Augenblick, was du Gwen damit antust.«

»Ja. Die anderen Kinder machen es ihr ziemlich schwer, was?«

»Von denen spreche ich nicht. Klar, sie hat die meisten ihrer Freunde verloren, aber ein paar halten weiter zu ihr. Was sie fertigmacht, ist, daß sie mit ansehen muß, wie sich ihr großer Bruder selbst zerfleischt.«

Zum ersten Mal hob Jonny den Kopf. »Wie meinst du das?«

»Genau wie ich es gesagt habe. Deinetwegen macht sie gute Miene zum bösen Spiel, doch wir alle wissen, wie weh es ihr tut zu sehen, wie ihr vergötterter Bruder in seinem Zimmer herumhockt und –« Er suchte nach den passenden Worten.

»Sich in Selbstmitleid suhlt?«

»Genau. Du bist ihr etwas Besseres schuldig, Jonny. Schon jetzt hat sie die meisten ihrer Freunde verloren, sie hat es verdient, wenigstens ihren Bruder zu behalten.«

Jonny sah wieder eine ganze Weile aus dem Fenster, dann blickte er kurz auf die Bewerbungsunterlagen für das College. »Du hast recht.« Er holte tief Luft und ließ sie langsam wieder ausströmen. »Also gut. Sag Dad, daß er einen neuen Mitarbeiter hat«, meinte er und schob die Magnetformulare zu einem sauberen Stapel zusammen. »Ich fange an, sobald er mich gebrauchen kann.«

Jame grinste und packte seinen Bruder an der Schulter. »Danke«, freute er sich. »Kann ich es auch Mum und Gwen sagen?«

»Klar. Nein, nur Mum.« Er stand auf und versuchte Jame

anzulächeln. Fast gelang es ihm. »Gwen werde ich es selber sagen.«

Der winzige bläuliche Lichtpunkt, der selbst durch die Schweißerbrille strahlend hell war, kroch langsam auf die Kante des Metalls zu und erlosch. Jonny schob die Brille hoch, legte den Laser fort und begutachtete die Naht. Er entdeckte einen kleineren Fehler, besserte die Stelle aus und ging daran, den Kotflügel aus den Schraubklemmen zu befreien. Er war noch nicht ganz damit fertig, als ein sanftes Summen anzeigte, daß ein Wagen in die Einfahrt eingebogen war. Jonny verzog das Gesicht, nahm seine Schweißerbrille ab und ging in den vorderen Teil der Werkstatt.

Bürgermeister Stillman war bereits ausgestiegen und auf dem Weg zur Eingangstür, als Jonny aus dem Gebäude trat. »Hallo, Jonny«, lächelte er und hielt ihm ohne die Andeutung eines Zögerns die Hand hin. »Wie geht es dir?«

»Gut, Mr. Stillman«, sagte Jonny, der ihm verlegen die Hand schüttelte. Er arbeitete jetzt seit drei Wochen hier und hatte noch immer ein ungutes Gefühl, wenn er direkt mit den Kunden seines Vaters zu tun hatte. »Dad ist gerade nicht da. Kann ich Ihnen irgendwie helfen?«

Stillman schüttelte den Kopf. »Ich bin nur vorbeigekommen, um dir Hallo zu sagen und dir ein paar Neuigkeiten zu überbringen. Heute morgen habe ich gehört, daß die Baufirma Wyatt Brothers eine Mannschaft zusammenstellt, um das alte Lamplighter Hotel abzureißen. Wärst du an dem Job interessiert?«

»Nein, ich glaube nicht. Im Augenblick komme ich hier ganz gut zurecht. Aber vielen Dank, daß Sie –«

Er wurde von einem dumpfen Donnerschlag unterbrochen. »Was war das?« fragte Stillman und blickte in den wolkenlosen Himmel.

»Eine Explosion«, sagte Jonny knapp und suchte mit den Augen den Himmel im Südwesten nach Anzeichen für ein

Feuer ab. Einen Augenblick lang war er wieder auf Adirondack. »Dort!« Er zeigte auf einen Rauchpilz, der plötzlich aufgetaucht war.

»Das Werk für die Cäsiumgewinnung, wette ich«, murmelte Stillman. »Verdammt! Komm, wir müssen los!«

Das Déjà-vu-Gefühl verschwand. »Ich kann nicht mitkommen«, sagte Jonny.

»Vergiß die Werkstatt. Niemand wird hier etwas stehlen.« Stillman stieg bereits wieder in seinen Wagen.

»Aber –« Dort waren sicher Mengen von Menschen! »Ich kann einfach nicht.«

»Zier dich nicht, Junge. Das ist jetzt nicht der rechte Augenblick«, fuhr ihn der Bürgermeister an. »Wenn es im Cäsiumwerk eine Explosion gegeben hat, steht dort jetzt wahrscheinlich alles in Flammen. Vielleicht brauchen sie Hilfe. Komm schon!«

Jonny gehorchte. Der Rauchpilz wurde mit jeder Sekunde größer.

Stillman hatte in jeder Hinsicht recht. Die viergeschossige Fabrik zur Cäsiumgewinnung brannte in der Tat lichterloh, als sie mit heulendem Motor am Rand der wachsenden Menge aus Schaulustigen eintrafen. Polizei und Feuerwehr waren bereits eingetroffen, letztere spritzte eine weiße Flüssigkeit durch die Fenster und Türen des Gebäudes. Die Flammen beschränkten sich, wie Jonny bemerkte, als er sich zusammen mit dem Bürgermeister durch die Menge schob, offenbar größtenteils auf das Erdgeschoß. Allerdings brannte das gesamte Stockwerk, und die Flammen schlugen noch ein, zwei Meter weit auf das Gelände vor dem Gebäude heraus! Offenbar wurde das Feuer durch eine oder mehrere Flüssigkeiten gespeist.

Die beiden Männer hatten jetzt einen der Polizisten erreicht. »Bleibt zurück, Leute –«, begann dieser.

»Ich bin Bürgermeister Stillman«, wies Stillman sich aus. »Wie können wir helfen?«

»Bleiben Sie nur zurück – nein, warten Sie, Sie können vielleicht eine Absperrkette spannen. Es kann jeden Augenblick zu einer weiteren Explosion kommen, und wir müssen die Leute zurückhalten. Das Zeug dafür liegt dort drüben.«

Das ›Zeug‹ bestand aus dünnen Pfeilern mit Fuß und einer leuchtendroten Schnur, die man zwischen ihnen aufspannen konnte. Stillman und Jonny gesellten sich zu den drei Polizisten, die damit beschäftigt waren, die Absperrungen zu errichten.

»Wie ist es passiert?« fragte Stillman, während sie arbeiteten; er mußte brüllen, um sich im Getöse der Flammen verständlich zu machen.

»Zeugen behaupten, ein Tank mit Iaphine sei irgendwie gerissen und habe sich entzündet«, brüllte ihm einer der Polizisten zu. »Bevor sie es löschen konnten, hatte die Hitze bereits ein paar weitere Tanks zur Explosion gebracht. Ich vermute, daß ein paar hunderttausend Liter von dem Teufelszeug da drin waren – es wird bei der Produktion gebraucht –, und auf einmal ist das Ganze in die Luft geflogen. Ein Wunder, daß das Gebäude noch steht.«

»Ist noch jemand drinnen?«

»Ja, ein halbes Dutzend Leute vielleicht – im zweiten Stock.«

Jonny drehte sich um und blinzelte ins Licht. Und tatsächlich, hinter einem halbgeöffneten Fenster im zweiten Stock konnte er zwei oder drei verängstigte Gesichter erkennen. Direkt unter ihnen hatte man das einzige Skyhooker-Löschfahrzeug von Cedar Lake bis auf zehn Meter an das Gebäude herangefahren und war dabei, dessen Leiter auszufahren. Jonny drehte sich wieder zur Absperrlinie um –

Die Explosion war ohrenbetäubend, und der Nanocomputer reagierte, indem er den Ex-Cobra flach auf den Boden warf. Jonny drehte sich zum Gebäude um und sah, daß ein großes Mauerstück ein Dutzend Meter von den arbeitenden Feuerwehrleuten entfernt von der Explosion herausgebrochen worden war. An seiner Stelle befand sich jetzt eine undurchdringliche, blaudurchsetzte gelbe Feuerwand. Zum Glück schien keiner der Feuerwehrleute verletzt worden zu sein.

»Verdammt«, fluchte einer der Polizisten, als Jonny sich wieder aufrappelte. »Sehen Sie sich das an.«

Offenbar hatte ein Bruchstück der Mauer die Leiter des Skyhookers getroffen, wodurch sich die gesamte Konstruktion ein Stück zur Seite neigte. Noch während die Feuerwehrleute sie hastig einholten, brach die Stütze, und die Leiter stürzte zu Boden.

»Verflucht!« murmelte Stillman. »Haben Sie noch eine andere Leiter, die lang genug ist?«

»Nicht, wenn sie so weit von der Mauer stehen muß«, preßte der Polizist hervor. »Wahrscheinlich reichen auch die Fahrzeuge der Stadtwerke nicht so hoch hinauf.«

»Vielleicht können wir ein Luftkissenflugzeug aus Horizon City bekommen«, rief Stillman mit einem ersten Anflug von Verzweiflung in der Stimme.

»Soviel Zeit haben die da nicht.« Jonny zeigte auf die Fenster im zweiten Stock. »Das Feuer hat den ersten Stock fast erreicht. Da muß sofort etwas geschehen.«

Die Feuerwehrleute waren offenbar zu dem gleichen Schluß gekommen und zerrten eine ihrer anderen Leitern aus der Halterung am Skyhooker. »Sieht aus, als wollten sie versuchen, in den ersten Stock hinaufzukommen, um sich drinnen bis in den zweiten hochzuarbeiten«, murmelte der Polizist.

»Glatter Selbstmord.« Stillman schüttelte den Kopf. »Kann man denn nirgendwo Luftkissen nah genug anbringen und die Leute springen lassen?«

Die Antwort darauf war offensichtlich, und niemand machte sich die Mühe, sie auszusprechen: Wäre das möglich gewesen, hätten die Feuerwehrleute es längst getan. Doch die Flammen schlugen eindeutig zu weit aus dem Gebäude heraus.

»Gibt es hier ein starkes Seil?« fragte Jonny plötzlich. »Ich bin sicher, daß ich ihnen ein Ende zuwerfen kann.«

»Aber dann rutschen sie mitten in die Flammen«, gab Stillman zu bedenken.

»Nicht wenn man das untere Ende fünfzehn oder zwanzig Meter entfernt verankert, zum Beispiel an einem der Löschfahrzeuge. Kommen Sie, sprechen wir mit einem der Feuerwehrmänner.«

Sie fanden den Brandmeister in der Gruppe, die versuchte, die neue Leiter aufzurichten. »Eine gute Idee, aber ich bezweifle, ob es allen Männern dort oben gelingen wird, an einem Seil bis unten zu kommen«, meinte er stirnrunzelnd, nachdem Jonny ihm den Plan erklärt hatte. »Bei dem Rauch und der Hitze stehen einige wahrscheinlich kurz vor dem Zusammenbruch.«

»Haben Sie so etwas wie eine Hosenboje?« fragte Jonny. »Eine Schlaufe mit einem Flaschenzug, der an einem Seil entlangläuft.«

Der Brandmeister schüttelte den Kopf. »Hören Sie, ich kann nicht noch mehr Zeit vergeuden. Unsere Leute müssen sofort in das Gebäude.«

»Sie können dort doch keine Leute reinschicken«, wandte Stillman ein. »Mittlerweile steht bestimmt der gesamte erste Stock in Flammen.«

»Deswegen müssen wir uns auch beeilen, verdammt noch mal!«

Jonny focht einen kurzen Kampf mit sich selbst. »Es gibt noch einen Weg. Ich kann von außen ein Seil nach oben bringen.«

»Was? Wie denn?«

»Das werden Sie sehen. Ich brauche wenigstens dreißig Meter Seil, Schutzhandschuhe und etwa zehn Streifen starken Tuches. *Sofort!*«

Den einmal gelernten Kommandoton vergaß man nicht so leicht. Es war auch nicht leicht, sich ihm zu widersetzen, und ungefähr eine Minute später stand Jonny unterhalb seines Zielfensters im zweiten Stock – so nahe am Gebäude, wie es das Feuer zuließ. Das fest um seine Hüfte geschlungene Seil schleifte hinter ihm her und wurde gerade eben straff genug gehalten, damit es gleichfalls nicht mit den Flammen in Berührung kam. Jonny holte tief Luft, ging in die Knie und sprang.

Drei Jahre Training hatten zur Perfektion geführt. Am Scheitelpunkt seines Sprunges bekam er den Fenstervorsprung zu fassen und zog die Füße an, um die Wucht des Aufpralls auf der glühendheißen Mauer abzufangen. Mit einer einzigen geschmeidigen Bewegung zog er sich durch das halbgeöffnete Fenster ins Innere des Gebäudes.

Die Vermutung des Brandmeisters, was die Hitze und den Rauch betraf, erwies sich als korrekt. Die sieben Männer, die auf dem Boden des kleinen Raumes saßen oder hockten, waren so erschöpft, daß sie bei Jonnys plötzlichem Erscheinen nicht einmal Überraschung zeigten. Drei waren bereits bewußtlos – sie lebten, aber vermutlich nicht mehr lange.

Zuerst mußte das Fenster ganz geöffnet werden. Es war so konstruiert, wie Jonny sah, daß es sich nur zur Hälfte öffnen ließ. Der Metallrahmen des Oberteils schloß fest mit der Mauer ab. Ein paar sorgsam plazierte Laserstöße in das von der Hitze weich gewordene Metall und ein einziger Tritt, und die Glasscheibe segelte wirbelnd nach unten.

Mit hastigen Bewegungen löste Jonny das Seil von der Hüfte, befestigte es an einem Pfeiler und zog dreimal daran, um den Feuerwehrleuten zu signalisieren, daß sie es spannen sollten. Dann hievte er einen der Bewußtlosen in eine mehr oder weniger aufrechte Stellung, band dem Mann einen Streifen des Tuches um das linke Handgelenk, warf das andere Ende um das schräg gespannte Seil und befestigte es am rechten Handgelenk des Mannes. Mit einem raschen Blick nach draußen vergewisserte er sich, ob die Feuerwehrleute bereit waren, dann hob er den Mann durch das Fenster und ließ ihn an dem strammen Seil nach unten in die wartenden Arme gleiten. Jonny wartete nicht ab, bis sie ihn losgeschnitten hatten, sondern eilte sofort zum zweiten Bewußtlosen.

An manchen Stellen begann der Fußboden bereits zu schwelen, als der letzte Mann durch das Fenster verschwand. Jonny warf einen weiteren Stoffstreifen über das Seil, packte beide Enden mit seiner rechten Hand und sprang. Der Fahrtwind strich wie eine arktische Brise über seine schweißnasse Haut, und als er den Boden erreichte, stellte er fest, daß er zitterte. Er ließ den Stoffstreifen los, taumelte ein paar Schritte zur Seite – und hörte etwas sehr Eigenartiges.

Die Menge jubelte.

Er drehte sich verwundert zu den Leuten um, und endlich dämmerte ihm, daß sie *ihm* zujubelten. Gegen seinen Willen huschte ein verlegenes Lächeln über sein Gesicht, und er hob schüchtern zum Dank die Hand.

Und dann war Bürgermeister Stillman neben ihm, packte Jonnys Arm und strahlte übers ganze Gesicht. »Du hast es geschafft, Jonny! Du hast es geschafft!« brüllte er über all den Lärm hinweg.

Jonny grinste zurück. Unter den Augen von halb Cedar Lake hatte er sieben Menschen gerettet und dabei sein eigenes Leben aufs Spiel gesetzt. Sie hatten gesehen, daß er kein Monster war, daß er seine Fähigkeiten nutzbringend einsetzen konnte und – was am wichtigsten war – daß er helfen *wollte.* Tief in seinem Innern spürte er, daß dies der entscheidende Wendepunkt war. Vielleicht – nur vielleicht – würde für ihn jetzt alles anders werden.

Stillman schüttelte niedergeschlagen den Kopf. »Ich habe gehofft, nach dem Brand würde für ihn alles anders werden.«

Fraser zuckte mit den Achseln. »Das hatte ich auch gehofft. Aber ich muß gestehen, ich hatte nicht wirklich damit gerechnet. Selbst als alle ihn bejubelten, konnte man sehen, wie ihnen diese Nervosität noch immer in den Augen stand. Die Angst vor ihm war nie ganz verschwunden, nur überdeckt. Und jetzt, da das Hochgefühl abgeflaut ist, bleibt sie allein zurück.«

»Tja.« Stillman löste den Blick von seinem Schreibtisch und starrte einen Augenblick lang aus dem Fenster. »Sie betrachten ihn also wie einen unheilbaren Psychopathen. Oder wie ein wildes Tier.«

»Man kann es ihnen eigentlich nicht verdenken. Die Leute haben einfach Angst davor, was er mit seiner Kraft und seinen Lasern anstellen könnte, wenn er durchdreht.«

»Er dreht nicht durch, verdammt noch mal!« fuhr Stillman auf und schlug mit der Faust auf seinen Schreibtisch.

»*Ich* weiß das!« feuerte der Stadtrat zurück. »Na schön – Sie wollen also allen die Wahrheit erzählen? Angenommen, Vanis D'arl macht uns dafür nicht zur Schnecke, wollen Sie den Leuten wirklich erzählen, daß Jonny keinerlei Kontrolle über seine Kampfreflexe hat? Halten Sie das für hilfreich?«

Stillmans Wut verrauchte. »Nein«, sagte er ruhig. »Das würde alles nur noch schlimmer machen.« Er stand auf und ging zum Fenster. »Entschuldigen Sie, daß ich hochgegangen bin, Sut. Ich weiß, Ihr Fehler ist es nicht. Nur ...« Er seufzte. »Wir haben verloren. Das ist alles. Wir werden es nicht schaffen, Jonny wieder in diese Stadt einzugliedern. Wenn selbst seine Heldentaten nichts nützen, weiß ich nicht, was wir sonst versuchen könnten.«

»Es ist auch nicht Ihr Fehler, Teague. Sie dürfen das nicht persönlich nehmen.« Frasers Stimme war ruhig. »Die Armee hatte kein Recht, Jonny das anzutun und ihn dann ohne jede Vorbereitung bei uns abzuladen. Aber auch dort wird man das Problem nicht ignorieren können. Sie wissen doch, was Vanis D'arl gesagt hat – die Cobras haben überall im Imperium Schwierigkeiten. Früher oder später wird die Regierung etwas dagegen unternehmen müssen. Wir haben getan, was wir konnten, jetzt liegt es bei denen.«

Stillmans Interkom summte. Der Bürgermeister ging zum Schreibtisch zurück und tippte auf eine Taste. »Ja?«

»Sir. Mr. Do-Sin hat gerade aus dem Pressebüro angerufen. Er sagt, auf dem DOM-Presse-Kanal liefe etwas, das Sie sich ansehen sollten.«

»Danke.« Stillman setzte sich, schaltete seine Bildwand ein und suchte den Sender. Die letzten drei Nachrichten waren zu sehen, die oberste war mit einem Sternchen gekennzeichnet, das auf ihre außerordentliche Bedeutung hinwies. Die beiden Männer beugten sich vor, um sie zu lesen.

Hauptquartier der Vereinten Imperialen Militärkommandos, Asgard:

Ein Militärsprecher gab bekannt, daß sämtliche Cobrareservisten Ende nächsten Monats wieder in den aktiven Dienst einberufen werden. Mit dieser Maßnahme soll einem Truppenaufmarsch der Minthisti entlang der Andromedagrenze des Imperiums begegnet werden. Bislang wurden noch keine regulären oder Star-Force-Truppen einberufen, doch behält man sich alle weiteren Schritte vor.

»Das glaube ich nicht«, meinte Fraser kopfschüttelnd. »Wollen diese dämlichen Minthisti es etwa noch einmal versuchen? Ich dachte, sie hätten ihre Lektion gelernt, als wir sie beim letzten Mal niedergemacht haben.«

Stillman antwortete nicht.

Vanis D'arl betrat Bürgermeister Stillmans Büro forschen Schritts und mit der Miene eines Mannes, der wichtige Dinge im Kopf hat. Er nickte den beiden Männern, die dort auf ihn warteten, knapp zu und nahm unaufgefordert Platz. »Ich hoffe, die Angelegenheit ist so hochwichtig, wie Sie es in Ihrer Mitteilung angedeutet haben«, sagte er zu Stillman. »Ich habe ein wichtiges Treffen verschoben und nach Horizon verlegt. Also, was gibt es?«

Stillman nickte, entschlossen, sich nicht einschüchtern zu lassen, und deutete auf den jungen Mann, der neben seinem Schreibtisch saß. »Darf ich Ihnen Jame Moreau vorstellen, den Bruder von Cobra-3 Jonny Moreau. Wir beide haben uns über die als Reaktion auf den angeblichen Minthistitruppenaufmarsch für Ende dieses Monats vorgesehene Einberufung der Reservisten unterhalten.«

»Angeblich?« D'arls Stimme klang ruhig, hatte aber einen warnenden Unterton.

Stillman zögerte. Plötzlich war er sich des Risikos bewußt, das sie mit dieser Konfrontation eingingen. Doch Jame sprang in die Bresche. »Richtig, *angeblich.* Wir wissen, daß das Ganze eine erdichtete Entschuldigung dafür ist, die Cobras in die Armee zurückzuholen und sie ins Grenzgebiet zu verfrachten, wo sie niemandem zur Last fallen.«

D'arl warf Jame einen scharfen Blick zu, so als bemerke er ihn erst jetzt. »Sie sind wegen Ihres Bruders besorgt, das ist nur natürlich«, erwiderte er schließlich. »Ihre Unterstellungen jedoch sind nicht zu beweisen und kommen einer Verunglimpfung des Staates gefährlich nahe. Das Imperium führt ausschließlich Krieg, um sich zu verteidigen. Selbst wenn Ihre Behauptung stimmte, was wäre durch ein solches Vorgehen für uns zu gewinnen?«

»Genau darum geht es uns«, sagte Jame ruhig und legte eine Selbstbeherrschung und einen Mut an den Tag, der weit über das, was man von einem Neunzehnjährigen erwartet, hinausging. »Sicher, die Regierung versucht, das Cobraproblem zu lösen. Aber mit dieser Maßnahme wird das Problem nicht gelöst, sondern nur verdrängt.«

»Andererseits waren die Cobras im allgemeinen mit ihrem neuen Zivilleben unglücklich«, gab D'arl zu bedenken. »Vielleicht ist es so besser für sie.«

Jame schüttelte den Kopf und hielt D'arls Blick weiter stand. »Nein. Denn sehen Sie, sie können doch nicht auf ewig dort bleiben. Entweder müssen Sie sie eines Tages wieder entlassen – in diesem Fall stünden Sie wieder genau da, wo Sie angefangen haben –, oder Sie müssen darauf hoffen, daß das Problem sich … von selber löst.«

D'arls Gesicht war eine ausdruckslose Maske. »Was wollen Sie damit sagen?«

»Ich denke, das wissen Sie ganz gut.« Eine einzige Sekunde lang bekam James Selbstbeherrschung einen Knacks, und seine Aufregung wurde sichtbar. »Verstehen Sie denn nicht? Es würde nicht *funktionieren*. Sie können nicht alle Cobras töten, egal durch wie viele Kriege Sie sie schleusen, denn die Armee wird ebenso schnell neue produzieren, wie die alten sterben. Sie sind für die hohen Tiere viel zu nützlich, um das Projekt einfach aufzugeben.«

D'arl blickte wieder zu Stillman. »Wenn das alles war und Sie nur irgendwelche lächerlichen Vorwürfe loswerden wollten, dann haben Sie meine Zeit vergeudet. Guten Tag.« Er stand auf und ging zur Tür.

»Das war nicht alles«, sagte Stillman. »Wir glauben, wir haben eine Alternative gefunden.«

D'arl blieb stehen, drehte sich noch einmal um und sah sie an. Einen Augenblick lang maß er sie mit den Augen, dann kam er langsam zurück und setzte sich wieder hin. »Ich höre.«

Stillman beugte sich in seinem Sessel vor und zwang sich innerlich zur Ruhe. Jonnys Leben hing davon ab. »Die Cobraausrüstung wurde entwickelt, um ihren Besitzern hohe Geschwindigkeit, zusätzliche Waffen und kurze Reaktionszeiten zu ermöglichen, und wie Jame von Jonny weiß, enthielt die Originalausstattung auch optische und akustische Verstärker.« D'arl nickte einmal, und Stillman fuhr fort:

»Krieg ist jedoch nicht das einzige Anwendungsgebiet, bei dem diese Dinge von Nutzen wären. Um es deutlicher zu sagen: Wie wäre es mit der Kolonialisierung neuer Planeten?«

D'arl runzelte die Stirn, doch Stillman sprach eilig weiter, bevor er etwas einwenden konnte. »Ich habe mich während der letzten Wochen ein wenig in das Thema eingelesen. Offenbar macht das übliche Verfahren vier Stufen erforderlich. Zuerst landet ein Erkundungsteam, um festzustellen, ob der Planet bewohnbar ist. Dann wird eine Truppe von Wissenschaftlern abgesetzt, um weitere Tests vorzunehmen, danach benötigen Sie normalerweise eine vorkoloniale Gruppe, die dort mit schwerem Gerät für die Landrodung und den Aufbau von Siedlungen runtergeht. Erst dann trifft die erste Hauptwelle von Siedlern ein. Die ganze Prozedur kann mehrere Jahre in Anspruch nehmen und ist sehr teuer, hauptsächlich, weil Sie dort die ganze Zeit über eine kleine Militärbasis benötigen, die die Forscher vor unbekannten Gefahren schützt. Das bedeutet, Sie müssen ein paar hundert Menschen durchfüttern, Waffen und große Mengen unterstützenden Geräts transportieren –«

»Ich weiß, was dazu gebraucht wird«, unterbrach ihn D'arl. »Kommen Sie zur Sache.«

»Wenn man anstelle von regulären Truppen Cobras dorthin entsendete, wäre es einfacher und billiger«, sagte Stillman. »Ihre Ausrüstung ist unabhängig und praktisch wartungsfrei, und sie können sowohl als Schutztruppen als auch bei den anderen Arbeiten eingesetzt werden. Nun, wahrscheinlich kostet die Ausrüstung eines Cobras mehr als die Soldaten und Arbeiter, die er ersetzen soll – andererseits haben Sie die Cobras bereits.«

D'arl schüttelte den Kopf. »Ich habe so lange zugehört, weil ich gehofft hatte, Ihnen wäre etwas Neues eingefallen. Komiteemitglied H'orme hat diese Idee schon vor Monaten in Betracht gezogen. Sicher, man würde dadurch Geld sparen – aber nur, wenn es einen Ort gäbe, wo man sie einsetzen könnte. Innerhalb unserer Grenzen sind uns nicht mehr als ein halbes Dutzend bewohnbare Welten geblieben, und sie alle haben die erste Erkundungsphase bereits hinter sich. Wir sind auf allen Seiten von fremden Imperien umgeben.

Wenn wir weitere Welten gewinnen wollten, müßten wir dafür Krieg führen.«

»Nicht unbedingt«, sagte Jame. »Wir könnten an den Aliens vorbeiziehen.«

»Was?«

»Wir haben uns das wie folgt gedacht«, erklärte Stillman. »Die Trofts haben gerade gegen uns einen Krieg verloren und wissen, daß wir noch immer stark genug sind, weit in ihr Imperium vorzudringen, sollten wir uns zu einer Invasion entschließen. Es dürfte also nicht zu schwer sein, sie davon zu überzeugen, uns einen Raumkorridor durch ihr Territorium zu überlassen – ausschließlich für nichtmilitärische Transporte. Sämtliche Karten zeigen, daß es jenseits ihres Territoriums Raum gibt, auf den noch niemand Anspruch erhoben hat. Dort werden wir eine Kolonie errichten.«

D'arl blickte ins Leere, auf seinem Gesicht stand ein nachdenklicher Ausdruck. »Und wenn es dort draußen keine bewohnbaren Planeten gibt?«

»Dann haben wir Pech gehabt«, gab Stillman zu. »Wenn aber *doch* ... Sehen Sie doch, was Sie dadurch gewonnen hätten. Neue Welten, neue Rohstoffquellen, vielleicht sogar neue Kontakte und Handelsbeziehungen – die Investition in die Cobras würde sich dadurch weit besser bezahlt machen, als sie in einem sinnlosen Krieg zu verheizen.«

»Ja. Natürlich müßten wir die Kolonie weit genug hinter der Grenze ansiedeln, damit die Trofts nicht versucht wären, sie anzugreifen. Bei diesen Entfernungen ist der Einsatz von Cobras sinnvoller als der eines Panzerbataillons.« D'arl schürzte die Lippen. »Und sobald die Kolonie stärker wird, wird sie dazu beitragen, die Trofts in Schach zu halten – sie können unmöglich so unvernünftig sein, einen Zweifrontenkrieg zu riskieren. Das ist ein Gesichtspunkt, der die Armee interessieren dürfte.«

Jame beugte sich vor. »Dann sind Sie mit uns einer Meinung? Sie werden Komiteemitglied H'orme den Vorschlag unterbreiten?«

D'arl nickte langsam. »Das werde ich tun. Er klingt logisch und ist für das Imperium möglicherweise profitabel – eine gute Kombination. Ich bin sicher ... die Probleme ... mit den Minthisti lassen sich auch ohne die Cobras bewältigen.« Er stand abrupt auf. »Ich erwarte, daß Sie beide Stillschweigen über unser Gespräch bewahren«, warnte er. »Es wäre schädlich, wenn die Sache vorzeitig bekannt würde. Ich kann keine Versprechungen machen, aber wie auch immer das Komitee entscheidet, es wird schnell gehen.«

Er sollte recht behalten. Weniger als zwei Wochen später wurde der Plan bekanntgegeben.

Wenn man bedachte, daß nur etwa zwanzig Menschen Jonny von Horizon aus in das neue Trainingslager für Siedler auf Asgard begleiteten, drängte sich eine überraschend große Menschenmenge um das Militärshuttle. Wenigstens zehnmal so viele Menschen wie Passagiere hatten sich am Flughafen eingefunden – Familien, Freunde und eine jubelnde Menge verabschiedeten die Aussiedler. Trotzdem hatten die fünf Moreaus und Stillman wenig Mühe, sich einen Weg durch die Menge zu bahnen. Manche Leute schienen aus Angst vor den rot-schwarz rautierten Dienstuniformen der Cobras zurückzuweichen, andere – die, die zählten – taten es aus aufrichtigem Respekt. Pioniere, überlegte Jonny, hatten mächtigen Männern gegenüber vielleicht eine andere Haltung als die normale Bevölkerung. Das war nicht verwunderlich, denn genau von diesen Männern würde bald ihr Leben abhängen.

»Also, Jonny, viel Glück«, sagte Stillman, als er in der Nähe des inneren Randes der Menschenmenge stehenblieb. »Ich hoffe, es wird alles gut für dich ausgehen.«

»Danke, Mr. Stillman«, erwiderte Jonny, ergriff die ausgestreckte Hand des Bürgermeisters und drückte sie fest. »Und vielen Dank für – na ja, für Ihre Unterstützung.«

»Du schickst uns doch ein Band, bevor du Asgard verläßt, nicht wahr?« wollte Irena mit feuchten Augen wissen.

»Klar, Mum.« Jonny schloß sie in die Arme. »Vielleicht könnt ihr alle in ein paar Jahren rauskommen und mich besuchen.«

»Au ja!« willigte Gwen begeistert ein.

»Vielleicht«, meinte Pearce. »Sei vorsichtig, mein Junge.«

»Paß auf dich auf, Jonny«, pflichtete Jame ihm bei.

Und nach einer weiteren Runde Umarmungen war es Zeit, endlich aufzubrechen. Jonny nahm seine Tasche, stieg in das Shuttle und blieb noch einmal kurz auf der Treppe stehen, um zu winken, bevor er im Inneren verschwand. Das Shuttle war leer, doch noch während er sich einen Platz aussuchte, strömten die anderen Siedler herein. Als wäre sein Einsteigen das Signal gewesen, auf das sie gewartet hatten, überlegte er.

Der Gedanke brachte ein bittersüßes Lächeln auf seine Lippen. Auch auf Adirondack hatten die Cobras immer den ersten Schritt gemacht ... trotzdem waren sie von der Bevölkerung nie akzeptiert worden. Würde das auf der neuen Welt, die Vermessungsexpeditionen für sie ausgesucht hatten, anders sein, oder würde sich das Spiel überall wiederholen, wohin er auch ging?

In gewisser Weise jedoch spielte das alles fast keine Rolle mehr. Er war es leid, ein Ausgestoßener zu sein, und auf einem unbesiedelten Planeten würde ihm zumindest dieser Makel nicht anhaften. Dort draußen war der Tod die einzige Alternative zum Erfolg ... und wie man dem Tod ins Gesicht sah, hatte Jonny schon vor langer Zeit gelernt.

Immer noch lächelnd lehnte er sich in seinem Sitz zurück und wartete gelassen auf den Start.

Zwischenspiel

Der Haikugarten in H'ormes Kuppeldom-Apartment war ein kleines Wunder gartenbaulicher Gestaltungskunst, ein echtes Beispiel für ein Ineinanderfließen von Natur und Technik. Aus irgendeinem Grund war D'arl die Harmonie dieses Ortes nie zuvor aufgefallen – jene Leichtigkeit zum Beispiel, mit der die holographischen Mauern und die Decke das Muster der Wege aufgriffen, wodurch die Illusion eines viel größeren Gartens entstand. Die sanft die Richtung ändernden Winde, die geflüsterten Andeutungen ferner Wasserfälle und Vögel, der echte Sonnenschein, der von außen über Spiegel hereingelenkt wurde – D'arl war beeindruckt von der Pracht all dessen. Hatte H'orme, überlegte er, diese sinnlichen Ablenkungen stets auf ein Minimum beschränkt, wenn die beiden Männer hier in der Vergangenheit spazierengegangen waren? Wahrscheinlich. Aber heute brauchte H'orme sich auf keine Berichte zu konzentrieren. Nur auf ein wenig Plauderei ... und auf Abschiedsworte.

»Insbesondere müssen Sie vor Komiteemitglied Pendrikan auf der Hut sein«, meinte H'orme, der sich kurz bückte, um einen besonders schönen Saqqarastrauch näher zu betrachten. »Er hat mich nie gemocht und wird diese Feindseligkeit womöglich auf Sie übertragen. Sie wissen ja, wie gerne man auf Zimbwe über Generationen Mißgunst pflegt.«

D'arl nickte, er war sich Pendrikans Einstellung durchaus bewußt. »Ich habe oft genug gesehen, wie Sie mit ihm fertig geworden sind, Sir. Ich glaube, ich weiß, welche Hebel ich bei ihm ansetzen muß.«

»Gut. Aber halten Sie sich eine Weile aus allen Streitereien heraus. Das Komitee ist ein überraschend konservatives Organ, und es wird eine Weile dauern, bis sich die Leute daran gewöhnt haben, daß Sie mit am Tisch sitzen und nicht mehr im Hintergrund stehen.«

»Genau wie umgekehrt«, murmelte D'arl.

H'orme lächelte und bekam einen versonnenen Gesichtsausdruck, als er sich im Garten umsah. »Ich habe keine Angst um Sie, D'arl. Sie haben Talent für die Arbeit eines Komiteemitgliedes, Sie haben die Fähigkeit, direkt zu erkennen, was getan werden muß und wie. Das hat die Lösung des bevorstehenden Cobraproblems bewiesen: Ihre Kampagne war vom ursprünglichen Konzept bis zur Zustimmung durch das Arbeitsamt meisterhaft durchgeführt.«

»Vielen Dank, Sir. Obwohl, wie ich bereits erwähnt habe, die grundlegende Idee von jemand anders kam.«

H'orme tat den Einwand mit einer Handbewegung ab. »Man erwartet nicht von Ihnen, daß Sie jedesmal, wenn Sie eine Lösung suchen, das Fusionskraftwerk neu erfinden. Ideen zu haben ist die Aufgabe Ihrer Mitarbeiter, *Ihre* Aufgabe ist es, sie auszuwerten. Geraten Sie bloß niemals in die Falle, alles selbst machen zu wollen.«

D'arl unterdrückte ein Lächeln. »Ja, Sir.«

H'orme warf ihm einen Seitenblick zu. »Und bevor Sie Gefallen an der Ironie dessen finden, denken Sie daran, wieviel Arbeit allein ich Ihnen aufgehalst habe. Suchen Sie sich Ihre Mitarbeiter gut aus, D'arl – in viel zu vielen Fällen sind sie es, die über Wohl und Wehe eines Komiteemitgliedes entscheiden.«

D'arl nickte schweigend. Seine Gedanken wanderten immer wieder zu seinen dreizehn Jahren als H'ormes rechte Hand zurück. Die Zeit schien nicht annähernd lang genug gewesen zu sein, um ihn auf die vor ihm liegende Aufgabe vorzubereiten.

»Und ... was gibt es für Neuigkeiten von Aventine?«

Überrascht versuchte D'arl, seine Gedanken auf das Gespräch zurückzulenken. Aventine ...? Ja, richtig – die neue Koloniewelt. »Die erste Siedlerwelle scheint sich durchaus gut einzuleben. Weder größere Schwierigkeiten noch eine übermäßig gefährliche Fauna.«

»Wenigstens noch vor drei Monaten«, nickte H'orme.

»Richtig.« Die lange Dauer der Kommunikation, das hatte D'arl bereits erkannt, würde bei der Verwaltung der neuen Kolonie zum Problem werden. Die Auswahl eines kompetenten und verläßlichen Generalgouverneurs war eine der nächsten Aufgaben, die im Komitee anstanden.

»Und wie nehmen die Trofts die Sache auf?« erkundigte sich H'orme.

»Bislang ohne Schwierigkeiten. Sie sind nicht einmal an Bord der Schiffe gegangen, die den Korridor durchquert haben, um nach militärischer Ausrüstung zu suchen.«

»Hm. Entgegen meinen Erwartungen. Trotzdem, bis jetzt hatten alle Schiffe sowohl Cobras als auch Siedler an Bord. Vielleicht wollten sie sich nicht noch einmal mit den Cobras einlassen. Aber das wird nicht so bleiben.« H'orme ging einen Augenblick lang schweigend weiter. »Irgendwann im Lauf der Zeit werden die Trofts erkennen, daß Aventine eine potentielle Bedrohung für sie darstellt. Wenn das geschieht ... muß die Kolonie stark genug sein, um sich verteidigen zu können.«

»Oder sie muß sich so ausgedehnt haben, daß sie nicht mehr mit einem Schlag eingenommen werden kann«, schlug D'arl vor.

H'orme seufzte. »Die Situation wäre weniger akzeptabel, aber realistischer. Jedenfalls auf kurze Sicht.«

Sie hatten den Garten jetzt einmal umrundet. H'orme blieb an der Tür zum Büro stehen und sah ein letztes Mal zurück. »Wenn Sie mir noch einen allerletzten Rat verzeihen, D'arl«, sagte er langsam, »dann möchte ich Ihnen empfehlen, sich für Ihren Mitarbeiterstab einen Mann zu suchen, der die Cobras grundlegend versteht. Nicht in erster Linie ihre Waffensysteme, sondern die Cobras selbst.«

D'arl mußte lächeln. »Ich denke, dafür habe ich schon die geeignetste Lösung gefunden, Sir. Ich habe mich schon mit dem jungen Mann in Verbindung gesetzt, der die Kolonie auf

Aventine überhaupt erst angeregt hat. Zufällig ist sein Bruder einer der Cobras dort draußen.«

H'orme erwiderte das Lächeln. »Na, wie es aussieht, habe ich Sie besser ausgebildet, als ich dachte. Ich bin stolz darauf, Sie als Nachfolger zu haben … Komiteemitglied D'arl.«

»Vielen Dank, Sir«, brachte der jüngere Mann hervor. »Hoffen wir, daß Sie immer so stolz auf mich sein können.«

Gemeinsam verließen sie den Garten, den H'orme nie wieder betreten sollte.

Loyalist: 2414

Die Grenze zwischen Feld und Wald war so scharf wie ein Laserstrahl. Die riesigen blaugrünen Zyprenen reichten bis an die einen halben Meter breite orangefarbene Vegetationsbarriere heran, die die zarten Weizenschößlinge von dem Übergriff durch die eingeborenen Pflanzen schützte. In seinen besinnlicheren Momenten sah Jonny in dieser Anordnung ein vielschichtiges Yin-Yang: groß gegenüber klein, alt gegenüber jung, natürlich gegenüber von Menschenhand geschaffen. Im Augenblick jedoch war seine Stimmung alles andere als besinnlich.

Er blickte von der Notiz auf und sah, daß der Junge, der sie überbracht hatte, in einer steifen Imitation militärischer Habachtstellung erstarrt war. »Und was genau soll das heißen?« fragte er, wobei er den Zettel mit der Nachricht sachte schwenkte.

»Die Nachricht spricht für sich selbst, Sir –«, setzte der Junge an.

»Ja, lesen kann ich«, unterbrach Jonny ihn. »Und wenn ich noch ein einziges ›Sir‹ von dir höre, Almo, verrate ich das deinem Vater. Was ich meinte, war, wieso hat Challinor dich den weiten Weg hier heraus geschickt, nur um mich zu einem Treffen einzuladen? Dafür sind eigentlich diese Dinger da.« Er tippte auf das Kompaktphon, das an seiner Hüfte hing.

»C-2 Challinor wollte nicht riskieren, daß etwas darüber nach draußen dringt, Sir – Jonny«, verbesserte sich Almo hastig. »Es ist ein privates Treffen, nur für Cobras.«

Jonny betrachtete einen Augenblick lang das Gesicht seines Gegenübers, dann faltete er das Papier zusammen und steckte es in die Tasche. Was immer Challinor beabsichtigte, seinen Botenjungen einzuschüchtern brachte nichts. »Du kannst Challinor ein entschiedenes ›Vielleicht‹ überbringen«, meinte er zu Almo. »In letzter Zeit treibt sich ein Stachelleopard am Waldrand herum. Wenn ich ihn tagsüber nicht erwische, werde ich heute abend mit Chins Pflanzer Wache fahren müssen.«

»C-2 Challinor hat gesagt, ich soll ausdrücklich darauf hinweisen, wie wichtig das Treffen ist.«

»Mein Wort auch – ich habe Chin versprochen, daß er heute abend mit der zweiten Aussaat beginnen kann.« Jonny griff den Hörer. »Wenn du willst, rufe ich Challinor an und sage es ihm persönlich«, bot er an.

»Nein – schon gut«, beeilte sich Almo. »Ich werd's ihm selber sagen. Danke für Ihre Zeit.« Damit schoß er quer über das Feld davon zu der Stelle, wo sein Wagen wartete.

Jonny spürte, wie ein Lächeln über seine Lippen huschte, doch seine Amüsiertheit verflüchtigte sich rasch. In diesem Teil von Aventine gab es nicht viele Teenager – die ersten beiden Siedlerwellen hatten keine Kinder mitgebracht, und zwei darauffolgende Wellen mit Familien hatten diesen Mangel noch nicht ausgleichen können –, und die Einsamkeit, mit der Almo und seine Altersgenossen fertig werden mußten, versetzte Jonny jedesmal einen Stich. Offenkundig orientierten sich die Teenager sehr an den vier Cobras, die Almos Stadt Thanksgiving zugeteilt worden waren – zum Glück –, und Jonny war froh, daß Almo in Tors Challinor einen Freund gefunden hatte. Wenigstens war er einmal darüber froh gewesen. Jetzt war er sich nicht mehr so sicher.

Almos Wagen verschwand mit einer winzigen Staubwolke, und Jonny richtete sowohl seinen Blick als auch seine Aufmerksamkeit wieder auf die hoch aufragenden Bäume. Später konnte er sich immer noch Gedanken um Challinors Spionagephantasien machen, im Augenblick hatte er einen Stachelleoparden zu erledigen. Er vergewisserte sich, daß seine Ausrüstung sicher an seinem Gürtel befestigt war, überquerte die Vegetationsbarriere und betrat den Wald. Selbst nach sieben Jahren auf Aventine verspürte Jonny noch so etwas wie Ehrfurcht, sobald er unter das uralte Laubdach aus seltsam geformten Blättern trat, die den Tag in ein diffuses Zwielicht verwandelten. Teils lag es am Alter dieses Waldes, hatte er vor langem entschieden, aber teils war es auch die demütigende Erinnerung daran, wie wenig die Menschheit über diese Welt wußte, auf die sie erst seit so kurzer Zeit Besitzanspruch erhob. Der Wald quoll vor pflanzlichem und tierischem Leben über, von dem praktisch nichts wirklich erforscht war. Jonny klickte seine optischen und akustischen Verstärker an, drang weiter in den Wald ein und versuchte dabei, alle Richtungen gleichzeitig im Auge zu behalten.

Das laute Knacken eines Astes hinter ihm war die einzige Warnung, doch sie genügte. Sein Nanocomputer interpretierte das Geräusch richtig: Es war von einem Körper hervorgerufen worden, der sich hinter ihm in der Luft befand. Noch bevor Jonny das Geräusch bewußt erfaßt hatte, traten seine Servos in Aktion und veranlaßten ihn, sich zur Seite zu werfen. Einen Augenblick später schossen vier krallenbewehrte Tatzen auf die Stelle, die er soeben verlassen hatte. Jonny überschlug sich einmal – verfehlte knapp einen mit Klebefeu überwucherten Baum – und kam wieder hoch in die Hocke.

Er sah den Stachelleoparden auf sich zuspringen, die rasiermesserscharfen Krallen fest an die Vorderbeine angelegt – und erneut übernahm der Computer das Kommando.

Die einzigen Waffen, die Jonny zum Einsatz bringen konnte, waren seine Fingerspitzenlaser. Noch während sein Computer ihn erneut zur Seite warf, benutzte er sie mit todbringender Wirksamkeit. Die Zwillingsnadeln aus Licht schossen hervor und strichen über den Kopf des fremdartigen Geschöpfs hinweg.

Der Stachelleopard brüllte, ein Laut, der in Jonnys Bauch weiterzuschwingen schien, und die Stacheln an seinen Beinen stellten sich reflexartig auf. Doch der instinktive Verteidigungsreflex war vergeblich. Jonny befand sich bereits außerhalb der Reichweite der Stachelspitzen. Er landete wieder auf dem Boden, doch diesmal rollte er sich nicht ab, um auf die Füße zu kommen. Er blickte über die Schulter und sah, wie der Stachelleopard – offenbar blind sowohl gegen die schwarzen Linien, die sein Gesicht im Zickzack überzogen, als auch gegen den darunterliegenden Hirnschaden – sich abmühte, auf die Beine zu kommen. Eine solche Verletzung hätte einen Menschen auf der Stelle getötet, doch das fremde, weniger zentrale System war nicht so anfällig für örtliche Verletzungen. Das Geschöpf kam auf die Beine, die Stacheln noch immer voll aufgestellt.

Der leuchtend helle Blitz des Antipanzerlasers erwischte den Stachelleoparden am Kopf … und diesmal war der angerichtete Schaden mehr als ausreichend.

Jonny rappelte sich vorsichtig auf und zuckte wegen der Prellungen zusammen, die er sich bei diesem Kampf zugezogen hatte. Sein Knöchel fühlte sich wärmer an, als er nach einem einzigen Feuerstoß aus dem Antipanzerlaser sollte – eine Hitzeempfindlichkeit, die, wie er schon seit langem vermutete, größtenteils auf die Überbeanspruchung dieser Waffe bei seiner Flucht aus der Tyler-Villa zurückzuführen war.

Es schien, als könnte er selbst auf Aventine den Folgen jenes Krieges nicht völlig entkommen.

Er sah sich ein letztes Mal um, zog sein Telefon heraus und tippte die Nummer der Vermittlung ein. »Ariel«, sagte die Computerstimme der Vermittlung.

»Chin Reston, bitte«, verlangte Jonny. Einen Augenblick später war die Stimme des Farmers zu hören. »Ja, Reston.«

»Jonny Moreau, Chin. Ich habe Ihren Stachelleoparden. Hoffentlich wollten Sie ihn nicht ausstopfen lassen – ich mußte ihm den Kopf runterbrennen.«

»Zum Teufel mit dem Kopf. Ist mit *Ihnen* alles in Ordnung?«

Jonny mußte lächeln. »Sie sorgen sich zu sehr – wissen Sie das? Mir geht's gut, er hat mir kein Härchen gekrümmt. Wenn Sie möchten, befestige ich einen Sender an dem Kadaver, dann können Sie sich das Fell holen, wann immer Sie wollen.«

»Hört sich gut an. Danke, Jonny – ich weiß das wirklich zu schätzen.«

»Nichts zu danken. Wir unterhalten uns später.« Er unterbrach die Verbindung und gab erneut die Nummer der Vermittlung ein. »Kennet MacDonald«, bat er den Computer.

Einen Augenblick lang war es still. »Keine Antwort«, klärte ihn die Vermittlung auf.

Jonny runzelte die Stirn. Wie alle Cobras auf Aventine war MacDonald gehalten, sein Telefon jederzeit bei sich zu tragen. Wahrscheinlich befand er sich draußen im Wald oder an einem ähnlich gefährlichen Ort und wollte nicht gestört werden. »Zeichnen Sie eine Nachricht auf.«

»Aufzeichnung läuft.«

»Ken, hier ist Jonny Moreau. Ruf mich an, sobald du kannst – am besten noch vor heute abend.«

Jonny schaltete aus, befestigte das Telefon wieder an seinem Gürtel und löste zwei winzige Antwortsender von der

Unterseite seiner Notfalltasche. Bei einem tippte er leicht auf den Kipphebel und schaltete ihn so auf ›Betrieb‹. Er stieg über den toten Stachelleoparden hinweg und ließ das Gerät auf seine Flanke fallen. Einen Augenblick lang blickte er, angezogen von den Stacheln an den Vorderbeinen, auf das Geschöpf hinab. Die Biologen auf Aventine waren einstimmig der Ansicht, daß die Anordnung und die Reichweite der Stacheln eher auf Defensiv- als auf Offensivwaffen schließen ließ. Das einzige Problem war nur, daß niemand bisher auf dem Planeten ein Geschöpf gefunden hatte, das zu besiegen ein Stachelleopard derartige Waffen benötigte. Jonny war nicht besonders scharf darauf, dabei zu sein, wenn das erste Exemplar dieser unbekannten Spezies entdeckt wurde.

Er reaktivierte seine Sinnesverstärker und ging daran, sich seinen Weg aus dem Wald heraus zu bahnen.

MacDonalds Anruf kam am Spätnachmittag, als Jonny gerade seine Speisekammer sichtete und zu entscheiden versuchte, was es zum Abendessen geben sollte.

»Tut mir leid, daß es so lange gedauert hat«, entschuldigte sich MacDonald, nachdem er sich identifiziert hatte. »Ich war fast den ganzen Tag draußen im Wald am Fluß und hatte mein Telefon abgeschaltet.«

»Kein Problem«, versicherte Jonny ihm. »Auf Stachelleopardenjagd?«

»Ja. Hab sogar einen erwischt.«

»Ich auch. Muß sich um eine neue Wanderung handeln. Normalerweise finden sie nicht so schnell in die Gebiete zurück, die wir gesäubert haben. Wir werden wahrscheinlich eine Weile zu tun haben.«

»Na ja, es wurde sowieso langsam öde. Wo drückt der Schuh?«

Jonny zögerte. Vielleicht gab es einen triftigen Grund, weshalb Challinor nicht wollte, daß sein Treffen heute abend über den Äther besprochen wurde. »Hast du irgendwelche ungewöhnlichen Nachrichten erhalten?« fragte er indirekt.

»Um die Wahrheit zu sagen, ja. Sollen wir uns treffen und darüber reden? Sekunde mal – Chrys will etwas von mir.« Im Hintergrund war eine unverständliche Stimme zu hören. »Chrys meint, du sollst mit uns zu Abend essen – in ungefähr einer halben Stunde, bei ihr.«

»Tut mir leid, aber ich habe schon angefangen, mir selbst etwas zu machen«, log Jonny. »Ich kann doch rüberkommen, wenn ich mit dem Essen fertig bin?«

»Gut«, sagte MacDonald. »Sagen wir gegen sieben? Anschließend können wir vielleicht zusammen eine kleine Tour machen.«

Challinors Treffen war für sieben Uhr dreißig angesetzt. »Hört sich in Ordnung an«, stimmte Jonny ihm zu. »Wir sehen uns um sieben.«

Jonny steckte sein Telefon zurück, griff sich irgendeine Packung aus der Speisekammer und trug sie hinüber zur Mikrowelle. Er hätte gern mit ihnen zusammen zu Abend gegessen – MacDonald und Chrys Eldjarn waren zwei seiner besten Freunde –, und wäre Chrys' Vater nicht wegen einer Notoperation außerhalb gewesen, hätte er die Einladung sofort angenommen. Aber Chrys und MacDonald waren ziemlich fest liiert und hatten ohnehin schon wenig genug Zeit füreinander. Bei nur zwei Cobras, die die vierhundertundsechzig Siedler in Ariel sowohl vor der Fauna von Aventine als auch gelegentlich vor sich selbst beschützen sollten, zählte jede Minute Freizeit.

Abgesehen davon, dachte er gequält, wenn er zuviel Zeit im Bannkreis von Chrys' Lächeln verbrachte, wäre er nur versucht, sie MacDonald ein weiteres Mal auszuspannen, und es hatte einfach keinen Sinn, sich auf diese Weise Probleme zu machen. Ihre Freundschaft war zu wertvoll, um sie aufs Spiel zu setzen.

Er aß – für seine Verhältnisse gemütlich – zu Abend und

traf um Punkt sieben am Haus der Eldjarns ein. Chrys öffnete ihm, schenkte ihm ein verwirrendes Lächeln und ging voran ins Wohnzimmer, wo MacDonald auf dem Sofa wartete.

»Du hast ein großartiges Abendessen verpaßt«, begrüßte ihn MacDonald und bot ihm einen Sessel an.

»Ich bin sicher, du hast für mich mitgegessen«, erwiderte Jonny kühl. MacDonald war einen halben Kopf größer als Jonny, ein gutes Stück stämmiger und im ganzen Distrikt als der beste Esser bekannt.

»Hab mir alle Mühe gegeben. Laß mal deine Nachricht sehen.«

Jonny kramte sie hervor und reichte sie ihm. MacDonald überflog sie kurz, dann gab er sie an Chrys weiter, die es sich neben ihm auf dem Sofa gemütlich gemacht hatte. »Genau wie meine«, sagte er zu Jonny. »Irgendeine Ahnung, worum es geht?«

Jonny schüttelte den Kopf. »Seit ein paar Monaten ist die *Dewdrop* draußen und vermißt das nächste Planetensystem. Glaubst du, sie sind auf etwas Interessantes gestoßen?«

»Interessant im Sinne von gefährlich?« fragte Chrys ruhig.

»Schon möglich«, meinte MacDonald zu ihr, »vor allem, weil diese Nachricht nur für Cobras gedacht ist. Aber eigentlich ist das unwahrscheinlich«, fügte er an Jonny gerichtet hinzu. »Ginge es um einen Kriegsrat oder etwas Ähnliches, würden wir uns alle in Capitalia treffen und nicht in Thanksgiving.«

»Es sei denn, die Nachricht wurde nach und nach an die einzelnen Dörfer rausgegeben«, meinte Jonny. »Aber dann kann es eigentlich kein Notfall sein. Übrigens, wer hat dir die Nachricht überbracht? Almo Pyre?«

MacDonald nickte. »Er war grauenhaft förmlich. Hat mich viermal C-2 MacDonald genannt.«

»Ja, mich auch. Hat Challinor die alte Rangordnung da drüben wieder eingeführt oder was?«

»Keine Ahnung – ich war schon seit Wochen nicht mehr

in Thanksgiving.« MacDonald sah auf seine Uhr. »Ich denke, es wird Zeit, das nachzuholen, was? Mal sehen, was Challinor will.«

»Kommt zurück, wenn es vorbei ist, und erzählt mir, was los war«, meinte Chrys, als sie sich erhoben.

»Könnte spät werden, bis wir wieder hier sind«, warnte MacDonald und verabschiedete sich mit einem Kuß.

»Macht nichts – Dad kommt auch spät nach Hause, ich bin also noch auf.«

»Also gut. Der Wagen steht hinterm Haus, Jonny.«

Thanksgiving lag gute zwanzig Kilometer von Ariel in ostnordöstlicher Richtung entfernt und war über eine Schotter- und Vegetationsbarrierenstraße erreichbar, wie sie in den äußeren Gebieten des Brückenkopfes der Menschheit auf Aventine bislang die Norm war. MacDonald fuhr, lenkte den Wagen geschickt um die schlimmsten Schlaglöcher herum und wich ab und zu einem Ast aus, der aus dem dichten Wald zu beiden Seiten über die Straße ragte.

»Eines Tages wird ein Stachelleopard aus einem dieser überhängenden Äste in ein Auto fallen und dabei die Überraschung seines Lebens erfahren«, bemerkte MacDonald.

Jonny lachte. »Ich glaube, dafür sind sie zu klug. Wo wir gerade von Klugheit reden, du und Chrys, habt ihr euch schon Gedanken über einen Termin gemacht?«

»Hm ... eigentlich nicht. Ich glaube, wir wollen beide sicher sein, daß wir füreinander bestimmt sind.«

»Also, ich kann dir nur einen Rat geben: wenn du sie dir nicht schnappst, solange du Gelegenheit dazu hast, bist du verrückt. Ich bin allerdings nicht sicher, ob ich ihr denselben Rat geben würde.«

MacDonald schnaubte. »Tausend Dank. Allein dafür werde ich dich zwingen, zu Fuß zurückzugehen.«

Challinors Haus stand am Stadtrand in Sichtweite der Felder, die die Siedlung umgaben. Zwei weitere Wagen standen dort bereits geparkt, und als sie ausstiegen und auf das Haus zugingen, wurde die Tür geöffnet, und man sah einen schlanken Mann im großen Dienstanzug der Cobras. »Guten Abend, Moreau, MacDonald«, begrüßte er sie kühl. »Ihr kommt zwanzig Minuten zu spät.«

Jonny spürte, wie MacDonald sich neben ihm versteifte, und beeilte sich, als erster etwas zu erwidern. »Hallo L'est«, sagte er und deutete auf dessen Aufzug. »Ich wußte nicht, daß es sich um einen Kostümball handelt.«

Simmon L'est lächelte bloß dünn, eine Angewohnheit, deren sorgsam bemessene Herablassung Jonny schon immer genervt hatte. Aber dem Blick des Mannes war anzumerken, daß die Stichelei ins Schwarze getroffen hatte. Offenbar hatte MacDonald es ebenfalls bemerkt, und er drückte sich schweigend an L'est vorbei, ohne den deftigeren Spruch loszuwerden, der ihm offensichtlich auf der Zunge gelegen hatte, als Jonny sich eingemischt hatte. Jonny atmete tief durch und folgte seinem Freund ins Haus, während L'est die Tür hinter ihnen schloß.

Das bescheidene Wohnzimmer war recht gut gefüllt. Ganz hinten, auf einem einfachen Stuhl, saß Tors Challinor in der ganzen Pracht seines großen Dienstanzugs. Zu seiner Rechten und fast ärmlich aussehend in ihren Arbeitsklamotten saßen Sandy Taber und Barl DesLone, die beiden in Greensward stationierten Cobras. Neben ihnen, ebenfalls im Dienstanzug, saßen Hazel Szintra aus Oasis und Franck Patrusky aus Thanksgiving.

»Ah – MacDonald und Moreau«, rief Challinor zur Begrüßung. »Kommt rein, eure Plätze sind gleich hier.« Er deutete auf die beiden leeren Stühle links neben ihm.

»Ich hoffe, die Sache ist wirklich wichtig, Challinor«, knurrte MacDonald, während die beiden den Raum durchquerten und sich setzten. »Ich weiß nicht, wie es in Thanksgiving aussieht, aber in Ariel haben wir nicht viel Zeit, Soldat zu spielen.« Dabei warf er einen vielsagenden Blick auf die Uniformen.

»Zufällig ist der Mangel an Freizeit eines der Themen, die wir hier besprechen wollen«, sagte Challinor aalglatt. »Verratet mir eins, hat Ariel so viele Cobras, wie es verdient? Oder Greensward, was das anbetrifft?« fügte er mit Blick auf Taber und DesLone hinzu.

»Was soll das heißen: ›verdient‹?« fragte Taber.

»Bei der letzten Zählung lebten ungefähr zehntausend Menschen im Caravel-Distrikt und exakt zweiundsiebzig Cobras«, sagte Challinor. »Das ergibt einen Cobra auf einhundertvierzig Menschen. Dreht das, wie ihr wollt, einer Ortschaft von der Größe Greenswards müßten *drei* Cobras zugeteilt sein, nicht zwei. Und das gilt erst recht für Ariel.«

»Im Augenblick scheint in Ariel alles einigermaßen ruhig zu sein«, sagte MacDonald. »Wir brauchen wirklich nicht mehr Feuerkraft, als wir bereits haben.« Er sah Taber an. »Wie sieht es in Greensward aus?«

»Um Feuerkraft geht es nicht«, warf Szintra ein, bevor Taber antworten konnte. »Entscheidend ist, daß man erheblich mehr von uns verlangt, als unsere Dörfer vor Stachelleoparden und Falx zu schützen. Wir müssen Weizenschlangen jagen, bei häuslichen Streitereien den Polizisten spielen – und wenn wir dann noch Zeit übrig haben, sollen wir beim Fällen der Bäume und beim Entladen der Nachschublaster helfen. Und als Gegenleistung bekommen wir – *nichts!*«

Jonny betrachtete Szintras gerötetes Gesicht, dann sah er sich die übrigen drei uniformierten Männer an. Ein kalter Knoten begann sich oberhalb seines Abendessens zu bilden. »Ken, vielleicht sollten wir nach Ariel zurückfahren«, meinte er ruhig zu MacDonald.

»Nein – bleibt noch«, machte sich Challinor hastig bemerkbar. »C-3 Szintra hat vielleicht ein wenig heftiger reagiert als nötig, aber er sitzt allein da draußen in Oasis fest und sieht die Dinge vielleicht ein wenig klarer als einige der anderen von uns.«

»Nehmen wir fürs erste mal an, er hätte recht und man zollt uns tatsächlich nicht den gebührenden Respekt«, sagte MacDonald. »Was könnte man denn eurer Meinung nach dagegen tun?«

»Es geht nicht bloß um einen Mangel an Respekt oder darum, daß man unsere Leistungen als selbstverständlich betrachtet«, sagte Challinor ernst. »Es geht auch darum, daß das Büro des Senats ewig braucht, um die einfachsten Anfragen nach Gerät und Nachschub zu bearbeiten – obwohl sie schnell genug sind, wenn es darum geht, den überschüssigen Weizen oder Klebefeuextrakt abzuholen. Man scheint dort vergessen zu haben, daß nicht der gesamte Planet so komfortabel ist wie Rankin oder Capitalia und daß ein Grenzort, wenn dort etwas gebraucht wird, dies *sofort* braucht. Dazu noch die fixe Idee, ständig neue winzige Ortschaften im Siedlungsgrenzgebiet einzurichten, statt die Zonen zu sichern, die wir schon besiedelt haben – weshalb wir so verdammt dünn verteilt sind –, so muß man ja den Eindruck bekommen, die Regierung würde ihren Job nicht machen. Um es ganz klar zu sagen, wir sind der Ansicht, daß dagegen etwas unternommen werden muß.«

Einen Augenblick lang herrschte Schweigen.

»Was schlägst du vor?« fragte DesLone schließlich. »Sollen wir mit dem nächsten Kurierschiff eine Eingabe an das Imperium schicken?«

»Stell dich nicht dümmer, als du schon bist, Barl«, brummte Taber. »Wir reden hier darüber, den Generalgouverneur selbst abzusetzen.«

»Tatsächlich bräuchten wir mehr Veränderungen als nur einen neuen Generalgouverneur«, sagte Challinor ruhig. »Das zentralistische System, das so gut funktioniert, wenn eine Welt erst einmal organisiert ist, hat auf Aventine kläglich versagt. Wir brauchen etwas Dezentralisiertes, etwas, das sensibler auf die Bedürfnisse des Planeten reagieren kann –«

»Und das von denen kontrolliert wird, die die meiste Arbeit leisten?« warf Jonny ein. »Von uns, zum Beispiel?«

»In vielerlei Hinsicht ist unser Kampf um die Urbarmachung Aventines vergleichbar mit dem Guerillakrieg, den wir gegen die Trofts geführt haben«, sagte Challinor. »Wenn ich das selber einmal sagen darf, wir haben verdammt gute Arbeit geleistet, damals – findet ihr nicht? Wer auf diesem Planeten könnte das besser?«

»Was schlägst du also vor?« fragte MacDonald, der viel interessierter klang, als er von Rechts wegen hätte klingen dürfen. »Teilen wir Aventine in kleine Königreiche auf, jedes einzelne regiert von einem Cobra?«

»Im großen und ganzen ja«, nickte Challinor. »Ein wenig komplizierter ist es schon – es müßte eine lockere Rangordnung geben, um Streitfälle und dergleichen zu regeln –, aber das wäre die Idee. Was meinst du?«

»Wie viele seid ihr?« fragte MacDonald, die Frage ignorierend.

»Genug«, sagte Challinor. »Wir vier hier, plus die drei von Fallow, zwei aus Weald, und drei weitere aus Headwater und den Holzfällerlagern oberhalb der Kerseage-Minen.«

»Du schlägst vor, eine ganze Welt mit zwölf Cobras zu übernehmen?«

Auf Challinors Stirn erschienen ein paar Fältchen. »Nein, natürlich nicht. Aber ich habe mit einer Menge anderer Cobras gesprochen, sowohl im Caravel-Distrikt als auch außerhalb. Die meisten waren bereit, abzuwarten und zu sehen, was aus unserem Experiment wird.«

»Mit anderen Worten, sie wollen abwarten, wie lautstark Zhu euch zurechtweist, wenn ihr die Unabhängigkeit erklärt?« MacDonald schüttelte den Kopf. »Deine Überlegungen weisen ein paar entscheidende Fehler auf, Challinor. Keinem Cobra wird man zugestehen, sich in einer solchen Angelegenheit neutral zu verhalten – sie werden sämtlich herbeordert werden, um die Herrschaft des Senats wiederherzustellen, und je nachdem, ob sie den Befehl befolgen oder nicht, stellen sie sich auf die eine oder die andere Seite. Dabei stehen die Chancen – mal sehen, zwölf Cobras von sechshundertzwanzig, das ergibt in etwa fünfzig zu eins – wie meinst du, werden sie sich entscheiden?«

»Wie wirst du dich entscheiden, MacDonald?« warf L'est plötzlich von seinem Platz an der Tür aus ein. »Für jemanden, der sich noch nicht festgelegt hat, stellst du eine Menge Fragen.«

MacDonalds Blick blieb auf Challinor geheftet. »Was ist jetzt, Challinor? Dafür brauchst du mehr als ein, zwei Asse im Ärmel.«

»Ich habe dir eine Frage gestellt, verdammt!« fauchte L'est.

MacDonald drehte sich gemächlich um und sah ihn an, ebenso gemächlich erhob er sich. »Ich stehe da, wo meine Familie und ich immer gestanden haben: auf der Seite des Imperiums. Was ihr da redet, ist Verrat, Gentlemen. Damit will ich nichts zu schaffen haben.«

L'est war inzwischen aufgesprungen und stand seitlich neben MacDonald in der Cobrabereitschaftsstellung. »Die Loyalität eines Erd-Schotten oder eines alten Hundes«, meinte er mit einem höhnischen Grinsen. »Falls es dir noch nicht aufgefallen sein sollte, Erd-Schotte, dieses Imperium, dem du dich so bereitwillig anbiederst, behandelt dich wie Sondermüll. Es hat dich so weit es irgend ging entsorgt, zwischen dir und der Zivilisation liegen hundertfünfzig Lichtjahre und zweihundert Milliarden Trofts.«

»Wir werden hier für die Kolonialisierung gebraucht«, warf Jonny ein, der MacDonald zu Hilfe kommen wollte, aber Angst hatte, das könnte falsch ausgelegt werden. Auf so engem Raum wäre ein kompromißloses Feuergefecht zwischen den beiden Cobras vermutlich für alle Anwesenden tödlich.

»Das ist Eselsscheiße, Moreau – wir sind hier, weil das billiger war, als einen neuen Krieg anzuzetteln, um uns umzubringen«, stieß L'est hervor. »Dem Imperium ist es egal, ob wir hier draußen überleben oder krepieren. Es liegt an uns, unser Überleben hier sicherzustellen – egal, welche kurzsichtigen Trottel uns dabei in die Quere kommen.«

»Kommst du mit, Jonny?« fragte MacDonald und machte einen Schritt in Richtung Tür.

L'est bewegte sich ebenfalls und baute sich genau vor der Tür auf. »Du gehst nicht, MacDonald. Du weißt zuviel.«

»Immer mit der Ruhe, Simmon«, meinte Challinor. Sein Ton war ruhig, aber mit Stahl unterlegt. »Wir werden diese Gentlemen nicht vor die Wahl stellen, sich uns entweder anzuschließen oder zu sterben.«

L'est rührte sich nicht von der Stelle. »Du kennst diesen Clown nicht, Tors. Er ist ein Unruhestifter.«

»Ja, das hast du mir vorhin schon gesagt. C-2 MacDonald, du solltest nur nicht glauben, daß wir das einfach nur zu unserem persönlichen Vorteil tun.« Challinors Stimme war die Lauterkeit selbst. »Die Menschen auf Aventine brauchen eine starke, kompetente Führung, und die haben sie zur Zeit nicht. Es ist unsere *Pflicht* diesen Menschen gegenüber – diesen Bürgern des Imperiums –, sie vor einer Katastrophe zu bewahren.«

»Wenn dein Freund dort drüben mir nicht freiwillig aus dem Weg geht, werde ich ihn selbst aus dem Weg räumen müssen«, sagte MacDonald.

Challinor seufzte. »Laß ihn durch, Simmon. MacDonald, wirst du wenigstens darüber nachdenken, was wir besprochen haben?«

»Oh, nachdenken werde ich ganz bestimmt darüber.« MacDonald ließ L'est nach wie vor nicht aus den Augen und ging zur Tür.

Vorsichtig, seine Aufmerksamkeit auf die noch immer sitzenden Patrusky und Szintra gerichtet, erhob sich Jonny und folgte ihm. »Wenn du bleiben willst, Moreau«, rief Challinor ihm nach, »können wir dich später nach Ariel zurückfahren.«

»Nein, danke«, erwiderte Jonny mit einem kurzen Blick über die Schulter. »Ich habe heute abend noch Arbeit vor mir.«

»Also gut. Aber denk darüber nach, was wir gesagt haben, in Ordnung?«

Die Worte klangen freundlich, aber wegen irgend etwas daran sträubten sich Jonnys Nackenhaare. Er unterdrückte ein Schaudern und machte, daß er rauskam.

Die Fahrt zurück nach Ariel verlief ruhig. Jonny, der angenommen hatte, MacDonald würde außer sich sein vor Wut, machte sich auf eine fürchterliche Fahrt über die holprige Straße gefaßt. Zu seiner Überraschung fuhr MacDonald jedoch mit einer Ruhe, die an Gelassenheit grenzte. Im Widerschein der Autoscheinwerfer jedoch konnte man seine Anspannung am Kinn und rund um die Augen deutlich erkennen. Jonny folgte seinem Beispiel und hielt den Mund.

Im Haus der Eldjarns brannte noch Licht, als MacDonald auf der anderen Straßenseite hielt. Vor ihnen parkte der Wagen, mit dem Chrys' Vater nach Rankin gefahren war. Offensichtlich war er zu spät nach Hause gekommen, um ihn in die Garage des Dorfes zurückzubringen.

Wie zuvor öffnete Chrys die Tür. »Kommt rein«, forderte sie die Männer auf und trat zur Seite. »Ihr seid früher zurück, als ich erwartet hatte – war's ein kurzes Treffen?«

»Eher zu lang«, brummte MacDonald.

In Chrys' Augen spiegelte sich Verstehen. »Aha. Was ist passiert – wollte Challinor schon wieder, daß ihr einen Antrag auf zusätzliche Cobras stellt?«

MacDonald schüttelte den Kopf. »War nicht ganz so lustig. Sie wollen die Herrschaft über den Planeten an sich reißen.«

Chrys verharrte mitten im Schritt. »Sie wollen *was*?«

»Du hast richtig gehört. Sie wollen den Generalgouverneur stürzen und ein Kriegsherrensystem einrichten mit lauter kleinen Lehnsgütern für alle Cobras, die sich ihnen anschließen.«

Chrys sah Jonny an. »Will er mich auf den Arm nehmen, Jonny?« fragte sie.

Jonny schüttelte den Kopf. »Nein, Challinor meint es todernst. Ich habe allerdings keine Ahnung, wie sie damit etwas anderes erreichen wollen, als sich abschlachten zu lassen –«

»Sekunde mal«, unterbrach sie ihn und ging zur Tür, die in den Schlafzimmerflügel führte. »Ich denke, das sollte sich Dad besser auch anhören.«

»Gute Idee«, murrte MacDonald, ging zur Hausbar in der Ecke und schenkte sich einen Drink ein. Er hielt die Flasche in die Höhe und sah Jonny fragend an, der jedoch den Kopf schüttelte.

Ein paar Minuten später war Chrys zurück, einen Mann im Hausmantel hinter sich.

»Ken. Jonny«, nickte ihnen Dr. Orrin Eldjarn zu, der trotz seines vom Schlaf zerzausten Haares hellwach wirkte. »Was höre ich da, hier wird ein Komplott geschmiedet?«

Sie setzten sich, und die Eldjarns hörten aufmerksam zu, wie MacDonald ihnen kurz Challinors Vorschlag schilderte. »Aber wie Jonny schon sagte«, schloß er, »können sie damit unmöglich durchkommen. Schließlich ist die Kampfkraft eines Cobras im wesentlichen genau so groß wie die eines anderen.«

»Aber um Größenordnungen größer als die aller anderen Menschen«, bemerkte Eldjarn. »Wenn Challinor verkündet, er wolle Thanksgiving übernehmen, können die Leute dort wirklich nichts dagegen machen.«

»Die haben doch bestimmt noch ein paar andere Waffen da«, wandte Chrys ein. »Hier in Ariel haben wir mindestens ein halbes Dutzend Schrotgewehre, und Thanksgiving ist sogar noch größer.«

»Schrotgewehre sind gegen einen Cobra so gut wie wirkungslos – es sei denn in einer beengten Situation, wo er nicht ausweichen kann«, erklärte Jonny ihr. »Der Feuermechanismus gibt ein unverwechselbares Klicken von sich, das so laut ist, daß wir es hören können, und normalerweise haben wir keine Schwierigkeiten, aus der Schußlinie herauszukommen. Die Trofts haben auf Silvern eine Ewigkeit gebraucht, um das zu begreifen.«

»Aber darum geht es nicht«, sagte MacDonald. »Um zwölf Cobrarebellen zu töten, braucht man eigentlich nichts weiter als zwölf loyale Cobras!«

»Außer es gelingt den Rebellen vor Beginn des Kampfes, alle anderen als Ziele zu erfassen«, gab Chrys zu bedenken. »Könnten sie auf diese Weise nicht alle mit einer Salve erledigen?«

MacDonald schüttelte den Kopf. »Unsere jetzigen optischen Verstärker verfügen nicht über Mehrfachzielerfassung wie unsere alten. Aber gut – sagen wir, man brauchte sogar *fünfzig* Cobras, wenn die Rebellen sich verschanzt haben und man absolut sichergehen will. Das ist noch immer erst ein Zwölftel von Zhus Streitkräften. Challinor muß das wissen.«

»Die Frage ist also, was weiß er sonst noch, was wir nicht wissen.« Eldjarn strich sich nachdenklich über das Kinn. »Passiert irgendwo sonst auf Aventine etwas, das möglicherweise größere Zahlen von Cobras bindet? Irgendwelche Unruhen in einem der anderen Distrikte oder so?«

Jonny und MacDonald tauschten Blicke aus, und letzterer zuckte mit den Achseln. »Davon haben wir nichts gehört«, meinte er. »Denkbar wäre, daß Challinor Gruppen in anderen Ortschaften für eine gleichzeitige Proklamation organisiert hat, aber eigentlich glaube ich das nicht.«

»Die Stachelleoparden sind wieder auf Wanderschaft«, gab Jonny zögernd zu bedenken. »Dadurch wären eine Menge Cobras im Patrouillen- oder Jagddienst beschäftigt, es sei denn, die Farmer hätten die Absicht, ein paar Tage ihren Feldern fernzubleiben. Ich wüßte allerdings nicht, warum das den Generalgouverneur beunruhigen sollte. Vielleicht hat Challinor einfach den Verstand verloren.«

»Nicht Challinor«, meinte MacDonald entschieden. »Er ist so aufgeweckt und vernünftig, wie man es sich nur vorstellen kann. Und auch L'est hätte sich nicht nur aufgrund von Challinors Einflüsterungen auf diese Sache eingelassen – der war schon vor unserer Landung auf Aventine ein gerissener Hund.«

»Ich neige zu derselben Ansicht«, stimmte Eldjarn langsam zu. »Der Zeitpunkt ist zu gut gewählt, als daß ihn sich ein Größenwahnsinniger hätte ausdenken können. Wie du schon sagst, Jonny, die Wanderung der Stachelleoparden wird offizielle Gegenmaßnahmen behindern, zumindest etwas. Weniger zufällig, da bin ich sicher, ist allerdings der Umstand, daß das Kurierschiff des Imperiums erst vor wenigen Tagen Capitalia verlassen hat, was bedeutet, daß es sechs Monate dauern wird, bis wieder jemand aus dem Imperium hier landet.«

»Reichlich Zeit für ein neues Regime, sich zu festigen«, brummte MacDonald. »Sie können den Kurier vor vollendete Tatsachen stellen und abwarten, ob Dome es wagt, etwas zu unternehmen.«

»Und die *Dewdrop* ist irgendwo draußen in den Weiten des Alls«, meinte Jonny mit verzerrtem Gesicht.

»Genau«, nickte Eldjarn. »Bis sie zurück ist, hat Zhu keine Möglichkeit, mit irgend jemandem Kontakt aufzunehmen – und selbst dann kann sie keine Hilfe holen, wenn sie nicht an irgendeinem sicheren Ort Treibstoff und Vorräte aufnehmen kann. Nein, Challinor hat sich das sorgfältig überlegt. Schade, daß ihr sein Spiel nicht ein wenig länger mitgespielt habt, um den Rest seines Planes zu erfahren.«

»Ich habe getan, was ich konnte«, sagte MacDonald steif.

»Was meine Loyalität angeht, werde ich sie vor niemandem verbergen.«

»Sicher – dafür habe ich Verständnis«, sagte Eldjarn.

Einen Augenblick lang herrschte Schweigen im Zimmer.

»Vermutlich könnte *ich* zurückgehen«, meinte Jonny zögernd. »Ich habe nicht ausdrücklich gesagt, wo ich stehe.«

»Sie würden Verdacht schöpfen«, sagte MacDonald und schüttelte den Kopf. »Und wenn sie dich dabei erwischen, wie du Informationen weitergibst, behandeln sie dich wie einen Spion.«

»Es sei denn, natürlich«, meinte Chrys ruhig, »du möchtest zurück.«

Ihr Vater und MacDonald sahen sie überrascht an, ihr Blick blieb jedoch auf Jonny geheftet. »Wir haben schließlich nur angenommen, daß Jonny fest auf unserer Seite steht«, gab sie ruhig zu bedenken. »Vielleicht hat er sich in Wirklichkeit noch gar nicht entschieden. Das ist keine Entscheidung, die wir ihm abnehmen sollten.«

Eldjarn nickte zum Zeichen, daß er derselben Ansicht war. »Du hast natürlich recht. Nun, Jonny? Was sagst du dazu?«

Jonny schürzte die Lippen. »Um ehrlich zu sein, ich weiß es nicht. Auch ich habe einen Treueeid auf das Imperium geschworen – andererseits macht die Regierung hier ein paar Dinge, die katastrophale Folgen haben könnten, vor allem, was die übermäßige Ausbeutung von Menschen und Rohstoffen anbetrifft. Was Challinor über unsere Verpflichtung gegenüber der Bevölkerung von Aventine gesagt hat, kann ich nicht so einfach von der Hand weisen.«

»Aber wenn die rechtlichen Wege für politische Veränderungen umgangen werden – von wem auch immer –, stehen der totalen Anarchie Tür und Tor offen«, hielt MacDonald dagegen. »Und solltest du tatsächlich der Ansicht sein, Challinor und L'est würden diese Sache besser machen –«

»Ken.« Chrys legte ihm die Hand beschwichtigend auf den

Arm. An Jonny gewandt, sagte sie: »Ich verstehe deine Unentschlossenheit, aber eins ist dir doch sicher klar: du kannst dich in dieser Angelegenheit nicht neutral verhalten.«

»Und du wirst deine Entscheidung bald fällen müssen«, gab Eldjarn zu bedenken. »Challinor hätte niemals riskiert, einem so unsicheren Kandidaten wie Ken von dem Plan zu erzählen, wäre er nicht so gut wie bereit, bald loszuschlagen.«

»Verstehe.« Jonny erhob sich. »Ich glaube, ich werde mich jetzt besser nach Hause aufmachen. Wenn ich mich entscheide, aktiv gegen Challinor Widerstand zu leisten, könnt ihr mir später immer davon im einzelnen erklären, was ihr euch überlegt habt. Wie auch immer« – dabei blickte er MacDonald fest in die Augen –, »was hier besprochen wurde, bleibt unter uns vier. Von mir wird Challinor nichts erfahren.«

MacDonald nickte langsam. »Na schön. Mehr können wir wohl nicht verlangen. Soll ich dich nach Hause fahren?«

»Nein, danke. Ich gehe zu Fuß. Gute Nacht.«

Wie in den Farmergemeinden, die Jonny auf Horizon kannte, gingen auch in Ariel recht früh am Abend die Lichter aus. Die Straßen waren dunkel und menschenleer, und die einzige Beleuchtung stammte von den vereinzelten Straßenlaternen und den Sternen. Normalerweise liebte Jonny es, die Sterne zu betrachten, wenn er so spät noch unterwegs war, doch heute nahm er sie kaum wahr.

Es hatte mal eine Zeit gegeben, dachte er verdrießlich, als ein einfacher Blick in Chrys' Augen genügt hätte, um ihn auf ihre Seite zu bringen, ganz gleich, um welche Angelegenheit, um welches Thema es ging. Doch das war lange vorbei. Der Krieg, seine gescheiterten Versuche, wieder in der Gesellschaft im Zentrum des Imperiums Fuß zu fassen, und sieben lange Arbeitsjahre, um eine neue Welt aufzubauen, hatten von der Unbesonnenheit der Jugend ihren Tribut gefordert. Er hatte längst gelernt, sich bei Entscheidungen nicht von Emotionen leiten zu lassen.

Das Problem war, daß er zur Zeit nicht gerade viele Fakten hatte, auf die er seine Entscheidung hätte stützen können. Bisher deutete alles auf eine schnelle Niederlage von Challinors Gruppe hin … aber es *mußte* mehr dahinterstecken als das, was offensichtlich war. Was immer seine anderen nervenden Eigenschaften waren, Simmon L'est war ein exzellenter Taktiker, nicht zuletzt war sein Vater Armeeausbilder auf Asgard gewesen. Er würde sich nicht auf ein riskantes Unternehmen einlassen, das klar zum Scheitern verurteilt war – und ein langer blutiger Krieg hätte verheerende Folgen für die Kolonie.

Andererseits galt Jonnys Loyalität rein formal betrachtet der Regierung des Imperiums und damit dem Generalgouverneur von Aventine als deren verlängertem Arm. Und wenn auch L'est MacDonalds Gefühl für Loyalität verhöhnt hatte, Jonny hatte es stets bewundert.

Er war noch immer hin und her gerissen, als er zu Hause eintraf. Die üblichen Vorbereitungen vor dem Schlafengehen dauerten nur wenige Minuten, dann knipste er das Licht aus, stieg ins Bett und schloß die Augen. Vielleicht würde er die Dinge am Morgen klarer sehen.

Aber er war viel zu aufgedreht, um zu schlafen. Nachdem er sich eine Stunde lang ruhelos hin und her gewälzt hatte, ging er an seinen Schreibtisch und kramte das Video von seiner Familie hervor, das mit dem letzten Kurierschiff eingetroffen war. Er legte es ein, stellte den Apparat nur auf Ton und krabbelte in der Hoffnung wieder ins Bett, die vertrauten Stimmen würden ihm helfen, sich zu entspannen.

Er trieb bereits gemütlich in Richtung Schlaf, als sich die Stimme seiner Schwester in sein Bewußtsein schlich. »… bin ich an der Uni von Aerie angenommen worden«, sagte Gwen gerade. »Da muß ich meinen Abschluß zwar außerhalb Horizons machen, aber dort gibt es das beste Geologieprogramm in diesem Teil des Imperiums, und außerdem bieten sie als Nebenfach Tektonik an. Ich denke, mit solchen Zeugnissen habe ich die besten Chancen, mich als Siedlerin auf Aventine zu bewerben. Hoffentlich hast du bis zu meinem Examen dort genug zu sagen, um mich Ariel zuzuteilen – ich mache diesen weiten Weg schließlich nicht, um zu sehen, wie das Troftimperium von hinten aussieht. Wenn ich es mir recht überlege, müßte eigentlich Jame bis dahin auch von Asgard aus ein paar Beziehungen spielen lassen können. Wo ich gerade von den Trofts rede, vor ein paar Tagen fand in der Aula eine offene Diskussion darüber statt, ob das Aventine-Projekt wirklich nur ein Plan der Armee war, die Flanke der Trofts zu umgehen, damit sie nicht nochmal versuchen, uns anzugreifen. Ich glaube, ich habe unsere Position ganz gut verteidigt – die Unterlagen von dir über den Ertrag der Kerseage-Minen waren dabei enorm hilfreich –, aber ich fürchte, ich habe mir damit alle Möglichkeiten verscherzt, jemals als Dame zu gelten. Hoffentlich gibt es keine Vorschrift, die es verbietet, Rabauken nach dort draußen kommen zu lassen …«

Jonny stand auf und schaltete den Rekorder aus … und als er wieder im Bett lag, wußte er, wie seine Entscheidung lauten mußte. Gwens vergnügte Videos an ihn, voller Zuversicht und Verehrung für den Helden im Siedlungsgrenzgebiet, hatten ihm über die schlimmsten Zeiten hier hinweggeholfen, viel mehr als die verhaltenere Unterstützung seiner Eltern oder seines Bruders Jame. Sich bereitwillig zum Verräter abstempeln zu lassen – vor allem in einer Situation, die alles andere war als ausweglos – wäre sowohl Verrat an Gwens Stolz als auch am Vertrauen seiner Familie. Und dazu würde er es nie kommen lassen.

Einen Augenblick lang spielte er mit dem Gedanken, MacDonald anzurufen, um den anderen seine Entscheidung mitzuteilen … doch als die Anspannung zunehmend aus seinem Körper wich, fühlte er sich zunehmend wohler im Bett. Außerdem war es spät. Es reichte, wenn er sich morgen der Sache der Loyalisten anschloß.

Er wachte auf und hörte das ungeduldige Summen seines Weckers, und als er sich den Schlaf aus den Augen rieb, wußte er es plötzlich. Er blieb eine Weile still liegen und wog die Einzelheiten und Möglichkeiten ab. Dann wälzte er sich aus dem Bett, schnappte sich sein Telefon und bekam die Vermittlung in die Leitung. »Ken MacDonald, bitte«, sagte er.

Er mußte ungewöhnlich lange warten. MacDonald hatte wohl noch geschlafen. »Ja, hallo«, ließ seine Stimme sich schließlich vernehmen.

»Hier ist Jonny, Ken. Ich weiß, was Challinor vorhat.«

»Tatsächlich?« MacDonald war mit einem Mal hellwach. »Und was?«

»Er wird sich die Kerseage-Minen unter den Nagel reißen.«

Lange Pause. »Verdammt«, meinte MacDonald schließlich. »Das muß es sein. Über die Hälfte der auf der Erde seltenen Elemente von Aventine stammen dorther. Er braucht nichts weiter zu tun, als die Schächte und Eingänge mit Sprengstoff zu verminen – der wird da ja reichlich gelagert –, und Zhu müßte sich sehr lange und genau überlegen, ob er starke Truppenverbände entsenden will, um ihn von dort gewaltsam zu vertreiben.«

»Und je länger Zhu zögert, desto schwächer sieht er aus«, sagte Jonny, »und um so wahrscheinlicher werden einige der ›neutralen‹ Cobras in Challinor den möglichen Sieger sehen und die Seiten wechseln. Wenn das genügend viele tun, wird Zhu entweder kapitulieren oder einen Bürgerkrieg riskieren müssen.«

»Ja. *Verdammt.* Wir müssen Capitalia warnen, wir müssen sie dazu bringen, eine Truppe hierher zu entsenden, bevor Challinor seinen entscheidenden Schritt tut.«

»Genau. Willst du sie anrufen, oder soll ich das machen?«

»Es wäre wahrscheinlich besser, wenn wir beide am Apparat sind. Einen Moment, mal sehen, ob ich noch weiß, wie das geht –«

Ein doppeltes Klicken war zu hören. »Ariel«, meldete sich die Vermittlung.

»Das Büro des Generalgouverneurs in Capitalia«, bat MacDonald den Computer.

»Tut mir leid, aber ich kann die Verbindung nicht herstellen.«

Jonny war fassungslos. »Wieso nicht?«

»Tut mir leid, aber ich kann die Verbindung nicht herstellen.«

»Glaubst du, mit dem Satellit stimmt etwas nicht?« schlug Jonny hoffnungsvoll vor.

»Nicht sehr wahrscheinlich«, brummte MacDonald. »Vermittlung: Senatsmitglied Powell Stuarts Büro in Rankin.«

»Tut mir leid, aber ich kann die Verbindung nicht herstellen.«

Rankin war gar nicht weit genug entfernt, als daß der Kommunikationssatellit nötig gewesen wäre. »So viel zum Thema Zufall«, sagte Jonny, der spürte, wie sich sein Magen zusammenzog. »Wie ist Challinor so schnell an den Telefoncomputer rangekommen?«

»Das hat er jederzeit in den letzten paar Tagen erledigen können«, knurrte MacDonald. »Ich bezweifle, ob jemand in der letzten Zeit mit Capitalia oder Rankin sprechen mußte, ganz bestimmt nicht seit dem Start des Kurierschiffes.«

»Vielleicht hat er Pyre Almo deswegen mit Zetteln geschickt, anstatt uns von Thanksgiving aus anzurufen«, meinte Jonny, als er sich an gestern erinnerte. »Vielleicht sind sämtliche Verbindungen nach außerhalb gekappt.«

»Vielleicht. Hör zu, ganz plötzlich gefällt es mir nicht mehr, dieses Telefon zu benutzen. Laß uns in Chrys' Laden treffen, sagen wir in einer halben Stunde.«

»Gut. In einer halben Stunde.«

Jonny klickte das Telefon aus, und einen Augenblick lang starrte er auf das kleine Kästchen und fragte sich, ob jemand das Gespräch mitgehört hatte. Unwahrscheinlich ... aber wenn Challinor den Computer so einrichten konnte, alle Gespräche *nach* außerhalb abzublocken, wieso sollte er dann nicht auch irgend etwas einrichten, um sämtliche Anrufe *von* außerhalb aufzuzeichnen?

Er sprang aus dem Bett und ging daran, sich anzuziehen.

Als einer der zwei voll ausgebildeten Elektroniktechniker in Ariel arbeitete Chrys in einer zweigeschossigen Kombination aus Büro, Laden und Lagerraum in der Nähe jener fast kreisrunden Fläche, die, vermutlich aus historischen Gründen, nur ›The Square‹ hieß. Jonny traf zu früh ein und wartete nervös vor der Tür, bis Chrys und MacDonald mit den Schlüsseln kamen.

»Gehen wir rein«, drängte MacDonald, der sich kurz nach der Handvoll anderer Leute umsah, die auf der Straße aufgetaucht waren, während das Dorf den neuen Tag begann. »Challinor hat möglicherweise ein, zwei Spione im Ort angeheuert.«

Drinnen knipste Chrys ein paar Lampen an und setzte sich, gewaltig gähnend, auf den Stuhl an ihrer Werkbank. »Gut, da wären wir«, sagte sie. »Wollt ihr mir jetzt vielleicht mal erklären, wozu ich hier nach fünf Stunden Schlaf und zehn Minuten Vorwarnung so dringend gebraucht werde?«

»Wir sind sowohl von Rankin als auch von Capitalia abgeschnitten«, erklärte MacDonald ihr. »Offenbar hat Challinor am Telefoncomputer rumgepfuscht.« Er beschrieb ihr Jonnys Gedanken mit den Kerseage-Minen und ihren Versuch, die Regierung zu alarmieren. »Wenn man nicht den Wasserweg den Chalk River hinauf nimmt, kommt man nur über zwei Strecken dorthin: über Thanksgiving oder über Weald«, erläuterte er. »Challinor ist in der Lage, beide Strecken abzusperren, und wenn er den FIuß hier in Ariel kontrollieren kann, hat der Generalgouverneur keine Möglichkeit mehr, Truppen oder Material auf einem anderen Weg als per Lufttransporter herzuschaffen.«

»*Verdammter Mistkerl*«, murmelte Chrys, deren Augen mittlerweile hellwach waren und Funken zu sprühen schienen. »Wenn er die Telefonverbindungen tatsächlich gekappt hat, dauert es womöglich eine Woche, bis der Schaden behoben ist.«

»Nun, das beantwortet meine erste Frage«, meinte MacDonald verbittert. »Nächste Frage: Kannst du hier irgendeinen Sender bauen, der die Vermittlung vollständig umgeht und ein Signal via Satellit nach Capitalia sendet?«

»Theoretisch, sicher. Praktisch –« Sie zuckte mit den Achseln. »Seit meinem ersten Jahr auf der Schule habe ich keinen Hochfrequenz-Bündelsender mehr gebaut. Das bedeutet mindestens zwei, drei Tage Arbeit, vorausgesetzt, ich habe alles Nötige an Material hier.«

»Kannst du nicht ein paar von unseren Reservetelefonmodulen verwenden?« schlug Jonny vor. »Dadurch könntest du dir zumindest ein wenig Montagezeit ersparen.«

»Falls ich dadurch nicht in den Bereich der üblichen Frequenzen komme und die Nebengeräuschsperre des Computers auslöse, ja«, meinte sie nickend. »Die Neueinstellung fest installierter Frequenzen kann genauso lange dauern wie ein völliger Neubau, aber einen Versuch ist es wert.«

»Gut. Fang sofort an.« MacDonald wandte sich an Jonny. »Selbst wenn Challinor keinen Alarm eingerichtet hat, der ihm verrät, wenn jemand versucht, Capitalia anzurufen, sollten wir davon ausgehen, daß er bald Maßnahmen gegen uns ergreift. Wir müssen Bürgermeister Tyler Bescheid sagen und alles an Widerstand organisieren, was wir zusammentrommeln können.«

»Das wären im wesentlichen wir beide«, meinte Jonny.

»Und das halbe Dutzend Schrotgewehre, von denen Chrys gestern abend gesprochen hat.« Er sah Jonnys Gesichtsausdruck und zuckte verlegen mit den Achseln. »Ich weiß – lebende Tontauben. Aber du weißt ebensogut wie ich, daß unsere Nanocomputer langsamer reagieren, wenn sie es gleichzeitig mit zwei oder mehr Bedrohungen zu tun haben. Vielleicht verschafft uns das genau den Vorteil, den wir brauchen.«

»Kann sein.« Sämtliche Geister Adirondacks tauchten vor Jonnys innerem Auge wieder auf. Zivilisten, die im Kreuzfeuer starben ... »Was sollen wir tun, die Straße von Thanksgiving bewachen?«

MacDonald schüttelte den Kopf. »Wir können nichts tun, um sie von hier fernzuhalten – sie können die Straße verlassen, wann immer ihnen der Sinn danach steht –, vorausgesetzt, es macht ihnen nichts aus, auf dem Weg in den Ort einen oder zwei Stachelleoparden zu töten; und sie müssen kein schweres Gerät heranschaffen. Nein, wir können bestenfalls darauf hoffen, dieses Gebäude zu halten, bis Chrys den Sender fertig hat, damit wir Hilfe aus Capitalia anfordern können.«

»Vielleicht sollten wir es auch auf die naive Art versuchen«, schlug Chrys vor und sah von dem Buch mit elektronischen Schaltkreisen auf, in dem sie geblättert hatte. »Solange sie noch nicht tatsächlich bis hierher vorgedrungen sind, könnte doch jemand von uns – Dad, zum Beispiel – durch Thanksgiving nach Sangraal fahren und versuchen, Capitalia von dort zu erreichen.«

»Ich bezweifle, ob Challinor noch Verkehr östlich von hier durchläßt«, sagte MacDonald, »aber es ist einen Versuch wert. Glaubst du, dein Dad wäre einverstanden?«

»Sicher.« Sie griff nach ihrem Telefon ... und zögerte. »Vielleicht bitte ich ihn einfach nur rüberzukommen und erkläre ihm alles, wenn er hier ist. Für den Fall, daß Challinor eine Abhöranlage installiert hat.«

Der Anruf dauerte eine halbe Minute. Eldjarn stellte keine Fragen und sagte, er werde sofort kommen. Als Chrys die

Verbindung unterbrach, machte sich MacDonald auf den Weg zur Tür. »Ich werde den Bürgermeister suchen gehen«, sagte er über die Schulter. »Du bleibst hier, Jonny – für alle Fälle. Ich bin so schnell wie möglich zurück.«

Eldjarn war bereits wieder fort, und Chrys hatte eineinhalb Stunden gearbeitet, als sie den Schuß hörten.

»Was war *das?*« fragte Chrys und sah von ihrer Platine auf.

»Ein Schrotgewehr«, schreckte Jonny hoch und war bereits auf dem Weg zur Tür. »Du bleibst besser hier, bis ich –«

»Vergiß es«, sagte sie, legte vorsichtig den Lötkolben zur Seite und rannte hinter ihm her. »Ken ist draußen!«

Es folgte kein zweiter Schuß, trotzdem hatten sie keine Mühe, den Ort des Geschehens auszumachen. Bereits dreißig oder mehr Menschen hatten sich am Rand des Square versammelt, weitere eilten zusammen mit Jonny und Chrys in diese Richtung. Ein Stück seitlich, an einer Ecke des Gebäudes, in dem das Büro des Bürgermeisters untergebracht war, lag eine Gestalt am Boden. Über ihr kniete MacDonald.

»Stop!« blaffte eine autoritäre Stimme, als Jonny und Chrys sich durch Knäuel der Schaulustigen drängten und auf MacDonald zusteuerten. »Bleiben Sie von ihm fort!«

Jonny sah den Mann, der gesprochen hatte, kurz an, ohne langsamer zu werden. »Verdammt noch mal, L'est, der Mann ist verletzt!«

Der Laserstoß, den Jonny halb im Rücken erwartet hatte, blieb aus, und sie erreichten MacDonald ohne weiteren Zwischenfall. »Was können wir tun?« fragte er, während sie sich neben ihm auf die Knie fallen ließen. Der andere Cobra drückte, wie Jonny jetzt sah, mit dem Handballen rhythmisch auf das Brustbein des Verletzten.

»Beatme ihn«, fauchte MacDonald, doch Chrys hatte die Anweisung vorausgeahnt und begann bereits mit der Mund-zu-Mund-Beatmung. Jonny öffnete behutsam das verkohlte Hemd und zuckte zusammen, als er sah, wo ihn die Verbrennung erwischt hatte. »Was ist passiert?«

»Challinor ist vor ungefähr fünfzehn Minuten hier eingetroffen und hat Bürgermeister Tyler erklärt, daß sie die Macht übernähmen«, preßte MacDonald hervor. »Wir waren noch nicht in Verteidigungsstellung gegangen, und trotzdem versuchte Insley, auf ihn zu feuern.« Er stieß einen wütenden Fluch aus. »Challinor ging in Deckung. Er hatte keinerlei Grund, einen tödlichen Schuß abzufeuern – aber offenbar hielt L'est es für erforderlich, uns eine Lektion zu erteilen.«

Jonny blickte über MacDonalds Schulter. L'est stand noch immer in der Nähe der Platzmitte und beobachtete sie. Er sah sich um, und zum ersten Mal fiel ihm auf, daß noch vier weitere Cobras anwesend waren. Sie standen mehr oder weniger gleichmäßig verteilt auf dieser Seite des Platzes: die beiden Männer, die am Abend zuvor außer L'est noch bei Challinor gewesen waren, und – »Sandy Taber hat sich ihnen angeschlossen«, sagte er.

MacDonald gab einen verächtlichen Laut von sich. »Chrys?« fragte er. Sie löste sich von Insleys Gesicht und schüttelte den Kopf. »Ich kann keinen Puls mehr fühlen«, sagte sie leise. »Schon seit wir hier sind nicht. Tut mir leid, Ken.«

MacDonald sah sie einen Augenblick lang an, die Hände immer noch auf der Brust des Toten. Dann erhob er sich langsam und drehte sich wieder zum Platz um – mit einem Gesicht wie eine in Stein gehauene Gewitterwolke. »Halte sie da raus, Jonny«, brummte er und begann, auf L'est zuzugehen.

Das Ganze geschah mit einer solchen Beiläufigkeit, daß er bereits vier Schritte gemacht hatte, bevor Jonny so recht verstand, was der Cobra vorhatte. Gleichzeitig verkündete ein hörbares Atemholen hinter ihm, daß auch Chrys plötzlich erkannt hatte, was jetzt geschehen würde. »Ken!« stieß sie hervor und sprang auf.

Jonny war schneller. Er stand auf und packte sie mit einem

unlösbaren Griff, bevor sie an ihm vorbei konnte. »Bleib hier«, flüsterte er ihr eindringlich ins Ohr. »Da vorn kannst du nichts für ihn tun.«

»Jonny, du mußt ihn zurückhalten!« stöhnte sie, als sie sich gegen seinen Griff sträubte. »Sie werden ihn umbringen!«

Für Jonny war es die härteste Entscheidung, die er in seinem ganzen Leben getroffen hatte. Sein Instinkt schrie danach, auf den Platz zu treten, um sich zu feuern und zu versuchen, einen oder mehrere der Cobras auszuschalten, die dort schweigend im Kreise warteten. Für ihn war sonnenklar, daß L'est mit Insleys Tod exakt diese Reaktion hatte provozieren wollen: er wollte MacDonald in eine Konfrontation locken, bei der sie sämtliche taktischen und zahlenmäßigen Vorteile auf ihrer Seite hatten. Doch ebenso sonnenklar war, daß er nichts am Ausgang dieses Kampfes ändern konnte. Bei zwei gegen fünf würden er und MacDonald ebenso sicher draufgehen wie MacDonald allein ... und ohne ihre beiden Cobrabeschützer besäßen die Menschen in Ariel überhaupt keine Möglichkeit mehr, sich gegen Challinors Grünschnäbel von Kriegsherren zur Wehr zu setzen. Noch mehr als am Abend zuvor war ihm klar, was seine Pflicht war.

Und so klammerte er sich fest an Chrys und sah zu, wie sie seinen Freund töteten.

Der Kampf war kurz. Selbst zornentbrannt besaß MacDonald noch genug Verstand, nicht einfach stehenzubleiben und zu versuchen, L'est niederzuschießen. Mitten im Schritt ließ er sein rechtes Bein unvermittelt unter sich wegknicken und sackte senkrecht zu Boden. Gleichzeitig riß er die Arme hoch und feuerte mit seinen Fingerspitzenlasern nach beiden Seiten. Patrusky und Szintra am jeweils anderen Ende dieser Feuerstöße reagierten sofort und drehten sich zur Seite, während ihre Nanocomputer das Feuer erwiderten. Einen Augenblick später war ein doppelter Schmerzensschrei zu hören, als die Feuerstöße der abtrünnigen Cobras den

Platz kreuzten und sich gegenseitig trafen ... MacDonald, der am Boden lag, hob sein linkes Bein und wollte auf L'est feuern.

Er kam nicht mehr dazu. L'est sprang mit Hilfe seiner blitzschnellen Reflexe und der durch Servos vergrößerten Muskelkraft in einem sechs Meter hohen Bogen durch die Luft, der ihn fast genau über seinen Gegner trug. MacDonald riß verzweifelt die Arme hoch ... doch L'ests Bein war zuerst in Schußposition.

Der Platz leuchtete einen Augenblick lang hell auf, und alles war vorbei.

Jonny spürte, wie neben ihm die Spannung aus Chrys' Körper wich. Einen Moment lang glaubte er, sie würde entweder ohnmächtig oder hysterisch werden ... aber als sie sprach, klang ihre Stimme ruhig und fest. »Laß mich zu ihm, Jonny. Bitte.«

Er zögerte, denn er wußte, wie er aussehen würde. »Es wird ziemlich schlimm sein –«

»Bitte.«

Sie gingen zusammen, und Jonny hielt sie noch immer im Arm.

MacDonalds Anblick war tatsächlich schlimm. Der Feuerstoß aus L'ests Antipanzerlaser hatte ihn oben in die Brust getroffen, sein Herz und wahrscheinlich der größte Teil seiner Lunge waren zerstört. Seine Arme lagen schlaff auf dem Boden, ein Zeichen dafür, daß die Verbindung zwischen dem Nanocomputer und den Armservos ebenfalls gestört war, wodurch dem Cobra sogar die Genugtuung eines letzten, tödlichen Schusses verwehrt blieb.

»Was für eine entsetzliche Verschwendung.«

Jonny drehte sich langsam um, löste dabei den Arm von Chrys' Schultern und entfernte sich einen halben Schritt von ihr. »Ja, nicht wahr, Challinor«, sagte er zu dem Mann, der vor ihm stand, während ein weißglühender Zorn sich durch seinen Verstand zu fressen begann. »Schade, daß er nicht versucht hat, statt deiner zwei Gimpel dich und deinen Chefschlächter zu erwischen.«

»Er hat zuerst angegriffen. Du hast es selbst gesehen – ihr habt es alle gesehen«, fügte Challinor hinzu. Bei den letzten Worten hob er die Stimme in Richtung der Umstehenden. »C-3 L'est hat euch beschützt, wie es seine Pflicht ist.«

Was immer Jonny darauf hätte antworten können, es blieb ihm in der Kehle stecken – heraus kam nur ein Knurren wie von einem Tier. Challinor musterte ihn nachdenklich. »Tut mir leid, das mit deinem Freund – wirklich«, meinte er leise. »Aber wir können keinen Widerstand gegen unser Vorhaben dulden. Wir werden Aventine neu erschaffen, Moreau, und je eher und härter unser erster Schlag erfolgt, desto größer die Wahrscheinlichkeit, daß der Generalgouverneur kapituliert, bevor viel Blut vergossen wird.«

Taber trat zu Challinor. »Szintra ist tot«, berichtete er, Jonnys Blick ausweichend. »Patrusky wird ein paar Tage außer Gefecht sein, aber keine seiner Verbrennungen ist wirklich gefährlich.«

Challinor nickte. »Ich habe ihn unterschätzt«, meinte er nachdenklich. »Ich dachte, er wäre viel zu wütend, um taktisch zu denken. Ein gefährlicher Mann – ich wünschte, er hätte auf unserer Seite gestanden.«

»Ich werde dich umbringen, Challinor«, preßte Jonny hervor. »Du hast Ken auflaufen lassen, damit du ihn umbringen konntest, und dafür wirst du sterben.«

Challinor rührte sich nicht, aber er kniff leicht die Augen zusammen. »Das kannst du gerne versuchen«, sagte er leise. »Aber aufhalten kannst du uns nicht. L'est wird an meiner Stelle weitermachen, wenn ich draufgehe. Wäre es dir lieber, *er* hätte die Verantwortung? Ich glaube, du kannst uns nicht alle erwischen. MacDonald hatte Glück, daß er überhaupt irgendeinen Schaden angerichtet hat.«

Jonny antwortete nicht. Gleich einem Surfer auf einer Welle ritt sein taktischer Verstand auf der Woge seines Zorns und schätzte mit unnatürlicher Geschwindigkeit und Klarheit Wahrscheinlichkeiten und Möglichkeiten ab. Challinor stand vor ihm, Taber ein Stück links davon, L'est irgendwo dahinter. Ein unmerkliches Beugen der Knie, und er könnte hoch genug springen, um die beiden vor ihm mit einem tödlichen Tritt gegen den Kopf zu treffen, besonders wenn dem Angriff ein betäubender Schallstoß seines Sonics vorausging. L'est befand sich weit außerhalb der Reichweite des Sonics im Freien, doch solange er die Menge nach Anzeichen für Feindseligkeiten absuchte, gelang es Jonny vielleicht sogar, den ersten Treffer zu landen –

»Nein!« Chrys' unerwarteter Griff nach seinem Arm ließ seine Gedanken mitten in der Überlegung gefrieren. »Tu es nicht, Jonny. Ich habe schon Ken verloren – ich will dich nicht auch noch verlieren.«

Jonny schloß die Augen und atmete tief und stockend durch. *Es gehört nicht zu meiner Pflicht gegenüber Ariel, mein Leben im Zorn zu verschwenden,* dachte er angesichts der Weißglut in seinem Innern … und langsam fiel das lodernde Feuer zu Aschenglut zusammen.

Er öffnete die Augen. Challinor und Taber beobachteten ihn angespannt. »Dr. Eldjarn mußte heute morgen nach Sangraal fahren«, erklärte er Challinor mit ruhiger Stimme. »Du mußt unser Telefonsystem freigeben, damit wir ihn zurückrufen können.«

Die beiden abtrünnigen Cobras wurden eine Spur entspannter. »Nicht nötig«, sagte Challinor. »Er wird in wenigen Minuten wieder zu Hause sein, wenn das nicht sogar bereits der Fall ist. Unsere Straßensperre hat ihn auf dem Weg nach Thanksgiving gestoppt. Ihr hättet wirklich nicht versuchen sollen, auf diesem Weg eine Nachricht rauszuschmuggeln – dadurch habt ihr uns keine andere Wahl gelassen, als einzuschreiten.«

Dazu gab es nichts mehr zu sagen. Jonny nahm Chrys' Arm und ging mit ihr fort.

»Sein Urgroßvater war der letzte von sechs Generationen von MacDonalds, die eine Offiziersstelle in der Einundfünfzigsten Highland-Divison auf der Erde innehatten – wußtest du das?«

Jonny nickte stumm. Chrys hatte sich auf dem Sofa eingerollt und seit ihrer Rückkehr in ihr Haus vor mehreren Stunden fast unaufhörlich über MacDonald gesprochen. Anfangs war Jonny besorgt gewesen und hatte sich gefragt, ob sie sich vielleicht in irgendeine private Phantasiewelt zurückzog. Aber schon bald wurde ihm klar, daß dies einfach ihre Art war, Abschied zu nehmen.

Und so saß er stumm in seinem Sessel, gab, wenn nötig, eine Antwort und sah zu, wie sie sich ihren Kummer von der Seele redete.

Der Nachmittag war fast vorbei, als sie schließlich schwieg, und danach saßen sie eine ganze Weile in der Stille und blickten aus dem Fenster auf die länger werdenden Schatten. Jonny kam nie dahinter, was Chrys während dieser Zeit dachte. Seine eigenen Gedanken jedoch waren ein langsam dahinfließender Strom von Verbitterung und blinden Schuldgefühlen. Wieder und wieder spulte die Szene vor seinem inneren Auge ab, und immer neue Fragen stellten sich ihm und ließen ihn nicht los. War MacDonald wirklich vor Wut durchgedreht, oder hatte er kühlen Kopfes gehandelt? Hatte er eine Gelegenheit gesehen, Szintra und Patrusky gleichzeitig zu erledigen, und dementsprechend gehandelt? Hatte er erwartet, Jonny würde ihm bei seinem Spiel Rückendeckung geben? Hätten sie zu zweit Challinors Gruppe überhaupt besiegen können?

Das Geräusch, wie jemand die Haustür öffnete, durchbrach den Kreis von Selbstvorwürfen und Schuldgefühlen. »Dad?« rief Chrys.

»Ja.« Eldjarn kam herein und setzte sich neben seine Tochter. Er sah müde aus. »Wie geht es dir?«

»Es geht schon wieder. Was ist in der Stadt los?«

»Nicht viel.« Eldjarn rieb sich die Augen. »Bürgermeister Tyler hat Challinor mehr oder weniger zugesichert, daß keiner von uns Ärger machen wird. Ich weiß allerdings nicht recht – ich habe einige Leute murren hören, jemand sollte etwas unternehmen.«

»Und dieser Jemand bin ich«, sagte Jonny. »Vermutlich denken sie, ich hätte Angst.«

Eldjarn hob den Kopf, sah ihn an und zuckte verlegen mit den Achseln. »Niemand macht dir einen Vorwurf«, sagte er.

»Mit anderen Worten: sie tun es stillschweigend doch«, gab Jonny zurück, ein wenig zu barsch.

»Jonny –«

»Schon gut, Chrys«, meinte Jonny zu ihr. Er konnte es den anderen wirklich nicht verdenken. Sie wußten schließlich nicht, weshalb er sich zurückgehalten hatte. Er war sich mittlerweile ja selbst nicht mehr sicher ... »Orrin, wie viele Leute hat Challinor in Ariel? Hast du irgendeine Vorstellung?«

»Wenigstens zehn Cobras, von denen wir wissen, und wahrscheinlich ein Dutzend dieser arroganten Halbwüchsigen, mit denen die Straßensperren bemannt sind«, sagte Eldjarn.

Jonny nickte. Challinor hatte gesagt, er hätte zwölf Cobras auf seiner Seite. Dazu Taber und vielleicht noch ein, zwei weitere minus Szintra, dann deutete alles noch immer darauf hin, daß sämtliche Rebellen sich zur Zeit in Ariel befanden. Die Schlußfolgerung lag auf der Hand. »Sie sind noch nicht soweit, um gegen die Mine vorgehen zu können. Im Augenblick versuchen sie eher, eine ganze Ortschaft abzuschotten, als mit ihrem Plan weiterzumachen. Irgendeine Idee, wieso?«

Einen Augenblick lang war es still im Raum. »Normalerweise arbeiten die Minenarbeiter in einer Zweiwochenschicht und haben dann in Weald eine Woche frei, richtig?« fragte Chrys. »Vielleicht will Challinor bei Schichtwechsel zuschlagen.«

»Klingt vernünftig«, gab Jonny ihr recht. »Je nachdem, wie es üblicherweise abläuft, wird Challinor die Minen angreifen, wenn sich nur eine Schicht dort befindet oder alle drei. Im ersten Fall wird die Übernahme für ihn leichter, im zweiten bekommt er noch mehr Geiseln, beides ergibt also Sinn.« Er sah auf seine Uhr. »Noch drei Tage bis dahin, vorausgesetzt, sie arbeiten da oben nach einem nachvollziehbaren System. Das sollte reichen.«

»Wofür?« fragte Chrys argwöhnisch.

»Um flußaufwärts zu den Minen zu fahren und dort Alarm zu schlagen, natürlich – am besten breche ich sofort auf.« Er erhob sich.

»Warte mal, Jonny, das ist doch verrückt«, sagte Eldjarn. »Erstens liegen vierzig Kilometer äußerst gefährlichen Waldes zwischen uns und ihnen. Zweitens würde man dich vermissen, lange bevor du dort eintriffst.«

Jonny setzte sich langsam wieder hin. »Das habe ich nicht bedacht«, gestand er. »Glaubst du wirklich, Challinor wird mich so genau überwachen?«

Eldjarn zuckte mit den Achseln. »Auch wenn du heute morgen ... nicht eingegriffen hast, bist du immer noch der einzige in der Stadt, der ihm gefährlich werden kann. Dein Verschwinden würde mit Sicherheit bis zum Morgen entdeckt, und ich will mir gar nicht erst vorstellen, welche Verzweiflungstaten Challinor dann möglicherweise für unumgänglich hält. Die Idee ist gut, aber jemand anderes wird sie ausführen müssen. Ich zum Beispiel.«

»Du?« Chrys erschrak. »Das ist doch lächerlich – selbstmörderisch obendrein. Ohne Waffen und mit den Stachelleoparden auf Wanderung hättest du keine Chance.«

»Ich muß es versuchen«, meinte ihr Vater. »In einem Boot wäre ich vor den Stachelleoparden geschützt – von den allerentschlossensten einmal abgesehen. Außerdem gibt es im Ort doch noch eine Waffe, die ich mitnehmen könnte.«

»Welche denn – Seth Ramorras Machete?« schimpfte sie.

»Nein.« Eldjarn zögerte, und Jonny sah, wie einer seiner Wangenmuskeln zuckte. »Kens Antipanzerlaser.«

Chrys fiel die Kinnlade runter. »Du meinst den in seinem – Dad! Das ist doch nicht dein Ernst!«

»Doch.« Er sah zu Jonny hinüber. »Ist es möglich, den Laser zu entfernen, ohne das Bein zu amputieren? Das wäre zu offensichtlich, als daß Challinor es übersehen könnte.«

»Es wurde schon einmal gemacht, während unseres kurzen Ausflugs ins Zivilleben«, antwortete Jonny mechanisch. Das gesamte Cobraarsenal von MacDonald stand ihnen zur Verfügung – und er hatte nicht einmal daran gedacht. »Hast du schon mit Pater Vitkauskas über die Vorbereitungen für das Begräbnis gesprochen?«

Eldjarn nickte. »Es wird sich um einen Doppelgottesdienst handeln, sowohl für Ken als auch für Ra Insley, morgen um neun auf dem Square. Ich glaube, die meisten aus der Stadt werden kommen – und in einer so großen Menschenmenge wird Challinor nicht auffallen, wenn ich nicht dabei bin.«

Jonny stand auf. »Dann müssen wir den Laser jetzt sofort entfernen. Kens Leichnam ist drüben, richtig? Also gut, gehen wir.«

Wie in den meisten Ortschaften im Siedlungsgrenzgebiet auf Aventine verlangte Eldjarns Job als Arzt, daß er bei Bedarf auch als Begräbnisunternehmer in Erscheinung trat, und die bescheidene, an das Haus angegliederte Kombination aus Büro und Behandlungsraum beherbergte hinten auch ein kleines Zimmer, in dem die Toten für das Begräbnis vorbereitet wurden. Jonny und Eldjarn ließen Chrys im Büro zurück, wo sie Wache halten sollte, und gingen nach hinten.

Auf einem Tisch aufgebahrt sah MacDonalds Leiche keinen Deut besser aus als hingestreckt auf der Straße, aber wenigstens war der Geruch verbrannten Fleisches verschwunden – entweder verflogen oder künstlich neutralisiert. Jonny warf nur einen einzigen Blick auf die Wunde in der Brust, dann wandte er sich ab und konzentrierte sich auf das Bein. »Der Laser liegt genau hier, größtenteils vom Wadenmuskel verdeckt«, erklärte er Eldjarn und zeichnete die Lage auf MacDonalds Bein nach. »Eine Narbe gibt es wahrscheinlich nicht – ich habe auch keine –, aber als sie ihn beim letzten Mal entfernt haben, befand sich der Einschnitt ungefähr hier.« Er zeigte auf die Stelle.

Eldjarn nickte. »Jetzt sehe ich, wie sie ihn eingesetzt haben. Also gut, ich gehe mein Operationsbesteck holen, dann fangen wir an.«

Leise Schritte waren die einzige Warnung. Jonny blickte gerade noch rechtzeitig über seine Schulter, um zu sehen, wie die Tür aufging, als L'est und Taber, die erbleichte Chrys im Schlepptau, forschen Schritts den Raum betraten.

»Guten Abend, Doktor Eldjarn, Moreau«, sagte L'est und musterte den Raum mit einem flüchtigen Blick. »Ich hoffe doch, wir stören nicht?«

»Wir machen MacDonalds Leichnam fertig«, meinte Eldjarn kurz angebunden. »Was wollen Sie?«

»Oh, wir wollen nur sichergehen, daß niemand den Helden spielt.« L'est blickte Eldjarn über die Schulter. »Mir fiel ein, wir sollten vielleicht die Waffen unseres verstorbenen Landsmannes entfernen, bevor jemand anders auf die Idee kommt, dies zu tun. Wenn Sie also kurz zur Seite treten wollen, es dauert nur eine Minute.«

Eldjarn rührte sich nicht von der Stelle. »Nein«, sagte er in einem Ton, der keinen Widerspruch duldete. »Ich werde nicht zulassen, daß Sie den Toten verstümmeln.«

»Sie haben keine Wahl. Gehen Sie zur Seite.«

Eldjarn schnaubte. »Wie ich sehe, ist diese Situation neu für Sie. Aber wenn Sie annehmen, Sie könnten den einzigen Arzt einer Ortschaft töten oder einsperren und dann vom Rest der Bevölkerung auch nur widerwillig Unterstützung erwarten, dann steht Ihnen eine äußerst böse Überraschung bevor.«

Zum ersten Mal schien L'ests Selbstvertrauen zu bröckeln. »Hören Sie zu, Doktor –«

»Doktor, würden Sie den Laser für uns entfernen?« warf Taber plötzlich ein. »Sie sind Chirurg – Sie könnten es tun, ohne Spuren zu hinterlassen.«

Eldjarn zögerte. »Jonny?« fragte er.

Jonny zuckte mit den Achseln und versuchte, seine Enttäuschung über L'ests äußerst ungünstig gewählten Zeitpunkt zu verbergen. »Entweder du machst es oder L'est. Mir persönlich wäre es lieber, du machst es.« Er durchbohrte L'est mit seinem Blick. »Aber Orrin hat recht, eine Verstümmelung werden wir nicht hinnehmen. Und schon gar nicht werden wir zulassen, daß ihr ihm die Finger abschneidet.«

»Aber die Laser –«, setzte er an.

»Kein Aber. Seine Hände werden deutlich sichtbar im Sarg liegen.«

Taber stieß L'est an. »Wenn wir sicherstellen können, daß die Fingerspitzenlaser am Morgen noch da sind, dürfte das genügen«, murmelte er. »Du kannst sie zusammen mit der Energieversorgung immer noch vor der eigentlichen Beerdigung herausnehmen, wenn du das für nötig hältst.«

Schließlich nickte L'est. »Also schön. Aber wenn diese Finger morgen früh fehlen, machen wir Sie dafür verantwortlich, Doktor.«

»Verstehe. Jonny, Chrys, wollt ihr nicht zu Kens Haus rübergehen und mir Kens großen Cobradienstanzug holen?«

Jonny nickte. Schlimm genug, daß Chrys dabeistehen und zuhören mußte, wie über Kens Leiche verhandelt wurde, sie brauchte nicht auch noch zu sehen, wie er aufgeschnitten wurde. »Sicher. Ich glaube, wir könnten beide einen Spaziergang vertragen. Komm, Chrys.«

»Aber bleibt auf jeden Fall dort, wo ihr bleiben sollt«, warnte sie L'est. »Die Straßen, die aus der Stadt führen, sind gesperrt – und an jeder Barrikade gibt es Cobras.«

Jonny antwortete erst gar nicht. Er schob sich an ihnen vorbei, ergriff Chrys' Arm und ging hinaus.

MacDonalds Haus stand nicht allzuweit entfernt, doch Jonny hatte es nicht besonders eilig, zudem beherbergte das Haus für sie beide eine Menge Erinnerungen, denen sie eine Weile nachhingen. Als sie schließlich mit der sorgfältig zusammengelegten Uniform wieder herauskamen, war es so dunkel, daß man die hellsten Sterne bereits sehen konnte. »Gehen wir ein Stück«, schlug er vor, als Chrys in Richtung ihres Hauses abbog.

»Das ist nicht nötig«, sagte sie müde. »Dad wird mittlerweile fertig sein.«

»Aber es ist eine so schöne Nacht«, wandte er ein und lenkte sie sachte, aber entschieden zur Mitte des Ortes hin.

Sie leistete nur einen Augenblick lang Widerstand, dann fiel sie in seinen Schritt ein. »Hast du einen Plan?« fragte sie leise.

Jonny nickte. »Ich glaube, ja. Hast du den Schlüssel für das Büro bei dir?«

»Ja ... aber mit dem Bündelsender bin ich noch nicht weit gekommen.«

»Macht nichts. Hast du ein paar von diesen winzigen elektrischen Dingern, die man in die Steuerschaltung von Fahrzeugen einbauen kann, um sie fernzusteuern?«

»Mikrofunkrelais? Sicher. Die Minenarbeiter in Kerseage benutzen sie für Bohrmaschinen und robotergesteuerte Lastkähne, die den Fluß hinunterfahren –« Sie hielt inne. »Ein Boot, das den Fluß hinauffährt? Mit einer Nachricht an Bord?«

»Sprich leise – der Kerl, der uns folgt, könnte dich hören.« Eigentlich bezweifelte er das. Er hatte sich bereits vergewissert, daß ihr Beschatter einer von Challinors Teenagern war, und der ging viel zu weit hinten und würde allenfalls einen lauten Schrei mitbekommen. Aber er war alles andere als sicher, wie Chrys auf den Plan reagieren würde, der langsam in seinem Hinterkopf Gestalt annahm, und wollte es so lange wie möglich hinauszögern, ihn ihr zu erklären.

Sie hatten fast den Rand des Square erreicht und konnten Chrys' Werkstatt bereits sehen, als sie ihn plötzlich am Arm zog. »Vor der Tür steht jemand!« zischte sie.

Jonny schaltete seine optischen Verstärker eine Stufe höher. »Das ist Almo Pyre«, erkannte er den Posten. »Mit einem Schrotgewehr. Wahrscheinlich befürchtet Challinor, du oder Ned, ihr könntet etwas zusammenbasteln, um das Telefonsystem zu entwanzen.« Allerdings zeigte der Umstand, daß Challinor offenbar den größten Teil seiner Truppen mit Hinblick darauf verteilt hatte, jeden am Verlassen der Stadt zu hindern, wie gering er die Bedrohung durch Chrys' Ausrüstung einschätzte. »Das dürfte nicht allzu schwierig werden.«

»Was ist mit unserem Schatten?« fragte Chrys besorgt. »Du wirst Almo doch nicht weh tun, oder? Er ist doch noch ein Junge.«

»Der ist alt genug, die Folgen seines Tuns zu verantworten«, gab Jonny zu bedenken. »Mach dir keine Sorgen – ich mag den Jungen ja auch. Und was unseren Schatten anbetrifft, ich denke, mit einem scharfen Schwenk nach rechts um die Drogerie und ein paar schnellen Schritten können wir ihn abschütteln, ohne daß er glaubt, wir wären auf ihn aufmerksam geworden. Dann schlagen wir einen Bogen und nähern uns deiner Werkstatt von hinten. Unterwegs sollten wir nicht miteinander sprechen, daher mußt du mir ein paar Informationen sofort geben ...«

Soweit Jonny es beurteilen konnte, funktionierte der Trick, und sie erreichten Chrys' Haus, ohne daß Challinors Spion irgendwo zu sehen gewesen wäre. Auf der Rückseite der Werkstatt, wo es keine Tür gab und somit eine Wache überflüssig war, hielt sich niemand auf. Jonny stellte sich direkt unter das Fenster im zweiten Stock, das Chrys ihm gezeigt hatte, sah sich ein letztes Mal um und sprang. Seine

Beinservos waren der Aufgabe mehr als gewachsen, und er landete in der Hocke auf dem schmalen Fenstersims – mit gespreizten Knien, um das Glas nicht zu zerbrechen, und so, daß seine Hände reichlich Halt am Holzrahmen fanden. Das Fenster, das zum Lüften ein paar Zentimeter weit offen stand, leistete nur symbolischen Widerstand und ließ sich dann ganz nach oben schieben. Sekunden später war Jonny drinnen.

Er brauchte nicht lange zu suchen – alle gesuchten Gegenstände befanden sich an dem von Chrys genannten Platz –, und zwei Minuten später hockte er wieder auf dem Fenstersims und schloß das Fenster hinter sich. Sekunden danach entfernten sie sich so unbekümmert wie möglich von dem Gebäude. Chrys atmete deutlich schwerer als er.

»War kein Problem«, beruhigte er sie, indem er ihre unausgesprochene Frage beantwortete. »Niemand wird erfahren, daß ich dort war. Gehen wir zurück nach Hause – dein Vater und du – ihr habt heute nacht eine Menge Arbeit zu erledigen.«

L'est und Taber waren längst gegangen, als sie beim Haus der Eldjarns eintrafen, trotzdem war Jonny klug genug, sich nicht mehr lange dort aufzuhalten. Zum Glück brauchte er nicht mehr als fünf Minuten, um ihnen zu erklären, was sie zu tun hatten. Weder Chrys noch ihr Vater waren besonders glücklich über den Plan, willigten aber widerstrebend ein.

Gleich anschließend brach er auf, und als er die Straße zu seinem eigenen Haus hinunterging, sah er aus den Augenwinkeln, wie sich ein Schatten aus einem Gebüsch in der Nähe des Hauses der Eldjarns löste und hinter ihm in seinen Schritt einfiel – etwas näher als zuvor.

Er seufzte, und zum ersten Mal seit MacDonalds Tod huschte ein dünnes Lächeln über sein Gesicht. Das riskante Spiel hatte also funktioniert: Der Schatten hatte seine Arbeit wieder aufgenommen, und da sich nirgends in der Gegend nervöse Cobras zeigten, hatte der Junge es vermutlich nicht für berichtenswert gehalten, daß er sie ein paar Minuten aus den Augen verloren hatte. Eine verständliche Reaktion, dachte Jonny, wenn man die Zurschaustellung tödlicher Cobrakampfkraft von heute morgen berücksichtigte. Und soweit es ihn betraf, durfte der Junge ihn gerne für den Rest der Nacht beschatten.

Er hoffte nur, Challinor hatte nicht daran gedacht, auch die Eldjarns beobachten zu lassen.

Der Morgen dämmerte frisch und klar, und nur ein paar schuppenförmige Zirruswölkchen störten das tiefe Blau des Himmels. Irgendwie erschien es Jonny nicht richtig, daß der aventinische Himmel am Tag von MacDonalds Begräbnis und nach seiner eigenen ruhelosen, von Alpträumen geplagten Nacht so freundlich aussah. Immerhin, gutes Wetter verhieß eine große Zahl von Zuschauern beim Begräbnis, und diese lockten sicher eine Menge von Challinors Cobras an. Vielleicht stand Aventine am Ende doch auf seiner Seite.

Er fühlte sich ein wenig ermutigt, frühstückte gut, duschte und rasierte sich und trat um acht Uhr dreißig im großen Dienstanzug der Cobras aus dem Haus.

L'est und Taber, die so müde aussahen, wie er sich fühlte, erwarteten ihn. »Morgen, Moreau«, sagte L'est und maß ihn von Kopf bis Fuß. »So schick habe ich dich seit dem Tag der Landung nicht mehr gesehen.«

»Zu freundlich«, erwiderte Jonny kurz angebunden. »Wenn du nichts dagegen hast, ich bin zu einer Beerdigung unterwegs. Du mußt bestimmt auch irgendwohin.« Er drückte sich zwischen den beiden durch und ging steifbeinig die Straße hinunter.

Sie folgten ihm einen Schritt zurück. »Es gibt ungefähr hundert Orte, wo ich lieber hinginge«, meinte L'est, »und ungefähr tausend Menschen, deren Gesellschaft ich vorziehen würde. Aber Tors ist offenbar der Ansicht, daß dich jemand an die Leine nehmen muß.«

Jonny schnaubte. »Challinor konnte immer schon gut mit Worten umgehen. Wovor, zum Teufel, habt ihr Angst – daß ich bei Kens Beerdigung einen Aufstand anzetteln könnte?«

»Es hat keinen Sinn, ein Risiko einzugehen«, meinte Taber gleichgültig. »Bis jetzt war es in Ariel friedlich, aber bei Massenzusammenkünften besteht immer die Gefahr, daß sie außer Kontrolle geraten. Eine Demonstration der Macht ist die beste Methode zu verhindern, daß irgend jemand auf verrückte Ideen kommt.«

Jonny sah sich nach ihm um. »Das klingt nicht mehr so vollkommen überzeugt«, meinte er. »Machen dir Challinors selbstherrliche Methoden zu schaffen?«

Taber schwieg mehrere Schritte lang. »Ich habe MacDonald auch gemocht«, meinte er schließlich. »Aber Challinor hat recht. Die Regierung hier hat versagt.«

»Es gibt auch ohne Rebellion Wege, das zu verbessern –«

»Das reicht«, unterbrach ihn L'est. »Die Zeit für politische Plaudereien ist um.«

Jonny biß die Zähne fest aufeinander, aber eigentlich hatte er keine andere Reaktion erwartet. L'est würde nicht einfach tatenlos danebenstehen, während er zusätzlich Wasser auf die Mühlen jener Unsicherheit goß, die Taber an den Tag zu legen begann. Vielleicht jedoch – nur vielleicht – war bereits genug davon vorhanden, so daß sie von ganz allein weiterliefen. Ob es noch rechtzeitig dazu kam, war eine völlig andere Frage.

Seit dem letzten Landungstagfest hatte Jonny den Square nicht mehr so voller Menschen gesehen. In der Mitte, auf zwei hüfthohen Podien, ruhten die offenen Särge. Vom Rand des Platzes aus waren MacDonalds Gesicht und seine gefalteten Hände so gerade eben zu erkennen. Zwischen den Särgen, auf dem einzigen sichtbaren Stuhl, saß Pater Vitkauskas. Jonny ging weiter durch nach links und umrundete die Menge, bis er auf einer Höhe mit dem Fußende von MacDonalds Sarg stand. Er sah sich um und entdeckte wenigstens sechs weitere von Challinors Cobras, die in lockerer Formation am Rand der Menschenmenge in seiner Nähe standen. Offenbar waren ihre Positionen so gewählt, daß sie von der leichten Bodenerhebung einen besseren Überblick über das Gelände hatten. Anscheinend befürchtete Challinor tatsächlich Schwierigkeiten mit den Zuschauern.

»Guten Morgen, Moreau«, raunte eine Stimme hinter ihm. Jonny drehte sich um und sah, wie Challinor auf L'est zutrat. »Gut besucht, findest du nicht auch?«

»Äußerst gut«, meinte Jonny kühl. »Ken war sehr beliebt. Ihn umzubringen war vermutlich dein größter Fehler.«

Challinor ließ den Blick kurz über die Menge schweifen, bevor er zu Jonny zurückkehrte. »Ich will doch hoffen, du bist nicht so dumm und versuchst, das auszunutzen«, warnte er Jonny mit einem leichten Unterton von Nervosität in der Stimme. »L'est, Taber und ich werden die ganze Zeit hinter dir stehen, und wenn du nur den Anschein erweckst, als wolltest du Schwierigkeiten machen, wird dies das letzte sein, was du je tust. Und wahrscheinlich auch das letzte, was einige von den anderen hier tun.« Er warf einen vielsagenden Blick auf die Cobras zu beiden Seiten.

»Keine Sorge«, knurrte Jonny. »Ich habe nicht die Absicht, Unruhe zu stiften.«

Plötzlich verstummte das leise Gemurmel auf dem Square. Jonny drehte sich wieder um und sah, daß Pater Vitkauskas sich erhoben hatte.

Und dann begann die Begräbnisfeier.

Jonny erinnerte sich hinterher nur an sehr wenig von dem, was an jenem Morgen gesprochen wurde. Er sang mechanisch zusammen mit den anderen, senkte an den richtigen Stellen den Kopf ... doch größtenteils galt seine Aufmerksamkeit der Menge, aus der er die herauspickte, die er am besten kannte, um ihre Stimmung einzuschätzen. Chrys und ihren Vater fand er ohne Mühe. Sie standen in der ersten

Reihe, einen Viertelkreis von ihm entfernt. Bürgermeister Tyler stand in ihrer Nähe, machte ein erbittert würdevolles Gesicht – ein Mann, der entschlossen war, sich den Schock über die plötzliche Verkehrung seiner Welt nicht anmerken zu lassen. Viele der anderen trugen einen ähnlichen Ausdruck im Gesicht, wie Jonny bemerkte, und er konnte es ihnen kaum verdenken. Die Cobras, ihre Helfer, hatten sich offenbar gegen sie gestellt, und keiner wußte so recht, wie er darauf reagieren sollte. Einige legten mehr Unsicherheit an den Tag als andere. Jonny sah, wie Almo Pyre verlegen von einem Bein aufs andere trat. Wie Taber schienen dem jungen Mann Zweifel gekommen zu sein, ob er sich für die richtige Seite entschieden hatte.

Ein plötzliches Rascheln von Stoff lenkte Jonnys Aufmerksamkeit wieder auf den Priester. Der Gottesdienst näherte sich dem Ende, wie er sah, und die Menge kniete nieder für ein letztes Gebet. Auch Jonny ließ sich hastig auf die Knie fallen und sah sich dabei rasch um. Challinors Cobras standen noch immer. Welchen Respekt sie auch immer hier empfanden, er wurde aufgehoben durch die taktische Notwendigkeit, die Menge genau im Auge zu behalten. Aus dem Augenwinkel sah er, wie Almo zögerte und sich dann mit einem schnellen Blick in Jonnys Richtung zusammen mit den anderen Menschen ringsum niederkniete. Zwischen den Podien für die Särge war auch Pater Vitkauskas selbst niedergekniet ... und als er die Schlußformel der Totenmesse sprach, suchten Jonnys Augen die von Chrys, und er sah, wie ihre Hand unter den Saum ihres langen Rockes zu dem dort festgeschnallten Apparat glitt ...

Und plötzlich richtete sich MacDonald in seinem Sarg auf.

Hinter Jonny stöhnte jemand erschrocken – doch für weitere Reaktionen hatte niemand Zeit. MacDonalds Hände falteten sich auseinander und nahmen mit einer fließenden Bewegung eine Haltung an, als wolle er jemandem beide Hände entgegenstrecken … und plötzlich spien die Laser in seinen kleinen Fingern Feuer.

Taber, der unmittelbar in der Schußlinie stand, sackte geräuschlos in sich zusammen. Challinor und L'est, deren vorprogrammierte Reflexe sie schließlich aus ihrer verblüfften Starre rissen, tauchten zur jeweils anderen Seite weg und rissen ihre eigenen Laser zum Gegenangriff hoch. Doch MacDonalds Unterarme schwenkten bereits blitzschnell zu den Seiten und bestrichen den Luftraum über den Köpfen der knienden Menge mit einem todbringenden Laserfächer.

L'est gab einen erstickten Laut von sich, als der Strahl ihn in der Brust erwischte und er zu Boden ging, während seine Laser noch immer sinnlos auf den Mann im Sarg feuerten, den er bereits einmal getötet hatte. Challinor brach seinen Angriff gerade eben noch rechtzeitig ab, um sich zu ducken, und stürzte vollends zu Boden, als Jonnys Antipanzerlaser aufblitzte. Die übrigen Cobras rings um den Platz, deren Reflexe und Zielerfassungsgeräte bereits für die sinnlose Aufgabe programmiert waren, MacDonalds Angriff auszuweichen, reagierten viel zu langsam auf Jonnys Eintritt in den Kampf. Wahrscheinlich bekamen viele von ihnen nicht einmal mehr mit, daß noch jemand anderes auf sie schoß. Mit MacDonalds wildem Geballer und Jonnys gezielteren Schüssen aus dem Hinterhalt waren bald alle niedergemäht.

Es war vorbei, bevor auch nur einer in der Menge daran dachte aufzuschreien.

»Wir werden das nicht geheimhalten können, wissen Sie«, sagte Bürgermeister Tyler kopfschüttelnd. Auch seine Hände zitterten. »Zumindest werden wir – und was das anbetrifft, auch ungefähr ein Viertel aller anderen Ortschaften im Caravel-Distrikt – den Generalgouverneur um neue Cobras bitten müssen.«

»Dagegen ist nichts einzuwenden«, meinte Jonny und zuckte zusammen, als Eldjarn Salbe auf seine Schulter rieb, wo ihn ein Schuß gestreift hatte. »Kein Mensch wird versuchen, Challinor zu rächen oder dort weiterzumachen, wo er aufgehört hat, falls Ihnen das Sorgen bereitet. All die Unentschiedenen, die angeblich bereits in Lauerstellung hinter ihm gewartet haben, werden sich ein Bein ausreißen, um auch ganz sicher auf der richtigen Seite zu stehen. Die Kriegsherrenbewegung ist gestorben.« Er zwinkerte dem Bürgermeister zu. »Lassen Sie nur aus Ihrem Bericht hervorgehen, daß lediglich eine kleine Minderheit an dem Plan beteiligt war. Wir dürfen nicht zulassen, daß die Menschen paranoid auf uns reagieren – dafür gibt es auf Aventine noch immer zu viel Arbeit, die nur Cobras erledigen können.«

Tyler nickte und ging zur Tür, die in sein Privatbüro führte. »Ja. Ich hoffe bloß, Zhu bekommt die Geschichte nicht in den falschen Hals. Es wäre mir äußerst unangenehm, wenn Ariel Challinors Übereifer ausbaden müßte.«

Die Tür schloß sich hinter ihm, und Chrys erhob sich. »Ich denke, ich sollte auch mal aufbrechen – ich muß mich endlich an die Arbeit machen und das Telefonsystem reparieren.«

»Chrys –« Jonny zögerte. »Tut mir leid, daß es bei Kens Begräbnis geschehen mußte, und daß du ... mit ansehen mußtest, wie ...«

Sie lächelte matt. »Wie man ihn noch mehr verstümmelt hat?« Sie schüttelte den Kopf. »Ken hatte diesen Körper längst verlassen, Jonny. Er hat diese Laser nicht mehr gespürt. *Du* warst es, um den ich mir Sorgen gemacht habe – ich hatte eine Todesangst, es könnte dich auch erwischen.«

Jonny schüttelte den Kopf. »Die Gefahr bestand eigentlich kaum«, beruhigte er sie. »Du, Orrin und Pater Vitkauskas, ihr hattet alles perfekt für mich vorbereitet. Ich hoffe nur, Kens Ruf hat nicht ... ich weiß nicht.«

»Hat er bereits«, seufzte sie. »Es gehen bereits die ersten Gerüchte um, Ken hätte seinen Tod nur vorgetäuscht, um einen letzten Schuß anbringen zu können.«

Jonny verzog das Gesicht. Ja, das sah den Leuten hier ähnlich – und ein paar Tage und einhundert Kilometer weiter wäre diese Geschichte vermutlich bis zur völligen Unkenntlichkeit entstellt: der rächende Cobra, der von den Toten auferstand, um sein Volk von den Unterdrückern zu befreien, zum Beispiel. »Eine solche Legende hätte vielleicht nicht nur schlechte Seiten – zumindest dürfte sie Männer wie Challinor in Zukunft bremsen«, überlegte er laut. »Ich glaube, Ken hätte nichts dagegen, wenn man das mit seinem Namen in Verbindung brächte.«

Chrys schüttelte den Kopf. »Mag sein. Im Augenblick kann ich gar nicht so weit in die Zukunft denken.«

»Ist dir wirklich nach Arbeiten zumute?« fragte er und betrachtete ihr angespanntes Gesicht. »Ned könnte allein mit den Reparaturarbeiten am Telefon anfangen.«

»Es geht schon.« Sie griff nach Jonnys Hand und drückte sie kurz. »Wir sehen uns später, Jonny – und danke.«

Sie ging, und Jonny seufzte. »Der wahre Dank gebührt euch beiden«, meinte er an Eldjarn gewandt. Die Ereignisse begannen ihn einzuholen, und plötzlich fühlte er sich sehr müde. »Ich glaube, ich hätte es nicht ertragen, all diese Schaltfolgen mit Kens Servos zu verbinden, selbst wenn ich gewußt hätte, wie man das macht. Besonders für Chrys muß das ziemlich hart gewesen sein.«

»Ja, wir haben alle getan, was getan werden mußte«, erwiderte Eldjarn. »Dir ist aber doch klar, daß es noch nicht vorüber ist – noch lange nicht. Zhu wird darauf reagieren, ganz sicher. Wenn er klug ist, wird er sich zunächst einmal anhören, was die Cobras über die Politik und das Vorgehen der Regierung zu sagen haben. Du wirst diese Gelegenheit nutzen müssen, ein paar gute, konkrete Vorschläge anzubringen.«

Jonny zuckte matt die Achseln. »Mir geht es wie Chrys. Ich kann im Augenblick wirklich nicht so weit nach vorn denken.«

Eldjarn schüttelte den Kopf. »Chrys kommt mit dieser

Entschuldigung durch, du nicht. Solange es Cobras auf Aventine gibt, wird uns immer die Drohung begleiten, daß etwas Ähnliches noch einmal passieren könnte. Wir müssen *jetzt* handeln, wenn wir diese Möglichkeit für die Zukunft kleinhalten wollen.«

»Ach, komm schon, Orrin – jetzt redest du von Politik, und das liegt Lichtjahre jenseits meines Horizontes. Ich wüßte nicht mal, wo ich anfangen sollte.«

»Du fängst damit an, indem du den Cobras das Gespür dafür gibst, daß ein Angriff auf die Regierung einem Angriff auf sie persönlich gleichkommt«, sagte Eldjarn. »Ken hat Challinor bekämpft, weil die Rebellion einen Angriff auf seinen Familienstolz bedeutete, und du hattest wahrscheinlich ähnliche Gründe.« Er zögerte. »Bei den meisten von euch werden wir vermutlich an ein aufgeklärtes Eigeninteresse appellieren müssen ... sobald dieses Eigeninteresse entsprechend mit dem der Regierung verknüpft worden ist.«

Jonny runzelte die Stirn, als er allmählich begriff. »Willst du damit vorschlagen, wir sollten irgendwie direkt an der Regierung beteiligt werden?«

»Ich glaube, das ist unvermeidlich«, sagte Eldjarn. Und obwohl seine Stimme fest klang, verrieten seine ruhelosen Hände, wie nervös er war. »Ihr Cobras habt erheblich mehr Macht über diese Welt, als das System bislang berücksichtigt hat, und so oder so, das System wird dieser Tatsache Rechnung tragen müssen. Entweder überlassen wir sie euch auf kontrollierte, geordnete Weise, oder wir riskieren das Chaos von Challinors Methode. Mag es dir gefallen oder nicht, Jonny, du stellst jetzt eine wichtige politische Macht dar – und deine erste politische Pflicht wird darin bestehen, Zhu das begreiflich zu machen.«

Eine winzige Sekunde lang verzog Jonny angesichts dieser Ironie das Gesicht. Vielleicht hatte Challinor auf bescheidene, unerwartete Weise am Ende doch gewonnen. »Ja«, seufzte er. »Das werde ich wohl müssen.«

Zwischenspiel

Für das geübte und aufmerksame Auge waren die Zeichen nicht zu übersehen.

Natürlich waren sie nicht offensichtlich. Eine überflüssige Floskel in einer offiziellen Mitteilung der Trofts an das Komitee, gewisse kleine Positionsänderungen sowohl des Handels als auch der interstellaren Schiffe zur Überwachung der Grenzen, ein Kommentar seitens der Minthisti auf offenkundiges Drängen der Trofts hin – kleine Dinge, jedes für sich genommen vollkommen bedeutungslos. Doch als Ganzes betrachtet, zogen all die winzigen Bruchstücke die gleiche Schlußfolgerung nach sich.

Fünfzehn Jahre lang hatten die Trofts den Schiffen des Imperiums die freie Durchfahrt durch ihr Territorium erlaubt, jetzt waren sie es leid.

Vanis D'arl setzte eine finstere Miene auf und starrte hinaus auf das nächtliche Dome, das durch sein Bürofenster zu sehen war. Diese Entwicklung nahm man nicht gerade tragisch auf – die Hälfte des Komitees zeigte sich eher überrascht darüber, daß der Korridor überhaupt so lange offen geblieben war. Tatsächlich hatte die Star Force ihre Pläne für den Notfall schon seit elf Jahren laufend auf den neuesten Stand gebracht ... und wenn nichts anderes geschah, würde man die Strategien vor Ablauf eines Jahres testen können.

Es verstand sich von selbst, daß – egal ob man gewann oder verlor – eines der ersten Opfer eines neuen Krieges Aventine mit seinen zwei eigenen, gerade flügge gewordenen Kolonien sein würde ... eben genau jene Welten, für deren Verteidigung der Krieg theoretisch geführt werden würde. Was D'arls Ansicht nach den drohenden Konflikt zu einer sinnlosen Übung machte.

Doch welche Alternativen boten sich? Das Komitee, das man geradezu mit körperlicher Gewalt dazu hatte bringen müssen, den Kolonialisierungsplan überhaupt zu akzeptieren, hatte in den vergangenen Jahren eine vollständige Kehrtwendung vollzogen, seit seltene Mineralien und neue pharmazeutische Erzeugnisse in entgegengesetzter Richtung durch den Korridor strömten. Solange es Militärschiffen vertraglich untersagt war, auf Troftgebiet vorzudringen, besaß das Imperium keinerlei Möglichkeit, Aventine zu verteidigen – es sei denn, es drohte für den Fall eines Angriffs auf die Kolonie mit einem Krieg – eine Drohung, die sowohl öffentlich als auch privat bereits seit Jahren immer wieder ausgesprochen worden war.

Und wenn es eine allgemeingültige Regelung in der Politik gab, dann die, daß eine Drohung, die nicht wahr gemacht wurde, einen letzten Endes immer teuer zu stehen kam.

D'arl reichte hinüber und tippte auf sein Interkom. »Ja, Komiteemitglied?« Der junge Mann hob den Kopf und blickte ihn vom Bildschirm an.

»Haben Sie die botanischen Daten von Aventine schon miteinander verglichen?«

»Ja, Sir.« Jame Moreau nickte. »Der Bericht liegt auf Ihrem Schreibtisch unter der Kennung ›Aventine Bo/Phys III‹. Ich habe ihn dort hingelegt, als Sie in der Sitzung für Allgemeine Politik waren.«

»Danke.« D'arl warf einen Blick auf seine Uhr. »Sie können eigentlich nach Hause gehen, Moreau. Die Mitarbeiter von der Nachtschicht werden mir helfen, sollte ich noch etwas brauchen.«

»Ja, Sir. Lassen Sie mich vorher noch erwähnen, daß es sich möglicherweise lohnt, einen Punkt auf der Magcard weiter zu verfolgen, wenn ich recht verstanden habe, wonach Sie suchen. Er ist mit einem Doppelstern gekennzeichnet.«

»Danke«, wiederholte D'arl und unterbrach die Verbindung. *Wenn Sie recht verstanden haben, wonach ich suche?* dachte er sarkastisch mit Blick auf den leeren Monitor. *Wenn* ich *recht verstanden hätte, wonach ich suche, hätte ich es vermutlich schon vor Jahren gefunden.* Die Untersuchungen zur Autarkie, der Vorschlag zur Abschreckung – das alles funktionierte, das alles ergab einen Sinn, und D'arl war jederzeit bereit, es in die Tat umzusetzen. Aber *irgend etwas* fehlte, ein politischer Grundpfeiler, der dafür sorgte, daß er das Paket sowohl hier als auch auf Aventine an den Mann bringen konnte. Es *mußte* ihn geben ... doch zum gegenwärtigen Zeitpunkt hatte D'arl keine Ahnung, was das sein könnte.

Er wühlte im geordneten Chaos auf seinem Schreibtisch herum, fand Moreaus Magcard, schob sie ins Combord und gab den Doppelstern ein. Wie sich herausstellte, handelte es sich um die Analyse irgendeiner Schilfpflanze mit dem Namen Blussa, die offenbar in tiefliegenden Feuchtgebieten auf Aventine gedieh und die eifrig eines jener strategisch wichtigen Metalle auf D'arls Autarkieliste produzierte.

Wachstumszyklus, Ökonische, Biochemie – er überflog die Übersicht, die Moreau direkt aus der Zentraldatei kopiert hatte.

Biochemische Reaktion auf Klimaveränderungen.

Er zügelte sich und las konzentriert. Ging noch einmal nach oben und las es noch einmal. Er rief die jüngsten Klimadaten auf, die Aventine geschickt hatte, las sie und nahm wegen einer vergleichenden Simulation mit den Aufzeichnungen über die Fauna der Kolonie Verbindung zu den Mitarbeitern der Nachtschicht an Domes Zentralcomputer auf. Der Chefprogrammierer lauschte aufmerksam, setzte D'arl davon in Kenntnis, daß die Sache mehrere Stunden in Anspruch nehmen würde, und klinkte sich aus.

Also blieb dem Komiteemitglied nichts weiter übrig, als zu warten. Wenn er tatsächlich diesen Grundpfeiler gefunden hatte ... aber auch unter diesen Umständen war es noch ein langer Weg – auf beiden betroffenen Welten. Hinzu kam, daß der Plan möglicherweise selbst dann nicht funktionierte, wenn es ihm gelang, ihn vollständig in die Tat umzusetzen.

In seiner Anfangszeit im Komitee hätte er diese Unsicherheit wahrscheinlich als erdrückende Last auf seinen Schultern empfunden. Jetzt, nach mehr als einem Jahrzehnt, reagierte er gelassener. Er würde tun, was er konnte, nach bestem Wissen, und den Rest dem Universum überlassen.

Und in diesem Fall war ihm das Universum wohlgesonnen. Sechs Stunden später, als er nach einer kurzen Nacht erwachte, warteten die Ergebnisse der Simulation bereits.

Positiv.

Er las den gesamten Bericht sorgfältig durch. Ja, dort war der fehlende Grundpfeiler. Unerwartet, überraschend, aber er war da … und jetzt war es an der Zeit, sofort zu überprüfen, ob die anderen Steinchen, die er zusammengetragen hatte, tatsächlich paßten. Und wenn –

– dann würde das Imperium bald herausfinden, wie die Trofts auf eine Veränderung der Spielregeln reagierten.

Politiker: 2421

Jonny schüttelte den Kopf. »Tut mir leid, Tam, aber Sie werden einfach ohne mich auskommen müssen. Ich beginne meinen Urlaub in genau –« er zog seine Uhr zu Rate »– vier Minuten.«

Aus dem Monitor des Telefons starrte ihn Tamis Dyons Gesicht an, das zunächst von Aufgeregtheit zu Schockiertheit wechselte und langsam Fassungslosigkeit ausdrückte. »Sie wollen *was?* Jonny, da draußen wartet ein Mitglied des Imperialen Komitees!«

»Das habe ich wohl verstanden. Und was will Zhu jetzt tun, auf dem gesamten Planeten zum Appell blasen? Wenn der Mann einen pompösen Empfang will, dann hätte er uns mehr als sechs Stunden vorher warnen müssen, daß er kommt.«

»Jonny, ich weiß, Sie sind neu im Politgeschäft, aber meinen Sie nicht auch, daß wir zumindest in Capitalia zur Stelle sein sollten, um das Schiff des Komiteemitgliedes zu begrüßen?«

Jonny zuckte mit den Achseln und unterdrückte ein Schmunzeln. Zuzusehen, wie Dyon versuchte, im Modus ›Geduld‹ zu operieren, war stets ein amüsanter Anblick. »Ich bezweifle ernsthaft, daß alle Senatsmitglieder es bis dahin schaffen werden«, gab er zu bedenken. »Und wenn ohnehin nicht alle anwesend sind, welchen Unterschied macht dann einer?«

»Was den Unterschied ausmacht«, meinte Dyon genervt, »ist, daß wir die Ehre der Cobras hochzuhalten haben.«

»Dann halten *Sie* doch ihre Ehre hoch. Im Ernst, Tam, was soll die Aufregung, ob einer, beide oder keiner von uns sich dort blicken läßt? Es sei denn, Zhu plant eine Lasershow oder so.«

Dyon schnaubte, aber selbst er mußte grinsen, als er sich vorstellte, der ehrenvolle Generalgouverneur könnte eine solche Zirkusnummer auf die Beine stellen. »Er wird außer sich sein, wenn Sie nicht erscheinen, das wissen Sie. Ist denn dieser Urlaub so wichtig? Droht Chrys, Sie zu verlassen, wenn Sie sich nicht ein wenig frei nehmen?«

»Reden Sie kein dummes Zeug«, erwiderte Jonny empört. Allerdings hatte es tatsächlich in der letzten Zeit wegen dieses Themas ein paar Reibereien gegeben ... »Tatsache ist, das Schiff, das ungefähr in diesem Augenblick den Orbit erreicht, hat jemand Wichtigeres als bloß ein Komiteemitglied an Bord, nämlich meine Schwester Gwen. Ich will ihr erst den Planeten zeigen, und dann möchte ich ihr dabei helfen, sich in der Molada-Mountain-Gruppe für Geologie in Paleen einzuleben.«

Dyon machte ein Gesicht. »Im Dawa-Distrikt, richtig? Oh je, Sie haben recht. Sie hat wirklich ein bißchen Zivilisation verdient, bevor sie in den Abgründen der Barbarei verschwindet.« Er seufzte und schüttelte den Kopf. »Sie haben gewonnen. Verschwinden Sie und schalten Sie Ihr Telefon ab. Sie haben eine halbe Stunde Vorsprung, bevor ich Zhus Büro davon unterrichte, daß Sie fort sind.«

»Danke – dafür haben Sie etwas bei mir gut. Und sagen Sie Zhu, er soll sich entspannen – in einer Woche bin ich zurück, und es ist sehr unwahrscheinlich, daß das Komiteemitglied bis dahin wieder weg ist. Er wird noch genug offizielle Abendessen veranstalten, mit denen er mich strafen kann.«

»Ich werde Sie wörtlich zitieren. Bis dann.« Dyon verschwand vom Bildschirm.

Jonny stand grinsend auf und spielte mit dem tragbaren Telefon an seinem Gürtel. Er konnte es natürlich zurücklassen, wie Dyon vorgeschlagen hatte ... aber auch wenn er nicht mehr rund um die Uhr in Bereitschaft war, er war noch immer ein Cobra. Er entschied sich für einen Kompromiß, schaltete das Telefon aus, beließ es jedoch an seinem Gürtel und verließ sein Büro.

Chrys wartete bereits im Vorzimmer und unterhielt sich mit Jonnys Assistenten. »Alles bereit?« fragte sie, als er den Raum betrat.

»Alles bereit«, nickte er. »Ich bin offiziell außer Dienst und lege das Schicksal des Caravel-Distrikts in Therons tüchtige Hände.«

Theron Yutu mußte grinsen. »Mit ein bißchen Glück wird der Distrikt bei Ihrer Rückkehr noch stehen, Senator«, meinte er. »Wie strikt sind Sie außer Dienst?«

»Ich nehme mein Telefon mit, aber es wird abgeschaltet sein«, erklärte Jonny ihm. »Wenn Sie irgend jemandem den Vorrangcode verraten, ohne daß es sich um einen echten Notfall handelt, bring ich Sie in den Dawa-Distrikt und werfe Sie den Gantuas vor.«

»Die Strafe wäre viel schlimmer als das Vergehen«, protestierte Yutu im Spaß. »Viel Vergnügen, Sir, Mrs. Moreau.«

Chrys hatte den Wagen fluchtbereit abgestellt, und eine Minute später fuhren sie durch den bescheidenen Verkehr von Rankin zum dortigen Flughafen. »Gibt es mit Corwin irgendein Problem, von dem ich wissen sollte?« fragte er Chrys.

Sie schüttelte den Kopf. »Tym und Sue meinten, sie könnten ihn über Nacht zu sich nehmen, wenn wir bis dahin nicht zurück sind. Und was ist mit dir? Bist du wegen des anderen Schiffes da draußen besorgt?«

Er sah sie an. »Du versetzt mich doch immer wieder in Erstaunen, Liebes – ich habe selbst erst vor ein paar Minuten davon erfahren.«

Sie lächelte. »Das ist aber auch schon alles, was ich weiß – als ich das Büro betrat, kam bei Theron gerade die Nachricht durch, daß sich ein zweites Schiff im Anflug befindet. Schlechte Neuigkeiten?«

»Soweit ich weiß, nicht. An Bord befindet sich ein Mitglied des Zentralen Komitees, das vermutlich die Kolonien des Imperiums hier draußen bereisen möchte. Ich habe mich persönlich für die kommende Woche von allen Feierlichkeiten abgemeldet.«

»Ich frage mich, ob das Imperium plant, uns die Nachschublieferungen zu kürzen«, überlegte Chrys. »Oder ob die Trofts Ärger machen.«

»Wenn es irgend etwas gibt, das ich unbedingt wissen muß, kann Theron mich erreichen«, meinte Jonny achselzuckend. »Bis dahin wollen wir davon ausgehen, daß es bei dem Besuch nur um Politik geht.«

Ein paar Minuten später trafen sie am Flugplatz ein, und wiederum ein paar Minuten später waren sie mit einem Hauch unter Mach zwei auf dem Weg nach Capitalia. Es hatte Zeiten gegeben – eine ganze Menge sogar –, in denen Jonny es bereut hatte, den Posten eines Senators übernommen zu haben – schließlich hatte er die tagtäglichen Probleme einer einzelnen Siedlung gegen die Kopfschmerzen des Entscheidungsträgers für einen ganzen Distrikt eingetauscht. Aber ein Luftfahrzeug ständig auf Abruf bereitstehen zu haben war einer der Vorteile, für die sich dieser Job manchmal lohnte.

Sein Leben nicht im Kampf gegen Stachelleoparden und Falx riskieren zu müssen war natürlich ein weiteres großes Plus.

Der letzte Passagier des interstellaren Schiffes war bereits seit einiger Zeit von Bord, als Jonny und Chrys auf dem Star Field eintrafen, aber wegen der Abfertigungsformalitäten und dergleichen mehr verließen die Passagiere erst in diesem Augenblick das Eingangsgebäude. Chrys und Jonny stellten sich ein wenig seitlich auf und warteten.

Allerdings nicht lange. Plötzlich war Gwen Moreau da ... und Jonny, der unbewußt noch immer mit dem zehn Jahre alten Mädchen gerechnet hatte, das er damals auf Horizon zurückgelassen hatte, wäre fast über seine eigenen Beine gestolpert, als er sie entdeckte. »Gwen! Hier drüben!«

»Jonny!« strahlte sie und kam mit genau jener guten Laune angelaufen, an die er sich erinnerte. Einen Augenblick lang war er versucht, sie in die Luft zu werfen, wie er es damals zu Hause immer gemacht hatte. Zum Glück – wahrscheinlich – widerstand er der Versuchung.

Aufgedreht und mit strahlenden Gesichtern begrüßten und umarmten sie sich. Jonny stellte die beiden Frauen einander vor. Chrys und Gwen kannten sich gut genug von hin- und hergeschickten Videos, so daß irgendwelche Verlegenheit, die Jonny halb befürchtet hatte, gar nicht erst aufkam.

Gwen erkundigte sich nach ihrem Neffen, und man versicherte ihr, er sei wie jeder andere Zweijährige auch – nur klüger natürlich –, und Jonny wollte sich gerade umdrehen, um nach draußen voranzugehen, als sie ihn mit einer Hand auf seinem Arm und einem verschmitzten Lächeln zurückhielt. »Bevor wir gehen, Jonny, habe ich noch eine kleine Überraschung für dich«, sagte sie. »Jemand, den ich auf dem

Schiff kennengelernt habe und der im gleichen Ort arbeiten wird wie ich.«

Ein Verlobter, den sie an Bord eines Raumschiffes kennengelernt hat? dachte Jonny. Er drehte sich um, in der Erwartung, einen Fremden zu sehen … und merkte, wie ihm der Unterkiefer runterklappte. »Cally!«

Cally Hallorans Grinsen nahm wahrhaftig erschreckende Ausmaße an. »Hi, Jonny. *Verdammt,* es tut gut, dich zu sehen!«

»Das kannst du wohl laut sagen«, grinste Jonny. »Chrys, das ist Cally Halloran, einer meiner Mitstreiter aus dem Krieg auf Adirondack. Ich dachte, Imel und du, ihr hättet vorgehabt, bis ans Ende eures irdischen Seins in der Armee zu bleiben.«

»Imel ist auch noch dabei«, meinte Halloran und nickte, »aber ihr Verrückten hier draußen habt den hohen Tieren zu viele Flausen in den Kopf gesetzt, wozu Cobras eingesetzt werden könnten. Irgendwann habe ich dann eine Waldpatrouille auf Iberiand zuviel absolviert und meine Versetzung hierher beantragt.«

»Wenn dir ein Dienst als Palastwache im Dawa-Distrikt vorschwebt, das kannst du vergessen«, warnte Jonny ihn. »Wahrscheinlich kommst du hier im Dschungel und obendrein auch noch bei harter körperlicher Arbeit zum Einsatz.«

»Schon möglich, aber wenigstens bin ich hier mehr mein eigener Herr – ohne daß mir ständig ein Offizier im mittleren Dienst über die Schulter sieht.« Er machte eine vage Handbewegung in Richtung Himmel. »Oder ich kann vielleicht sogar dabei helfen, eine neue Welt zu erschließen – so wie du.«

»Du meinst Palatine und Caelian?« Jonny schüttelte leicht angewidert den Kopf. »Suchst du Musterbeispiele für militärisches Denken? Dort findest du sie im Überfluß. Wir haben kaum ein Drittel von Aventine auch nur vermessen und erst recht nicht besiedelt, und diese Leute eröffnen Brückenköpfe auf zwei weiteren Welten. Wo wir gerade von der übermäßigen Beanspruchung der verfügbaren Arbeitskräfte und Ressourcen sprechen – insbesondere der Cobras –«

»Jonny«, unterbrach ihn Chrys ruhig, »du hast versprochen, uns wenigstens in der ersten Stunde nicht mit aventinischer Politik zu behelligen. Schon vergessen?«

Alles lachte. Jonny hatte ein solches Versprechen zwar eigentlich nicht gegeben, doch der Wink traf ins Schwarze. »Chrys hat recht – manchmal kann ich mich nur schwer bremsen«, gestand er und zeigte ihnen den Weg zur Tür. »Wenn ihr jetzt alle lange genug herumgestanden habt, schlage ich vor, daß wir irgendwo zu Abend essen. Chrys und ich kommen nicht gerade oft nach Capitalia, aber wo das beste Restaurant ist, wissen wir.«

Das Restaurant war ein echter Erfolg, das Essen selbst und die Atmosphäre genauso gut, wie Jonny sie in Erinnerung hatte. Eine ganze Weile verbrachten sie damit, sich gegenseitig über die Geschichten der Familien Moreau und Halloran auf den neuesten Stand zu bringen, dann wechselte das Thema zu Aventine im allgemeinen und zum Dawa-Distrikt im besonderen. Über letzteren wußte Jonny verhältnismäßig wenig, da Dawa zu den jüngsten erschlossenen Gebieten des Planeten gehörte, und er war ziemlich überrascht, als er feststellte, wie gut Halloran und Chrys sich auskannten.

Sie waren beim Nachtisch und der aventinischen Version von Kahve, als Chrys beiläufig das rätselhafte Schiff des Imperiums erwähnte, das bald im Kielwasser des Siedlerschiffes anlegen sollte. »Daran ist überhaupt nichts Rätselhaftes.« Halloran schüttelte den Kopf. »*Ich* habe schon auf Asgard davon gehört. Ich dachte, man hätte euch ebenfalls benachrichtigt. Es handelt sich um Komiteemitglied Vanis D'arl und ein spezielles Cobraprojekt, das die Armee und das Zentrale Komitee ausgeheckt haben.«

»D'arl?« Gwen bekam große Augen. »Jonny– das ist das Komiteemitglied, für das Jame arbeitet.«

»Stimmt.« Jame gehörte jetzt seit mittlerweile ... zwölf Jahren zu D'arls Mitarbeiterstab. »Irgendeine Ahnung, wen D'arl mitgebracht hat, Cally?«

»Mann, ihr Moreaus kommt wirklich rum«, sagte Halloran und schüttelte verwundert den Kopf. »Nein, ich weiß nicht, wer sonst noch an Bord ist – ich weiß nur, daß es mit Cobras zu tun hat, denn Mendro und Bai haben den Freyr Complex einen Monat lang vollkommen lahmgelegt, während es dort von Leuten aus dem Komitee nur so wimmelte.«

»Was haben sie dort gemacht?«

»Ich habe bloß Gerüchte gehört. Aber es sind jede Menge Lastwagen rein- und rausgefahren ... und haben vor dem Operationstrakt geparkt.«

»Sieht so aus, als wollten sie die Cobraausrüstung auf den neuesten Stand bringen«, meinte Jonny stirnrunzelnd. »Haben sich die Trofts und die Minthisti ruhig verhalten?«

»Soweit ich weiß. Möglicherweise spielt das Imperium mit dem Gedanken, die Siedlungsbemühungen hier draußen weiter voranzutreiben, und möchte, daß dafür zusätzliche Cobras zur Verfügung stehen.«

»Und D'arl kommt her, um eine endgültige Beurteilung vorzunehmen?« schlug Jonny vor. »Das wäre möglich.«

»Um-hm«, warf Gwen warnend ein. »Das klingt nach Politik, Leute. Technisches Foul – Chrys bekommt einmal freie Themenwahl.«

Alles schmunzelte, und man wechselte das Thema und redete über die geologischen und tektonischen Arbeiten zur Nutzbarmachung, die Gwen auf ihrer neuen Welt durchzuführen hoffte. Wie sich herausstellte, war es Jonny jedoch nicht möglich, sich wieder ganz auf die entspannte Stimmung von vor ein paar Minuten einzulassen. Tors Challinors Putschversuch vor sieben Jahren hatte sich nicht wiederholt, aber Jonny hatte all die Jahre nur darauf gewartet, daß genau dies geschah, denn er wußte, wenn es Aventine gelang, noch ein paar Jahrzehnte zu überdauern, wären die Cobras alle tot, und die Gesellschaft könnte zur Tagesordnung zurückkehren. Wenn das Imperium jedoch plante, ihnen ein neues Kontingent zu schicken …

Auch wenn die Stimmung nicht mehr ganz so sprühend war, es war ein angenehmer Abend, und später nahmen Jonny und Chrys die anderen mit auf einen kurzen Streifzug durch das Nachtleben von Capitalia. Eigenartig, wenn vielleicht auch unvermeidlich war, daß Jonny sich dabei ertappte, wie er in Gedanken alles mit jenen nebelhaft erinnerten Gegenstücken auf Asgard und Horizon verglich. Aber wenn Gwen und Halloran alles seltsam und primitiv erschien, so waren sie hingegen zu höflich, dies offen auszusprechen.

Es war nach Mitternacht, als sie schließlich genug hatten, und da es keinen Sinn hatte, zu so später Stunde nach Rankin zurückzufahren, stiegen sie in einem der wenigen Hotels von Capitalia ab. Gwen und Halloran hatten sich bereits auf ihre Zimmer zurückgezogen, und Jonny wollte sich gerade ausziehen, als er sah, daß das rote Signallämpchen an seinem Telefon blinkte. »Oha«, murmelte er.

Chrys folgte seinem Blick. »Beachte es einfach nicht«, riet sie ihm. »Wenigstens bis morgen früh. Theron hätte riskiert, dich zu wecken, wenn es dringend wäre.«

»Ja, schon«, gab Jonny ihr recht und nahm den Apparat fast gegen seinen Willen in die Hand. »Aber er hätte uns gar nicht erst behelligt, wenn es nicht wichtig wäre. Ich kann es ebensogut auch gleich hinter mich bringen.«

Die Nachricht bestand, wie er erwartet hatte, schlicht darin, daß er seinen Assistenten zurückrufen sollte, sobald es ihm möglich war. Jonny sah auf seine Uhr, zuckte mit den Achseln und rief an.

Yutu war sofort am Apparat – ohne die geringste Spur jener Benommenheit, die darauf hingedeutet hätte, daß er aus dem Schlaf gerissen worden wäre. »Tut mir leid, daß ich Sie gestört habe, Senator«, entschuldigte er sich, »aber vor einer halben Stunde kam über Netz etwas rein, von dem ich dachte, daß Sie es wissen sollten. Heute am späten Nachmittag wurde in der Ebene ein paar Kilometer westlich von Paleen im Dawa-Distrikt ein Stachelleopard gefunden. Er war ziemlich übel zugerichtet ... und offenbar *nicht* von Aasfressern.«

Jonny hob den Kopf, sah Chrys' plötzlich nervöse Augen und spürte, wie sich sein Kiefer spannte. Jenes schwer faßbare Raubtier, gegen das sogar Stachelleoparden Schutz benötigten, hatte sich endlich gezeigt. Sozusagen ... »Irgendwelche Anzeichen, was ihn getötet hat?«

»Im Augenblick gibt es noch nicht mehr als das, was ich Ihnen gesagt habe, Sir. Das Gerippe wurde nach Niparin geschafft. Vermutlich wird man ein paar Experten zusammentrommeln, die es untersuchen sollen. Ich dachte nur, Sie wollten vielleicht umgehend ein paar Anweisungen erteilen.«

»Ja.« Der Caravel-Distrikt wurde mit jedem Tag weiter erschlossen, doch gab es rings um die Ortschaften noch immer ausgedehnte Waldflächen ... und wenn dieses neue Raubtier ebenso auf Wanderung ging wie die Stachelleoparden, konnte die Region jederzeit unwillkommenen Besuch erhalten. »Versetzen Sie die Cobras in Alarmbereitschaft, lassen Sie sie nach ungewöhnlichen Spuren oder Anzeichen Ausschau halten, wann immer sie die Arbeit in den Wald führt«, wies er Yutu an. »Alle anderen haben den Wald zu meiden – Punkt. Farmer, die in den Randzonen arbeiten, sollen die Kabinen ihrer Fahrzeuge geschlossen halten.«

»Ja, Sir. Ich werde das in einer halben Stunde über das öffentliche Netz gehen lassen. Äh – Generalgouverneur Zhu hat ebenfalls heute abend angerufen. Er möchte alle Senatoren zu einem Sondertreffen morgen vormittag um elf im Haus des Imperiums sehen.«

Jonny schnaubte. »Ein feierlicher Brunch anläßlich des Besuchs des Komiteemitglieds zweifellos.«

»Das glaube ich offen gestanden nicht«, sagte Yutu. »Komiteemitglied D'arl wird zwar dort sein, aber es hörte sich an, als ginge es um etwas erheblich Wichtigeres. Zum einen wirkte der Generalgouverneur zerstreut. Wie auch immer, ich habe ihm gesagt, ich würde versuchen, Sie zu erreichen, aber zugesagt habe ich nichts.«

»Danke.« Jonny sah zu Chrys hinüber und mußte an sein Ferienversprechen denken. Doch ihr Blick war besorgt, und sie nickte leicht. »Also gut, ich versuche zu kommen. Fangen Sie an, alles für mich zusammenzutragen, was Sie über diesen toten Stachelleoparden erfahren können – wir sollten seinen Killer so schnell wie möglich identifizieren.«

»Verstanden, Sir.«

»Danke für den Anruf. Gute Nacht.« Jonny unterbrach die Verbindung und schaltete das Telefon wieder aus. Er schaute zu Chrys, öffnete den Mund, um sich zu entschuldigen … aber Chrys gelang es als erste, eine Bemerkung anzubringen.

»Gwen und Cally fahren beide nach Paleen«, sagte sie ruhig. »Wenn es dort etwas derart Gefährliches gibt …« Sie schauderte. »Soll ich die beiden morgen früh erst einmal wieder nach Rankin fahren?«

Jonny seufzte. »Ja, das wäre besser. Unmöglich zu sagen, wie lange dieses Treffen dauert. Wenn ich es mir allerdings recht überlege … hätte ich die Leitung des Dawa-Distrikts, würde ich vermutlich Callys Orientierungswoche streichen und ihn sofort runter nach Paleen auf Wachdienst schicken. Vielleicht nimmst du besser nur Gwen mit und läßt Cally hier. Wenn er seinen Einsatzbefehl erhält, kann ich ihn runterfahren und mir dabei den Stachelleoparden gleich selbst ansehen.«

»Und dich vielleicht an der Jagd beteiligen?« Sie hob die Hand, um seinen Protest abzuwehren. »Nein, ich verstehe. Es muß mir nicht gefallen, daß du dein Leben riskierst, nur weil du es tun mußt. Selbst Cobras gesetzten Alters sind dort draußen sicherer als junge Männer.«

»Na, vielen Dank«, schnaubte er. »Neununddreißig kann man wohl kaum ein gesetztes Alter nennen.«

Sie lächelte. »Warum hörst du dann nicht auf zu protestieren und kommst ins Bett ... und zeigst mir, wie jung du bist.«Danach lagen sie Seite an Seite im Dunkeln, und Jonnys Gedanken wanderten wieder zurück nach Adirondack. Dort waren die Menschen, an denen ihm etwas lag, stets von ihm abgerückt, wenn sie befürchteten, er könnte vielleicht von einem Einsatz nicht zurückkommen. Chrys reagierte sehr viel angenehmer ... auch wenn es nicht einfacher war, sich der Wirklichkeit zu stellen. Dennoch, er hatte der Gefahr tausendmal zuvor ins Auge gesehen. Selbst Chrys sollte mittlerweile wissen, daß er viel zu viel Glück hatte, um darin umzukommen.

Doch in dieser Nacht waren seine Träume furchteinflößend und kreisten um ein riesiges Geschöpf, das in Nebel gehüllt umherwanderte, Stachelleoparden und Cobras tötete und schließlich spurlos verschwand.

Auf seinem Platz neben Generalgouverneur Zhu am Tisch des Konferenzzimmers hätte Komiteemitglied Vanis D'arl auf den ersten Blick als ein ganz normaler Bürger von Aventine durchgehen können. Mittleren Alters und körperlich einigermaßen fit, das dunkle Haar konservativ geschnitten, vermittelte er auf den ersten Blick kaum den Eindruck erschreckend großer Macht. Sein Name jedoch verriet, daß sein Heimatplanet Asgard war, und Jonny entdeckte beunruhigende Ähnlichkeiten zwischen ihm und dem gescheiterten Cobrarebellen Simmon L'est. Sein Gesicht zeigte einen Zug stiller Härte, gab einem das Gefühl, daß er vor nichts haltmachen würde, um sich durchzusetzen. Und er strahlte ein seltsames Gefühl der Dringlichkeit aus.

Als er seinen Gast vorstellte, unterstrich Zhu letzteres noch auf subtile Weise, denn dieser Tagesordnungspunkt fiel dem Anlaß entsprechend zu kurz aus. »Vielen Dank, Zhu«, sagte D'arl und erhob sich, als Zhu wieder Platz nahm. »Zuerst möchte ich Ihnen allen im Namen des Zentralen Komitees für Ihre herausragenden Leistungen bei der Kultivierung dieser neuen Welt des Imperiums gratulieren. In knapp fünfzehn Jahren haben Sie es geschafft, auf Aventine festen Fuß zu fassen, und nun sehen Sie sogar der Kolonialisierung von Caelian und Palatine entgegen. Gewiß, die natürlichen Ressourcen für dieses Vorhaben stehen jederzeit zur Verfügung, und es ist auch deutlich zu erkennen, daß es Ihnen nicht an Mut fehlt. Die Begutachtung Ihrer Fortschritte durch das Komitee hat allerdings deutlich gezeigt, daß der Mangel an Cobras – die Ihnen als Vorkämpfer für Ihre Bemühungen dienen – Ihre Expansionsbestrebungen stark eingeschränkt hat und weiterhin einschränken wird.«

Jonny spürte, wie ihm der Atem stockte. D'arls Blick machte die Runde um den Tisch, fiel ihm auf, und einen Moment lang sahen die beiden Männer sich in die Augen.

»Fast von Anfang an«, fuhr D'arl kühl fort, »enthielten Ihre Berichte Anfragen nach weiteren Cobras, und das Komitee hat alles getan, um Ihren Wünschen zu entsprechen. Wir haben Cobratransporte in diese Kolonie unterstützt, und zwar in solchem Ausmaß, daß der Armee kaum noch zwei Kompanien für die Verteidigung des Imperiums bleiben. Ein solcher Aderlaß kann logischerweise nicht endlos fortgesetzt werden, daher ist das Komitee zu folgender Lösung gelangt.«

Jetzt kommt's, dachte Jonny, und ihm wurde flau im Magen. *Ein steter Strom von Cobras durch den Korridor, vielleicht für alle Zeiten.*

Doch selbst er war auf die nächsten Worte D'arls nicht vorbereitet. »Da es für das Imperium ineffizient erscheint, Cobras auszubilden und auszurüsten, nur um sie hierherzuschicken, haben wir beschlossen, statt dessen die gesamte Operation nach Aventine zu verlegen.«

Jonny fiel die Kinnlade herunter. *Nein!* rief er ... obwohl ihm das Wort nicht hörbar über die Lippen kam. Trotzdem, D'arl bemerkte es, und als er fortfuhr, hielt er den Blick fest auf Jonny gerichtet. »Das gesamte für die Operationen und Implantate erforderliche Material befindet sich an Bord meines Schiffes – sowie die Spezialisten, die in seinem Gebrauch ausgebildet sind. Das Verfahren dauert zwischen zwei und sechs Wochen, je nachdem, wie viele Unannehmlichkeiten man für zumutbar hält, und die Ausbildung durch Ihre eigenen Cobras dürfte sicherlich nicht mehr als vier weitere Wochen dauern. Auf diese Weise erhalten Sie die völlige Kontrolle über die Operation. Ich könnte fortfahren ... doch ich merke, hier wartet jemand ungeduldig darauf, eine Bemerkung loszuwerden. Ich möchte also hier für eine kurze Diskussion unterbrechen.«

Jonny war auf den Beinen, noch bevor das letzte Wort D'arls Lippen verlassen hatte. »Bei aller Dankbarkeit und allem gebührenden Respekt, Komiteemitglied D'arl«, sagte er vorsichtig, »meinem Empfinden nach wäre es für die gesellschaftliche und politische Entwicklung auf Aventine eher schädlich, wenn auf Dauer weitere Cobras hier angesiedelt werden.«

D'arl zog höflich die Brauen hoch. »Wie das, Senator Moreau? Mir scheint, Ihre Regierung hat sich bemerkenswert gut auf die Anwesenheit einer unverhältnismäßig großen Zahl von Cobras unter Ihren Bürgern eingestellt. Ihre eigene Stellung hier scheint mir dafür ein Beweis zu sein.«

»Wenn Sie auf Challinors Putschversuch anspielen, ja, es ist uns gelungen zu verhindern, daß sich so etwas wiederholt«, sagte Jonny. »Allerdings auf Kosten einer unnatürlichen Verzerrung grundlegender politischer Maßgaben des Imperiums.«

»Sie sprechen vermutlich von der Tatsache, daß Cobras auf allen Ebenen der Regierung mehr als die eine Stimme erhalten haben, die normalen Bürgern zusteht.« D'arls Gesicht war ausdruckslos, sein Ton verriet nicht im geringsten, wie er zu dieser Praxis stand. »Ich glaube, Senator, ein Blick in die Geschichte wird zeigen, daß häufig Korrekturen an einer idealen Theorie vorgenommen wurden, wenn dies die Umstände erforderten.«

Auf der anderen Tischseite erhob sich langsam Brom Stiggur aus dem Maro-Distrikt. »Vielleicht, Komiteemitglied, sollte dann ein konkreterer Einwand erhoben werden«, sagte er. »Sie sprechen davon, die Anwesenheit der Cobras auf Aventine für die Zukunft festzuschreiben und die Auswahl der Cobrakandidaten unter unsere Kontrolle zu stellen. Doch *wessen* Kontrolle? Unter der des Generalgouverneurs? Der einer Mehrheit der Senatoren? Oder durch Direktwahl der Bürger? Wie zum Beispiel sollen wir sicherstellen, daß sie nicht unter den Einfluß eines neuen Challinor fällt?«

»Sie scheinen eine recht geringe Meinung von jener Sorte Mann zu haben, die sich freiwillig zu den Cobras meldet«, meinte Tamis Dyon ein paar Plätze weiter steif. »Sie werden erkennen, daß die psychologischen Auswahlkriterien bei den meisten von uns sehr erfolgreich angewendet wurden – und was Challinor betrifft, vielleicht erinnern Sie sich bitte, daß es Senator Moreau und seine Kollegen waren, die ihn besiegt haben.« Er blickte zu D'arl hinüber. »Ich für meinen Teil wäre jedenfalls entzückt, wenn mir in meinen abgelegenen Siedlungen ein weiteres Dutzend Cobras zur Verfügung stünde.«

»Sie schießen bei der Lösung des Problems übers Ziel hinaus«, meldete sich Jonny zu Wort, als sowohl zustimmendes wie auch ablehnendes Gemurmel rings um den Tisch laut wurde. »Für die meiste Arbeit, die hier geleistet wird, brauchen wir ganz einfach keine voll ausgebildeten Cobras. Gegen Falx oder Weizenschlangen würde es vollkommen genügen, die Laser, die Komiteemitglied D'arl mitgebracht hat, zu Handwaffen umzurüsten. Stachelleoparden sind heikler, zugegeben, aber sie stellen nur am äußersten Rand des menschlichen Siedlungsgebietes ein Problem dar, und die Cobras, die wir zur Zeit haben, sind durchaus in der Lage, sie in Schach zu halten.«

»Und was ist mit den Stachelleopardenkillern?« meldete sich Jor Hemner leise zu Wort. »Werden Sie mit *denen* auch fertig?«

Aller Augen richteten sich auf ihn. »Wovon sprechen Sie?« verlangte Zhu zu wissen.

»Mein Büro hat die Meldung gestern abend ins Netz gegeben«, sagte Hemner. »Gestern haben wir in der Nähe von Paleen einen Stachelleoparden tot aufgefunden. Irgend etwas hatte ihn zerfleischt, und das Ding muß so groß gewesen sein wie ein Gantua, aber offenbar weit aggressiver. Die Stacheln an den Vorderbeinen des Leoparden waren, nebenbei bemerkt, zur Verteidigung aufgestellt.«

Aus den schockierten Mienen rings um den Tisch schloß Jonny, daß der Bericht allen anderen Senatoren neu war. »Ganz bestimmt sollten wir keine Entscheidungen aufgrund eines einzelnen ungeklärten Vorfalls treffen«, sagte Jonny rasch, in der Hoffnung, damit dem Zwischenfall ein wenig von seiner Brisanz zu nehmen. »Nach allem, was wir wissen, ist es durchaus möglich, daß der Stachelleopard von irgendeiner Schlangenart vergiftet und dann von äußerst dreisten Aasfressern zerfleischt wurde.«

»Die Beweise –« Hemner brach unvermittelt ab. Jonny drehte sich um und sah, daß D'arl aufgestanden war und mit erhobener Hand um Ruhe bat.

»Ich muß betonen, daß Senator Moreau vollkommen korrekt vor einer übereilten Entscheidung warnt«, sagte das Komiteemitglied. »Ich habe Ihnen einige der Gründe genannt, weshalb Ihnen das Komitee diese Ausrüstung anbietet, weitere sind in dem Bericht aufgeführt, den ich mitgebracht habe. Die Entscheidung liegt jedoch bei Ihnen, und ich erwarte, daß Sie die Angelegenheit genauso sorgsam überdenken, wie es das Imperium von seinen Führungskräften erwartet. Ich werde noch ein paar Wochen hier sein, und so bleibt Ihnen reichlich Zeit, darüber zu entscheiden, welchen Weg Sie einschlagen wollen.« Er raunte Zhu etwas zu, der daraufhin nickte und sich erhob.

»Ich unterbreche die Sitzung hiermit, damit alle Gelegenheit haben, die von Komiteemitglied D'arl erwähnten Unterlagen einzusehen«, gab der Generalgouverneur bekannt. »Die entsprechenden Magcards finden Sie im Büro am Ende des Gangs. Bitte lassen Sie sich bei der Durchsicht etwas Zeit. Wir werden diese Diskussion in zwei Stunden fortsetzen.«

Jonny schloß sich dem allgemeinen Exodus in den Büroflügel des Gebäudes an, doch im Gegensatz zu den anderen Senatoren hielt er sich dort nicht lange auf. Er holte seine Kopie von D'arls Magcard ab, erledigte rasch zwei Telefonate und verließ das Haus.

Zwanzig Minuten später saßen er und Cally Halloran in einem Luftfahrzeug auf dem Weg nach Südosten in den Dawa-Distrikt.

Die letzte Seite erlosch flackernd auf dem Bildschirm von Jonnys Combord. Mit einem verächtlichen Schnauben schaltete er das Gerät aus und warf es auf den nächstbesten Sitz. Halloran ihm gegenüber blickte von seinem Combord auf. »Und?«

»Nicht ein einziges Argument, das auch nur geeignet wäre, das Nichts im Weltall festzuhalten«, brummte Jonny. »Wir haben auf alle von D'arl angesprochenen Probleme eine Antwort, ohne auf eine Kaderschmiede für Cobras zurückgreifen zu müssen.«

»Aber deine Lösungen stammen von einem aventinischen Senator, während seine von einem Komiteemitglied des Imperiums stammen.«

»Du hast es erfaßt.« Seufzend warf Jonny einen Blick aus dem Fenster des Luftfahrzeuges auf die üppige aventinische

Landschaft unter ihnen. »Ich glaube kaum, daß ich auch nur den Hauch einer Chance habe, einen Aufschub der Abstimmung durchzudrücken, wenn wir diesen Stachelleopardenkiller nicht schnell identifizieren können.«

»Mir ist eigentlich nicht recht klar, was das bringen soll«, sagte Halloran und trommelte auf sein Combord. »Wenn das Zeug über Stachelleoparden hier drin nicht übertrieben ist, könnte es gut sein, daß du tatsächlich eine Kaderschmiede für Cobras *brauchst,* um diesen Killer zu bekämpfen.«

Jonny sagte eine ganze Weile lang nichts und überlegte, ob er Halloran vollends aufklären sollte. Im günstigsten Fall käme seine Verdächtigung einer Verleumdung gleich, im ungünstigsten ließe sie sich möglicherweise als Verrat auslegen. »Ist dir schon mal der Gedanke gekommen«, sagte er schließlich, »wie bemerkenswert günstig der Zeitpunkt für D'arl ist? Hier kommt er und drängt uns, eine permanente Präsenz von Cobras zu dulden, und kaum ist er gelandet, schon beschließt dieses rätselhafte Superraubtier, plötzlich in Erscheinung zu treten. Er hätte kein besseres Argument für seinen Standpunkt finden können, wenn er es sich selbst gebastelt hätte.«

Halloran zog die Brauen hoch. »Willst du damit andeuten, *daß* er es selbst gebastelt hat?«

Jonny schüttelte langsam den Kopf. »Nein, natürlich nicht. Wahrscheinlich nicht. Aber über dieses Zusammentreffen komme ich immer noch nicht hinweg.«

Halloran zuckte die Achseln. »Dieser Teil des Dawa-Distrikts macht zur Zeit eine ziemlich schwere Dürre durch, sogar der Kaskia-Arm des Ojaante River ist ausgetrocknet. Könnte es sein, daß es die Gantua aus Nahrungsmangel riskieren, sich mit einem Stachelleoparden anzulegen?«

»Ausgeschlossen. Gantuas sind reine Pflanzenfresser, sie sind überhaupt nicht in der Lage, Fleisch zu fressen. Es gibt ein paar Allesfresser hier, aber die sind viel zu klein, um auch nur einen kranken Stachelleoparden aus der Ruhe zu bringen.«

Halloran zuckte erneut die Achseln. »Ich würde die Möglichkeit nicht außer acht lassen, daß hier foul gespielt wird«, sagte er. »Aber solange wir nichts herbeischaffen, was harten Beweisen zumindest nahekommt, sollten wir derartige Überlegungen für uns behalten.«

Mit anderen Worten, er glaubte, Jonny produziere gefährliche Seifenblasen. Und er hatte wahrscheinlich sogar recht. Trotzdem ...

Fünfzehn Minuten später landeten sie in der Siedlung Paleen.

Normalerweise verlangte der Besuch eines Senators ein Minimum an offiziellem Trara oder zumindest doch zur Begrüßung die Anwesenheit des örtlichen Bürgermeisters. Doch Jonny hatte vorab angerufen und ausdrücklich gegenteilige Anweisungen gegeben, und als er und Halloran das Luftfahrzeug verließen, wartete nur ein einsamer Mann auf sie. »Senator Moreau?« fragte er. »Ich bin Niles Kier, der Cobra hier.«

Jonny nickte zur Bestätigung und deutete auf Halloran. »Das ist Cally Halloran, Ihr zukünftiger Kollege. Haben Sie was Neues über den toten Stachelleopard?«

»Nicht viel mehr als gestern auch schon«, gestand Kier, während er sie zu einem offenen Wagen führte, der am Rand des Flugfeldes geparkt stand. »Die Experten oben in Niparin untersuchen ihn noch, aber bis jetzt sind sie noch zu keinen Ergebnissen gekommen.«

»Sie waren es, der ihn gefunden hat, richtig?«

Kier nickte. »Ich war dort draußen, um den Wasserstand zu messen, als ich das Gerippe in einer kleinen Mulde liegen sah.«

»Eine Wasserstandsprüfung?« warf Halloran ein. »Sie haben da draußen ganz allein ein Meßgerät mit sich rumgeschleppt?«

»Hier mißt man einfach den Durchmesser des Klebefeus, der sich um einige der Bäume schlängelt«, erläuterte Jonny geistesabwesend. »Dadurch erhält man einen direkten Meßwert über die Bodenfeuchtigkeit und indirekt einen Hinweis darauf, wo der Grundwasserspiegel steht. Irgendwelche Spuren in der Nähe?«

»Der Boden war ziemlich aufgewühlt«, sagte Kier, als sie in den Wagen stiegen. »In der Nähe habe ich ein paar Abdrücke entdeckt, die nach Gantuaspuren aussahen, aber wenn das stimmt, dann war das Biest entweder riesengroß, oder es rannte schneller, als ich je von einem gehört habe.«

»Nach den Videos, die ich gesehen habe, wüßte ich keinen Grund, weshalb ein Gantua jemals rennen sollte«, bemerkte Halloran.

Jonny nickte. Gantuas waren so groß wie Elefanten und besaßen eine Körperpanzerung aus hornartigen Platten. Jonny hatte noch keine Tiere gesehen, die einem lebendigen Panzer nähergekommen wären. »Ein würdevoller Trab, das ist alles, was sie schaffen«, erklärte er Halloran nervös. »Wenn dieses Vieh einem Gantua genug angst gemacht hat, um davonzurennen, dann haben wir allerdings ein Problem. Gehen wir also raus zu der Stelle, Niles, und sehen wir uns ein wenig um. Ich nehme an, Sie haben noch keine großartigen Untersuchungen angestellt.«

»Nein«, sagte Kier, als er den Wagen wendete und Richtung Westen fuhr. In seinem Ton schwang deutliches Widerstreben mit. »Ich dachte, es sei meine erste Pflicht, Alarm zu schlagen ... um Paleen nicht ohne Schutz zu lassen.«

Jonny nickte erbittert. Das Prinzip kannte er noch gut – und so vernünftig es auch war, er wußte, wie feige sich ein Cobra dabei vorkommen konnte. Vielleicht bekam Kier später Gelegenheit, das wiedergutzumachen.

Sie ließen den Wagen in der Nähe eines verhältnismäßig dichten Waldabschnitts am Rand der Siedlung stehen und gingen zu Fuß weiter in die Bäume. Knapp einhundert Meter dahinter wich der Wald einer spärlich mit Bäumen durchsetzten Steppenlandschaft, wie sie im Kaskia Valley insgesamt vorherrschte. Jonny sah sich um und fühlte sich entblößter und schutzloser als in den dichten Wäldern zu Hause in Ariel. »Welche Richtung?« fragte er Kier und unterdrückte das Bedürfnis, die Stimme zu senken.

»Hm ... nach dort drüben, glaube ich. Es ist in der Nähe einer –«

»Pssst!« zischte Halloran plötzlich. Alle drei Männer erstarrten augenblicklich ... und in der Stille fingen Jonnys akustische Verstärker ein eigenartiges Rascheln von Gras und ein schnupperndes Schnaufen auf. Mit einer langsamen Drehung des Kopfes lokalisierte er das Geräusch: es kam hinter einem breiten Gebüsch aus Blussaschilf hervor. Kier hatte es ebenfalls geortet. Er lenkte Jonnys Aufmerksamkeit auf sich, zeigte darauf und reckte den Daumen nach oben. Jonny nickte. Er machte Halloran ein Zeichen, ging ein paar Meter zur Seite und brachte die Hände in die Bereitschaftsstellung für die Laser. Halloran tat dasselbe ... und Kier sprang.

Den Zwanzig-Meter-Aufklärungssprung hatte man für einen Einsatz im Krieg für zu riskant gehalten, da er den Cobra für ein wenig mehr als vier Sekunden sozusagen hilflos in der Luft hängen ließ. Auf Aventine, wo keine Gefahr von Troftschützen drohte, erwies der Trick sich oft als nützlich.

»Gantua«, sagte Kier, als er landete und seine Knieservos den Aufprall auffingen. »Sah irgendwie krank aus ...«

Und mit einem Krachen zerbrechenden Blussas tauchte das graubraune Monster auf der anderen Seite der Ebene auf ... und griff an.

»Verteilen!« stieß Jonny hervor, während sich seine Füße in den Boden gruben, als er auf eine hohe Zyprene zusprintete. Er hätte nie geglaubt, daß ein Gantua sich so schnell bewegen könnte–

Wie ein Berg auf Beinen änderte das Vieh die Richtung und versuchte, ihm den Weg abzuschneiden.

Jonny beschleunigte seine Schritte, riß dabei die Hände hoch und jagte dem Gantua einen Zwillingslaserstoß an den Kopf. Weiteres Laserfeuer strich dem Tier über die Flanken, wie er bemerkte, aber wenn es sich davon beeindrucken ließ, war ihm das nicht anzumerken. Jonnys Zielbaum erschien immer weniger ein wirklich sicherer Ort, aber wenn er den Gantua dazu bringen konnte, in vollem Tempo dagegen zu rennen, mußte der Aufprall das Tier wenigstens benommen machen. Er sah abwechselnd nach vorn und hinter sich, paßte seine Geschwindigkeit an ... und als er nur noch ganz knapp vor seinem Verfolger war, sprang er hoch in das Geäst der Zyprene –

– und verlor vollkommen den Halt, als der Baum sich gleichzeitig mit einem donnernden Krachen heftig zur Seite neigte.

Unter den einprogrammierten Cobrareflexen befand sich ein katzenartiges Manöver, mit dessen Hilfe man sich mitten in der Luft aufrichten konnte. Jonny befand sich aber viel zu dicht über dem Boden, als daß es etwas hätte nützen können. Er verlor bei der Landung das Gleichgewicht und fiel krachend auf die linke Schulter. Der Aufprall drückte ihm die Luft aus den Lungen.

Mehrere Sekunden lang lag er einfach nur da und war bemüht, die Sternchen, die vor seinen Augen funkelten, zu vertreiben. Als er wieder imstande war, sich auf die Knie hochzustemmen, war es dem Gantua gelungen, seinen Angriffsschwung abzubremsen, und er schwankte herum, um es noch einmal zu versuchen. Hinter Jonny schossen zwei Lichtspeere hervor und trafen das Tier am Kopf – die Antipanzerlaser der beiden anderen Cobras –, und diesmal nahm der Gantua den Angriff immerhin wahr und stieß als Reaktion ein Bellen aus. Aber er griff noch immer an. Jonny rappelte sich wackelig auf, hatte noch immer Mühe, Luft zu holen. Er war nach wie vor zu schwach, sich zu bewegen ... doch ungefähr in diesem Augenblick müßte sein Nanocomputer eigentlich die Gefahr erkennen und ihn aus dem Weg schaffen.

Und plötzlich wurde er in einem Hechtsprung zur Seite geworfen. Er rollte ab und sah gerade noch, wie Halloran und Kier angriffen.

Es war das knappste Spontanmanöver, das Jonny je gesehen hatte. Halloran fuchtelte mit den Armen, versuchte brüllend, die Aufmerksamkeit des Gantua auf sich zu lenken, und wartete bis zum allerletzten Augenblick, bevor er nach rechts wegsprang, während sein linkes Bein die Flanke des Gantua im Vorüberrasen mit Antipanzerlaserfeuer bestrich. Im selben Augenblick sprang Kier über das Tier hinweg und richtete den Feuerstoß seines Antipanzerlasers auf die Verbindung zwischen Kopf und Körper. Wieder bellte das Tier, und als es sich diesmal umdrehte, konnte Jonny eine Reihe verkohlter Hornplatten erkennen. Doch als das Tier innehielt, sah er, wie seine Flanken rhythmisch pumpten, während es Atem schöpfte, und die kaum erkennbaren Augen, die über die drei Cobras hinwegschweiften, verrieten keine Spur von Angst vor dem nahen Tod.

Jonny riß sein Telefon aus dem Gürtel und programmierte es für Nahbereichsfunk. »Feuer einstellen«, murmelte er in das Gerät, als auf der anderen Seite der Ebene Kier und Halloran ihre Apparate hervorzerrten. »Mit brutaler Gewalt kommen wir nicht weiter.«

»Woraus zum Teufel ist das Biest gemacht?« fragte Halloran nervös. »Dieser Feuerstoß hätte einen Troft-APC ausgeschaltet.«

»Die Panzerplatten eines Gantua sind in hohem Maße wärmeabsorbierend«, erklärte ihm Kier. »Der Laserstrahl wird, von den allerersten Millisekunden abgesehen, von der Wolke verdampfender Materie gestreut – und *dick* sind die verdammten Dinger auch noch. Jonny – Senator –, wir werden Capitalia anrufen müssen, um zu sehen, ob dort jemand einen Raketenwerfer hat.«

»Selbst wenn, es würde zu lange dauern, ihn herzuschaffen.« Jonny schüttelte den Kopf. »Wenn der Gantua ausbricht, könnten wir ihn aus den Augen verlieren.«

»Also versuchen wir es mit Schüssen auf den Kopf?« fragte Halloran.

»Es würde zu lange dauern, ihn auf diese Weise zu töten«, meinte Kier unsicher. »Das Nervensystem eines Gantua ist erheblich dezentraler als alles andere, das Sie kennen. Der Unterleib und der Herzlungenbereich wären vermutlich ein besseres Ziel.«

»Falls wir ihn dazu bringen, sich auf den Rücken zu wälzen«, gab Jonny zu bedenken. Das Keuchen des Gantua beruhigte sich bereits wieder, wie er nervös bemerkte. Noch ein oder zwei Minuten, und er wäre wieder bereit, entweder anzugreifen oder zu fliehen. Jonnys Blick wanderte auf der Suche nach einer Eingebung über die Ebene ... und fiel auf eine von Klebefeu umwickelte Zyprene. »Niles, am Baum links von Ihnen hängt ein langes Stück Klebefeu. Sehen Sie zu, ob Sie rüberschleichen und uns ein großes Stück davon beschaffen können.«

Den Blick auf den Gantua geheftet, schlich Kier behutsam auf den Baum zu. »Cally«, fuhr Jonny fort, »wenn Niles den Klebefeu abgerissen hat, wird er dir ein Ende zuwerfen. Berühre auf keinen Fall das offene Ende, das Zeug klebt wie verrückt. Ihr beide werdet den Strang ungefähr in Kniehöhe zwischen euch spannen, und ich versuche, den Gantua hineinzuscheuchen. Alles klar?«

»Klar«, bestätigte Halloran mit lauter Stimme. »Sollen wir den Efeu in der Mitte mit den Fingerspitzenlasern aufschlitzen?«

»Wenn wir genug Zeit haben«, meinte Kier. »Ansonsten werden wir einfach darauf vertrauen müssen, daß die Rinde beim Aufprall von allein reißt und den Klebstoff freigibt.«

Kier hatte den Baum jetzt erreicht und suchte mit den Händen nach der besten Stelle, um den Efeu durchzuschneiden. »Was passiert, wenn er nicht dich, sondern einen von uns angreift?« fragte Halloran.

Jonny hatte seine Position zwischen den Cobras und etwa fünfzig Meter hinter ihnen jetzt fast erreicht. »Warte so lange wie möglich, dann wirfst du ihm dein Ende des Efeus zwischen die Beine und springst«, sagte er. »Niles?«

»Ich bin soweit.« Kier atmete hörbar durch. »In Ordnung, Cally – paß gut auf.«

Und mit einem Doppelblitz aus dem Laser löste sich der Efeu.

Durch das Licht oder durch Kiers plötzliche Bewegung wurde der Gantua aufgescheucht. Mit einem kehligen Grollen setzte er sich schwerfällig in Bewegung. Jonny schrie auf ihn ein, fuchtelte mit den Armen, und das Tier schwenkte in seine Richtung ab. Ganz unten am Rand seines Gesichtsfeldes sah Jonny, wie sich der Efeu zu Halloran hinüberschlängelte ... im Aufblitzen des Lasers ein gutes Stück weit der Länge nach explodierte ... dicht über dem Gras starr wurde.

Der Gantua lief in vollem Tempo mitten hinein und schlug mit einem Krachen, das die gesamte Gegend wie ein kleines Erdbeben erschütterte, kopfüber zu Boden.

Unten war er, aber nicht bewußtlos. Noch während Jonny auf das Tier zuraste, wälzte es sich auf die Seite und zerrte mit seinen baumstammdicken Beinen am Efeu, der sich darum gewickelt hatte. Und der Efeu zeigte bereits Anzeichen von Überdehnung. Jetzt mußte es schnell gehen ...

Und als er seinen Antipanzerlaser hob, erkannte Jonny plötzlich, daß die Beine des Gantua ihm sein beabsichtigtes Ziel versperrten.

»Oha«, murmelte Kier, als er und Halloran sich zu Jonny gesellten. »Möglicherweise haben wir uns damit selbst reingelegt.«

»Versuchen wir, ihn mit noch mehr Klebefeu zu umwickeln«, schlug Halloran vor. »Vielleicht kriegen wir ihn lebend.«

»Unter einer Lösung dieses Problems stelle ich mir etwas anderes vor, als den durchgedrehten Gantua lebend einzufangen«, meinte Jonny. »Im Umkreis von einhundert Kilometern gibt es keine Einrichtung, wo man ein friedfertiges Exemplar einsperren könnte, von dieser Bestie ganz zu schweigen.« Er biß die Zähne aufeinander. »Also schön, eins können wir noch versuchen. Cally, wenn ich das Kommando gebe, schneidest du den Efeu zwischen seinen Vorderbeinen durch. Niles, wir beide sehen zu, ob wir in der halben Sekunde, die wir in etwa haben, etwas ausrichten können. Wenn es nicht klappt, verteilen wir uns und denken uns etwas anderes aus. Fertig? Also, Cally, *jetzt.*«

Der Efeu zerriß im flackernden Licht – und die Beine des Gantua, die an ihm gezerrt hatten, flogen weit auseinander und gaben den Unterleib des Tieres frei.

Im nachhinein schauderte es Jonny, wenn er an das Risiko dachte, das keiner von ihnen so recht hatte einschätzen können. Der Bauch des Gantua war verhältnismäßig ungeschützt, die beiden Antipanzerlaser gaben ihre Feuerstöße aus kürzester Entfernung ab – und trotzdem wäre es der Bestie fast gelungen, sich noch einmal aufzurappeln, bevor die Waffen endlich bis zu einer lebenswichtigen Stelle durchdrangen. Selbst dann wäre Kier fast noch von den im Tod wild zuckenden Beinen erwischt worden, und nur eine Mischung aus Glück und programmierten Reflexen rettete ihn.

Halloran sprach aus, was sie alle dachten, als der Gantua endlich still lag. »Herrgott noch mal, sind diese Biester zäh.«

»Ich kann mich nicht erinnern, je gehört zu haben, daß jemand einen getötet hätte«, meinte Jonny. »Jetzt weiß ich auch, warum.«

»Ich will nur hoffen, daß es ein Einzelgänger war«, pflichtete Kier ihm bei und rieb sich das Schienbein, wo ihn das Tier in seinem Todeskampf gestreift hatte. »Wenn sie alle durchgedreht sind, werden wir allein den halben Dawa-Distrikt evakuieren müssen.«

»Oder wir beschaffen uns eine Menge neuer Cobras«, murmelte Jonny. Er ignorierte Hallorans plötzlich nachdenklichen Blick und zog sein Telefon heraus.

Generalgouverneur Zhu hatte die gequälte Miene eines Mannes aufgesetzt, der zwischen zwei unvereinbaren, aber gleichermaßen begründeten Erfordernissen gefangen ist. »Aber die Abstimmung ist bereits erfolgt«, sagte er. »Komiteemitglied D'arls Leute laden schon das Gerät aus.«

»Dann erklären Sie die Abstimmung aufgrund neuer Erkenntnisse für ungültig«, argumentierte Jonny und starrte sein Gegenüber über den Monitor des Telefons grimmig an. Er hatte sich extra wegen des Videozusatzgerätes im Büro des Bürgermeisters von Niparin einquartiert, doch bislang hatte sich der Blickkontakt für ihn noch nicht ausgezahlt. »Oder mit der Begründung, daß weder ich noch die Senatoren von Palatine und Caelian anwesend waren. Kommen Sie schon, Zhu – ursprünglich sollte die Abstimmung doch frühestens in einer Woche erfolgen.«

»Die anderen waren bereit, jetzt abzustimmen – was hätte ich tun sollen? Außerdem hätten Sie und die beiden anderen fehlenden Senatoren keinen Unterschied gemacht. Das Ergebnis lautete elf gegen fünf, und selbst mit Ihrer Cobradoppelstimme wäre das Ergebnis am Ende dasselbe gewesen. Und was das neue Beweismaterial anbetrifft, alles, was Sie bis jetzt gesagt haben, bestätigt die Entscheidung nur. Wenn einer oder mehrere Gantuas durchgedreht sind, werden wir ganz sicher mehr Cobras brauchen, um uns zu schützen.«

»Hängt das nicht davon ab, *weshalb* sie durchgedreht sind?«

Zhu kniff die Augen zusammen. »Was soll das heißen?«

»Ich weiß es nicht – noch nicht. Die Wissenschaftler beginnen gerade mit einer biochemischen Untersuchung des Gantua, den wir getötet haben, um herauszufinden, ob er irgendwelche Fremdsubstanzen in seinem Körper hat.«

»›Fremdsubstanzen‹? Moreau, mir fällt auf, daß Sie unnötig geheimnisvoll tun. Worauf, in klaren Worten, wollen Sie eigentlich hinaus?«

Jonny holte tief Luft. »Ich tue ganz und gar nicht geheimnisvoll, ich weiß einfach nur noch nichts Genaues. Ich habe einen gewissen ... Verdacht ... Aber den möchte ich ohne Beweise nicht äußern.«

Zhu sah ihm einen Augenblick lang ins Gesicht. »Na schön«, meinte er schließlich. »Ich sage Ihnen, was ich machen werde. Ich werde für morgen vormittag um zehn eine weitere Ratssitzung einberufen. Vorgeblich, damit Sie Ihren Kampf mit dem Gantua schildern und die vorläufigen Daten des Wissenschaftlerteams vorlegen können. Wenn Sie die Beweise haben, die Sie sich offenbar versprechen, werden wir uns im Anschluß daran Ihre Anschuldigungen, oder um was immer es sich handelt, anhören. Und wenn diese berechtigt scheinen, werde ich eine neue Abstimmung verlangen. *Wenn.* Sind Sie damit zufrieden?«

»Durchaus, Sir«, nickte Jonny.

»Gut. Also morgen zehn Uhr. Auf Wiedersehen.«

Einen Augenblick lang starrte Jonny auf den leeren Bildschirm und versuchte, sich seine Strategie für das Treffen zurechtzulegen. Aber da waren noch immer zu viele Unbekannte. Er gab auf, schaltete das Telefon erneut ein und rief zu Hause an.

Chrys hob beim zweiten Klingeln ab. »Hi«, sagte sie. Die leichten Streßfältchen in ihrem Gesicht glätteten sich, als sie ihn erblickte. »Wie läuft es?«

»Langsam, zur Zeit«, meinte er zu ihr. »Ich sitze hier in Niparin herum und warte darauf, daß die Wissenschaftler uns irgendwas Brauchbares an die Hand geben. Cally ist über Nacht mit Niles zurück nach Paleen gefahren, für den Fall, daß es dort auch zu einem Zwischenfall kommt. Es gibt allerdings nicht viele Zugänge in eine Siedlung, die selbst ein durchgedrehter Gantua durchbrechen könnte.«

»Wie beruhigend«, nickte Chrys. »Ist Niles' Bein in Ordnung?«

»Oh, sicher. Ein paar Beulen zwar, aber er hat bestimmt schon Schlimmeres durchgemacht.«

Sie lächelte matt. »Hör zu, Jonny. Vor ungefähr einer halben Stunde kam ein Anruf aus Capitalia. Von deinem Bruder Jame.«

D'arl hatte ihn also tatsächlich mitgebracht. »Und – wie geht es ihm?«

»Prima, behauptet er. Er wollte wissen, ob du und Gwen euch mit ihm heute abend um elf zu einem späten Abendessen treffen könntet.«

Jonny mußte schmunzeln. Man stelle sich vor: Jame Moreau, ehedem aus Cedar Lake, Horizon, der mal eben so seine Verwandten dazu einlädt, für ein Essen zweitausend Kilometer weit zu fliegen. Das Leben auf Asgard hatte ihn offenbar völlig verändert. »Was hat Gwen geantwortet?«

»Sie war sofort einverstanden. Ich mußte versprechen, dich rechtzeitig anzurufen, dann hat sie sich ein Luftfahrzeug nach Capitalia genommen.«

»Unter Mißbrauch meines Amtes als Senator nehme ich an.« Er sah auf seine Uhr: zwei Stunden noch, dann mußte er abfliegen. Nun, er konnte sich die Daten über den Gantua jederzeit telefonisch nach Capitalia übermitteln lassen, wenn er sie bis dahin noch nicht bekommen hatte. »Gut«, meinte er zu Chrys. »Willst du versuchen, kurzfristig einen Babysitter für Corwin aufzutreiben, und dich uns anschließen?«

Sie schüttelte den Kopf. »Jame hat mich das auch schon gefragt, aber ich denke, die Moreaus sollten auch mal unter sich sein. Ich werde ihn schon noch sehen, bevor er Aventine verläßt. Oh, Gwen schlug vor, ihr solltet euch in dem Restaurant treffen, in das wir Cally und sie gestern ausgeführt haben.«

»Hört sich gut an.« Er schnitt ein Gesicht. »Das ist ein wunderbarer Urlaub für dich, was? Tut mir leid.«

»Mach dir um mich keine Sorgen«, sagte sie sanft. »Paß lieber auf dich selber auf.«

»Mach ich. Ich liebe dich, Chrys.«

»Ich liebe dich auch, Jonny. Grüß Jame von mir.«

Er unterbrach die Verbindung und sah noch einmal auf seine Uhr. Zwei Stunden ... und er konnte nichts tun, um bei der Autopsie des Gantua zu helfen. Und was immer sie fanden ...

...war streng für sich genommen noch immer kein Beweis dafür, daß D'arl dahintersteckte.

Aber vielleicht ließ sich dieser Beweis wenigstens teilweise doch noch auftreiben. Er verließ das Haus, holte sein Luftfahrzeug ab und flog wieder zurück nach Paleen. Als er und Halloran zu der Stelle zurückkehrten, wo sie den Gantua erlegt hatten, wurde es bereits dunkel, doch dank ihrer optischen und akustischen Verstärker war es dennoch unwahrscheinlich, daß sich selbst ein Stachelleopard unbemerkt an sie heranschleichen konnte. Trotzdem, die Geschehnisse des Nachmittags hatten Jonny ein wenig schreckhaft gemacht, und er war froh, daß ihr Vorhaben nur wenige Minuten beanspruchte.

Eineinhalb Stunden später flog er über die sternenbeschienene Landschaft zurück nach Capitalia ... mit Informationen, die die voreilige Abstimmung im Rat ad absurdum führen würde.

Gwen und Jame hatten sich bereits an einem Tisch niedergelassen, als Jonny im Restaurant eintraf. »Jonny!« rief Jame und erhob sich zu einem festen Händedruck, als Jonny sich zu ihnen gesellte. »Es hat zwar länger als ein paar Jahre gedauert, aber wie du siehst, sind wir endlich doch gekommen, um dich zu besuchen.«

Jonny brauchte ein paar Sekunden, bis er die Anspielung verstand. »Ja – richtig. Der Tag, an dem ich Horizon verlassen habe. Du siehst gut aus, Jame.«

Sein Bruder strahlte. »Harte, aber sinnvolle Arbeit. Dasselbe Rezept, auf das du vertraust. Setzen wir uns doch, oder? Gwen hat schon versucht, mir die Speisekarte zu übersetzen, aber ich fürchte, dafür brauchen wir einen Experten.«

Sie setzten sich, und während sie sich unterhielten, musterte Jonny den Mann, zu dem sein Bruder geworden war.

Rein äußerlich war James Verwandlung vom Neunzehnjährigen in einen Fünfunddreißigjährigen natürlich ein geringerer Schock als die plötzlich erwachsene Gwen, aber er hatte, wie Gwen auch, etwas an sich, auf das alle seine Videos Jonny nicht hatten vorbereiten können. James Selbstvertrauen als Teenager war zu einer fast greifbaren Aura aus Autorität und Kompetenz erblüht – eine Aura, die paradoxerweise keine Spur von Herablassung ausstrahlte. Gewohnt, mit der Elite des Imperiums Umgang zu pflegen, hatte er dennoch nicht verlernt, mit normalen Bürgern zu reden.

Oder er hat das Stadium der Arroganz hinter sich gelassen und gelernt, Geselligkeit vorzutäuschen, überlegte er und schämte sich im gleichen Augenblick dafür. Schließlich war dies Jame, derjenige, der *ihn* gewarnt hatte, seine ethischen Grundsätze nicht über Bord zu werfen. Egal, wer oder was D'arl war, ganz bestimmt hatte er den jüngeren Mann nicht korrumpieren können, ohne dabei wenigstens deutliche Spuren zu hinterlassen.

Woraus folgte, daß Jame nicht wirklich wußte, für was für einen Mann er da eigentlich arbeitete. Und wenn das stimmte …

Jonny wartete auf eine geeignete Bresche, wie es sich für einen guten Soldaten geziemte – und als sich das Essen seinem Ende näherte, tat sie sich auf.

»… als ich dann herausfand, daß Komiteemitglied D'arl diese ganze Geschichte hier persönlich überwachen würde, habe ich natürlich sofort mein Gesuch eingereicht, ihn zu begleiten.« Jame nahm einen Schluck von seinem Kahve. »Er hat sehr hart dafür gearbeitet, damit das Zentrale Komitee dem Plan zustimmt, und es freut mich zu sehen, daß du ihn ebenfalls akzeptieren wirst.«

»D'arls politischer Ruf steht hier auf dem Spiel, richtig?« fragte Jonny beiläufig.

Ein unsicheres Flackern huschte über James Gesicht. »Er riskiert hier einiges an Prestige, aber so entscheidend ist es nicht.«

»Soweit du weißt, willst du damit sagen.«

Jame setzte seinen Becher vorsichtig ab und senkte die Stimme. »Also gut, Jonny. Mit mir brauchst du nicht um den heißen Brei herumzureden. Was hast du auf dem Herzen?«

Jonny schürzte die Lippen. »Ich nehme an, du hast mittlerweile gehört, daß wir heute südöstlich von hier einen durchgedrehten Gantua getötet haben.« Sein Gegenüber nickte. »Wie du vielleicht ebenfalls weißt, hat kein einziger Gantua in all den fünfzehn Jahren, die wir hier leben, auch nur die geringste Aggressivität an den Tag gelegt. Gut. Was würdest du also sagen, wenn ich dir erzähle, ich hätte Beweise dafür, daß man den getöteten Gantua unter Drogen gesetzt hat?«

Gwen erschrak. Jame kniff die Augen zusammen. »Unter Drogen gesetzt? Wie?«

»Über dem Blussaschilf in der Nähe der Stelle, wo wir ihn erlegt haben, wurde eine stark halluzinogene und stimulierende Chemikalie versprüht. Die Gantuas fressen nichts anderes, daher war dies die perfekte Methode, das Zeug in ihren Körper zu bekommen.«

»Perfekt für wen?«

Jonny zögerte. »Das kann ich nicht mit Bestimmtheit sagen. Aber ich möchte darauf hinweisen, daß D'arl der Vorfall bei der heutigen Abstimmung eine Menge zusätzlichen Rückhalt verschafft hat. Und daß es gleich nach dem Eintreffen eures Schiffes passiert ist.«

Jame lehnte sich zurück und musterte Jonny nachdenklich. »Ich könnte dich jetzt daran erinnern, daß ich seit mehreren Jahren für D'arl und seinen Stab arbeite und ein recht guter Menschenkenner bin. Ich könnte auch zu bedenken geben, daß unhaltbare Anschuldigungen dir eine Menge Schwierigkeiten bringen können. Aber ich würde die Sache lieber logisch angehen. Angenommen, jemand an Bord unseres Schiffes hätte diese Droge tatsächlich aus dem Orbit versprüht, wieso ist dann nicht auch jedes andere Tier in diesem Gebiet durchgedreht? Selbst wenn wir eine Nebelbombe oder etwas Ähnliches abgeworfen hätten – dabei weiß ich nicht einmal, ob wir im Landeanflug überhaupt in der Nähe vorbeigekommen sind –, müßte doch eine gewisse Streuung die Folge gewesen sein.«

Jonny atmete zwischen zusammengebissenen Zähnen aus. »Also gut. Dann muß eben jemand an Bord eures Schiffes einen Agenten hier unten gehabt haben, der das Zeug sprühbereit hatte.«

»Man hat euch doch nur ein paar Stunden vorher Bescheid gegeben, oder?« meldete sich Gwen zu Wort. »Könnte etwas von der Größe eines Gantua in so kurzer Zeit überhaupt genug von der Droge zu sich nehmen?«

»Wahrscheinlich wäre eine hohe Anfangsdosis erforderlich«, gab Jame ihr recht. »Wozu dann aber überhaupt noch das Blussaschilf besprühen?« Er runzelte die Stirn. »Ich muß allerdings zugeben, das Komitee hat sich in letzter Zeit sehr für die aventinische Flora interessiert, und ich erinnere mich, daß in einer der Studien, die ich bearbeitet habe, Blussaschilf erwähnt wurde.«

»In welchem Zusammenhang?« fragte Jonny und beugte sich vor.

»Laß mich nachdenken ...« Jame starrte in seinen Kahve. »Wenn ich mich recht erinnere, handelte es sich um den Teil einer Studie über strategisch wichtige Mineralien, die D'arl uns hat anfertigen lassen. Irgendwie ging es darum, daß Aventine autark werden soll, falls der Troftkorridor geschlossen wird. Ich hatte die Information ausgegraben, daß eure Blussapflanze ungewöhnlich gut ein bestimmtes Metall absorbiert – welches, habe ich vergessen –, vor allem im Spätherbst.«

»Und aus dieser Studie hat er zweifellos erfahren, daß Gantuas sich als einzige Lebewesen, die größer als Insekten sind, von Blussapflanzen ernähren«, meinte Jonny. »Sein Agent injizierte also einigen Gantuas eine massive Dosis eines Halluzinogens und besprühte zusätzlich die Blussas in der Nähe, damit sie nicht von ihrem High herunterkommen, bevor wir auf sie aufmerksam geworden sind.«

»Jonny, mit dem, was du da sagst, schrammst du haarscharf an staatsgefährdenden Äußerungen vorbei.« Jame sprach kaum hörbar, seine Hand umfaßte starr den Becher. »Selbst wenn es stimmt, du hast nicht den geringsten Beweis, der auf D'arl selbst hindeutet.«

»Noch nicht. Aber vielleicht kannst du mir diesen Beweis beschaffen.«

James Gesicht schien zu einer Maske zu erstarren. »Wie meinst du das?«

»Wenn irgendwelche Leute an Bord eures Schiffes darin verwickelt sind, dann haben sie bestimmt Verbindung mit ihrem Agenten hier aufgenommen. Du kannst dir das Funklogbuch vornehmen und nach codierten Nachrichtenübertragungen suchen.«

Eine ganze Weile blickten Jame und sein Bruder sich tief in die Augen. »Jetzt verlangst du von mir, mich unloyal zu verhalten«, meinte Jame endlich.

»Tu ich das? Wenn D'arl in diese Affäre verwickelt ist, sollte dann nicht das gesamte Zentrale Komitee davon erfahren? Und wenn jemand hinter seinem Rücken arbeitet – aus welchem Grund auch immer –, solltest du das nicht herausfinden und ihn davon in Kenntnis setzen?«

»Und wenn das Ganze von irgendeinem aventinischen Gewächs ausgelöst wurde, würde ich dann nicht das Vertrauen verletzen, das Komiteemitglied D'arl in mich gesetzt hat?« entgegnete Jame.

»Du mußt mir helfen, Jame«, drängte Jonny ihn vorsichtig und hatte Mühe zu verhindern, daß sich ein Hauch von Verzweiflung in seine Stimme schlich. Jame hatte recht: er hatte in der Tat keinerlei Beweis, daß D'arl die aventinische Politik manipulierte. Und solange er diesen nicht beschaffen konnte, würde das Komiteemitglied seinen Plan ungehindert weiterverfolgen. »Siehst du nicht, wie die dauernde Anwesenheit von Cobras unsere Gesellschaft entstellen würde? Ich will nicht, daß D'arls Cobrakaderschmiede auf Aventine errichtet wird. Und schon gar nicht aufgrund irgendwelcher Betrügereien.«

Er hielt unvermittelt inne, der Ausbruch war ihm peinlich. Jame fuhr gedankenverloren mit dem Finger über den Rand seines Bechers, dann hob er den Kopf und blickte Gwen an. »Wie denkst du darüber?« fragte er sie.

Sie zuckte leicht die Achseln. »Ich bin kaum einen Tag hier, Jame – ich kann mich wirklich nicht über das Für und Wider dieser sogenannten Cobrafabrik auslassen. Aber wenn Jonny sagt, es wäre schlecht –« Sie mußte grinsen. »Du *weißt* doch, alles, was Jonny sagt und tut, ist richtig.«

Jame entspannte sich und erwiderte das Grinsen. »Doch nur deshalb, weil er in deiner kritischen Entwicklungszeit nicht da war und du dich nur mit *mir* streiten konntest«, sagte er.

»Jonny hat in dieser Zeit eine Menge für das Imperium getan«, antwortete sie leise.

Jame blickte wieder in seinen Kahve. »Ja, das hat er, nicht wahr?« Er holte tief Luft und schürzte die Lippen.

»Also schön«, sagte er schließlich und sah Jonny erneut in die Augen. »Ich denke, ich kann es riskieren, mir den Ärger von D'arl für etwas zuzuziehen, das dir wichtig ist. Aber ich kann dir nicht einfach irgendwelche Logbücher überlassen, die ich finde. Schließlich stehen sie unter Geheimhaltung.«

Jonny nickte. »Verstehe. Und ich würde dich nicht darum bitten, wenn es anders ginge.«

»Klar.« Er hob seinen Becher, trank den Rest seines Kahve und stand auf. »Ich rufe dich an, sobald ich etwas weiß.« Er nickte den beiden zu und ging.

Jonny ließ sich mit einem erleichterten Seufzer zurücksinken. Wenn es funktionierte ...

»Ich hoffe, du weißt, was du tust.«

Er sah hinüber und merkte, daß Gwen ihn anblickte. »Wenn es funktioniert, dürfte ich zumindest genug indirekte Beweise haben, um Zhu und den Rat zum Nachdenken darüber zu zwingen, was sie Aventine antun.«

»Und wenn nicht«, erwiderte sie leise, »hast du James Karriere aufs Spiel gesetzt und vielleicht ruiniert – für nichts.«

Jonny schloß die Augen. »Erinnere mich nicht daran.« Eine Weile blieb er so sitzen und spürte, wie die Anspannung des Tages der Müdigkeit wich, die ihm in die Knochen kroch. »Nun«, sagte er, öffnete die Augen und stand auf, »passiert ist passiert. Ich hole den Wagen und bringe dich ins Hotel.«

»Und du?« fragte sie, als sie auf den Ausgang zusteuerten.

»Ich gehe ins Büro im Haus des Imperiums«, erklärte er erbittert. »Mir ist gerade eingefallen, daß ich dort Informationen habe, die möglicherweise jemand für stehlenswert hält. Fast hoffe ich, daß es jemand versucht.«

Doch das Paket vom Wissenschaftlerteam in Niparin war unberührt, als er eintraf, und außer beunruhigenden Träumen störte nichts seinen Schlaf.

Bald war klar, daß Zhu, ob mit Absicht oder nicht, Jonny die bestmögliche Einstiegsmöglichkeit geschaffen hatte. Die anderen Senatoren lauschten aufmerksam – geradezu gespannt –, als Jonny den Kampf mit dem Gantua schilderte. Seit Wochen war ihm nicht mehr so viel Aufmerksamkeit zuteil geworden, und wenn dies unterstrich, wie sehr Aventine die Stärke der Cobras brauchte, so erinnerte es sie mit Sicherheit auch daran, daß der gute Wille der Cobras gleichermaßen entscheidend war. Ein fairer Handel, entschied Jonny.

»Die entscheidende Frage ist natürlich«, sagte er, als er geendet hatte, »was einen Gantua dazu veranlassen könnte, sich so zu verhalten. Seit gestern abend kennen wir die Antwort.« Er hielt inne, blickte kurz zu D'arl hinüber. Das Komiteemitglied lauschte ebenso aufmerksam wie die anderen, und falls ihm schwante, daß sich sein finsterer Plan in Nichts auflöste, so war das seinem Gesicht nicht anzumerken. »Es scheint so«, fuhr Jonny fort, »als wäre der Gantua absichtlich mit einer halluzinogenen Chemikalie unter Drogen gesetzt worden, die man direkt auf seine Nahrung gesprüht hat.«

Er hielt ein weiteres Mal inne, doch zu dem dramatischen Gefühlsausbruch, den er sich erhofft hatte, kam es nicht.

»Das ist lächerlich«, sagte Jor Hemner laut und deutlich in die Stille hinein. »Warum sollte jemand so etwas tun?«

Jonny holte tief Luft. Der Augenblick war gekommen. »Vielleicht«, sagte er und sah dabei D'arl in die Augen, »um uns zu bewegen, eine Cobrapräsenz hinzunehmen, die wir in Wirklichkeit gar nicht brauchen.«

D'arl hielt seinem Blick stand. »Sie beschuldigen *mich*, ich hätte Ihre Gantuas unter Drogen gesetzt, Senator?«

»Haben Sie überhaupt irgendwelche Beweise?« fügte Zhu bissig hinzu, bevor Jonny antworten konnte. »Denn wenn nicht, möchte ich Ihnen verdammt noch mal davon abraten, auch nur darauf anzuspielen, Komiteemitglied D'arl könnte etwas damit zu tun haben.«

Der Beweis befindet sich an Bord seines Schiffes, wollte Jonny sagen ... doch bevor Jame sich nicht mit ihm in Verbindung setzte, wagte er es nicht, irgendwelche prüfenden Blicke in diese Richtung zu ermuntern. »Ich beschuldige niemanden ausdrücklich, Gentlemen«, sagte er und blickte abwechselnd zu Zhu und D'arl. »Doch da allem Anschein nach ein Verbrechen begangen wurde – und die Existenz des unter Drogen gesetzten Gantua zumindest indirekt Einfluß auf die gestrige Abstimmung hatte –, möchte ich vorschlagen, daß die Abstimmung annulliert und keine neue durchgeführt wird, bis die Fakten über diesen Fall offenliegen.«

»Welche zusätzlichen Fakten erwarten Sie zu finden?« warf ein älterer Senator ein. »Oder sollte ich sagen, *hoffen* Sie zu finden? Mir scheint, Sie haben nichts weiter als eine Seifenblase voller –«

»Gentlemen«, sagte D'arl leise, aber mit scharfem Unterton, der dem Senator mitten im Satz das Wort abschnitt. »Wenn ich einen Vorschlag machen darf. Mir scheint, Sie legen zuviel Gewicht darauf, meine Ehre zu schützen, und zu wenig auf die Lösung des ernsten Problems, das Senator Moreau aufgedeckt hat. Wenn es tatsächlich dunkle Machenschaften gibt, dann müssen diese unterbunden werden, ganz gleich, wer darin verwickelt ist. Sollte es sich im vorliegenden Fall jedoch um ein rein natürliches Phänomen handeln, wäre es gleichermaßen angebracht, soviel wie möglich darüber in Erfahrung zu bringen, und das so schnell wie möglich.«

»Natürliches Phänomen?« schnaubte Jonny. »Komiteemitglied, ich hoffe, Sie verzeihen mir meine Skepsis –«

»Skepsis ist ein fester Bestandteil der Wissenschaft«, unterbrach ihn D'arl ruhig. »Doch bevor Sie Ihren Zweifel allzu laut verkünden, schlage ich vor, Sie überprüfen folgende Punkte: erstens, sind sämtliche Blussapflanzen im Kaskia Valley mit dieser Droge überzogen; zweitens, gibt es Spuren davon auf dem umliegenden Blattwerk; drittens, gibt es Bedingungen, unter denen die Pflanzen eigenständig auf natürlichem Weg eine solche Droge produzieren können; und viertens, sind solche Bedingungen zur Zeit gegeben? Die Antworten auf diese Fragen könnten sich als interessant erweisen.« Er erhob sich und nickte Zhu zu. »Wenn Sie gestatten, werde ich jetzt mit der gestern begonnenen Montage der Anlagen fortfahren. Sollte eine spätere Abstimmung ihren Abbau erforderlich machen, kann dieser jederzeit problemlos erfolgen.«

»Selbstverständlich, Komiteemitglied«, stimmte Zhu hastig zu. »Vielen Dank, daß Sie heute gekommen sind, Senatoren. Die Sitzung wird vertagt.«

Und das war's. In einer halben Minute hatte D'arl seinem Angriff allen Wind aus den Segeln genommen. Einem Angriff, auf den das Komiteemitglied bemerkenswert gut vorbereitet war ...

Mit zusammengepreßten Lippen sammelte Jonny seine Magcards zusammen und verließ den Raum.

Halloran, noch immer in Niparin, hörte schweigend zu, als Jonny ihm das Fiasko am Telefon beschrieb. »Hört sich an, als wäre er seiner Sache verdammt sicher«, meinte er nachdenklich. »Wie stehen die Chancen, daß er recht damit hat und es sich wirklich um ein natürliches Phänomen handelt?«

Jonny atmete hörbar aus. »Schwer vorstellbar, daß er sich auf reine Spekulation hin so weit aus dem Fenster lehnt«, gab er zu. »Aber sollte es tatsächlich der Fall sein, wie wüßte *er* davon und wir nicht?«

Halloran zuckte mit den Achseln. »Du schickst schon seit geraumer Zeit Proben und Daten nach Asgard, und dort haben sie weit bessere Test- und Computersimulationsmöglichkeiten, als du hier je zu Gesicht bekommen wirst. Oder vielleicht war es sogar noch einfacher. Vielleicht sind einige Pflanzen während des Fluges ausgetrocknet.«

»Ausgetrocknet. Du denkst also, es hat etwas mit der Dürre zu tun?«

»Ich wüßte nicht, auf welche andere Bedingung er angespielt haben könnte. Das ist der einzige Umweltfaktor, der im Moment neu für uns ist.«

Jonny nagte an der Innenseite seiner Wange. »Die Dürre. Also schön. Wenn das das Problem ist, werden wir es eben einfach ausschalten müssen.«

Halloran zog eine Braue hoch. »Kennst du einen Regenmacher, der sich darauf spezialisiert hat, Wolken über Gebirge zu transportieren?«

»Ich weiß sogar noch eine bessere Möglichkeit. Bleib dran.« Er drückte auf die Haltetaste des Telefons und ließ sich mit Rankin verbinden. Chrys kam an den Apparat, und der Bildschirm teilte sich, um ihr Bild aufzunehmen.

»Hallo, Liebes«, begrüßte er sie. »Ist Gwen da?«

»Hallo, Jonny, Cally. Ja, sie ist in der Küche. Gwen?«

Einen Augenblick später ersetzte Gwens Gesicht das von Chrys. »Hallo. Was gibt's?«

»Die Ferien sind vorbei«, meinte Jonny. »Ich habe einen kleinen Auftrag für dich und Cally.«

Die Beschreibung dessen, was ihm vorschwebte, dauerte nur wenige Minuten ... wie sich herausstellte, war dies der leichte Teil.

»Jonny, das ist *verrückt*«, erklärte Gwen ihm kategorisch. »Hast du überhaupt eine Ahnung, was du da verlangst?«

»Senator Hemner wird außer sich sein, wenn er sie erwischt«, warf Chrys aus dem Hintergrund ein.

»Wieso?« konterte Jonny. »Sie sind doch beide seinem Distrikt zugeteilt, schon vergessen?«

»Aber sie sind *ihm* unterstellt, nicht dir«, meinte Halloran.

»Dann laßt ihr eben eure Feldtelefone ausgeschaltet und tut, als wüßtet ihr von nichts«, meinte Jonny achselzuckend. »Was will er denn machen, mich zum C-5 degradieren?«

»Wahrscheinlich wird er dich verhaften und zum Brückenkopf auf Palatine schicken lassen«, meinte Halloran rundheraus. »Besonders dann, wenn es nicht funktioniert.«

»Aber wenn es funktioniert, wird er nicht das geringste

unternehmen können, ohne als Paragraphenreiter dazustehen«, sagte Jonny. »Außerdem setze ich mein Vertrauen in euch beide.«

»Also, *ich* nicht«, gestand Gwen. »Jonny, so was kann man nicht mal eben so erledigen. Dazu braucht man *Zeit* – Zeit für Untersuchungen, Zeit für die kartographische Darstellung und die Umbettung –«

»Karten haben wir – der Molada-Gebirgszug ist ausführlich erforscht worden. Und was das übrige anbelangt – einen kleinen Umweltschaden können wir sicher riskieren.«

»Jonny, da ist immer noch ein wesentlicher Punkt, den du nicht berücksichtigt hast.« Chrys schob sich wieder ins Bild, und Jonny erschrak ein wenig, als er die Eindringlichkeit in ihrem Gesicht sah. »Bei dem, was du vorhast«, fuhr sie mit sanfter Stimme fort, »umgehst du die rechtmäßigen Amtswege und nimmst Zhu und den anderen Senatoren eine wichtige politische Entscheidung aus der Hand. Begreifst du nicht? Das ist genau das, wogegen ihr, Ken und du, gekämpft habt – woran ihr Challinor vor sieben Jahren habt hindern wollen.«

Plötzlich fühlte sich Jonnys Mund trocken an. »Nein. Nein, das ist etwas anderes, Chrys. Er hat versucht, den gesamten Planeten zu übernehmen, er wollte die Herrschaft des Imperiums völlig ausschalten.«

»Der Unterschied ist nur graduell.« Sie schüttelte leicht den Kopf. »Du wirst trotzdem den Präzedenzfall schaffen, daß ein Senator – oder ein Cobra – eine rechtmäßige Entscheidung der Regierung, die ihm nicht paßt, einfach ignoriert und seine eigenen Wege geht.«

Aber es ist trotzdem nicht dasselbe, hallte es in Jonnys Kopf wider. *Die Regierung macht einen dummen Fehler, nur weil jemand von außen dies wünscht. Ich bin dem Volk von Aventine verantwortlich.*

Dem Volk von Aventine.

Challinors Argument von damals.

Die drei Gesichter, die sich auf dem Bildschirm des Telefons drängten, beobachteten ihn genau. »Also gut«, sagte er mit einem Seufzer. »Gwen, du und Cally, ihr werdet raus ins Kaskia Valley fahren, aber nur, um eine Durchführbarkeitsstudie vorzunehmen. Ich werde es vor den Rat bringen, bevor wir wirklich etwas unternehmen, aber zumindest will ich ihnen eine fundierte Alternative anbieten können.«

Chrys schien in sich zusammenzusacken, als die Spannung aus ihrem Körper wich. »Danke«, sagte sie leise.

Er lächelte gepreßt. »Bedank dich nicht bei *mir.* Schließlich hast du recht.« An Gwen gerichtet sagte er: »Chrys wird sich mit Theron Yutu in Verbindung setzen, meinem Assistenten, der euch ein Luftfahrzeug beschaffen wird, sowie einen Piloten und was ihr sonst noch braucht. Für alles Elektronische wende dich an Chrys – was sie nicht auftreiben kann, kann sie wahrscheinlich bauen. Du triffst dich mit Cally in Niparin, und von dort aus könnt ihr losschlagen. Und was dich anbetrifft, Cally –« Er hob zur Betonung den Finger. »Egal, was Theron oder Gwen dir erzählen, alles, was du an Gerät mitnimmst, ist ersetzbar. Wenn du dort oben einem durchgedrehten Gantua über den Weg läufst, warte nicht erst lange ab, schnapp dir Gwen und mach, daß du wegkommst. Kapiert?«

»Kapiert.« Halloran zögerte. »Wenn dir meine Meinung irgendwie hilft, ich denke, du triffst die richtige Entscheidung.«

»Eigentlich nicht, trotzdem vielen Dank. Chrys?«

»Ich werde Theron sofort anrufen«, nickte sie, jetzt ganz geschäftig. »Wahrscheinlich können wir Gwen in drei Stunden oder weniger unten in Niparin haben.«

»Gut. Tja ... haltet mich auf dem laufenden, ihr alle, und ich sage euch Bescheid, wann ihr hier gebraucht werdet. Und seid vorsichtig.«

Sie klinkten sich alle aus, und mehrere Minuten lang saß Jonny einfach nur da und fühlte sich in dem stillen Büro seltsam allein. Als ob seine und James Karriere noch nicht reichten, jetzt hatte er auch noch Gwen und Cally zum Abschuß freigegeben. Durfte er wirklich so sicher sein, daß er sich in dieser Sache nicht täuschte?

Eine Antwort darauf gab es nicht ... doch im Augenblick war ihm etwas anderes viel wichtiger als Antworten. Er schaltete das Telefon ein und rief D'arls Schiff an. »Jame Moreau«, sagte er zu dem jungen Leutnant, der seinen Anruf entgegennahm. »Sagen Sie ihm, sein Bruder möchte ihn sprechen.«

Der Mann nickte und verschwand vom Monitor. Eine Minute später leuchtete James Bild auf dem Monitor auf. »Ja, Jonny?« sagte er. Seine Stimme klang zwanglos, freundlich, doch sein Gesicht verriet eine gewisse Wachsamkeit.

»Ich würde mich nachher gern mit dir treffen«, sagte Jonny. »Vielleicht zum Abendessen, wenn du Zeit hast?«

Die Wachsamkeit verschärfte sich. »Na ja ...«

»Keine Befragungen, keine Gefälligkeiten, keine Politik«, versprach Jonny. »Ich würde nur gern eine Weile mit jemandem aus der Familie zusammensein. Wenn du Zeit hast.«

Jame lächelte matt, die Anspannung wich aus seinem Gesicht. »Für wichtige Dinge habe ich immer Zeit«, sagte er ruhig. »Sagen wir zum Mittagessen – dasselbe Restaurant in einer halben Stunde?«

Jonny lächelte zurück. Das Gewicht auf seinen Schultern wurde bereits ein wenig leichter. »Ich werde dort sein.«

***

Es dauerte eine Woche, aber endlich begannen die Ergebnisse der verschiedenen Tests ein einheitliches Bild zu ergeben ... und sie stützten tatsächlich D'arls These.

»Es scheint sich um eine Reaktion auf den starken Mangel an Grundwasser zu handeln«, erläuterte der Chefbotaniker dem Rat, während seine Hand beim Verschieben von Graphiken, komplexen Formeln und Fotos auf den Combords der Senatoren merklich zitterte. Wahrscheinlich hatte er noch nie auch nur vor einem Senator gesprochen, überlegte Jonny, und schon gar nicht vor einer ganzen Gruppe plus einem Mitglied des Zentralen Komitees des Imperiums. »Einer der Bestandteile des Cutins – das ist jene Schicht, die die Pflanzen vor Wasserverlust schützt – verändert sich chemisch von *hier* nach *dort*.« Auf den Combords erschienen die beiden Molekulardiagramme. »Wie sich herausstellte, ist dies auf zweierlei sich ergänzende Art biologisch durchaus sinnvoll«, fuhr der Botaniker fort. »Das neue Cutin steuert die Ausdünstung zum einen um fünfzehn bis zwanzig Prozent effektiver, zum anderen gibt die daran beteiligte chemische Reaktion sogar noch zwei Moleküle Wasser ab, die der Pflanze dann zur Verfügung stehen.«

»Mit anderen Worten, je trockener es wird, desto verrückter werden die Gantuas?« fragte Senator Hemner.

»Im großen und ganzen, ja.« Der Wissenschaftler nickte. »Möglicherweise gibt es irgendwo eine Grenze, an der die Gantuas auf eine andere Pflanzenart als Nahrungsquelle zurückgreifen, doch falls es sie gibt, so haben wir sie noch nicht erreicht.«

Halloran, der neben Gwen an der Seitenwand Platz genommen hatte, lenkte Jonnys Aufmerksamkeit auf sich und rümpfte die Nase. Jonny nickte kurz, zum Zeichen, daß er derselben Ansicht war: wenn der Gantua, gegen den sie gekämpft hatten, noch nicht zu hundert Prozent durchgedreht gewesen war, dann wollte er auf keinen anderen treffen, bei dem das zutraf.

»Nun, dann scheinen unsere Alternativen ja recht klar zu sein«, meinte Hemner erbittert. »Entweder wir sorgen dafür, daß Komiteemitglied D'arls neue Cobras so schnell wie möglich ihren Dienst antreten, oder wir ziehen uns vollständig aus dem Kaskia Valley zurück, solange die Dürre andauert.«

»Es gibt noch eine weitere Möglichkeit«, sagte Jonny in das lauter werdende zustimmende Gemurmel hinein.

»Und die wäre …?« drängte Zhu.

»Beenden wir die Dürre jetzt sofort.« Jonny deutete mit einer Handbewegung auf Gwen. »Darf ich Ihnen Dr. Moreau vorstellen, die gerade erst aus den Bergen rings um das Kaskia Valley zurückgekehrt ist?«

Gwen erhob sich. »Wenn Sie gestatten, Herr Generalgouverneur Zhu, werde ich Ihnen gern die Ergebnisse einer Studie vorstellen, mit der mich Senator Moreau vor einer Woche beauftragt hat.«

»In der es um was geht?«

»In der es um einen Vorschlag geht, einen Durchlaß durch das Molada-Gebirge zu brechen, um Wasser aus dem Lake Ojaante direkt in das derzeit ausgetrocknete Bett des Kaskia River zu leiten.«

Mit vor Überraschung leicht offenstehendem Mund winkte Zhu sie wortlos an den Tisch.

»Vielen Dank, Gentlemen«, richtete sie das Wort an die Senatoren und schob ihre Magcard in den dafür vorgesehenen Schlitz. »Lassen Sie mich Ihnen demonstrieren, wie problemlos dieses Vorhaben durchgeführt werden könnte …«

Fast eine Stunde lang tat sie genau das und unterstrich ihren Vortrag durch eine Flut von Diagrammen und Karten. Sie sprach voller Autorität, schlüssig, und ließ dabei genug über die grundlegenden tektonischen Methoden einfließen, um mühelos auch die am wenigsten informierten Senatoren ins Bild zu setzen … und allmählich spürte Jonny, wie die Stille rings um den Tisch sich von Erstaunen zu Interesse und schließlich zu vorsichtiger Begeisterung wandelte.

Für ihn ging die Veränderung sogar noch tiefer, denn das Bild der zehnjährigen Gwen, das in seinem Kopf noch immer die Vorherrschaft gehabt hatte, erlosch für immer. Seine kleine Schwester war jetzt eine erwachsene Frau … und er war verdammt stolz darauf, was aus ihr geworden war.

Endlich verblaßte das abschließende Bild auf den Bildschirmen der Combords, und Gwen nickte den Senatoren zu. »Wenn es jetzt Fragen gibt, werde ich mein Bestes tun, sie zu beantworten.«

Einen Augenblick lang herrschte Stille. Jonny sah zu D'arl hinüber und machte sich auf die Attacke gefaßt, die das Komiteemitglied gewiß gegen diesen Konkurrenzplan loslassen würde. Doch der Mann sagte nichts, und in seinem Gesicht stand die gleiche Bewunderung wie bei den anderen rings um den Tisch.

»Wir werden weitere Untersuchungen benötigen, und sei es nur, um Ihre Bewertungen zu bestätigen«, ließ sich Zhu schließlich vernehmen. »Aber ich denke, wenn wir einmal davon ausgehen, daß Sie keinen Hauptpunkt übersehen haben, können Sie sofort damit beginnen, detaillierte Pläne zu erstellen.« Er nickte ihr zu und ließ den Blick in die Runde wandern. »Wenn es keine weiteren Punkte zu besprechen gibt –« Er hielt, fast widerwillig, inne, als er Jonnys erhobenen Zeigefinger sah. »Ja, Senator Moreau?«

»Ich möchte darum ersuchen, Sir, daß erneut über Komiteemitglied D'arls Vorschlag abgestimmt wird«, sagte Jonny mit höflicher Entschiedenheit. »Ich glaube, die gerade vorgestellte Studie bestätigt meine frühere Argumentation.«

Zhu schüttelte den Kopf. »Tut mir leid, aber meiner Ansicht nach haben Sie nichts vorgebracht, das die Situation substanziell verändert hätte.«

»Was? Aber –«

»Herr Generalgouverneur.« D'arls Stimme war so ruhig wie immer. »Wenn es Ihr Gewissen erleichtert, so lassen Sie mich erklären, daß ich keinerlei Einwand gegen eine Neuabstimmung habe.« Er sah Jonny in die Augen und lächelte. »Meiner Meinung nach hat Senator Moreau einen zweiten Versuch verdient.«

Die Abstimmung erfolgte ... und als sie vorüber war, lautete das Ergebnis der Auszählung elf zu sieben Stimmen für D'arls Vorschlag.

Geparkt am Ende des Star Field von Capitalia, bot D'arls Schiff einen beeindruckenden Anblick – es war natürlich kleiner als die großen Transporter, die nur im All verkehrten, trotzdem noch mehr als doppelt so groß wie Aventines eigene *Dewdrop.* Eine sensorüberwachte Schutzzone erstreckte sich weitere fünfzig Meter nach allen Seiten, und als Jonny deren Grenze überschritt, bemerkte er, wie ein automatisches Turmgeschütz ein kleines Stück herumschwenkte und ihn ins Visier nahm. Die beiden Marines an dem verschlossenen Zugang machten keinerlei derart offensichtliche Bewegungen, Jonny sah jedoch, daß die auf ihren Schultern montierten Papageienwaffen den gesamten Weg über auf ihn gerichtet blieben. »Senator Jonny Moreau für Komiteemitglied D'arl«, sagte er, als er ein paar Meter entfernt stehenblieb.

»Werden Sie erwartet, Sir?« fragte einer der Wachtposten. Er konnte es sich leisten, höflich zu sein – in seiner vollen Exoskelettausrüstung war er sogar noch kräftiger als ein Cobra.

»Er wird mich empfangen«, sagte Jonny. »Teilen Sie ihm mit, daß ich hier bin.«

Der andere Wachtposten warf seinem Partner einen kurzen Blick zu. »Komiteemitglied D'arl ist sehr beschäftigt, Sir, schließlich reist er morgen ab –«

»Teilen Sie ihm mit, daß ich hier bin«, wiederholte Jonny.

Der erste Wachtposten schürzte die Lippen und tippte auf einen Schalter an seiner Kehle. Seine Unterhaltung war kurz und nicht zu verstehen, einen Augenblick später jedoch nickte er. »Komiteemitglied D'arl wird Sie empfangen, Senator«, meinte er zu Jonny. »Ihr Begleiter wird in Kürze hier sein.«

Jonny nickte und machte sich darauf gefaßt, länger zu warten. Als sein Begleiter dann endlich eintraf, war er nicht überrascht, als er sah, wer es war.

»Jonny«, begrüßte Jame ihn mit einem Nicken. Sein

Lächeln wirkte herzlich, aber angespannt. »Komiteemitglied D'arl erwartet dich in seinem Büro. Komm mit ...«

Sie gingen durch den Zugang aus schwerem Kyreliumstahl und passierten zwei weitere gepanzerte Marines. »Ich hatte gehofft, dich vor unserem Abflug noch einmal zu sehen«, sagte Jame, während sie durch ein Gewirr von kurzen Gängen gingen. »In deinem Büro hieß es, du hättest dir frei genommen und seist nicht zu erreichen.«

»Chrys meinte, es täte mir gut, mal ein paar Wochen rauszukommen«, erklärte Jonny ihm ruhig. »Um mich gründlich damit auseinanderzusetzen, was dein Komiteemitglied D'arl uns angetan hat.«

Jame warf ihm einen Seitenblick zu. »Und ...?«

»Du meinst, ob ich die Absicht habe, ihn anzugreifen?« Jonny schüttelte den Kopf. »Nein. Ich will nichts weiter als seine Gründe verstehen. Herausfinden, *warum*. Wenigstens das ist er mir schuldig.«

Weiter vorn flankierten zwei weitere Marines – diesmal im großen Dienstanzug – eine offensichtlich verstärkte Tür. Jame ging voraus, zwischen ihnen hindurch, legte die Handfläche auf das Schloß, und die Tür glitt geräuschlos zur Seite.

»Senator Moreau«, sagte D'arl und erhob sich vom Schreibtisch, der den bescheidenen Raum beherrschte. »Willkommen. Bitte, setzen Sie sich.« Er deutete auf einen Sessel auf der anderen Seite des Schreibtisches.

Jonny tat es. Jame wählte einen Sessel an der Ecke des Schreibtisches, gleich weit entfernt von beiden Männern. Jonny fragte sich kurz, ob er die Wahl absichtlich so getroffen hatte, und entschied, daß dem wohl so war.

»Ich hatte gehofft, Sie würden heute abend vorbeischauen«, sagte D'arl und setzte sich wieder hin. »Dies ist unsere letzte Gelegenheit – nun, sagen wir ›ehrlich‹ –, miteinander zu sprechen – vor den ermüdenden Abschiedszeremonien, die Zhu für morgen angesetzt hat.«

»Ermüdend? Demnach sind es also weder der öffentliche

Beifall noch die Bewunderung, die all dies für Sie lohnend machen.« Jonny nahm sich einen Augenblick Zeit und sah sich um. Komfortabel, gewiß, aber es entsprach kaum jenem Luxus, den er in den privaten Räumlichkeiten eines Komiteemitglieds des Imperiums erwartet hätte. »Offenbar geht es Ihnen auch nicht um Reichtum. Was ist es also dann? Die Macht, Menschen dazu zu bringen, das zu tun, was Sie wollen?«

D'arl schüttelte den Kopf. »Sie haben überhaupt nicht begriffen, worum es hier eigentlich geht.«

»Ach, wirklich? Sie *wußten* doch, daß die Gantuas genau zur selben Zeit rumtoben würden, als Sie uns den Cobraköder hingeworfen haben. Sie wußten die ganze Zeit, daß es das ausgetrocknete Blussaschilf war, und Sie haben das erst erwähnt, als ich Sie unter Druck gesetzt habe.«

»Und wenn dem so wäre?« konterte D'arl. »Schließlich kann man mir nicht vorwerfen, ich hätte die Situation herbeigeführt.«

Jonny schnaubte. »Natürlich nicht.«

»Aber wie Sie schon draußen sagten«, fuhr D'arl fort, als hätte er den Einwurf nicht gehört, »die wichtige Frage lautet: *Warum?* Warum habe ich das Angebot gemacht, und warum hat Aventine es angenommen?«

»Warum der Rat es angenommen hat, ist einfach«, sagte Jonny. »Sie sind Komiteemitglied des Imperiums, und was Sie sagen, gilt.«

D'arl schüttelte den Kopf. »Ich sagte es bereits, Sie begreifen nicht, worum es geht. Das Gantuaproblem hat geholfen, sicher, aber im Grunde war es wirklich nur vorgeschoben. Der Rat hat zugestimmt, weil dies die Lösung war, die am wenigsten Arbeit macht.«

Jonny runzelte die Stirn. »Ich verstehe nicht.«

»Das liegt doch auf der Hand. Indem man die Hauptlast und die größten Gefahren bei Aventines Wachstum euch Cobras aufbürdet, zögert man die Notwendigkeit hinaus, die

Verantwortung der Allgemeinbevölkerung zu übertragen. Wenn Menschen die Gelegenheit geboten bekommen, ein solches System fortzusetzen, springen sie fast immer darauf an. Besonders dann, wenn sie einen unmittelbaren und willkommenen Grund haben, auf den sie sich berufen können.«

»Aber das ist doch nur eine vorübergehende Lösung«, beharrte Jonny. »Auf lange Sicht –«

»*Ich* weiß das«, fuhr D'arl ihn an. »Aber der Teil der Menschheit, der fähig ist, seine nächste Mahlzeit für ein Fest in zwei Wochen aufzusparen, würde nicht einmal diese Stadt füllen. Wenn Sie vorhaben, im Politikgeschäft zu bleiben, sollten Sie das verdammt noch mal begreifen.«

Er hielt inne und verzog das Gesicht. Niemand sprach. »Es ist Jahre her, daß ich in einer Situation, die so etwas wie Öffentlichkeit nahekommt, die Beherrschung verloren habe«, gestand er. »Vergeben Sie mir. Und nehmen Sie es als Zeichen dafür, daß ich über das, was getan werden mußte, auch nicht glücklicher bin als Sie.«

»Und warum mußte es getan werden?« fragte Jonny leise. Vor zwei Wochen noch hätte er die Frage herausgebrüllt und all seine Enttäuschung und seine Wut hineingelegt, die er damals verspürt hatte. Doch jetzt war der Zorn verraucht, er hatte sein Scheitern akzeptiert, und die Frage war einfach eine Bitte um Information.

D'arl seufzte. »Das andere *Warum*. Weil, Senator Moreau, es die einzige Möglichkeit war, die mir einfiel, um diese Welt vor einer Katastrophe zu bewahren.« Er schwenkte die Hand in Richtung Himmel. »Seit ungefähr einem Jahr sind die Drohungen der Trofts, den Korridor zu schließen, immer lauter und beharrlicher geworden. Nur ein einziger Umstand hindert sie daran, dies gleich heute abend noch zu tun: weil dies für sie einen Zweifrontenkrieg bedeuten würde. Und damit die Gegendrohung mit dem Zweifrontenkrieg glaubwürdig bleibt, benötigen Sie unbedingt die dauernde Präsenz der Cobras.«

Jonny schüttelte den Kopf. »Aber so geht die Rechnung doch nicht auf. Wir verfügen über keine nennenswerten Transportkapazitäten – wir können ihnen gar nicht drohen. Und selbst wenn, könnten sie jederzeit einen Präventivschlag führen und uns innerhalb weniger Stunden vom Himmel wischen.«

»Aber das werden sie nicht tun. Ich habe selbst einmal so gedacht, aber je genauer ich das über die Jahre zusammengetragene indirekte psychologische Datenmaterial betrachte, desto mehr gehe ich davon aus, daß es einfach nicht die Art der Trofts ist, mit Massenvernichtung einen Krieg zu führen. Nein, sehr viel wahrscheinlicher ist eine Invasion, so wie es auf Silvern und Adirondack geschehen ist.«

»Aber Sie brauchen doch keine Cobras, um sich dagegen zu verteidigen«, beharrte Jonny, der spürte, wie das Gefühl der Verzweiflung in seinem Innern wieder zum Leben erwachte. »Sie haben Antipanzerlaser mitgebracht – ebensogut hätten Sie die üblichen Lasergewehre mitbringen und eine Miliz oder sogar ein stehendes Heer aufstellen können. Wieso kann ich Sie nicht dazu bringen, das zu verstehen?«

D'arl lächelte traurig. »Weil die Trofts sich nicht vor menschlichen Milizen oder Armeen fürchten. Aber vor Cobras fürchten sie sich.«

Jonny war fassungslos. Er öffnete den Mund, um zu widersprechen … aber heraus kam nur ein einziges, kaum hörbares Wort: »Verdammt.«

D'arl nickte. »Jetzt werden Sie verstehen, warum ich das alles tun mußte. Vielleicht wird Aventine niemals wirklich in der Lage sein, sich gegen eine Invasion zu wehren, aber solange eine Abschreckung existiert, und sei es nur eine rein psychologische … nun, solange haben Sie wenigstens eine Chance.«

»Und dem Imperium bleiben die Mühen und Kosten einer Strafexpedition erspart?« warf Jonny ein.

Wieder lächelte D'arl. »Sie beginnen langsam, die Mechanismen der Politik zu begreifen. Das größtmögliche Wohl für die größtmögliche Zahl von Menschen, und unmittelbarer Nutzen für so viele Menschen wie möglich.«

»Oder zumindest für die, auf deren Unterstützung Sie angewiesen sind?« fragte Jonny ruhig. »Die, deren Einwände nicht zählen, kann man getrost ignorieren?«

»Jonny, wir sprechen hier über *eure* Sicherheit«, mischte sich Jame ein. »Gut, ihr werdet einen Preis dafür bezahlen müssen, aber das muß man für alles im Leben.«

»Ist mir bekannt.« Jonny stand auf. »Und ich lasse sogar gelten, daß Komiteemitglied D'arl unsere Interessen zumindest ein wenig am Herzen gelegen haben. Trotzdem muß mir seine Lösung nicht gefallen, und ich muß auch seine Methode, sie uns aufzudrängen, nicht mögen. Sie haben uns Informationen über die Gantuas vorenthalten, Komiteemitglied, vielleicht über Monate – und jemand hätte deswegen getötet werden können. Wenn ich wüßte, daß dies auch nur die Spur eines Unterschieds ausmachte, würde ich diese Tatsache heute abend öffentlich ins Netz bringen. Nach Lage der Dinge bleibt mir aber wohl nichts anderes übrig, als Sie Ihrem Gewissen zu überlassen. Vorausgesetzt, Sie haben überhaupt noch eins.«

»Jonny –«, begann Jame verärgert.

»Nein, schon gut«, unterbrach ihn D'arl. »Ein ehrlicher Feind ist ebensoviel wert wie ein Dutzend eigennütziger Verbündeter.«

Jonny nickte und kehrte Komiteemitglied D'arl den Rücken zu. Die Tür glitt auf, als er sich ihr näherte. Er trat hindurch und verließ sich darauf, daß ihn sein Gedächtnis durch die Gänge zum Ausgang des Schiffes führte. Seine aufwühlenden Gedanken ließen ihn erst merken, daß Jame ihm gefolgt war, als dieser ihn ansprach. »Tut mir leid, daß es so enden mußte. Mir wäre es lieber gewesen, du hättest ihn verstanden.«

»Oh, ich verstehe ihn durchaus«, erwiderte Jonny knapp.

»Er ist Politiker und kann sich daher nicht den Kopf zerbrechen, welche Folgen seine Schachzüge für die Menschen haben. Das verstehe ich sehr wohl.«

»Du bist jetzt selbst Politiker«, erinnerte Jame ihn und lenkte ihn in einen Gang, den er übersehen hatte. »Durchaus möglich, daß du selber einmal in einer Situation festsitzt, in der du nicht gewinnen kannst. Bis dahin hast du hoffentlich genügend Siege und Niederlagen erlebt, um damit besser umgehen zu können.«

Am Ausgang verabschiedeten sie sich voneinander mit kühlen, förmlichen Worten – Jonny hätte sich nicht träumen lassen, jemals so mit seinem Bruder zu sprechen –, und ein paar Minuten später saß der Cobra wieder in seinem Auto.

Aber er fuhr nicht sofort los. Statt dessen saß er hinter dem Lenkrad und betrachtete den matten Glanz des Imperialen Schiffes und ging in Gedanken immer wieder durch, was Jame ihm als letztes gesagt hatte. War es möglich, daß er so heftig reagierte, weil er einen kleinen Machtkampf verloren hatte? Schließlich war er es nicht gewohnt zu verlieren. War es möglich, daß seine so nobel klingende Sorge um die Zukunft Aventines im Grunde wirklich so kleinlich war?

Nein. Er hatte oft Niederlagen erlitten: auf Adirondack, nach dem Krieg auf Horizon, selbst in der Eröffnungsrunde der kurzen Auseinandersetzung mit Challinor. Er wußte, wie es war, wenn man verlor, wußte, wie er darauf reagierte ... und er wußte, daß eine Niederlage oft nur vorübergehend war.

Vorübergehend.

Mit einem letzten Blick auf D'arls Schiff ließ Jonny den Wagen an. Nein, noch war es nicht vorbei. Aventine würde überleben und wachsen, und er, nicht D'arl, würde letzten Endes in der besseren Position sein, um dieses Wachstum zu steuern. Und wenn es die Kunst der Politik war, die er jetzt lernen mußte, dann würde er eben verdammt noch mal der beste Politiker diesseits von Asgard werden.

Bis dahin ... hatte er eine Frau, ein Kind und einen Distrikt, die seine ganze Aufmerksamkeit verdienten. Er wendete den Wagen und fuhr nach Hause. Chrys war bestimmt noch auf und wartete auf ihn.

Zwischenspiel

Der Haikugarten hatte sich über die Jahre verändert, so langsam und zart, daß D'arl nicht mehr genau wußte, wie er ausgesehen hatte, als er die Nachfolge von Komiteemitglied H'orme angetreten hatte. Ein Teil jedoch wies deutlich D'arls Handschrift auf: eine Reihe mit Blussaschilfgewächsen, gestutzten Zyprenen und anderen Pflanzen von Aventine. Seines Wissens war er das einzige Komiteemitglied, das das pflanzliche Leben der äußeren Kolonien in seinen Haikugarten miteinbezogen hatte ... und alles deutete darauf hin, daß nie wieder jemand Gelegenheit dazu haben würde.

Jame Moreau neben ihm verstand seinen Blick richtig. »Diesmal meinen sie es ernst, nicht wahr?« sagte er. Es war mehr eine Feststellung als eine Frage.

D'arl zögerte, dann nickte er. »Ich wüßte nicht, wie man eine derart klar formulierte Forderung anders interpretieren sollte. Wir werden von Glück reden können, wenn das von uns geschickte Schiff nicht auf Aventine festgehalten wird.«

»Oder auf halbem Rückweg.« Jame ging in die Hocke, um eine der Blussaschilfpflanzen aufzurichten, die umzukippen drohte.

»Auf halbem Rückweg, das wäre in der Tat ein Problem«, gab D'arl ihm recht. »Aber wir können die Trofts den Korridor nicht einfach dichtmachen lassen, ohne Aventine wenigstens zu warnen.«

»Was immer das noch nutzt.« James Stimme klang beherrscht, aber D'arl wußte, was in ihm vorging. Der Bruder und die Schwester des jüngeren Mannes waren dort draußen, und auch wenn das Verhältnis vielleicht ein wenig kühler war als früher, so mochte Jame die beiden doch noch immer sehr.

»Sie werden es überleben«, meinte D'arl zu ihm und wünschte, die Worte wären mehr als nutzlose Bewegungen der Luft. »Die Auffassung der Trofts von Geiselnahme scheint Land und Besitz zu beinhalten, nicht Menschen. Wenn sie sich ordentlich benehmen, werden die Trofts ihnen wahrscheinlich nichts tun.«

Jame richtete sich auf, wischte sich Erdkrumen von den Fingern. »Nur werden sie sich eben nicht ordentlich benehmen«, sagte er ruhig. »Sie werden kämpfen, besonders Jonny und die anderen Cobras – schließlich ist es genau das, was das Komitee und das Vereinte Oberkommando von ihnen erwarten.«

D'arl seufzte. »Dies war immer das Damoklesschwert, das über ihren Häuptern schwebte, Moreau. Wir wußten das, als wir sie dorthin geschickt haben – ganz tief im Innern wußten auch Sie es, als Sie den Plan vorgeschlagen haben. Was immer jetzt geschieht, es war das Risiko wert.«

Jame nickte. »Ich weiß, Sir. Aber ich kann nicht anders, ich wünschte, wir könnten hier etwas für sie tun.«

»Ich bin offen für Vorschläge.«

»Wie wäre es, wenn wir die Trofts den Korridor im Austausch dafür schließen ließen, daß sie die Kolonien in Frieden lassen?«

D'arl schüttelte den Kopf. »Daran habe ich auch schon gedacht, aber das Komitee würde sich niemals darauf einlassen. Zunächst ließe sich das überhaupt nicht überprüfen. Außerdem haben wir eine Menge Geld, Menschen und Mühe in diese Welten investiert und können sie nicht einfach kampflos abtreten.«

Jame seufzte und gab ihm mit einem Nicken, wenn auch widerwillig, recht. »Ich möchte um einen Platz an Bord des

Kurierschiffes bitten, vorausgesetzt, Sie können das arrangieren. Ich weiß, es ist sehr kurzfristig, aber ich kann pünktlich zum geplanten Transfer von Adirondack bereit sein.«

D'arl hatte die Bitte erwartet, doch das machte die Antwort auch nicht einfacher. »Tut mir leid, Moreau, aber ich fürchte, das kann ich nicht zulassen. Sie haben selbst auf die Gefahr einer Gefangennahme oder Zerstörung durch die Trofts auf dem Rückweg hingewiesen – und bevor Sie mir jetzt erzählen, Sie seien bereit, dieses Risiko einzugehen, lassen Sie mich sagen, *ich* bin nicht bereit, Sie dieses Risiko eingehen zu lassen. Sie kennen sich zu gut mit der Arbeitsweise und den Zwistigkeiten innerhalb des Komitees aus, und ich sähe es äußerst ungern, wenn die Trofts unsere eigene höchst unzulängliche Politik gegen uns kehrten.«

»Dann werde ich mich mit Ihrer Erlaubnis einer schnellen Behandlung zur Erinnerungsblockade unterziehen«, beharrte Jame. »Das würde den Transfer um nicht mehr als einen Tag verzögern, vorausgesetzt, ich könnte meine Erholungsphase an Bord des Schiffes verlegen.«

D'arl schüttelte den Kopf. »Nein – denn durch so eine überhastete Behandlung könnten Sie alles auf Dauer verlieren, und *dieses* Risiko werde ich ebenfalls nicht eingehen.«

Jame gab sich mit einem Seufzer geschlagen. »Jawohl, Sir.«

D'arl ließ den Blick über den Haikugarten schweifen. »Ich bin für Ihre Gefühle nicht unempfänglich«, sagte er ruhig, »aber ein solch überhastetes Zusammentreffen mit Ihrer Familie unter diesen Umständen wäre ganz gewiß unproduktiv. Das Beste, was Sie für sie tun können, ist hierzubleiben und mir dabei zu helfen, den diplomatischen Zusammenbruch so lange wie möglich hinauszuzögern. Je mehr Zeit wir haben, bevor die Feindseligkeiten beginnen, desto mehr Zeit bleibt Ihnen, sich vorzubereiten.«

Und desto mehr Zeit – das fügte er nicht hinzu – blieb dem Imperium, seine eigene Verteidigung vorzubereiten. Denn so wichtig sie auch waren, in den äußeren Kolonien lebten weniger als vierhunderttausend Menschen ... und aus der Perspektive des Kuppeldoms waren die siebzig anderen Welten des Imperiums mit ihren einhundert Milliarden Menschen weitaus wichtiger. Für die Verteidigung dieser Menschen waren Aventine und seine Schwesterwelten letzten Endes verzichtbar. *Das größtmögliche Wohl für die größtmögliche Zahl von Menschen,* das war noch immer der wichtigste Leitsatz, den D'arl beherzigte.

Er war sorgfältig darauf bedacht, dies Jame gegenüber nicht ausdrücklich zu erwähnen ... andererseits jedoch war der vermutlich längst selbst darauf gekommen. Warum sonst sollte er nach Aventine wollen, um sich zu verabschieden?

Mit einem Seufzer setzte D'arl seinen Weg fort. Noch eine Biegung, und er wäre wieder an der Tür zu seinem Büro. Zurück in der realen Welt mit ihrem drohenden Schreckgespenst des Krieges.

Und zurück in der Situation, in der er auf ein Wunder wartete, das, wie er wußte, nicht geschehen würde.

Staatsmann: 2432

Das Telefonsignal am Bett war ein lautes, zweckdienliches Summen, wissenschaftlich entwickelt, um sogar tiefe Schläfer aufzuwecken. Doch seit Monaten bereits schlief Jonny mehr als tief, und sein Verstand registrierte das Geräusch kaum deutlich genug, um es in seinen gegenwärtigen Traum zu integrieren. Erst als Chrys' sanfte Stöße zu einem heftigen Rütteln auswuchsen, erlangte er allmählich einen Zustand partieller Wachheit. »Hm?« fragte er, die Augen immer noch geschlossen.

»Jonny, Theron Yutu ist am Telefon«, meinte sie. »Er sagt, es sei dringend.«

»Uff«, seufzte Jonny, wälzte sich schwerfällig auf die Seite und stocherte auf die Taste ein, mit der die Leitung freigegeben wurde. »Ja?«

»Gouverneur, ich bin auf dem Star Field«, meldete sich Yutus Stimme. »Ein Kurierschiff des Imperiums befindet sich auf dem Weg hierher – voraussichtliche Ankunftszeit in ungefähr einer Stunde. Sie wollen, daß Sie, Generalgouverneur Stiggur und so viele Senatoren wie möglich bei ihrer Ankunft versammelt sind.«

»Hm – wie spät ist es – drei Uhr morgens? Was soll die Eile?«

»Ich weiß es nicht, Sir – mehr wollten sie nicht verraten. Aber der Nachtmanager auf dem Star Field meinte, sie hätten um eine Aufenthaltszeit von nicht mehr als zwölf Stunden gebeten.«

»Sie wollen in zwölf *Stunden* wieder starten? Was zum Teufel –? Ach, lassen Sie nur, ich bin sicher, sie werden es Ihnen ohnehin nicht verraten.« Jonny atmete tief durch und versuchte, den Bodensatz an Verwirrung aus seinem Kopf zu bekommen. »Haben Sie sich bereits mit Stiggur in Verbindung gesetzt?«

»Nein, Sir. Der Hap-3-Satellit ist noch immer außer Betrieb, und es wird noch eine halbe Stunde dauern, bis Hap-2 in der Position ist, um den Anruf durchzustellen.«

Und wenn man ihn benachrichtigt hatte, würde es weitere drei Stunden dauern, bis er aus dem abgelegenen Distrikt zurück sein konnte, den er gerade bereiste. Was bedeutete, daß die gesamte Bürde, diesen geheimnisvollen und offenbar ungeduldigen Vertreter des Imperiums zu begrüßen, Jonny zufallen würde. »Tja, Sie sollten dafür sorgen, daß ein paar Leute sämtliche Senatoren anrufen – auch wer nicht in einer Stunde hier sein kann, soll so schnell wie möglich kommen. Äh ... haben Sie eine Ahnung, welchen Rang dieser Mensch bekleidet?«

»Nein, Sir, aber seinem Verhalten nach legt er keinen großen Wert auf Förmlichkeiten.«

»Na, wenigstens ein Lichtblick. Wenn er auf rationelles Vorgehen aus ist, dann werden wir ihm genau das bieten, mit allem Drum und Dran. Das Haus des Imperiums lassen wir ganz aus und treffen uns am Star-Field-Empfangsgebäude. Können Sie uns ein angemessen großes Büro oder Konferenzzimmer besorgen und ein paar Wachtposten drum herum aufstellen?«

»Almo Pyre ist bereits dort – ich werde ihn einen Raum aussuchen lassen.«

»Gut.« Jonny versuchte zu überlegen, was er außerdem noch vorschlagen könnte, gab es dann aber auf. Im allgemeinen wußte Yutu sowieso, was er zu tun hatte. »Also gut, ich bin in einer halben Stunde auf dem Star Field. Sie kommen besser auch – kann sein, daß ich Sie brauche.«

»In Ordnung, Sir. Tut mir leid, das alles.«

Jonny schaltete das Telefon mit einem Seufzer ab und blieb noch einen Augenblick lang still liegen, um seine Kräfte zu sammeln. Es war nicht so schlimm, wie er erwartet hatte: die übliche Steifheit in den Gelenken, aber nur an ein oder zwei Stellen zwackte es wirklich schmerzhaft. Das Schwindelgefühl ließ rasch nach, und er stand auf. Die Tabletten für die Bluterzeugung standen auf seinem Nachttisch, theoretisch durfte er erst in vier Stunden wieder eine nehmen. Er tat es trotzdem, und als er mit Duschen fertig war, waren auch die letzten Reste seiner von Blutarmut herrührenden Müdigkeit verflogen. Wenigstens für eine Weile.

Chrys war während seiner kurzen Abwesenheit bereits fleißig gewesen und hatte seine beste Uniform herausgesucht. »Was, glaubst du, hat das alles zu bedeuten?« fragte sie mit gesenkter Stimme. Die beiden Achtjährigen, Joshua und Justin, lagen im Nebenzimmer, und beide hatten einen leichten Schlaf.

Jonny schüttelte den Kopf. »Als sie das letzte Mal jemanden geschickt haben, ohne ihn ein paar Monate vorher anzukündigen, wollten sie uns diese Cobraschmiede aufhalsen ... aber ein Zwölf-Stunden-Aufenthalt läßt überhaupt nichts Gutes ahnen. Entweder will er so schnell wie möglich wieder nach Hause, oder er möchte hier nicht mehr Zeit verbringen als absolut nötig.«

»Könnte bei unserem letzten Transport irgendeine Krankheit aufgetaucht sein?« fragte Chrys und hielt ihm das Hemd hin. »Viele dieser kommerziellen Frachter treffen nur minimale Sicherheitsvorkehrungen.«

»Dann hätten sie angegeben, daß sie im Schiff bleiben wollen, solange es gewartet wird.« Jonny verzog das Gesicht, als er nach hinten in die Ärmel fuhr, und versuchte, sich die Schmerzen nicht anmerken zu lassen.

Chrys bekam sie trotzdem mit. »Dad hat heute nachmittag angerufen, um dich noch einmal daran zu erinnern, daß du dich untersuchen lassen sollst«, meinte sie.

»Wozu?« brummte Jonny. »Damit ich mir anhören muß, daß meine Blutarmut und meine Arthritis sich weiter verschlechtert haben? Das weiß ich längst.« Er seufzte. »Entschuldige, Chrys. Ich weiß, ich sollte Orrin aufsuchen, aber ich weiß nicht, was das nützen soll. Jetzt bezahle ich eben den Preis dafür, daß ich all die Jahre Superman spielen durfte.«

Eine Weile lang sagte sie kein Wort, und in gewisser Weise war ihre oberflächliche Ruhe entnervender als die immer wieder auftretenden Ausbrüche von Verbitterung und Wut, zu denen es während der ersten Monate seiner Krankheit gekommen war. Also hatte sie wohl akzeptiert, daß er nicht geheilt werden konnte, und behielt ihren eigenen Schmerz für sich, um ihm und ihren drei Söhnen zu helfen, den ihren zu ertragen. »Rufst du an, wenn du weißt, was los ist?« fragte sie schließlich.

»Klar«, versprach er, über den Themenwechsel erleichtert. Doch nur für einen Augenblick ... denn ihm fiel nur ein einziger Grund für die seltsamen Maßnahmen des Schiffes dort draußen ein. Und wenn er recht hatte, war seine fortschreitende Blutarmut seine geringste Sorge.

Fünf Minuten später fuhr er Richtung Star Field. Hinter dem Schein der Straßenlaternen, in der dunklen Stadt, schienen sich die Geister von Adirondack zu sammeln.

Tammerlane Wrey war das genaue Abbild jener Bürokraten aus Dome im mittleren Dienst, die während Jonnys Jugendzeit zur Lieblingszielscheibe politischer Karikaturisten geworden waren. Er war dicklich, weich, trug teure Kleidung, die weit besser in Form war als er selbst, und hatte jene leicht herablassende Art an sich, die, wie die Menschen aus dem Siedlungsgrenzgebiet oft behaupteten, im Zentrum des Imperiums alle Bewohner an den Tag legten.

Und seine Neuigkeiten waren denkbar schlecht.

»Verstehen Sie mich richtig, wir werden tun, was wir können, um den Hauptteil der Troftstreitkräfte abzulenken«, sagte er und fuchtelte mit einem Finger vor der geschwungenen Frontlinie auf der taktischen Karte der Star Force herum, die er selbst mitgebracht hatte. »Aber auch wenn wir sie ordentlich auf Trab halten, ist es äußerst unwahrscheinlich, daß man Sie völlig vergessen wird. Nach der günstigsten Schätzung des Vereinten Oberkommandos können Sie davon ausgehen, daß innerhalb eines Jahres etwa zwanzig- bis einhunderttausend Mann auf Ihren drei Planeten landen werden.«

»Mein Gott!« stieß Senator Liang Kijika hervor. »*Einhunderttausend?* Das ist ein *Viertel* unserer gesamten Bevölkerung.«

»Aber Sie haben annähernd zweitausendvierhundert Cobras«, gab Wrey zu bedenken. »Mit einhunderttausend Trofts sollten Sie eigentlich fertig werden, vorausgesetzt, die Erfahrungen der Vergangenheit können als Maßstab gelten.«

»Nur sind etwa siebzig Prozent dieser Cobras nie selbst im Krieg gewesen«, warf Jonny ein, der bestrebt war, seine Stimme gesenkt zu halten, während die Erinnerungen an Adirondack wie trüber Nebel durch seinen Kopf waberten.

»Und wer im Krieg war, ist wahrscheinlich nicht mehr einsatzfähig.«

»Wer nicht selber handeln kann, bildet andere aus«, zitierte Wrey. »Sie, die Veteranen, sollten in der Lage sein, die Jungs in ein paar Monaten auf Vordermann zu bringen. Gentlemen, ich bin nicht hergekommen, um Ihnen Ihre Verteidigung abzunehmen – es sind *Ihre* Leute, und es ist *Ihre* Welt, und Sie werden das zweifellos besser machen als ich oder irgend jemand sonst von Asgard. Ich bin einzig hergekommen, um Sie vor dem zu warnen, was Sie erwartet, und um das Dutzend Bürger des Imperiums zurückzubringen, die wegen des Verbotes kommerzieller Reisen hier gestrandet sind.«

»Wir sind *alle* Bürger des Imperiums«, stieß Tamis Dyon wütend hervor.

»Natürlich, natürlich«, sagte Wrey. »Sie wissen, was ich meine. Wie auch immer, ich will, daß diese Leute in sechs Stunden mit Sack und Pack an Bord meines Schiffes sind. Ihre Namen habe ich, aber Sie werden sie für mich auftreiben müssen.«

»Was wird getan, um den Krieg zu verhindern?« fragte Jonny.

Wrey runzelte die Stirn. »Er läßt sich nicht mehr verhindern, Gouverneur – ich dachte, ich hätte mich in dieser Hinsicht klar ausgedrückt.«

»Aber das Zentrale Komitee verhandelt doch noch –«

»Um den Ausbruch so lange wie möglich hinauszuzögern, damit Sie sich vorbereiten können.«

»Was soll das heißen, *vorbereiten*?« fuhr Dyon auf und kam halb aus seinem Sessel hoch. »Was, zum Teufel, sollen wir denn tun – Flugabwehrwaffen aus Zyprenen basteln? Sie verdammen uns doch zur Wahl zwischen zwei Todesarten: entweder werden wir von den Trofts umgebracht, oder wir gehen langsam zugrunde, weil die Versorgungspipeline verstopft ist.«

»*Ich* bin für die Ereignisse nicht verantwortlich«, feuerte Wrey zurück. »Die Trofts haben angefangen, und Sie sollten verdammt froh sein, daß das Komitee bereit war, Sie zu unterstützen. Sonst wären Sie schon vor Jahren überrannt worden.« Er hielt inne und kämpfte sichtlich darum, seine Beherrschung wiederzuerlangen. »Hier ist die Liste mit Leuten, die ich befugt bin mit zurückzunehmen«, sagte er und schob Jonny über den Tisch eine Magcard zu. »Und denken Sie daran, sechs Stunden, denn die *Menssana* läuft in – von jetzt an – elf Stunden aus.«

Jonny streckte die Hand langsam über den Tisch aus und nahm die Magcard an sich. Wie es aussah, waren die Würfel gefallen ... doch es stand zu viel auf dem Spiel, um einfach nur dazusitzen und nichts zu tun. »Ich möchte mit Generalgouverneur Stiggur sprechen, ob ein Abgesandter mit Ihnen zurückgeschickt werden kann«, sagte er. »Um herauszufinden, was eigentlich vor sich geht.«

»Völlig ausgeschlossen.« Wrey schüttelte den Kopf. »Zum einen stehen die Chancen fifty-fifty, daß wir von den Trofts angegriffen werden, bevor wir das Gebiet des Imperiums erreichen, und selbst wenn wir durchkommen, säße Ihr Abgesandter dann dort fest. Es besteht nicht der Hauch einer Chance, daß der Korridor für ihn lange genug geöffnet bleibt, um zurückzukehren, und auf Asgard wäre er nichts weiter als eine Belastung.«

»Er könnte dort als Berater fungieren«, beharrte Jonny. »Sie haben selbst gesagt, daß Sie nicht genug über uns wissen.«

»Ein Berater – für was? Soll die Star Force einen Entlastungsangriff über einhundert Lichtjahre durch Troftgebiet hinweg durchführen?« Wrey blickte in die Runde und erhob sich. »Wenn Sie jetzt keine weiteren Fragen mehr haben, werde ich mich für eine Weile wieder auf die *Menssana* zurückziehen. Bitte, geben Sie mir Bescheid, wenn Generalgouverneur Stiggur eintrifft.«

»Wir sind nichts weiter als Falxmist für ihn, was?« brummte Kijika. Er preßte die Fingerspitzen so fest auf die Tischplatte, daß seine Nagelbetten weiß wurden.

»Es wird nicht mehr lange von Bedeutung sein, was er oder sonst jemand im Imperium über uns denkt«, meinte Dyon verbittert.

»Vielleicht können wir es ein wenig hinauszögern«, meinte Jonny und reichte Dyon die Magcard. »Würden Sie das bitte Theron Yutu übergeben? Er soll mit der Suche nach diesen Leuten beginnen. Ich habe einen wichtigen Anruf zu erledigen.«

Generalgouverneur Brom Stiggur war inzwischen unterwegs nach Capitalia und befand sich ständig im Bereich des Hap-2-Kommunikationssatelliten. Das Bild war kristallklar.

Natürlich spielte das keine Rolle – Stiggurs Gesichtsausdruck war genau so, wie Jonny es erwartet hatte. »Das war's dann also«, meinte dieser, nachdem Jonny Wreys Katastrophennachricht zusammengefaßt hatte. »Die Trofts haben endlich den Mut für die zweite Runde gefaßt. Sollen sie alle in der Hölle schmoren.« Er schnaubte voller Verachtung. »Also schön, was brauchen wir, um uns auf eine Belagerung vorzubereiten?«

»Mehr als wir haben«, gestand Jonny in aller Offenheit. »Um es mit brutaler Ehrlichkeit zu sagen, Brom, wenn die Trofts uns wirklich angreifen wollen, haben wir, glaube ich, kaum mehr Chancen als ein Eiswürfel auf Vega. Die neuen Cobras sind unser einziger Schutz, und über Kriegsführung wissen sie weniger als nichts.«

Stiggur verzog das Gesicht. »Sollen wir das wirklich über Funk besprechen –?«

»Müssen wir das etwa alles geheimhalten?«

»Wohl kaum«, räumte Stiggur ein. »Also gut, Jonny – Sie haben mich nicht bloß angerufen, um mich rechtzeitig vor dem Weltuntergang zu warnen. Was wollen Sie?«

Jonny mußte schlucken. »Die Erlaubnis, zusammen mit

Wrey nach Asgard zurückzukehren und festzustellen, was man tun kann, um den Krieg zu verhindern.«

Stiggur zog die Brauen hoch. »Glauben Sie nicht, daß man in dieser Richtung bereits alles getan hat?«

»Ich weiß nicht. Wie können wir das wissen, bevor wir direkt mit dem Zentralen Komitee oder dem Vereinten Oberkommando gesprochen haben?«

Stiggur atmete hörbar aus. »Wir brauchen Sie hier.«

»Das wissen Sie besser. Im Kampfeinsatz bin ich keinen Pfifferling mehr wert, außerdem gibt es eine Menge C-1 Cobras, die über bessere militärische und taktische Kenntnisse verfügen.«

»Und was ist mit Ihrer Familie?« fragte Stiggur. »*Die* braucht Sie.«

Jonny atmete tief durch. »Vor neunundzwanzig Jahren habe ich alles, was ich an Familie hatte, verlassen, um für Menschen zu kämpfen, die ich nicht einmal kannte. Wie kann ich mir auch nur die geringste Chance entgehen lassen, das Leben nicht nur meiner Frau und meiner Kinder zu retten, sondern praktisch das aller Freunde, die ich jemals hatte?«

Stiggur sah ihn lange an. Sein Gesicht verriet nichts von dem, was dahinter vor sich ging. »So ungern ich es auch zugebe, Sie haben vermutlich recht«, meinte er schließlich. »Ich werde diesem Wrey gegenüber vorschlagen, er solle Sie mitnehmen. Äh ... wie es aussieht, habe ich noch eine halbe Stunde bis Capitalia vor mir. In ungefähr einer Stunde müßte ich seine Antwort haben. Bis dahin –« Er zögerte. »Sie sollten Yutu die Organisation hier überlassen und die Geschichte mit Chrys besprechen.«

»Vielen Dank, Brom. Das hatte ich auch vor.«

»Ich melde mich wieder bei Ihnen, sobald ich etwas weiß.« Er nickte, und der Monitor erlosch.

Seufzend reckte Jonny seine rebellierenden Ellenbogen und tippte Yutus Nummer ein.

Sie saßen alle zusammen schweigend im sanft beleuchteten Wohnzimmer, als Jonny sowohl die schlechten Neuigkeiten als auch seine Idee erläuterte, wie er auf diese Krisensituation zu reagieren gedachte. Und als er nacheinander jeden einzelnen aus seiner Familie ansah, fielen ihm wie nie zuvor die unterschiedlichen Persönlichkeiten auf, die sich in ihren Gesichtern widerspiegelten. Justin und Joshua, die zusammen auf dem Sofa kauerten, verrieten ungefähr zu gleichen Teilen Angst und bedingungsloses Vertrauen, eine Mischung, die ihn schmerzlich an die Heldenverehrung seiner Schwester Gwen in jungen Jahren erinnerte. Corwin dagegen, dessen Gesicht seine dreizehn Jahre Lügen strafte, war sichtlich um eine Erwachsenenperspektive bemüht, mit der er seine eigenen Angstgefühle überdecken konnte. Genau wie Jame, der auch immer älter gewirkt hatte, als er tatsächlich war. Und Chrys …

Chrys war wie immer. Sie strahlte ein Gefühl stiller Kraft und Unterstützung für ihn aus, und das, obwohl er ihren Augen die Angst vor und den Schmerz über eine dauerhafte Trennung ansah. Daß sie seinen Plan akzeptierte, hatte nichts mit irgendeiner Art von Unterordnung zu tun. Nein, ihr Verstand arbeitete schlicht genauso wie seiner, und sie wußte, wie wichtig es war, es auf einen Versuch ankommen zu lassen.

Er beendete seine Erklärung, und ein paar Augenblicke lang hörte man nur das leise Summen der Klimaanlage. »Wann fliegst du los, Dad?« fragte Corwin schließlich.

»Wenn ich fliege, dann heute«, antwortete Jonny. »Sie werden aufbrechen wollen, sobald das Schiff aufgetankt ist.«

»Wirst du Almo oder sonst jemanden mitnehmen?«

Jonny mußte kurz lächeln. Almo Pyre war der erste Freiwillige gewesen, der D'arls Cobraschmiede durchlaufen hatte, und mit seiner glühenden Loyalität Jonny und der gesamten Familie Moreau gegenüber war er für Corwin zum Vorbild geworden. »Ich glaube nicht, daß wir auf dem Rückweg irgendwelche Schwierigkeiten haben werden«, meinte er zu seinem Sohn. »Außerdem, ganz *so* hilflos ist dein Vater noch nicht.« Er wappnete sich und wandte sich an Chrys. Ihre Treue ihm gegenüber verdiente wenigstens, daß sie in gleichem Maß erwidert wurde. »Ich habe euch erklärt, was ich weiß und denke und weshalb ich das Gefühl habe, ich sollte mitfliegen«, erklärte er ihr. »Aber wenn du, nachdem du dir das angehört hast, der Ansicht bist, ich sollte hierbleiben, dann werde ich das tun.«

Sie lächelte traurig. »Du solltest mich mittlerweile eigentlich besser kennen –«

Das plötzliche Klingeln des Telefons ließ sie alle auffahren. Jonny erhob sich vorsichtig, ging an seinen Schreibtisch und schaltete den Apparat ein. »Ja?«

Es war Stiggur. »Tut mir leid, Jonny, aber nichts drin. Wrey weigert sich standhaft, sein Schiff mit ›nutzlosen Beamten aus den Kolonien‹ vollzustopfen. Zitat Ende.«

Jonny seufzte. »Haben Sie ihm erklärt, wie wichtig es sein könnte?«

»Laut genug, um einen Gantua aufzuschrecken. Er weigert sich ganz einfach, irgend etwas, das im geringsten von seinem Befehl abweicht, auch nur in Erwägung zu ziehen.«

»Dann sollte ich vielleicht selbst noch einmal mit ihm sprechen. Habe ich *Ihre* Erlaubnis denn noch?«

»Ich denke schon. Aber das Ganze ist mittlerweile rein hypothetisch.«

»Vielleicht. Ich melde mich wieder bei Ihnen.«

Er unterbrach die Verbindung und tippte die Nummer des Star Field ein ... doch mitten in der Bewegung hielt er inne, drehte sich um und sah Chrys an.

Sie blickte ihm in die Augen, und durch sie hindurch auf all die Schmerzen, die sie in Zukunft erwarteten. Aber obwohl ihre Lippen wie aus Holz zu sein schienen, klang ihre Stimme durchaus fest. »Ja. Versuch es.«

Er blickte ihr noch eine Sekunde länger in die Augen, dann

wandte er sich wieder dem Telefon zu. Wenige Augenblicke später erschien Wreys Gesicht. »Ja? Ach, Sie sind es. Hören Sie, Gouverneur–«

»Mr. Wrey, ich habe nicht die Absicht, Generalgouverneur Stiggurs Argumentation zu wiederholen«, unterbrach Jonny ihn. »Es ist mir egal, ob Sie genug Weitblick haben, um zu begreifen, wieso dies wichtig ist. Tatsache ist, daß ich Sie nach Asgard begleiten werde, ob Ihnen das gefällt oder nicht.«

Wrey stieß ein verächtliches Schnauben aus. »Ach, tatsächlich? In Dome nennt man so etwas Größenwahn, Mr. Moreau – den Glauben, sich jederzeit, wann immer es einem beliebt, über eine Autorität hinwegsetzen zu können. Ich schlage vor, Sie erkundigen sich nach meinem Status hier und überlegen sich, was geschehen würde, sollten Sie versuchen, sich gegen meinen Befehl an meinen Marines vorbeizudrängen.«

Jonny schüttelte den Kopf. »Ich fürchte, Sir, Sie sind es, der sich über die rechtliche Lage nicht im klaren ist. In unserer Verfassung steht ausdrücklich, daß der Generalgouverneur auf jedem auslaufenden Schiff einen Platz zum Zweck der Beratung mit der Regierung des Imperiums beanspruchen kann. In der Verfassung sind keinerlei Ausnahmen vorgesehen.«

»Ich werde trotzdem eine Ausnahme geltend machen. Wenn Ihnen das nicht paßt, können Sie ja eine Beschwerde beim Zentralen Komitee einreichen, sobald der Krieg vorüber ist.«

»Tut mir leid, aber so läuft das nicht. Wenn Sie eine rechtmäßige Ausnahme geltend machen wollen, werden Sie Ihren Fall hier vor dem aventinischen Rat der Senatoren vortragen müssen.«

Wrey kniff die Augen zusammen. »Was wäre dazu nötig?«

Offensichtlich war der Kerl zu lange auf Asgard gewesen

und hatte vergessen, wie Politik auf interplanetarischer Ebene funktionierte. Einen Augenblick lang war Jonny versucht, sich eine wahre Horrorgeschichte auszudenken, dann entschied er sich dagegen. Der gerade Weg war sicherer, außerdem war die Wahrheit unangenehm genug. »Zuerst müssen wir sämtliche Senatoren versammeln – das ist der einfache Teil, sie befinden sich bereits alle auf dem Weg hierher. Dann werden Sie Ihre Papiere vorlegen, Ihren Fall vortragen und Generalgouverneur Stiggur den seinen. Der Rat wird die Sachlage erörtern und sich wahrscheinlich vertagen, damit jeder einzelne für sich die Verfassung studieren und versuchen kann, Präzedenzfälle in den uns vorliegenden Aufzeichnungen zu finden. Dann wird man zu einer Vollversammlung wieder zusammenkommen, und wenn diese beendet ist, wird abgestimmt. Sieht das Gesetz beide Möglichkeiten vor, genügt eine einfache Mehrheit, sieht es dagegen so aus, als ließe die in der Verfassung vorgesehene Regelung keinerlei Abweichungen zu, dann benötigen Sie für eine einmalige Ausnahme eine Dreiviertelmehrheit. Der ganze Vorgang dürfte – na, vielleicht drei bis fünf Tage dauern, mindestens.«

Wreys Gesichtsausdruck nach zu urteilen, hatte dieser die Zeiten bereits zusammengerechnet. »Angenommen, ich weigere mich, an diesem kleinen taktischen Verzögerungsspiel teilzunehmen?«

»Es steht Ihnen frei, nicht mitzuspielen ... Ihr Schiff jedoch wird nicht abheben, bevor all dies geklärt ist.«

»Wie wollen Sie mich aufhalten?«

Jonny griff nach dem Telefon, tippte ein paar Zahlen ein, und eine Sekunde später gesellte sich eine dritte Stimme zu den beiden. »Hier Pyre.«

»Almo, hier ist Jonny Moreau. Wie kommen Sie mit der Aufstellung der Wachtposten voran?«

»Alles abgeschlossen, Gouverneur«, meldete der jüngere Cobra.

»Gut. Bitte benachrichtigen Sie den Verantwortlichen, daß es mit der Wartung des Schiffes des Imperiums keine Eile mehr hat. Es wird erst in ein paar Tagen wieder starten.«

»In Ordnung, Sir.«

»Augenblick mal, Soldat«, fuhr Wrey ihn an. »Ich bin ein unmittelbarer Vertreter des Zentralen Komitees, und kraft dieser Machtbefugnis hebe ich diesen Befehl auf. Verstanden?«

Es entstand eine kurze Pause. »Gouverneur, ist sein Einspruch berechtigt?«

»Ja. Allerdings scheint dieses spezielle Vorgehen eine eindeutige Verfassungsbestimmung zu verletzen. Sieht so aus, als würde es vor den Rat kommen.«

»Verstanden, Sir. Die Wartungsarbeiten werden sofort ausgesetzt.«

»Was?« stieß Wrey barsch hervor. »Nur ein gottverdammter –«

»Ende, Sir.«

Ein Klicken signalisierte Pyres Ausstieg, woraufhin sich der Rest von Wreys Ausbruch in dünne Luft auflöste. Er brach ab und fixierte Jonny mit einem wütenden Blick. »Damit werden Sie nicht durchkommen, Moreau. Sie können Ihre Cobras den ganzen Tag lang gegen meine Marines anrennen lassen, ohne–«

»Sie möchten doch sicherlich kein Feuergefecht in der Nähe Ihres Schiffes riskieren, Sir?« erkundigte Jonny sich höflich.

Wrey verstummte augenblicklich. »Damit werden Sie nicht durchkommen«, wiederholte er mechanisch.

»Das *Gesetz* ist auf meiner Seite«, sagte Jonny. »Um ganz offen zu sein, Mr. Wrey, ich verstehe nicht ganz, wieso das ein Problem für Sie ist. Sie haben genug Platz an Bord, und ich habe Ihnen bereits dargelegt, daß Sie sowohl moralisch *als auch* rechtlich fein raus sind, sollten Ihre Vorgesetzten verärgert reagieren. Und wer weiß? Vielleicht sind sie sogar froh, weil ich Sie begleite. In dem Fall werden Sie alles Lob für Ihren Weitblick ernten.«

Dafür hatte Wrey nur ein Schnauben übrig, doch Jonny sah seinem Gesicht an, daß er sich bereits für den einfacheren, sichereren Kurs entschieden hatte. »Also gut, was soll's. Wenn Sie sich aus dem Staub machen und den Krieg auf Asgard verleben wollen, das geht *mich* nichts an. Seien Sie nur hier, wenn die übrigen Passagiere an Bord kommen, sonst starte ich ohne Sie.«

»Verstanden. Und danke.«

Wrey schnaubte erneut, und der Monitor erlosch.

Jonny holte tief Luft. Ein weiterer kleiner Sieg ... und emotional dennoch genauso unbefriedigend wie offenbar alle diese kleinen politischen Siege. Vielleicht lag es daran, daß bei dieser Form des Kampfes kein Gegner je wirklich besiegt wurde. Immer kamen sie wieder aus dem Staub hoch, jedesmal ein wenig klüger und – oft – ein wenig wütender. Und nun verbrachte Jonny die nächsten drei Monate damit, geradewegs in Wreys politischen Einflußbereich hineinzusteuern, während Wrey in eben diesen Monaten seine Rache – für was er sich auch entschied – planen konnte.

Soviel zum Thema Sieg.

Jonny verzog das Gesicht und tippte erneut Almo Pyres Nummer ein. Sein Befehl zur Aussetzung der Wartungsarbeiten am Schiff mußte aufgehoben werden.

Die so kurzfristige Übertragung seiner Aufgaben war mit einer Menge Arbeit verbunden, und am Ende blieb Jonny sehr viel weniger Zeit als geplant, um sich von seiner Familie zu verabschieden. Was dem Sieg, der bereits jetzt ein Pyrrhussieg war, einen weiteren schmerzlichen Aspekt verlieh, insbesondere da er nicht die Absicht hatte, Wrey seine Gefühle zu zeigen.

Am schlimmsten war natürlich, daß es an Bord nur wenig Ablenkung gab. Auf der ersten Reise nach Aventine vor einem Vierteljahrhundert hatte es sowohl andere Siedler gegeben, die man kennenlernen konnte, als auch Magcards mit von den Vermessungsteams zusammengetragenen Informationen, die man in aller Ruhe studieren konnte. Dieses Schiff hatte inklusive der vierzehn Geschäftsreisenden, die Wrey nach Hause brachte, nur sechsunddreißig Menschen an Bord, die kennenzulernen Jonny in keinem einzigen Fall so recht interessierte. Und wenn es auf dem Schiff nützliche Informationen über den bevorstehenden Krieg gab, so sprach niemand davon.

Die ersten beiden Wochen tat Jonny also nicht viel mehr, als allein in seiner Kabine zu hocken, die Daten über die Kolonien, die er für das Zentrale Arbeitsamt mitgenommen hatte, nochmals durchzugehen und zu grübeln ... bis er eines Morgens in einem Zustand unerwarteter, fast übernatürlicher Alarmiertheit erwachte. Er brauchte mehrere Minuten, bis ihm dämmerte, was sein Unterbewußtsein längst registriert hatte: während der Bordnacht waren sie in den Troftkorridor eingedrungen. Das alte Verhaltensmuster für den Aufenthalt auf feindlichem Territorium rief die lange verschüttete Cobraausbildung auf den Plan, und als der Politiker für den Soldaten das Feld räumte, stellte Jonny unerwartet fest, wie das Gefühl der Hilflosigkeit neuer Entschlossenheit wich. Zumindest fürs erste war aus der politischen Lage eine latent militärische geworden ... und militärische Lagen waren nie vollkommen hoffnungslos.

Und so begann er nach der üblichen militärischen Methode: mit der Erkundung des Geländes. Manchmal stundenlang wanderte er auf der *Menssana* umher, lernte alles über sie und stellte in Gedanken lange Listen mit Stärken, Schwächen, Eigenarten und Möglichkeiten auf. Er lernte die Namen jedes einzelnen der vierzehn Besatzungsmitglieder und der sechs Marines auswendig und versuchte, möglichst gut einzuschätzen, wie sie in einer Krisensituation reagieren würden. Bei den Passagieren erwies sich das als etwas einfacher: da sie das gleiche Übermaß an Freizeit hatten wie er selbst, waren sie nur zu gern bereit, sich mit ihm beim Schachspielen oder mit einem Gespräch die Zeit zu vertreiben. Mehr als einmal wünschte sich Jonny, er hätte Cally Halloran mitgenommen, aber auch ohne dessen Geschick bei psychologischen Einschätzungen gelang es ihm bald, die Passagiere in die alte militärische Kategorie einzuteilen: in jene, die mit einer Krise umgehen und sich auf sie einstellen konnten, und jene, die dies nicht konnten. Die Gruppe der ersteren wurde von zwei leitenden Handelsvertretern angeführt, die Jonny schon bald als seine Freunde und auch als mögliche Verbündete betrachtete: Dru Quoraheim, eine leitende Angestellte eines Pharmakonzerns, die ihn wegen ihres Gesichts und ihres trockenen Humors ein wenig an Ilona Linder erinnerte, und Rando Harmon, der sich für seltene Metalle und – gelegentlich – für Dru Quoraheim interessierte. Eine Weile überlegte Jonny, ob Dru sich ihm angeschlossen hatte, um einen gewissen Schutz vor Harmons Annäherungsversuchen zu finden. Dann wurde ihm klar, daß diese Annäherungsversuche absolut nicht ernst gemeint waren. Das Ganze war nur ein wohldurchdachtes Spiel, das den Teilnehmern Gelegenheit gab, sich von den Phantasiebildern lautloser Troftkriegsschiffe abzulenken.

Und als seine Erkundung abgeschlossen war ... hieß es wieder warten. Er spielte Schach mit Dru und Harmon, hielt sich über das Vorankommen des Schiffes auf dem laufenden und versuchte – allein, spätabends –, irgendeinen Weg zu finden, wie sich der Krieg verhindern ließe, wenigstens für Aventine. Und er fragte sich, ob und wann die Trofts einen Angriff gegen die *Menssana* führen würden.

Fünfundzwanzig Lichtjahre vom Weltraum des Imperiums entfernt war es dann schließlich soweit.

Es war Abend, laut Bordzeit, und die meisten Passagiere saßen im Salon, unterhielten sich in Zweier- oder Dreiergruppen, tranken ein Glas miteinander oder machten ab und zu ein Spiel. An einem Tisch in der Nähe der Bar war es Jonny, Dru und Harmon gelungen, alle drei Betätigungen in Form eines leichten aventinischen Sherrys und einer ganz besonders tückischen Runde Dreiseitenschachs zu einer Synthese zu vereinen.

Ein Spiel, das Jonnys rote Figuren sicher zu verlieren drohten. »Sie sind sich natürlich darüber im klaren«, bemerkte er dazu an seine Gegner gerichtet, »daß die freundschaftliche Zusammenarbeit zwischen Ihnen beiden allem Anschein nach auf eine betrügerische Absprache Ihrer Firmen hindeutet. Sollte ich dieses Spiel verlieren, werde ich gleich nach unserer Ankunft auf Asgard einen Haftbefehl erwirken.«

»Der hat vor Gericht niemals Bestand«, murmelte Harmon gedankenverloren. Er hatte allen Grund, auf der Hut zu sein. Dru verstärkte langsam, aber unerbittlich den Druck auf seine Königsflanke, und viel zu viele seiner Figuren befanden sich in der falschen Stellung, um eingreifen zu können. »Dru ist diejenige, die sich offenbar heimlich Unterlagen der Taktischen Abteilung beim Vereinten Oberkommando besorgt hat.«

»Schön wär's.« Dru schüttelte den Kopf. »Wenigstens hätte ich dann während des Krieges eine Aufgabe. Marktentwickler bekommen nicht viel zu tun, wenn der Markt schrumpft.«

Für ein paar Minuten war das Klicken der Schachfiguren das einzige Geräusch. Dru startete ihren Angriff, Harmon verteidigte sich, und Jonny nutzte die Atempause, um seine eigenen Figuren erneut in Stellung zu bringen. Harmon lag beim Figurentausch einen Zug zurück, was damit endete, daß er seine gemütliche Mauerstellung aufgeben mußte. »Erklären Sie mir doch noch mal das mit der betrügerischen Absprache«, beschwerte er sich.

»Nun, ich *könnte* mich natürlich geirrt haben«, räumte Jonny ein.

Harmon brummte etwas und nippte an seinem Drink. »Das wird für lange Zeit der letzte aventinische Sherry sein, den irgend jemand zu Hause bekommt«, meinte er. »Wirklich ein Jammer.«

»So ist das im Krieg gewöhnlich.« Jonny zögerte. »Sagen Sie, wie denkt man in der Geschäftswelt über die bevorstehenden Feindseligkeiten?«

Dru schnaubte. »Ich nehme an, Sie meinen nicht die Werften und die Waffenhersteller?«

»Nein, ich meine Firmen wie die Ihre, die mit Aventine zusammengearbeitet haben. Vielleicht sogar mit den Trofts, was weiß ich. Wie Sie schon sagten, Dru, Ihnen geht hier draußen ein Wachstumsmarkt verloren.«

Sie sah zu Harmon hinüber. »Mit Aventine, ja, wenn ich auch – nur der Vollständigkeit halber – darauf hinweisen möchte, daß keine unserer Firmen mit den Trofts Handel treibt. Dome ist sehr geizig, was Lizenzen für diese Geschäfte angeht. Sie haben allerdings recht, die äußeren Kolonien wird man vermissen.«

»Praktisch jeder, der mit ihnen zu tun hat, empfindet so«, fügte Harmon hinzu. »Aber es gibt nichts, was wir dagegen unternehmen könnten.«

»Wir können nur darauf hoffen, daß unser erster Angriff brillant und entscheidend ist und den Krieg beendet, bevor größerer Schaden entsteht.« Dru zog einen Bauern, bedrohte damit erneut Harmons König und blockierte gleichzeitig den Vormarsch von Jonnys verbliebenem Turm.

Harmon deutete mit einer vagen Handbewegung auf das Brett. »Und wenn die Star Force ein wenig Grips hat, dann übergeben sie Dru das Kommando – was war das?« Er sah alarmiert drein.

Jonny hatte es ebenfalls gespürt, ein fast nicht hörbarer dumpfer Schlag, so als hätte jemand im Maschinenraum der *Menssana* einen riesigen Schraubenschlüssel fallen lassen. »Wir haben gerade den Hyperraum verlassen«, sagte er ruhig, schob seinen Sessel zurück und sah sich um. Von den anderen Anwesenden schien niemand den Ruck bemerkt zu haben.

»*Hier* draußen?« Dru runzelte die Stirn. »Wir befinden uns doch immer noch zwei Wochen innerhalb des Troftgebietes, oder?«

»Vielleicht war es nicht freiwillig.« Jonny stand auf. »Bleiben Sie hier, ich gehe auf die Brücke. Sagen Sie den anderen noch nichts – es hat keinen Sinn, eine Panik auszulösen, solange wir nicht wissen, was los ist.«

Auf der Brücke traf er Captain Davi Tarvn an, der sich einem Szenario von kontrolliertem Chaos gegenübersah. »Wie ist die Lage?« fragte er und trat zu dessen Befehlsstand.

»Es ist noch zu früh, um etwas zu sagen«, antwortete Tarvn angespannt. »Sieht aus, als wären wir auf ein Flackerminennetz der Trofts gestoßen, aber bislang sind die üblichen Spiderschiffe noch nicht aufgetaucht. Vielleicht kommen sie gar nicht.«

»Wunschdenken.«

»Sicher, aber das ist so ziemlich alles, was uns bleibt«, nickte Tarvn. »Wenn die Trofts auftauchen, bevor der Antrieb neu eingemessen ist, sind wir erledigt. Sie wissen ebensogut wie ich, wie lange unsere Waffensysteme und die Panzerung einem Angriff standhalten würden – gründlich genug angesehen haben Sie sich das Schiff in letzter Zeit ja.«

Jonny verzog das Gesicht. »Uns würde ungefähr eine halbe Minute bleiben, falls die Trofts entschlossen vorgehen. Was kann ich tun?«

»Sie können verdammt noch mal die Brücke verlassen«, fauchte eine Stimme hinter ihm, und Jonny drehte sich um und sah, wie Wrey auf sie zugestürmt kam. »Die Lage, Captain?«

»Der Antrieb ist frühestens in einer Stunde wieder einsatzbereit«, erklärte Tarvn. »Bis dahin versuchen wir, uns so unauffällig wie möglich –«

»Feindliches Schiff auf neun-siebzig Strich sechs«, warf der Navigator plötzlich ein. »Kommt näher, Captain.«

»Gefechtsbereitschaft«, preßte Tarvn hervor. »Tja, Gentlemen, soviel zum Thema Unauffälligkeit. Mr. Wrey, was soll ich Ihrer Meinung nach tun?«

Wrey zögerte. »Haben wir eine Chance, es abzuhängen?«

»Zweites Feindschiff«, sagte der Navigator, bevor Tarvn etwas erwidern konnte. »Zwo-neunzig Strich zehn. Kommt ebenfalls näher.«

»Genau über uns«, murmelte Tarvn. »Ich würde sagen, Sir, unsere Chancen sind dünn, zumindest, solange wir im Normalbetrieb festsitzen.«

»Dann werden wir uns ergeben müssen«, sagte Jonny.

Wrey warf ihm einen mörderischen Blick zu. »Ich habe gesagt, Sie sollen verschwinden«, fauchte er. »Sie haben hier nichts verloren – das ist eine Angelegenheit des Militärs.«

»Genau aus diesem Grund brauchen Sie mich hier. *Ich* habe bereits gegen die Trofts gekämpft, Sie mit einiger Sicherheit nie.«

»Na schön, Sie sind also ein überalterter Reservist«, knurrte Wrey. »Das gibt Ihnen noch lange nicht das –«

»Nein«, unterbrach ihn Jonny und senkte seine Stimme, so daß nur Wrey und Tarvn ihn verstehen konnten. »Ich bin ein Cobra.«

Wrey blieb die Spucke weg, und er musterte Jonny von oben bis unten. Tarvn murmelte leise etwas in sich hinein, für das Jonny sich nicht einmal die Mühe machte, seine akustischen Verstärker höher einzustellen. Allerdings erholte sich der Captain schnell. »Weiß das jemand von den Passagieren?« raunte er.

Jonny schüttelte den Kopf. »Nur Sie beide – und ich will, daß das auch so bleibt.«

»Das hätten Sie mir früher sagen sollen«, setzte Wrey an.

»Seien Sie bitte still, Sir«, brachte Tarvn ihn unerwartet zum Schweigen, wobei er den Blick nicht von Jonny nahm.

»Werden die Trofts in der Lage sein, Ihre Ausrüstung zu entdecken?«

»Das hängt davon ab, wie genau der Filter ist, durch den sie uns alle schleusen werden«, meinte Jonny achselzuckend. »Ein kompletter Bioscan wird sie ans Licht bringen, aber ein oberflächlicher Waffendetektor vermutlich nicht.«

Hinter Jonny räusperte sich der Steuermann. »Captain?« sagte er mit beherrschter Stimme. »Die Trofts verlangen, daß wir uns ergeben.«

Tarvn warf einen kurzen Blick auf die Monitore und drehte sich wieder zu Wrey um. »Wir haben keine andere Wahl, Sir.«

»Erklären Sie ihnen, daß wir ein offizielles Kurierschiff des Imperiums sind und dies einen Vertragsbruch darstellt«, sagte Wrey gepreßt, den Blick auf die Displays geheftet. »Drohen Sie nicht, diskutieren Sie – reißen Sie sich ein Bein aus, um uns aus dieser Situation herauszureden. Erst wenn –« Er stieß den Atem zwischen den zusammengebissenen Zähnen hervor. »Erst wenn das nichts fruchtet, können Sie sich von mir aus auch ergeben.«

»Und versuchen Sie auszuhandeln, daß alle an Bord der *Menssana* bleiben dürfen«, fügte Jonny hinzu. »Möglicherweise müssen wir schnell von hier verschwinden, wenn sich die Möglichkeit bietet.«

»Ich kann nur dringend auf diese Möglichkeit hoffen«, murmelte Wrey. »Das alles hier ist Ihre Idee, vergessen Sie das nicht.«

Jonny hätte fast laut gelacht. Ein Bürokrat im mittleren Dienst wie er im Buche stand – die Operation hatte kaum begonnen, und schon dachte Wrey an nichts anderes, als jede Schuld von sich zu weisen. Vorhersehbar und ärgerlich – aber manchmal ließ sich das auch ausnutzen. »In diesem Fall bin ich dann wohl bevollmächtigt, die gesamte Operation zu leiten? Befehle an Captain Tarvn eingeschlossen?«

Wrey zögerte, aber nur kurz. »Was immer Sie wollen. Jetzt ist es Ihr Spiel.«

»Danke.« Jonny wandte sich wieder an Tarvn. »Mal sehen, was wir tun können, um die Karten in unserem Sinn zu mischen und vielleicht gleichzeitig für eine kleine Ablenkung zu sorgen.«

Er umriß seinen Plan, bekam Tarvns Einverständnis und eilte in den Einsatzraum der Marines, um alles vorzubereiten. Dann ging er zurück in den Salon, wo er sich leise mit Dru und Harmon beredete. Sie nahmen die Neuigkeit gefaßt auf, und als sie zusammen die Schachfiguren einsammelten und wegpackten, umriß er die kleinen und – theoretisch – ungefährlichen Rollen, die sie für ihn spielen sollten. Beide zeigten sich entschlossen und bereitwillig einverstanden, und so wußte er, daß er seine potentiellen Verbündeten gut gewählt hatte.

Fünfzehn Minuten später war er wieder in seiner Kabine und versteckte das heikelste Datenmaterial über Aventine auf unzusammenhängenden Sektoren verschiedener Magcards, als Tarvn offiziell die Übergabe der *Menssana* bekanntgab. Den Anweisungen des Captains folgend, machte er sich mit den anderen in den Salon auf und versuchte, sich zu entspannen. Was ihm ungefähr so gut gelang wie allen anderen auch.

Eine halbe Stunde später kamen die Trofts an Bord.

Der Salon war der größte allen zugängliche Raum an Bord, doch fünfzehn Passagiere, dreizehn Mann Besatzung und vier Marines sorgten auch ohne die sieben bewaffneten Trofts, die längs der Wand aufgereiht standen, für ein ziemliches Gedränge. Wrey und Tarvn waren nicht anwesend, vermutlich hatte man sie woanders hingeschafft. Hoffentlich nahm, wer immer es bemerkte, an, die beiden fehlenden Marines wären bei ihnen.

Während des Krieges war Jonny nur selten an Gesprächen mit den Trofts beteiligt gewesen, damals jedoch hatte er den Eindruck gewonnen, daß die Aliens für gesellschaftlichen oder gar politischen Smalltalk nicht zu haben waren, und der

Sprecher des Enterkommandos tat nichts, um diesem Eindruck entgegenzuwirken. »Das Schiff und alles, was sich an Bord befindet, ist jetzt Eigentum der Drea'shaa'chki Domäne der Troft-Assemblage«, stellte der Übersetzer der Aliens mit ausdrucksloser Stimme fest. »Mannschaft und Passagiere werden als Beweismittel für den Bruch allgemein anerkannter Regeln durch die Menschen an Bord bleiben. Der sogenannte Troft-Korridor befindet sich wieder in unserem Besitz.«

Sie wurden also tatsächlich an Bord festgehalten. Das war der Glücksfall, auf den Jonny gehofft, mit dem zu rechnen er jedoch nicht gewagt hatte. Wenn Wrey diese Bedingung herausgeschunden hatte, war er vielleicht doch für etwas zu gebrauchen –

Seine Gedanken fanden ein abruptes Ende, als ein gepanzerter, aber unbewaffneter Marine von zwei Trofts durch die Tür geschleppt und zu den anderen Gefangenen gestellt wurde. In Gedanken zuckte Jonny mit den Achseln, er hatte erwartet, daß der besser ausgerüstete seiner beiden verdeckten Agenten recht schnell gefunden wurde. Der andere Marine, in Hemdsärmeln und nur mit Messer und Garotte bewaffnet, dürfte die Suche etwas besser überstehen. Es machte letztlich keinen Unterschied, ob er frei herumlief oder festgenommen wurde. Solange er die Aufmerksamkeit der Trofts von den Zivilisten ablenkte, erfüllte er seinen Zweck. Jonny bezweifelte allerdings, ob er sich dessen bewußt war.

Man hielt die Gefangenen eine weitere Stunde im Salon fest, was Jonny zu der Überlegung veranlaßte, ob sie vielleicht dort blieben, bis die Trofts sicher waren, alle gefunden zu haben. Als man sie jedoch in den Bereich der Passagierkabinen zurückführte, ohne daß der zweite Marine aufgetaucht war, vermutete er einen viel nüchterneren Grund für die Verzögerung dahinter: die Trofts hatten die Kabinen sorgfältig mit Sensoren durchsucht, in der Absicht, sie in Zellen zu verwandeln. Wie sich herausstellte, war die Vermutung richtig, und ein paar Minuten später fand Jonny sich in seiner Kabine wieder.

Allerdings nicht *völlig* allein.

Die drei Sensorscheiben, die die Trofts an ausgesuchten Teilen von Wand und Decke angebracht hatten, waren, wie diese Dinge nun mal sind, recht auffällig: jeweils zwei Zentimeter im Durchmesser mit einer leicht milchigen Oberfläche. Eine kurze Überprüfung ergab, daß das Bad und sogar der Schrank mit einigen Scheiben ausgestattet waren. Was sie außer einem optischen Bild aufzeichneten, wußte Jonny nicht, aber das spielte kaum eine Rolle. Solange sie sich an ihrem Platz befanden, waren ihm die Hände gebunden. Seine erste Aufgabe bestand also darin, sie loszuwerden.

Wahrscheinlich zum ersten Mal seit siebenundzwanzig Jahren hätte ihm sein Bogenwerfer etwas nützen können, genausogut hätte er auch in großen roten Lettern verkünden können, daß er ein Cobra war. Zum Glück gab es andere Wege, sein Ziel zu erreichen. Er kehrte ins Bad zurück und wählte eine Tube Brandsalbe aus dem Erste-Hilfe-Set des Wandschränkchens aus.

Er war gerade damit beschäftigt, die zweite Scheibe in der Kabine mit einer dicken Schicht der Salbe zu bedecken, als ein Troft hereingestürmt kam.

»Sie werden das unterlassen«, sagte der Alien. Die monotone Stimme des Übersetzers ebnete jede Regung ein, die sich hinter den Worten verbergen mochte.

»Den Teufel werde ich tun«, fauchte Jonny zurück und legte – für den unwahrscheinlichen Fall, daß dies einer jener Trofts war, die derartige Feinheiten zu deuten wußten – sowohl in Stimme als auch Körpersprache so viel aufrechte Empörung wie möglich. »Sie greifen uns an, entern unser Schiff, durchwühlen unsere Kabinen – sehen Sie nur, was für ein Chaos Sie unter meinen Magcards angerichtet haben –, und jetzt haben Sie die gottverdammte Dreistigkeit, uns heimlich zu *beobachten.* Also, das werde ich mir nicht bieten lassen – haben Sie das verstanden?«

Die Oberarmmembranen des Trofts kräuselten sich verlegen. »Nicht alle von Ihnen fühlen sich durch die Sicherheitsvorkehrungen belästigt.«

Nicht alle ... das hieß, daß Dru und Harmon seinen Anweisungen gefolgt waren und einen ähnlichen Wirbel veranstaltet hatten. Drei – das war nicht gerade eine Menschenmenge, in der man sich verstecken konnte, aber es war noch immer besser, als ganz offenkundig als einziger aus der Rolle zu fallen. »Wir sind auch nicht alle mit eigenen Badezimmern aufgewachsen«, erwiderte er, »aber wer damit aufgewachsen ist, kommt nicht mehr ohne sie aus. Ich verlange meine Intimsphäre, und ich werde sie auch bekommen.«

»Die Sensoren bleiben«, beharrte der Troft.

»Dann werden Sie mich anketten müssen«, stieß Jonny wütend hervor und verschränkte trotzig die Arme.

Der Alien zögerte, und Jonnys akustischer Verstärker fing einen rasend schnellen Wortschwall in der Gebrauchssprache der Trofts auf. Es dauerte eine weitere Minute, bis sich der Übersetzer wieder zuschaltete. »Sie sprachen von Intimsphäre im Bad. Wenn man den Sensor dort entfernt, würde das Ihren Ansprüchen genügen?«

Jonny schürzte die Lippen. *Würde es,* durchaus, aber er wollte den Kompromiß nicht zu bereitwillig akzeptieren. »Nun ... ich könnte es versuchen.«

Der Troft schob sich an ihm vorbei, verschwand im Bad und kam kurz darauf wieder zurück, den Sensor in der einen und einige Papiertücher aus dem Spender in der anderen Hand. Letztere hielt er Jonny hin. Der Cobra brauchte eine Sekunde, bis er verstand, dann nahm er die Tücher und machte sich daran, die beiden von ihm außer Gefecht gesetzten Scheiben abzuwischen. Als er fertig war, marschierte der Troft zur Tür und ging hinaus.

Er hat verdammt schnell nachgegeben, war Jonnys erster

Gedanke. Eine sorgfältige Untersuchung des Bades ergab jedoch, daß es tatsächlich frei von Sensoren war. Er kehrte in die eigentliche Kabine zurück und setzte sich mit seinem Combord hin – darauf bedacht, seine verdrießliche Miene beizubehalten – und tat, als lese er.

Er wartete eine Stunde, von der er zehn Minuten im Bad zubrachte, um zu sehen, ob die Trofts nervös wurden und ihm einen Wachtposten schickten. Aber offenbar hatten sie entschieden, daß er dort drinnen nichts Gefährliches anstellen konnte, und so störte ihn niemand. Er nahm eine etwas höhere Dosis seiner Medizin gegen Blutarmut und Arthritis, ging wieder an sein Combord ... und dann begann die Medizin zu wirken, und es war Zeit, sich auf den Weg zu machen.

Er begann mit den bei Menschen üblichen Vorkehrungen für eine Dusche vor dem Schlafengehen; er trug seinen Pyjama ins Bad und drehte den Wasserhahn auf. Unter dem Schutz dieses Geräusches jedoch zeichnete er mit seinen Fingerspitzenlasern ein Rechteck auf die dünne Metallplatte zwischen Becken und Duschkabine, und innerhalb einer Minute verfügte er über eine passierbare Öffnung in den engen Versorgungsschacht hinter der Kabinenreihe. Er ließ das Wasser weiterlaufen, zwängte sich in den Schacht und begann, sich voranzuarbeiten.

Der Konstrukteur der *Menssana* war offenbar der Ansicht gewesen, ein jeweils eigenes Belüftungssystem für die verschiedenen Ebenen der Versorgungswege sei eine Verschwendung guten Materials, und hatte sich deshalb für in gleichmäßigen Abständen angebrachte Gitterfenster entschieden, die diese alle miteinander verbanden. Eine Eigenart, die jemandem in Jonnys Lage normalerweise nichts nützen würde, da die Enge und die hohen Decken eine Vertikalbewegung fast ebenso beeinträchtigten wie fest eingezogene Böden. Allerdings hatte der Konstrukteur nicht an Cobras gedacht.

Jonny passierte drei weitere Kabinen, bevor er ein Gitterfenster fand, das auf das darüberliegende Deck führte. Er beugte seine Knie um die wenigen Grade, die die Wände zuließen, sprang hoch und unterdrückte ein Stöhnen, als durch seine Gelenke ein stechender Schmerz schoß. Er bekam das Gitterfenster zu fassen und blieb einen Augenblick lang hängen, um die besten Stellen für eine Schweißnaht zu suchen. Dann, während seine Beinservos ihn mit den Füßen fest zwischen die Wände klemmten, richtete er seine Laser auf das Metallgeflecht. Eine Minute später war er durch das Loch hindurch und wand sich durch den Versorgungsschacht dieser Ebene. Wiederum zwei Minuten später linste er durch die Eingangstür des Schachtes hinaus in den Lagerraum, in den sie führte. Die nächste Tür müßte der Bereitschaftsraum sein, und dahinter lag die Hauptluke und wahrscheinlich der Verbindungskorridor zum Schiff der Trofts.

Während er auf Geräusche irgendwelcher Aktivitäten lauschte – die es nicht gab –, schlüpfte Jonny durch die Tür des Lagerraumes hinaus auf den verlassenen Gang. Die Hauptluke stand tatsächlich offen, und der dahinterliegende Einstiegstunnel war so gekrümmt, daß er jeden Blick auf den Eingang des fremden Schiffes versperrte. Was die Trofts hier an Sicherheitsvorkehrungen getroffen hatten, befand sich offenbar am anderen Ende des Tunnels, eine Anordnung, die die Sache schwieriger, aber nicht unmöglich machen würde. Bevor er jedoch mit seiner Operation beginnen konnte, mußte sich die *Menssana* wieder in der Hand der Menschen befinden ... und um *das zu* erreichen, mußte er die Brücke zurückerobern. Er passierte die Luke und setzte seinen Weg fort.

Die Wendeltreppe, die hinauf zur Brücke führte, war nicht unter Berücksichtigung militärischer Sicherheitsvorgaben konstruiert worden, allerdings hatten die Trofts eine ihrer Sensorscheiben an einer Stelle der Spirale angebracht, die sich unmöglich umgehen ließ. Jonny hockte im Halbschatten des Ganges, biß die Zähne aufeinander und suchte nach einem Weg, sich der Treppe von hinten zu nähern. Aber jeder dieser Wege würde viel Zeit kosten, und Zeit war knapp im Augenblick. Andererseits ... wenn die Trofts einen augenscheinlich unbewaffneten Mann sahen, der sich ihrer Stellung näherte, würden sie ihn wohl kaum mit einem Feuerstoß aus ihren automatischen Laserwaffen empfangen.

Wahrscheinlich würden sie nur ihre Waffen auf ihn richten und verlangen, daß er sich ergibt, und anschließend würden sie ihn in eine Zelle schaffen und herausfinden, wie er entkommen war. Nur, wenn sie doch vorschriftsmäßig Alarm schlugen ... nein, das mußte er einfach riskieren. *Jetzt,* solange die *Menssana* sich noch im oder in der Nähe des Korridors befand, waren ihre Fluchtchancen am größten. Er biß die Zähne aufeinander und lief zur Treppe.

Er bewegte sich schnell, wenn auch nicht schneller, als dies ein normaler Mensch vermocht hätte, und niemand rief ihn an oder schoß auf ihn, bevor er die Treppe erreicht hatte und sie hinaufsprang. Seine katzenartigen Schritte klangen in seinem verstärkten Gehör wie Bombenexplosionen, dazwischen jedoch hörte er von oben die unverwechselbaren Geräusche plötzlicher Betriebsamkeit. Er lief weiter ... und als er den Kopf vorsichtig über das Niveau des Brückenbodens schob, sah er sich einem Halbkreis aus vier Trofthandfeuerwaffen gegenüber. »Sie werden keine plötzlichen Bewegungen machen«, befahl ihm die Stimme eines Übersetzungscomputers, und er erstarrte auf der Stelle. »Kommen Sie jetzt zur Befragung weiter nach oben.«

Jonny stieg die Stufen zur Brücke langsam hoch und ließ die Hände dabei immer sichtbar. Die vier Wachtposten wurden von drei weiteren an den Steuerkonsolen der *Menssana* unterstützt. Sie waren bewaffnet, aber ihre Waffen steckten in den Halftern. Oben auf der Kommunikationstafel stand ein kleines Kästchen fremder Bauart. Sehr wahrscheinlich die Verbindung der Trofts mit ihrem Schiff und ihrem Übersetzer ... und das in einer höchst verwundbaren Position.

»Wie sind Sie aus Ihrer Unterkunft entkommen?« fragte einer der Wachtposten.

Jonny konzentrierte sich auf den Halbkreis. »Rufen Sie Ihren Captain«, sagte er. »Ich will mit ihm über einen Handel sprechen.«

Die Armmembrane des Trofts begannen zu flattern. »Sie sind kaum in der Position, über irgend etwas zu verhandeln.«

»Woher wollen Sie das wissen?« konterte Jonny. »Das kann nur Ihr Captain beurteilen.«

Der Troft zögerte. Dann, langsam, hob er die Hand an seinen Kragenpin und ließ einen Wortschwall in Gebrauchssprache ab. Wieder eine Pause ... und plötzlich kam eine Stimme aus dem Kommunikationskasten. »Hier spricht der Schiffskommandant. Welchen Handel schlagen Sie vor?«

Jonny spitzte den Mund. Das war eine Frage, mit der er sich beschäftigte, seit die Trofts an Bord gekommen waren ... und eine wirklich zufriedenstellende Antwort hatte er noch immer nicht gefunden. Sollte er die Trofts austauschen, die sich an Bord der *Menssana* befanden? Die Aliens verbanden jedoch mit dem Begriff *Geisel* keine lebendigen Wesen. Die *Menssana* selbst? Eigentlich hatte er das Schiff ja gar nicht unter Kontrolle. Trotzdem, wenn ihn die Politik irgend etwas gelehrt hatte, dann war es der Wert eines glaubwürdigen Bluffs. »Ich biete Ihnen Ihr eigenes Schiff im Gegenzug für die Menschen, die Sie gefangenhalten, und die Freigabe dieses Schiffes«, sagte er.

Es gab eine lange Pause. »Wiederholen Sie das bitte. Sie bieten mir mein eigenes Domänen-Schiff an?«

»Ganz recht«, nickte Jonny. »Es steht in meiner Macht, von diesem Schiff aus Ihres zu zerstören. Ein einleuchtendes Beispiel: ein scharfes Gieren nach steuerbord würde den Einstiegstunnel aus der Verankerung reißen, was einen Druckabfall in diesem Teil Ihres Domänen-Schiffs zur Folge hätte. Ein gleichzeitiger Schubstoß aus dem Antrieb würde aus dieser Entfernung umfassende Schäden an Ihren Motoren verursachen. Lohnt es sich nicht zu verhandeln, um das zu verhindern?«

Die Armmembrane des Trofts, der ihn gefangengenommen hatte, flatterten jetzt auf halbmast. Entweder war die Raumtemperatur dramatisch angestiegen, oder er hatte tatsächlich einen empfindlichen Nerv getroffen. »Commander?« drängte er.

»Die Fähigkeit, die Sie zu besitzen vorgeben, existiert nicht«, kam es aus dem Kästchen. »Sie haben nicht die Kontrolle über dieses Schiff.«

»Sie täuschen sich, Commander. Meine Helferin und ich haben hier die volle Kontrolle.«

»Sie haben keine Helferin. Der Soldat, der sich in dem Belüftungssystem des Kantinenbereichs versteckt hatte, wurde in seine Unterkunft zurückgebracht.«

Der zweite Marine war also gefunden worden. »Den meine ich nicht.«

»Wo befindet sich Ihre Hilfe?«

»In der Nähe, und sie hat alles unter Kontrolle. Wenn Sie mehr wissen wollen, werden Sie herkommen und über den von mir vorgeschlagenen Austausch verhandeln müssen.«

Wieder gab es eine lange Pause. »Also gut. Ich werde kommen.«

»Gut.« Jonny blies einen Schweißtropfen von seiner Nasenspitze. Vielleicht war tatsächlich nur die Raumtemperatur angestiegen.

»Sie werden uns verraten, wo sich Ihre Helferin versteckt, bevor der Schiffskommandeur rüberkommt«, sagte einer der Wachtposten. Es klang nicht wie eine Bitte.

Jonny holte vorsichtig Luft … und machte sich bereit. »Selbstverständlich. Sie befindet sich gleich hier.« Er deutete nach links und tarnte mit dieser Bewegung das leichte Einknicken seiner Knie.

Er prallte von der Decke ab, um krachend mit hell aufblitzenden Fingerspitzenlasern auf dem Deck hinter den vier Posten zu landen.

Als erstes mußte der Kommunikationskasten dran glauben, ein Feuerstoß aus seinem Bogenwerfer hatte ihn im Nu verschmort. Zwei der Waffen der Posten landeten bei dieser ersten Salve auf dem Deck, die anderen beiden Posten schafften fast noch eine volle Drehung, bevor ihre Laser in einer Wolke verdampfenden Metalls und Plastiks explodierten und sie ihnen wirbelnd aus den verkohlten Händen flogen. Ein seitlicher Sprung mit halber Drehung, und Jonny hatte die letzten drei Trofts im Visier. »Keine Bewegung«, fuhr er sie an.

Durch den Ausfall des Übersetzers konnten sie seine Worte nicht verstehen, doch keinem der Aliens schien ihre Bedeutung zu entgehen. Alle blieben wie erstarrt mit ausgestreckten Armmembranen sitzen oder stehen, während Jonny die letzten drei entwaffnete und allen sieben die Kommunikationspins von den Uniformen riß. Er scheuchte sie die Treppe hinunter, brachte sie in eine nahe Pumpenkammer – deren Türschloß er punktschweißte, um sicherzugehen, daß sie sich nicht von der Stelle rührten –, dann eilte er nach achtern zur Hauptluke. Es war nicht wahrscheinlich, daß der Troftkommandant allein kam, und Jonny brauchte zumindest ein paar Vorabinformationen über die Stärke der Truppe, mit der er es zu tun bekommen würde. An die Möglichkeit, sein Gegenspieler könnte einfach abdrehen und seine Entertruppe gegen zwei Menschen eintauschen, wollte Jonny gar nicht erst denken.

Er hörte sie durch den Einstiegstunnel kommen, lange bevor sie tatsächlich zu sehen waren: dem Lärm der Schritte nach waren es zehn oder fünfzehn. Aus seinem Versteck in einer Notbatteriekammer ein Dutzend Meter weit den Gang hinein beobachtete er durch den Türspalt, wie sie näher kamen. Der Kommandant war leicht zu erkennen, da er sich in der Mitte der Phalanx seiner Posten hielt: ein älterer Troft, nach den violetten Flecken auf seiner Kehlkopfblase zu schließen, dessen Uniform vom bunten Schnurbesatz seiner Rangabzeichen nur so strotzte. Sechs Posten vor, sechs hinter ihm, näherte sich die Prozession Jonnys Versteck und der Brücke. Die Abteilung passierte ihn ... und Jonny stieß krachend die Tür auf und sprang.

Die Tür traf den ersten Troft voll im Rücken, stieß ihn nach vorn, wodurch Jonny gerade genug Platz gewann, um die Phalanx ungehindert zu durchbrechen. Mit ausgestrecktem Arm packte er den Kommandanten um den Oberkörper. Die beiden wurden herumgerissen, und Jonnys Schwung schleuderte sie an die gegenüberliegende Wand. Sie fielen zwischen den beiden Posten auf dieser Seite hindurch und krachten gegen die Metallverkleidung. Jonny schrie gequält auf, als er mit dem Rücken die ganze Wucht des Aufpralls auffangen mußte.

Und dann bot der Gang für lange Zeit ein stummes, erstarrtes Bild.

»Na schön«, sagte Jonny, als er wieder zu Atem gekommen war, »ich weiß, Sie beziehen die Vorstellung von Geiseln nicht auf sich selbst, Commander, also stellen wir uns einfach vor, es geht hier um eine Frage Ihrer persönlichen Sicherheit. Sie alle – legen Sie Ihre Waffen auf den Boden. Ich bin nicht besonders scharf darauf, Ihren Kommandanten zu töten, ich werde es jedoch tun, wenn ich muß.«

Noch immer rührte sich niemand. Die zwölf Lasermündungen bildeten einen metallisch glänzenden Kontrast zu den gekrümmten Armmembranen, die sich hinter ihnen spreizten. »Ich habe gesagt, lassen Sie die Waffen fallen«, wiederholte Jonny barscher. »Vergessen Sie nicht, daß Sie mich nicht treffen können, ohne Ihren Kommandanten zu töten.«

Der Troft, der sich gegen ihn lehnte, rührte sich leicht in seinem Griff. »Mein Leben interessiert die nicht«, sagte die Stimme des Übersetzungscomputers. »Ich bin nicht der

Schiffskommandant, nur ein Wartungsingenieur in dessen Uniform. Ein plumper Trick, den wir allerdings den Menschen abgeguckt haben.«

Jonny bekam einen trockenen Mund. Er ließ den Blick über die Trofts schweifen. Die Entschlossenheit, mit der sie ihre Waffen auf ihn richteten, schien die Bemerkung des Mannes wortlos zu bestätigen. »Sie lügen«, sagte er, ohne selbst daran zu glauben, nur aus dem Zwang heraus, *irgend etwas* sagen zu müssen. »Wenn Sie nicht der Kommandant sind, wieso haben sie dann nicht längst das Feuer eröffnet?« Die Antwort darauf kannte er – sie wollten ihn lebend. Die Geschichte – zumindest seine eigene – wiederholte sich … und mehr noch als auf Adirondack wußte er, daß das Wissen, das er jetzt besaß, zu wertvoll war, um es dem Feind überlassen zu dürfen. *Chrys,* hauchte ein entrückter Bruchteil seines Verstandes gequält den fernen Sternen zu, dann machte er sich auf seinen letzten Kampf gefaßt.

»Sie werden nicht schießen«, sagte der Troft, den er im Griff hatte. »Sie sind ein *Kouhbra-Soldat* von Aventine, und selbst wenn man Sie tötet, werden Sie einfach solange weiterkämpfen, bis alle an Bord tot sind.«

Jonny runzelte die Stirn. »Wie das?«

»Es hat keinen Sinn, wenn Sie die Wahrheit leugnen. Wir alle haben den Bericht gehört.«

Welchen Bericht? Jonny öffnete den Mund, um die Frage laut auszusprechen … und plötzlich verstand er.

MacDonald. Irgendwie hatten sie von MacDonald gehört.

Er betrachtete die Trofts erneut und sah ihre starr ausgestreckten Armmembrane mit anderen Augen. Entschlossenheit hatte er zuvor aus ihren Mienen gelesen oder vielleicht Wut. Aber jetzt erkannte er das Gefühl als das, was es wirklich war: schlichte, nackte Angst. *D'arl hat recht gehabt,* dachte er. *Sie fürchten sich vor uns.* »Ich will niemanden töten«, sagte er leise. »Ich will lediglich meine Gefährten befreien und meinen Flug fortsetzen.«

»Mit welchem Ziel?« kam die gleiche tonlose Stimme aus der Richtung des Einstiegstunnels. Jonny drehte den Kopf und sah einen weiteren Troft mittleren Alters, der sich ihnen langsam näherte. Seine Uniform glich aufs Haar der, die der Troft in Jonnys Armen trug.

»Mit dem Ziel, meine Welt zu schützen, Commander«, sagte Jonny. »Wenn möglich, mit Mitteln der Diplomatie, mit militärischen Mitteln, wenn es nicht anders geht.«

Der Mann sagte etwas in Gebrauchssprache, und langsam senkte sich der Kreis der Lasermündungen und zeigte zu Boden. Ohne den Kommandanten der Trofts aus den Augen zu lassen, gab Jonny seinen Gefangenen frei und trat hinter ihm hervor. Vielleicht war es ein Trick, um den Cobra in einem unbedachten Moment zu erwischen, doch der Politiker in Jonny erkannte die Notwendigkeit, die vertrauensbildende Geste seinerseits mit einer gleichen zu erwidern. »Haben wir irgendeine Grundlage, auf der wir verhandeln können?« fragte er.

»Vielleicht«, antwortete der Kommandant. »Sie haben das Leben der Trofts in Ihrem Kontrollzentrum verschont, obwohl Sie sie ebensogut hätten töten können. Warum?«

Jonny runzelte die Stirn, als ihm zum allerersten Mal bewußt wurde, daß er keine Ahnung hatte, warum er die Dinge auf diese Weise handhabte. War er einfach zu lange im Politgeschäft, wo man seine Gegner nicht einfach umbrachte?

Nein. Der wahre Grund war weniger aufregend. »Es bestand keine Veranlassung, sie zu töten«, sagte er und zuckte dabei mit den Achseln. »Wahrscheinlich ist es mir gar nicht in den Sinn gekommen.«

»*Kouhbra-Soldaten* wurden geschaffen, um zu töten.«

»Wir wurden geschaffen, um zu verteidigen. Das ist ein Unterschied.«

Sein Gegenüber schien darüber nachzudenken. »Vielleicht gibt es eine Grundlage für einen Kompromiß«, meinte er endlich. »Oder zumindest für eine Diskussion. Werden Sie und Ihre Helferin zu mir auf die Brücke kommen?«

Jonny nickte. »Ja … aber die Helferin, von der ich gesprochen habe, wird nicht wirklich dort sein. Es handelt sich nicht um ein körperliches Wesen, sondern um etwas, das wir Menschen Glücksgöttin nennen.«

Der Kommandant schwieg einen Augenblick. »Ich glaube, ich verstehe. Wenn dem so ist, so möchte ich sie trotzdem einladen, uns zu begleiten.«

Er drehte sich um und verschwand im Einstiegstunnel. Jonny zögerte nur einen Augenblick, dann folgte er ihm. Die Eskorte, noch immer mit gesenkten Waffen, fiel rings um ihn in seinen Schritt ein.

Vier Stunden später – er befand sich wieder auf der *Menssana*-Seite des Tunnels – wurden Wrey und Tarvn an Bord gebracht. »Guten Abend, Gentlemen«, meinte Jonny und nickte ihnen zu, als ihre Trofteskorte wortlos wieder im Tunnel verschwand. »Captain, wenn Sie die Luke verriegeln, sind wir fast wieder startbereit.«

»Was zum Teufel ist eigentlich passiert?« fragte Wrey, dessen Worte, verwirrt wie er war, eher wehleidig als fordernd klangen. »Keine Fragen, keine Forderungen – überhaupt keine Gespräche, nichts –, und plötzlich lassen sie uns laufen?«

»Oh, es haben durchaus Gespräche stattgefunden«, sagte Jonny. »Jede Menge. Ist die Luke gesichert? Gut, Captain, ich glaube, die Reparaturarbeiten am Antrieb sind abgeschlossen, aber Sie werden das noch von der Brücke aus bestätigen müssen. Und wir sollten allen Bescheid sagen, bevor wir starten – das andere Troftschiff ist in diese Geschichte nicht eingeweiht und könnte versuchen, uns aufzuhalten.«

Tarvns Brauen schossen in die Höhe, doch er sagte nur: »Verstanden«, bevor er in einen schnellen Trab verfiel.

»Was wird hier gespielt?« verlangte Wrey zu wissen, als

Jonny Anstalten machte, dem Captain zu folgen. »Was soll das heißen, es habe jede Menge Gespräche gegeben?«

»Der Schiffskommandant und ich hatten eine Diskussion, und ich habe ihn überzeugt, daß es in seinem Interesse läge, uns gehen zu lassen.«

»Mit anderen Worten, Sie haben etwas ausgehandelt«, knurrte Wrey. »Und was?«

»Etwas, das ich nur mit dem Zentralen Komitee besprechen werde, und das auch erst, wenn wir Asgard erreicht haben«, erklärte Jonny kategorisch.

Wrey sah ihn stirnrunzelnd an. Gereiztheit und wachsender Argwohn zerfurchten sein Gesicht. »Sie sind nicht bevollmächtigt, für das gesamte Imperium der Menschen Verhandlungen zu führen.«

»Das ist schon in Ordnung – der Schiffskommandant war auch nicht bevollmächtigt, für die Troft-Assemblage zu verhandeln.« Ein leichter Stoß versetzte das Deck in leise Schwingungen, und in Jonnys Körper lösten sich Muskeln, von denen er nicht gewußt hatte, daß sie angespannt gewesen waren. »Doch die Vollmachten, die er hatte, waren offenbar ausreichend, um uns freizulassen.«

»Moreau –«

»Wenn Sie mich jetzt bitte entschuldigen wollen, es war eine lange Nacht, und ich bin sehr müde. Gute Nacht, Mr. Wrey. Überlegen Sie sich doch bitte selbst, wie Sie diesen Vorfall in Ihrem Bericht darstellen wollen. Ich bin überzeugt, in der endgültigen Version werden Sie als der Held dastehen.«

Das war eher billig, wie Jonny sich auf dem Weg nach Achtern in seine Kabine eingestehen mußte. Doch im Augenblick schmerzte sein Körper mehr, als Wrey sich je würde vorstellen können, und für dessen mittelmäßige bürokratische Mentalität fehlte ihm inzwischen die Geduld.

Oder, was das anbetraf, auch für illegale Geschäftspraktiken und wohlüberlegte Ausflüchte. Aus diesem Grund hatte er vor, sich erst ein paar Tage zu erholen, bevor er Dru und Harmon mit den Halbwahrheiten konfrontierte, mit denen der Kommandant des Troftschiffes herausgeplatzt war. Verbündete waren sie gewesen, und vielleicht würden sie es wieder einmal sein ... und wenn möglich, würde er sie auch gern als Freunde behalten.

Bis zur Grenze zwischen den Trofts und dem Imperium dauerte die Reise noch weitere zwei Wochen, vierzehn der längsten Tage, die Jonny seit dem letzten Krieg durchgemacht hatte. Teils lag dies daran, daß man ihm an Bord der *Menssana* sehr kühl gegenübertrat, was schmerzliche Erinnerungen an die letzten Monate auf Horizon weckte. Jonny hatte die Angst fast vergessen, die die Gesellschaft im Zentrum des Imperiums vor Cobras empfand. Hinzu kam der Verdacht, daß Wrey boshafte Bemerkungen über die grauenvollen Bedingungen fallenließ, mit denen Jonny sie angeblich freigekauft hatte. Nur bei Harmon und Dru spürte er vergleichsweise wenig von der allgemeinen Reserviertheit, doch hinter ihrer Freundlichkeit vermutete Jonny ein gutes Stück Eigennutz. Nach der langen und peinlichen Beichte, zu der Jonny sie kurz nach ihrem Entkommen gezwungen hatte, stand es in seiner Macht, recht ordentliche offizielle Geschütze gegen sie aufzubieten, und das wußten die beiden.

Doch die gesellschaftliche Isolation war nur in geringem Maß für die Niedergeschlagenheit verantwortlich, die Jonny angesichts ihres langsamen Vorankommens verspürte. Er hatte eine echte Chance, den Krieg ganz zu vermeiden, aber dazu mußte er nach Asgard kommen, bevor die eigentliche Schießerei begann. Nach Asgard, und vor das Zentrale Komitee. Hoffentlich war Jame in der Lage, das für ihn zu organisieren. Wrey war vermutlich keine große Hilfe.

Dann endlich setzte die *Menssana* auf Adirondack auf, dem Endpunkt des Korridorverkehrs ... und Wrey spielte seine Trumpfkarte aus.

»Es täte mir leid, sollte sich Ihre Suche nach einer Reisemöglichkeit zu Ihren Zielen als schwierig erweisen«, verkündete Wrey vor der Gruppe von Reisenden, als sie sich im Zollgebäude des Star Field in Dannimor versammelten. »Der Schnellkurier, den ich von hier nach Asgard nehme, bietet leider nur für mich und Captain Tarvn Platz.«

»Und für mich, nehme ich doch an«, meldete sich Jonny zu Wort.

»Ich fürchte, nein«, meinte Wrey kühl. »Sie werden ja wohl noch wissen, daß ich Sie gewarnt habe, sich selber auf diese Reise einzuladen.«

Einen Herzschlag lang stand Jonny einfach da, unfähig, seinen Ohren zu trauen. »Das können Sie nicht machen, Wrey –«

»Ach nein?« erwiderte dieser. »Dann schlage ich vor, Sie werfen mal einen Blick in die Vorschriften, Moreau – das heißt, wenn Sie wissen, wie man in *wirklich gültigen* Vorschriften nachschlägt.«

Jonny betrachtete das selbstzufriedene Gesicht seines Gegenübers, das kleine, hämische Grinsen, das um die Mundwinkel des dickbäuchigen Mannes spielte – der Kleingeist, der seinen großen Augenblick erlebte. Jonny, dem zu viele andere Dinge durch den Kopf gegangen waren, hatte mit so etwas nicht gerechnet. »Hören Sie«, sagte er in aller Ruhe, »das ist idiotisch, und das wissen Sie. Das Komitee muß erfahren, was der Kommandant des Troftschiffes mit mir besprochen hat.«

»Ja, richtig – der ›Geheimplan‹ zur Verhinderung des Krieges, von dem Sie mir nichts erzählen wollten«, meinte Wrey und konnte sich das Feixen kaum verkneifen. »Vielleicht gehen Sie endlich mal ein wenig aus sich raus und erklären ihn mir wenigstens in groben Zügen. Ich werde es dem Komitee gegenüber ganz gewiß erwähnen.«

»Davon bin ich überzeugt«, preßte Jonny hervor. »Sie verzeihen mir hoffentlich, wenn ich darauf nicht vertraue.

Doch ist Ihnen wohl klar, in welch gefährlich tiefes Wasser Sie geraten, wenn Sie mich hier mit lebenswichtigen Informationen zurücklassen.«

»Ach, darüber würde ich mir nicht den Kopf zerbrechen.« Auf einen Fingerzeig von Wrey hin lösten sich vier Männer in Uniformen der Armee von verschiedenen Wänden, traten vor und blieben in einer lockeren Kesselformation vor Jonny stehen. »Auch was Sie selbst anbelangt, würde ich mir nicht den Kopf zerbrechen«, fügte Wrey hinzu. »Man wird sich sehr gut um Sie kümmern.«

Jonny betrachtete die Wachtposten. Sein Blick wanderte von den wachen Gesichtern zu den Abzeichen auf den Kragen darunter. Interrorum, die schnelle Antispionage/Antiterrortruppe der Armee. »Was zum Teufel soll das?« verlangte er zu wissen.

»Das Militär wird Sie Erster Klasse nach Asgard fliegen«, erklärte Wrey. »Natürlich erst *nachdem* man Sie auf hypnotische und unterbewußte Manipulation hin untersucht hat.«

»Was? Hören Sie zu, Wrey, wenn in der letzten Zeit keine bürgerlichen Grundrechte außer Kraft gesetzt worden sind –«

»Sie waren mehrere Stunden allein mit dem Troft, wie Sie selbst zugegeben haben«, unterbrach ihn Wrey schroff. »Vielleicht hat man uns gehen lassen, weil Sie auf Sabotage oder Attentate programmiert wurden.«

Jonny spürte, wie ihm die Kinnlade herunterfiel. »Das ist doch wohl das Lächerlichste – eine solche Beschuldigung können Sie mir nicht anhängen, sie hätte nicht mal zehn Minuten Bestand.«

»Immer mit der Ruhe, Gouverneur. Ich versuche nicht, irgend jemandem etwas ›anzuhängen‹ – ich halte mich lediglich an die geltenden Regeln. Man wird Sie freilassen nach – was war das noch gleich? Mindestens drei bis fünf Tagen? – Natürlich ist eine Dreiviertelmehrheit der Prüfer erforderlich, um Sie zu entlasten.«

Jonny biß die Zähne aufeinander. »Und angenommen,

während ich hier herumsitze, angeschlossen an einen biomedizinischen Sensor, löst Ihre Nachricht von der Entführung durch die Trofts einen Krieg aus, der hätte vermieden werden können? Oder haben Sie daran überhaupt nicht gedacht?«

Für einen winzigen Augenblick verlor Wreys Blick etwas von seiner Überheblichkeit. »Ich denke, die Gefahr besteht nicht. Sie werden rechtzeitig auf Asgard eintreffen.« Er feixte verschlagen. »Wahrscheinlich. Also gut, nehmen Sie ihn fest.«

Eine Sekunde lang kam Jonny in Versuchung. Aber die Soldaten hatten sicher Rückendeckung von Beamten in Zivil, außerdem befanden sich viele unschuldige Zivilisten im Gebäude, die bei einer Schießerei ins Kreuzfeuer geraten würden. Er preßte den Atem zwischen den Zähnen hindurch und ließ sich abführen.

Der erste Teil dieser Art Tests diente dazu, wie Jonny sich aus seiner Cobra-Ausbildung erinnerte, eine Art psychologische Bezugslinie zu schaffen, indem man den Probanden über mehrere Stunden in Isolationshaft nahm, während versteckte Sensoren Daten sammelten. Ein Nebeneffekt, vor allem für jene, die mit diesem Verfahren nicht vertraut waren, bestand darin, die Anspannung des Probanden zu steigern, während dieser über die unsichere Zukunft nachdachte, die ihn erwartete.

Jonny trieben die vergeudeten, langsam verrinnenden Stunden in den Wahnsinn.

Ein dutzendmal während der ersten Stunde zog er ernsthaft in Erwägung, auszubrechen und zu versuchen, ein interstellares Schiff zu kapern, und jedesmal war es die schiere Häufung von Unwägbarkeiten, die ihn schließlich davon abhielt. Gegen Ende der zweiten Stunde störten die Schmerzen seine Planungen. Er rief nach dem Wachtposten und bekam höflich, aber entschieden mitgeteilt, seine Medikamente würden ihm erst nach der Analyse zurückgegeben. Proteste fruchteten nichts, und als er sich auf seine Koje zurücksinken ließ, um abzuwarten, verwandelte sich der siedende Zorn in seinem Innern allmählich in Angst. In sehr kurzer Zeit wäre er nicht mehr handlungsfähig ... und wenn das geschah, würde er Wrey endgültig ausgeliefert sein.

Er befand sich seit fast drei Stunden in der Zelle, als ein Schatten am Beobachtungsfenster vorüberstrich und sein akustischer Verstärker ein leises Klicken von der Tür her aufnahm.

Er drehte den Kopf, um etwas zu erkennen, seine Muskeln spannten sich ... doch die Tür wurde nicht geöffnet. Stattdessen drehte sich neben ihr dicht über dem Boden eine kleine halbkugelähnliche Kuppel, öffnete sich, und man sah ein Tablett mit Essen.

Im Beobachtungsfenster erschien das Gesicht eines Postens. »Danke«, sagte Jonny, erhob sich vorsichtig von seiner Pritsche und holte sich sein Essen. Die alte, vertraute Küche von Adirondack, wie ihm seine Nase verriet, als er das Tablett zurücktrug und sich setzte.

»Keine Ursache.« Der Posten zögerte. »Sind Sie wirklich einer von den Cobras, die Adirondack von den Trofts befreit haben?«

Jonny hielt inne, den Löffel auf halbem Weg zum Mund. »Ja«, bestätigte er. »Sind Sie hier geboren?«

Der Posten nickte. »Hier in Dannimore geboren und aufgewachsen. Wo waren Sie stationiert?«

»Drüben in Cranach.« Wegen des Türgitters war das Gesicht des Postens schwer zu erkennen, doch Jonny schätzte sein Alter auf Anfang dreißig. »Sie sind wahrscheinlich noch zu jung, um sich gut an den Krieg zu erinnern.«

»Ich kann mich noch recht gut erinnern. Wir hatten Verwandte in Paris, als es zerstört wurde.« Er verzog den Mund, als er daran dachte. »Ich hatte damals auch einen Onkel in Cranach. Kannten Sie einen Rob Delano?«

»Nein.« Die Erinnerungen an die Menschen von damals

wurden wach ... und mit den Bildern von ihnen kam ihm auch eine Idee. »Sagen Sie mal, wie streng soll ich hier eigentlich isoliert werden?«

»Was meinen Sie damit – Besucher?«

»Vielleicht auch nur Telefongespräche. Hier ganz in der Nähe leben wahrscheinlich noch Menschen, von denen ich damals dachte, ich würde sie nie wiedersehen. Solange ich hier noch eine Weile festsitze, könnte ich einigen von ihnen doch wenigstens ›Hallo‹ sagen.«

»Hm ... vielleicht läßt sich das später einrichten.«

»Können Sie mir wenigstens ein Telefonbuch oder etwas Ähnliches besorgen, damit ich herausfinden kann, wer noch in der Gegend lebt?« hakte Jonny nach. »Die Isolationshaft hier ist schließlich keine Strafe – sondern nur Teil der Vorbereitung auf einen tiefenpsychologischen Test. Gegen Lesestoff dürfte doch eigentlich nichts einzuwenden sein.«

Der Posten legte daraufhin die Stirn in Falten, zuckte aber nur die Achseln. »Ich weiß nicht, ob das wirklich als Lesestoff gilt, aber ich werde mich beim Chef der Wachmannschaft erkundigen.«

»Vergessen Sie nicht, ihn daran zu erinnern, daß ich ein hoher Vertreter des Imperiums bin«, fügte Jonny freundlich hinzu.

»In Ordnung, Sir.« Der Posten verschwand.

Jonny konzentrierte sich wieder auf sein Abendessen und versuchte, sich nicht zu sehr an diese neuen Hoffnungen zu klammern. Zwar leuchtete ihm selbst nicht ein, was er mit einem Telefonbuch erreichen konnte – oder gar mit dem erhofften Kontakt zu seinen alten Verbündeten –, aber wenigstens war es ein Anfang. Wenn schon sonst nichts, so bekam er dadurch vielleicht eine Vorstellung davon, wie sehr Wrey ihn in Verruf gebracht hatte.

Er hatte seine Mahlzeit beendet, das Tablett wieder auf seinen Platz neben der Tür gestellt und spielte mit dem Gedanken, sich wieder hinzulegen, als der Posten zurückkehrte. »Der Captain war nicht zu erreichen«, war seine körperlose Stimme zu vernehmen, als das Tablett verschwand und ein kleines Combord an seinem Platz erschien. »Aber da Sie ein Vertreter des Imperiums sind, geht das wohl in Ordnung.« Sein Gesicht erschien wieder am Fenster, und er beobachtete Jonny, wie er das Gerät zu seiner Pritsche trug.

»Ich weiß das wirklich zu schätzen«, meinte Jonny. »Das Telefonbuch ist hier auf der Magcard?«

»Ja – es deckt Cranach, Dannimor und ungefähr zehn kleinere Ortschaften in der näheren Umgebung ab.« Er hielt inne. »Ihr Cobras wart damals ziemlich erfolgreich, nach allem, was ich über euch gelesen habe.«

Irgend etwas an seinem Tonfall ließ Jonny aufhorchen. »Na ja. Ohne den zivilen Untergrund hätten wir es natürlich nicht geschafft.«

»Oder umgekehrt. Im nächsten Krieg werden wir keine Cobras bekommen – wußten Sie das?«

Jonny verzog das Gesicht. »Nein, aber eigentlich überrascht mich das nicht. Die Armee will einfach normale Guerillatruppen aufstellen, falls der Krieg ausbricht?«

»Nicht *falls, wenn*«, verbesserte der andere ihn. »Ja, wir haben jetzt jede Menge Ranger- und Alpha-Force-Einheiten hier. Einige sind bereits damit beschäftigt, zivile Widerstandsnetze einzurichten.«

Jonny nickte. Endlich konnte er den Tonfall des Postens einordnen. »Unheimlich, was? Ist Krieg immer … dieser allerdings brauchte gar nicht stattzufinden.«

»Ja, ich habe gehört, wie die Jungs des Interrorum darüber gesprochen haben. Sie meinten, ein Cobra würde explodieren, wenn man ihn hypnoprogrammiert.«

»Nein, den Auslöser für den Selbstzerstörer hat man uns gleich nach dem Krieg entfernt. Aber man hat mich nicht hypnoprogrammiert, weder die Trofts noch sonst jemand.«

»Dieser Typ aus dem Komitee, Wrey, scheint das aber zu glauben.«

Jonny lächelte bitter. »Wrey ist ein kurzsichtiger Idiot, der seinen verletzten Stolz kurieren will. Ich mußte ihn praktisch zwingen, mich überhaupt von Aventine mit hierherzunehmen, und dann habe ich ihm sein Lametta gerettet, als die Trofts die *Menssana* gekapert haben. Dies ist seine Art, mich in die Schranken zu verweisen.«

»Aber wissen Sie denn überhaupt, *ob* man sich an Ihrem Gehirn zu schaffen gemacht hat?«

»*Ich* schon, ja. Für diese Art von Prozedur muß man das Opfer in einen bewußtlosen oder zumindest halbbewußtlosen Zustand versetzen, und ich verfüge über innere Sensoren, die mich vor jedem chemischen, optischen oder akustischen Versuch in dieser Richtung warnen würden.«

Der Posten nickte langsam. »Weiß Wrey das?«

»Man hat mir keine Gelegenheit gegeben, es ihm mitzuteilen.«

»Verstehe. Tja ... ich mache mich jetzt besser wieder an die Arbeit. Das Combord hole ich nachher wieder ab.«

»Nochmals danke«, sagte Jonny, aber der Posten war bereits gegangen. *Was hatte das nun wieder zu bedeuten,* überlegte er beklommen. *War er wirklich interessiert? Wollte er sich rückversichern? Oder hielt jemand seine Fäden in der Hand, der wissen wollte, wieviel ich erzählen würde?* Vielleicht hatte Wrey beschlossen, noch ein paar Stunden hier zu bleiben, in der Hoffnung, ihm bliebe die Mühe erspart, Jonny nach Asgard schaffen zu müssen. Wenn dem so wäre, das wußte Jonny, würde er lange warten müssen. Er balancierte das Combord auf seinen Knien und begann seine Suche.

Weissmann, Dane, Nunik – die Namen von einem Dutzend zeitweiliger Gastfamilien, und doppelt so viele zeitweilige Kameraden – die Namen *und* Gesichter lebender und toter Cobras – all das sprudelte mit einer Leichtigkeit hervor, die darüber hinwegtäuschte, daß sechsundzwanzig Jahre vergangen waren. Fast eine halbe Stunde lang sprang er im Telefonbuch hin und her, so schnell es seine steif gewordenen Finger zuließen, danach suchte er noch eine Stunde lang etwas langsamer weiter, bis der Strom der Namen zu einem Rinnsal wurde und schließlich ganz versiegte.

Nicht ein einziger von ihnen war verzeichnet.

Er starrte auf das Combord – sein Verstand war nicht bereit, den offensichtlichen Beweis zu akzeptieren. Adirondack galt immer noch als Welt im Siedlungsgrenzgebiet, auf der laufend neue Gebiete erschlossen wurden – aber wie war es möglich, daß selbst nach sechsundzwanzig Jahren *jeder*, den er hier gekannt hatte, irgendwo anders hingezogen war?

Er war noch immer damit beschäftigt, sich einen Reim auf das alles zu machen, als er den Kopf hob, weil sich vor seiner Zelle etwas bewegt hatte. Das Klicken von Mehrfachriegeln, die zurückgezogen wurden, ließ ihm gerade genügend Zeit, das Combord unter sein Kopfkissen zu schieben, bevor die Zellentür sich öffnete und eine junge Frau hereintrat. »Gouverneur Moreau?« fragte sie.

»Ja«, nickte Jonny. »Ich hoffe, Sie sind jemand, der hier etwas zu sagen hat.«

Über ihr Gesicht huschte eine Regung, zu schnell, um sie erkennen zu können. »Wohl kaum. Danke«, sagte sie zu dem Posten, der über ihrer Schulter lauerte – ein anderer, wie Jonny bemerkte, als der, mit dem er zuvor gesprochen hatte. »Ich rufe Sie, wenn ich fertig bin.«

»In Ordnung, Doktor.« Die Tür schlug hinter ihr zu.

»Also, Gouverneur, man hat Ihre Medikamente freigegeben«, sagte sie munter, griff in eine Tasche an ihrem Gürtel und zog die beiden Fläschchen heraus, die man ihm zuvor abgenommen hatte. »Ich könnte mir vorstellen, daß Sie vor der Untersuchung etwas davon einnehmen möchten.«

Jonny runzelte die Stirn. »Untersuchung?«

»Reine Routine. Nehmen Sie bitte Ihre Tabletten.«

Er gehorchte, und sie ließ sich neben ihm auf der Pritsche nieder. »Ich werde ein paar lokale Gefällsmessungen vornehmen«, sagte sie und holte einen kleinen zylindrischen

Gegenstand aus ihrer Tasche. »Halten Sie einfach still, und sprechen Sie nicht.«

Sie schaltete das Instrument ein, und ein seltsam durchdringendes Summen erfüllte den Raum. »Sie haben sich sehr verändert«, sagte sie, kaum lauter als das Geräusch. »Ich war nicht sicher, daß Sie es sind, bevor ich Sie nicht sprechen gehört habe.«

»Was?«

»Bitte, sprechen Sie, ohne die Lippen zu bewegen.« Sie manövrierte das Instrument langsam über seine Brust, die Augen auf die Anzeige gerichtet.

Jonny spürte, wie ihm der kalte Schweiß auf die Stirn trat. Wieder kam ihm die Möglichkeit in den Sinn, daß es sich um einen Test handeln könnte ... aber wenn, dann war der Einsatz immens erhöht worden. Schon die passive Kooperation mit dieser Frau konnte ihm eine Anklage wegen Verschwörung einbringen. »Wer sind Sie?« raunte er, wobei er die Lippen so wenig wie möglich bewegte.

Zum ersten Mal sah sie ihm in die Augen, und ein sonderbar schelmisches Lächeln zuckte in ihren Mundwinkeln. »Erinnern Sie sich nicht mehr an Ihre Musterschülerin in Geometrie?«

Geometrie? *»Danice!* Danice Tolan?«

Ihr Lächeln wurde eine Spur breiter. »Ich wußte doch, daß ich mich nicht so sehr verändert habe.« Plötzlich wurde sie wieder ernst. »Also: was tun Sie in einem Militärgefängnis des Imperiums?«

»Offiziell bin ich hier, weil ich mit den Trofts über Frieden verhandelt habe und man mich deshalb als Sicherheitsrisiko betrachtet. Tatsächlich bin ich hier, weil ich den Stolz eines unbedeutenden Mannes verletzt habe.«

»Frieden.« Danice sprach das Wort aus, als wollte sie prüfen, wie es schmeckte. »Ist bei den Gesprächen irgend etwas herausgekommen, das man als Fortschritt bezeichnen könnte?«

»Es war nicht gerade eine offizielle Verhandlung. Trotzdem: Ja, ich denke, ich kann verhindern, daß es zum Krieg kommt. Das heißt, vorausgesetzt, ich kann das Zentrale Komitee bewegen, sich dieser Ansicht anzuschließen.«

»Was Sie ganz offensichtlich nicht von hier aus können.« Ihr Blick war hart, abschätzend. »Wie lange müssen Sie hierbleiben?«

»Wrey meinte, drei bis fünf Tage oder länger. Aber er ist bereits nach Asgard abgeflogen, und es läßt sich unmöglich sagen, was das Komitee unternimmt, wenn er dort berichtet, wir seien angehalten und von den Trofts geentert worden.«

»Was meinen Sie, werden sie den Krieg sofort erklären?«

»Sagen *Sie* es mir – Sie kennen sich in der gegenwärtigen Politik des Imperiums doch bestimmt besser aus als ich.«

Danice biß sich sanft auf die Lippen, und eine volle Minute lang war das Summen ihrer Sonde das einzige Geräusch in der Zelle. Zweimal hielt sie inne, um das Instrument neu einzustellen, und Jonny bemerkte, wie sich ein zunehmend besorgter Ausdruck auf ihrem Gesicht breitmachte. »Also gut«, murmelte sie plötzlich. »Wir machen es jetzt gleich. Ich werde eine mögliche Erweiterung in Ihrer Leberarterie diagnostizieren – also müssen wir Sie natürlich für eine genauere Untersuchung ins Krankenhaus bringen. Sie tun nichts weiter, als auf Ihr Stichwort hin Ihre Rolle zu spielen.« Ohne eine Antwort abzuwarten, schaltete sie das Instrument aus und rief nach dem Captain der Wachmannschaft.

Der Captain reagierte nicht übermäßig begeistert auf den Vorschlag, ins Krankenhaus zu fahren, doch aus seinem Tonfall und seinen besorgten Blicken ging eindeutig hervor, daß er den Cobra als wichtigen Gefangenen betrachtete. Kaum fünfzehn Minuten später fuhren Jonny und Danice unter schwerer Bewachung durch die Dämmerung zum neuesten und bestausgerüsteten Krankenhaus der Stadt.

Seine letzte Erfahrung mit der medizinischen Versorgung

im Zentrum des Imperiums hatte Jonny kurz vor seinem Aufbruch nach Aventine gemacht, daher war er beeindruckt, wie sehr sich die Methoden verfeinert hatten und wie sehr die Leistungsfähigkeit der Apparate in der Zwischenzeit gestiegen war. Mehrschicht- und Echtzeitholographien seines Körpers waren möglich, angefangen von vierfacher Verkleinerung bis hin zu zwanzigtausendfacher Vergrößerung, inklusive Hervorhebung struktureller und chemikalischer Einzelheiten. Danice bediente die Apparate mit geübtem Geschick, ortete die angebliche Arterienerweiterung und stellte sie so deutlich dar, daß sogar Jonny sie auf der Holographie erkennen konnte.

»Wir werden operieren müssen«, sagte Danice an den rangältesten Wachtposten gewandt, der sie begleitet hatte. »Ich schlage vor, Sie bitten Ihre Vorgesetzten um Anweisungen und stellen fest, ob man einen speziellen Operateur bevorzugt, und so weiter. In der Zwischenzeit werde ich ihm die Narkose verabreichen und ihm eine blutdrucksenkende Spritze geben, um den Druck in der Gefäßerweiterung zu mindern.«

Der Wachtposten nickte und kramte umständlich sein Telefon hervor. Ein Schwebetisch, der unangenehmerweise einem Sarg mit einer langen, bis zum Boden reichenden Schürze glich, wurde heraufgebracht. Jonny wurde daraufgelegt und festgeschnallt, und Danice entnahm einem an der Seite angebrachten Schränkchen einen Hyposprayer und zwei Phiolen. Nachdem sie deren Inhalt Jonny in den Arm injiziert hatte, legte sie den Hyposprayer wieder zurück und holte eine Sauerstoffmaske hervor. »Wozu ist das?« fragte einer der Posten, als sie das milchige Plastik über Jonnys Gesicht streifte.

»Er benötigt eine leicht erhöhte Sauerstoffzufuhr, um den gesenkten Blutdruck auszugleichen«, sagte sie. »Welcher OP, Pfleger?«

»Drei-Null-Sieben«, sagte der Mann, der den Schwebetisch hereingeschoben hatte. »Wenn Sie jetzt bitte alle zur Seite treten würden ... danke.«

Mit Danice neben ihm wurde Jonny hinaus in das Gewirr von Krankenhausgängen geschoben, wo er schließlich vor OP Drei-Null-Sieben eintraf, dessen Ziffern er durch die Maske kaum erkennen konnte. »Sie warten hier, bis er versorgt ist«, teilte Danice den Posten kurz angebunden mit. »Für Zuschauer ist dort drinnen kein Platz.«

Jonny wurde in eine keksschachtelgroße Nische neben einem Bett geschoben. Danice und der Pfleger traten auf die andere Seite seines Tisches – die zwischen den Posten und der Tür – und packten zu.

Dann kippte er herum und befand sich in völliger Dunkelheit.

Das Ganze kam so unerwartet, daß es mehrere Augenblicke dauerte, bis Jonny begriff, was genau geschehen war. Offenbar hatte die flache Oberseite des Schwebetisches eine halbe Drehung um ihre Längsachse gemacht, wodurch er in einem Hohlraum im oberen Teil des Tisches verschwunden war. Über sich vernahm er schwach die Geräusche, die entstehen, wenn etwas Schweres vom Tisch gehoben wird ... spürte, wie der Tisch vom Bett fortgeschoben wurde ... hörte undeutliche Stimmen, die sich kurz unterhielten ... dann bewegte er sich wieder, bog um mehrere Ecken, brachte eine lange Fahrt mit dem Lift hinter sich ...

Als er endlich wieder ans Licht gedreht wurde, war er mit Danice allein in einer Tiefgarage. »Beeilen Sie sich«, flüsterte sie, während sie mit zitternden Händen seine Fesseln löste. »Wir müssen Sie vom Planeten schaffen, bevor die merken, daß nicht Sie dort oben im Bett liegen.«

»Wer liegt denn dort?« fragte Jonny, als sie im Laufschritt auf einen unauffälligen grauen Wagen zusteuerten.

»Fritz – einer der medizinischen Übungsroboter der Klinik.« Sie kletterte dabei hinters Lenkrad und atmete tief durch. »Wir hatten ein paar Minuten Zeit, ihn zurechtzumachen, aber sobald jemand die Maske herunterzieht, fliegt alles auf.«

»Soll ich fahren?« fragte Jonny, als er ihre angespannten Gesichtszüge sah.

Ein kurzes Kopfschütteln. »Irgendwann muß ich mich daran gewöhnen. Warum also nicht jetzt.«

Sie lenkte den Wagen durch die Tiefgarage, eine Rampe hinauf und hinaus in das geschäftige Treiben des Frühabendverkehrs. Jonny ließ sie schweigend ein paar Minuten fahren, dann fragte er: »Wo fahren wir hin?«

»In ungefähr zwei Stunden startet ein Frachter nach Palm«, sagte sie, ohne ihn anzusehen. »Wir mußten eine scheußliche Riesenmenge Hartkunststoff ausladen, um eine Yacht und einen Piloten für Sie an Bord zu schaffen – ihm können Sie erklären, wo und wann genau Sie sich vom Frachter verabschieden wollen.«

Jonny nickte, ein wenig benommen von dem Tempo, in dem dies alles geschah. »Darf ich fragen, wem ich das alles zu verdanken habe?«

»Wollen Sie das wirklich wissen?« konterte sie.

Jonny dachte darüber nach. Die Frage war alles andere als belanglos. »Ja«, meinte er schließlich.

Sie seufzte. »Also gut. Eins vorweg: Sie können Ihre schlimmsten Befürchtungen begraben – wir sind keine kriminelle Gruppe. Tatsächlich sind wir in gewissem Sinn sogar ein offizieller Arm des Vereinten Oberkommandos des Imperiums.« Sie schnaubte. »Das kann sich allerdings nach dieser Geschichte ändern. Wir sind das, was man unter der Bezeichnung Untergrund-Verteidigungsnetz versteht, eine Organisation, die in diesem Krieg die Rolle übernehmen soll, die Sie und die Untergrundorganisation meiner Eltern im letzten gespielt haben. Nur, daß wir keine Cobras haben werden.«

»Sie hören sich an wie einer meiner Wachtposten«, murmelte Jonny. »War er es, der Ihnen von mir erzählt hat?«

Danice sah ihn sichtlich überrascht an. »Sie sind noch genauso flink, wie ich Sie in Erinnerung habe. Ja, er gehört zu einer Handvoll stiller Verbindungen zwischen Militär und UVN. Ich glaube allerdings nicht, daß seine unmittelbaren Vorgesetzten davon wissen. Er war es, der Ihre Verhaftung an unser Kommunikationsnetz weitergegeben hat.«

»Und der Sie alle überzeugt hat, daß ich es wert bin, den Behörden die Stirn zu bieten?«

Sie lächelte bitter. »Nichts dergleichen. Jeder, der uns hilft, hält dies für nichts anderes als eine weitere Übung. Befreiung eines Gefangenen unter den Blicken des Feindes, Kurs 101, Abschlußprüfung.«

»Nur Sie nicht.« Die Frage lag auf der Hand, er stellte sie erst gar nicht.

»Im letzten Krieg war ich noch ein Kind, Jonny«, erklärte sie ruhig, »aber was ich noch davon weiß, reicht, um mich zwei oder drei Leben lang zu verfolgen. Ich will das nicht noch einmal durchmachen ... aber wenn das Imperium in den Krieg zieht, werde ich das wohl müssen.«

»Vielleicht auch nicht –«, begann Jonny vorsichtig.

»Was soll das heißen, ›vielleicht auch nicht‹?« brauste sie auf. »Glauben Sie, die machen sich all die Mühe nur zum Spaß? Sie wissen ganz genau, daß Adirondack eines der Hauptziele der Trofts sein wird, und sie haben praktisch offen zugegeben, daß sie uns nicht verteidigen können. Die nackte, schlichte Wahrheit ist, sie haben unsere Welt abgeschrieben und wollen uns an den Gedanken gewöhnen, entweder unterzugehen oder aus eigener Kraft zu schwimmen. Und das alles wegen *nichts.*« Sie brach ab und holte tief Luft. »Tut mir leid, Jonny. Ich bin sicher, Aventine bedeutet Ihnen viel, aber ich kann einfach nicht mit ansehen, wie Adirondack und vielleicht noch Silvern und Iberiand dazu in einem Krieg geopfert werden, der am Ende nichts weiter ist als ein Vergeltungsschlag.«

»Sie brauchen sich nicht zu entschuldigen«, beruhigte er

sie. »Keine Welt sollte zweimal innerhalb einer Generation um ihr Überleben kämpfen müssen.«

Danice schüttelte erschöpft den Kopf. »Sie kennen nicht einmal die Hälfte. Allein die sozialen Umwälzungen ... wissen Sie, nach dem Krieg wurden eine Menge Bücher über uns geschrieben, Bücher, in denen viele der Leute aus dem Untergrund namentlich aufgelistet wurden. Nun, das Vereinte Oberkommando jedenfalls beschloß, das Leben dieser Menschen sei in Gefahr, sollten die Trofts noch einmal auftauchen, daher haben sie allen, die in den Büchern erwähnt wurden, irgendwo anders auf dem Planeten eine neue Identität verschafft. Ich hatte große Mühe, meine eigenen Eltern ausfindig zu machen.«

Vor ihnen sah Jonny den Kontrollturm des Star Field, der sich vor dem letzten rötlichen Schimmer am südwestlichen Himmel abhob. »Dieser Pilot, den Sie ausgesucht haben, hält er das auch für eine Übung?«

»Theoretisch, ja. Aber Don ist nicht auf den Kopf gefallen – möglicherweise ist er dahintergekommen, daß es um mehr geht. Wie auch immer, Sie haben mehrere Tage Zeit, das mit ihm auszudiskutieren.« Sie sah ihn nachdenklich an. »Sie mögen es wirklich nicht, wenn Sie anderen Ihr Leben anvertrauen müssen, hab ich recht? Wahrscheinlich ist es schwer, die Gewohnheiten eines Cobras abzulegen.«

»Nicht so schwer, wie Sie vielleicht denken.« Jonny schüttelte den Kopf. »Sie sehen mich immer noch aus der Erinnerung einer Zehnjährigen. Aber damals war ich genauso auf andere Menschen angewiesen wie Sie heute.«

Das war natürlich keine Antwort auf ihre Frage. Er mochte es tatsächlich nicht, auf andere angewiesen zu sein, schon gar nicht, wenn so viel auf dem Spiel stand.

Aber vielleicht gewöhnte er sich noch daran.

»Komiteemitglied Vanis D'arls Büro«, verkündete das gelangweilte Gesicht auf dem Monitor des Telefons.

»Jame Moreau, bitte«, meinte Jonny zu der Frau und beobachtete sie genau. Wenn sie sich nur im geringsten anmerken ließ, daß sie ihn wiedererkannte …

»Wen darf ich melden, Sir?« fragte sie.

»Teague Stillman – ich war früher Bürgermeister seiner Heimatstadt. Sagen Sie ihm, es sei wichtig.«

Jonny hielt den Atem an, doch sie sagte nichts weiter als »Einen Augenblick bitte«, bevor ihr Bild durch einen stilisierten Kuppeldom ersetzt wurde. Das hiesige ›Warte‹-Symbol, vermutete Jonny und aktivierte automatisch seine Zeitschaltung. Er würde Jame zwei Minuten geben, sich zu melden, bevor er davon ausging, daß die Frau die Polizei gerufen hatte und er verdammt schnell aus der Gegend verschwinden mußte.

»Hallo, Jonny.«

Jonny riß sich von der Begutachtung möglicher Fluchtwege los. Wenn Jame überrascht war, ihn zu sehen, so zeigte er das jedenfalls nicht. »Hi, Jame«, sagte er vorsichtig. »Äh …«

»Die Leitung ist sicher«, sagte sein Bruder. »Wie geht es dir?«

»Gut, danke, aber ich brauche deine Hilfe. Ich muß –«

»Ja, ich weiß Bescheid. Verdammt noch mal, Jonny – hör zu, wo steckst du?«

Jonny spürte, wie sich eine eiskalte Faust um seine Eingeweide schloß. »Wieso?«

»Was glaubst du, wieso?« Jame fuchtelte gereizt mit der Hand. »Schon gut – mach es, wie du willst. Ich habe mich bereits weit genug aus dem Fenster gelehnt.«

Jonny biß die Zähne zusammen. »Ich stehe in einer öffentlichen Telefonzelle in der V'awter Street, ein kleines Stück nördlich des Carle Park.«

Jame seufzte. »Also gut. Ich bin in spätestens einer halben Stunde dort und hole dich ab. Und bleib, wo du bist – verstanden?«

»Verstanden. Und danke.«

Die steife Haltung seines Bruders lockerte sich ein wenig, und über sein Gesicht huschte sogar ein dünnes, wohlbehütetes Lächeln. »Ja, bis gleich.«

Genau zwanzig Minuten später war er da, und obwohl Jonny mit der gegenwärtigen Mode nicht auf dem laufenden war, erkannte er in dem Wagen seines Bruders sofort ein absolutes Topmodell. »Nicht schlecht«, nickte Jonny anerkennend, als er neben Jame einstieg und in den dicken Polstern versank. »Ein, zwei Ecken besser als Dads alte Kiste.«

»Wenn uns jemand sieht, werde ich die Karre nicht mehr lange fahren«, erwiderte Jame bissig, während er sich in den fließenden Verkehr einfädelte. »Wir können nur von Glück reden, daß die Suchmeldung nach dir auf das Militär beschränkt war und nicht öffentlich gemacht wurde. Was hast du dir eigentlich dabei gedacht, aus der Haft auszubrechen?«

»Was hast du erwartet – daß ich einfach dort in Wreys Privatknast hocken bleibe, bis der aufgeblasene Kerl seinen Krieg angezettelt hat?«

»Zugegeben, Wrey ist egozentrisch und nachtragend, aber du solltest ihm wenigstens genügend Intelligenz zubilligen, auf seine eigene Haut aufzupassen«, knurrte Jame. »Er hätte dich nicht länger als höchstens zwei Tage dort gelassen – *und* er hätte dafür gesorgt, daß dich ein Aufklärer der Star Force hierherbringt, sobald du entlastet bist. Dank der höheren Geschwindigkeit der Aufklärer wärst du vor vier Tagen hier gewesen – also kaum einen Tag später als Wrey– wenn überhaupt.«

Jonny ballte die Hände zu Fäusten. Hatte er Wrey wirklich *so* falsch eingeschätzt? »Verdammt«, murmelte er.

Jame seufzte. »Statt also vor das Komitee gebracht zu werden, wo du deine Meinung hättest vortragen können, landest du auf der Fahndungsliste des Militärs. Ich glaube, nicht einmal Wrey selbst hat seine versteckten Andeutungen für bare Münze genommen, du hättest ganz privat eine Übereinkunft mit den Trofts getroffen. Aber die Leichtigkeit, mit der deine Freunde dich befreit haben, hat eine Menge Leute sehr nervös gemacht. Wie hast du das eigentlich alles organisiert?«

»Hab ich gar nicht.« Jonny seufzte. »Also gut. Ich gebe zu, ich habe Mist gebaut. Aber das ändert nichts an der Tatsache, daß das Komitee erfahren muß, was ich mitgebracht habe.«

Jame schüttelte den Kopf. »Ausgeschlossen. Du würdest in Dome nicht an der ersten Tür vorbeikommen.«

Plötzlich wurde Jonny bewußt, daß sie weiter aus der Stadt herausfuhren statt hinein. »Wo fahren wir hin?«

»Zum Landsitz von Komiteemitglied D'arl.«

Jonnys Mund wurde knochentrocken. »Warum?«

Jame sah ihn an und runzelte die Stirn. »Du hast doch selbst gesagt, daß du jemanden sprechen möchtest. Komiteemitglied D'arl hat sich bereit erklärt, dich anzuhören.«

»Auf seinem privaten Landsitz.« Wo Jonny, wenn nötig, still und heimlich verschwinden konnte, ohne daß jemand davon erfuhr.

Jame seufzte. »Hör zu, Jonny. Ich weiß, du magst D'arl nicht, aber dies ist die einzige Möglichkeit für dich, gehört zu werden. Und ich sag dir ganz offen, in ganz Dome wirst du keinen aufmerksameren Zuhörer finden.« Er sah zu seinem älteren Bruder hinüber. »Komm schon – lehn dich zurück und entspanne dich. Ich weiß, wahrscheinlich kommt es dir im Augenblick so vor, als hätte sich das ganze Universum gegen dich verschworen, aber wenn du deinem alten Kopfkissenschlachtenpartner nicht vertrauen kannst, wem dann?«

Jonny spürte, wie sich fast gegen seinen Willen ein Lächeln auf seine Lippen schlich. »Vielleicht hast du recht«, gestand er.

»Natürlich habe ich recht. So, wir haben eine Stunde Zeit, in der du mich über den aventinischen Zweig der Familie Moreau auf den neuesten Stand bringen kannst. Also, leg los.«

D'arls Landsitz war wenigstens so groß wie ganz Capitalia – die Variante der Tyler-Villa, wie sie ein wirklich reicher Mann baute. Inklusive der Variante eines reichen Mannes, der auf Sicherheit aus war. Sechsmal wurde der Wagen von bewaffneten Doppelwachen angehalten, und bei jeder Straßensperre entdeckte Jonny dank seines optischen Verstärkers ferngesteuerte Kameras und zusätzliche Sicherheitsanlagen, die in nahen Bäumen oder seltsam geformten Statuen auf der Lauer lagen. Aber die Moreaus wurden ganz offenbar erwartet, und die Posten ließen sie ohne Fragen passieren.

Das Hauptgebäude war ebenso beeindruckend wie die Parkanlagen: außen prunkvoll und imposant, innen mit jenem verhaltenen Gespür für Luxus, das Jonny vor so langer Zeit auch an Bord von D'arls interstellarem Schiff aufgefallen war. Damals hatte er es für dessen persönlichen Geschmack gehalten, nach elf Jahren als Politiker erkannte er jetzt auch die subtile Warnung, die solche Bauweise vermittelte: der Besitzer war ein Mann, der nicht zu kaufen war.

D'arl erwartete sie in einem kleinen Raum, der eindeutig als privates Arbeitszimmer konzipiert war. Er hob den Kopf, als sie hereinkamen, und winkte sie schweigend in die ihm gegenüberstehenden Sessel. Sie nahmen Platz, und einen Augenblick lang betrachtete das Komiteemitglied Jonny. »Nun, Gouverneur – Gouverneur ist doch richtig, oder?« begann er schließlich. »Wie es aussieht, sind Sie bei Ihrem kleinen Ausflug in die Diplomatie gründlich in die Irre gelaufen. Ich nehme an, Ihr Bruder hat Ihnen wegen Ihrer unsinnigen Flucht von Adirondack bereits die Hölle heiß gemacht. Ich werde mir also weitere Bemerkungen darüber ersparen. Erklären Sie mir jetzt also bitte, wieso es sich für mich lohnen soll, für Sie meinen Kopf hinzuhalten.«

»Weil ich im Besitz von Informationen über die Troft-Assemblage bin, die Sie vermutlich nicht haben«, antwortete Jonny ruhig. »Die zugleich eine gute Chance bieten, einen

Krieg zu verhindern. Das größtmögliche Wohl für die größtmögliche Zahl von Menschen – war das nicht der Leitsatz, an den Sie sich immer gehalten haben?«

D'arls Lippen verzogen sich zu einem knappen Schmunzeln. »Ihr politisches Geschick hat erkennbar zugenommen, Gouverneur. Also gut. Fangen wir damit an, warum Sie das Imperium der Trofts als ›Assemblage‹ bezeichnet haben.«

»Weil die Trofts es selbst so nennen und weil es genau das ist. Es gibt keine zentrale Regierung, wenigstens keine, die sich in puncto Machtbefugnis mit Dome oder dem Komitee vergleichen ließe. Die ›Assemblage‹ ist im Grunde nichts weiter als ein loser Verbund von Domänen, die aus zwei bis vier Planeten bestehen.«

D'arl runzelte die Stirn. »Sie werden mir vergeben, wenn ich da skeptisch bin. Eine Ansammlung von Systemen mit gegensätzlichen Interessen hätte sich wohl kaum drei Jahre lang der militärischen Macht des Imperiums widersetzen können.«

»Richtig – aber ich habe nicht gesagt, sie hätten immer gegeneinander gearbeitet.«

D'arl schüttelte den Kopf. »Allein individuelle Eigeninteressen würden innerhalb einer so großen Zahl von Domänen für Zwietracht sorgen.«

»Es sei denn, es gäbe ein paar Punkte, die für alle von vorrangiger Bedeutung sind«, sagte Jonny ruhig. »Wie zum Beispiel eine Invasion durch eine fremde Art. Durch uns.«

»Jonny, die Trofts waren es, die den Krieg angefangen haben, nicht wir – ich habe mir die Aufzeichnungen angesehen«, warf Jame ein.

»Dann hast du dir vielleicht auch die Aufzeichnungen über die Erforschung von Scorpii 471 angesehen«, meinte Jonny. »Die, nach Ansicht der Trofts, den Krieg ausgelöst hat.«

D'arl wollte etwas sagen, griff statt dessen nach dem Combord, das auf einem niedrigen Tischchen neben seinem Sessel lag. »Ich glaube, die Quelle ist mir nicht bekannt«, sagte Jame.

»Es handelte sich um ein kleineres Doppelsystem, in dem sich nach Ansicht des Imperiums eine Erschließung von Minen gelohnt hätte«, erklärte ihm D'arl. »Doch nach dem, was hier steht, erfolgte die erste Untersuchung zehn Jahre vor dem Überfall auf Silvern.«

»Genau, Sir«, nickte Jonny. »So lange haben die betroffenen Domänen gebraucht, die anderen zu überzeugen, daß ein Krieg unumgänglich sei.«

Einen Augenblick lang starrte D'arl auf das Combord und trommelte mit den Fingern auf die Sessellehne. »Sie wollen damit andeuten, das Komitee sei während der letzten dreißig Jahre blind gewesen.« Sein Ton klang weniger vorwurfsvoll als nachdenklich.

Jonny zuckte mit den Achseln. »Die Trofts hätten wohl kaum an die große Glocke gehängt, was sie für einen militärischen Nachteil hielten. Und auch sonst ähnelte alles, was das Imperium seitdem auf interplanetarischer Ebene oder darunter ausgehandelt hat, in der Tat sehr der Art, wie diese Dinge auch dort geregelt werden. Doch hätte man die Anzeichen erkennen können, vorausgesetzt, das Zahlenmaterial, das mir der Kommandant des Troftschiffes gegeben hat, war korrekt. Kennen Sie die Zahl der Vertreter, die die Trofts nach dem Krieg zu den Verhandlungen geschickt haben?«

D'arl beschäftigte sich mit dem Combord. »Sie hatten – mal sehen: sechsundzwanzig Hauptvertreter. Darüber hinaus wurden sie von weiteren achtundvierzig Personen als Berater und zur Unterstützung begleitet.«

»Sechsundzwanzig. Wie groß war das Team, das das Imperium entsendet hat – ungefähr zehn?«

»Zwölf – ich erinnere mich, daß sich Komiteemitglied H'orme derzeit beklagt hat, das sei eigentlich schon zuviel.« D'arls und Jonnys Blicke trafen sich. »Sechsundzwanzig Troft-Domänen?«

Jonny nickte. »Jeweils einer aus den Domänen im Grenzgebiet – die einzigen, deren Gebiet direkt von einer Besiedlung betroffen war. Doch ein Jahr später dann begannen Sie mit den Verhandlungen über die Rechte am Troftkorridor, wovon meiner Einschätzung nach ungefähr achtzig weitere Domänen betroffen waren.«

D'arl bearbeitete die Tastatur. »Einhundertundsechs Hauptvertreter«, sagte er und schüttelte langsam den Kopf. »Genau achtzig mehr.«

»Es gab auch noch andere Hinweise«, sagte Jonny in die Stille hinein, die sich daran anschloß. »Der Kommandant des Schiffes, der uns hat gehen lassen, fühlte sich offenbar berechtigt, seine Befehle zu mißachten, sobald nur ein hinreichender Grund dafür vorlag. Und noch während des Krieges wurde ich von einem Offizier auf Adirondack gefangengenommen, der mich, höchstwahrscheinlich ebenfalls befehlswidrig, am Leben gelassen hat. Vielleicht erinnerst du dich noch, Jame, wie ich dir davon erzählt habe.«

Der jüngere der beiden Moreaus runzelte die Stirn. »Ich erinnere mich ... aber deine Erklärung kaufe ich dir nicht ab. Die weitgehende Autonomie zwischen den Domänen ist an sich schon schlimm genug, aber wenn sie hinaufreicht bis auf die Ebene der militärischen Führung, hat man am Ende völlige Anarchie.«

Jonny zuckte mit den Achseln. »Ganz offen gesagt, ich verstehe es selber nicht«, gestand er. »Der Kommandant des Schiffes hat versucht, mir zu erklären, wie ein abgestuftes System aus Respekt oder Gehorsam, das auf dem individuellen Wert des Einzelnen basiert, ihre Gesellschaft regelt, aber mir kommt es noch immer wie ein Wunder vor.«

»Also gut«, meinte D'arl plötzlich. »Nehmen wir für den Augenblick einmal an, all das stimmt. Wie geht es dann weiter?«

Jonny drehte sich wieder zu ihm um. »Es geht damit weiter, daß man ihnen zur Vermeidung des Krieges lediglich den

Grund nehmen muß, weshalb sie sich alle vereinen. Genauer gesagt, indem man ihnen erlaubt, den Korridor zu schließen.«

»Kommt nicht in Frage.« D'arls Ton war kategorisch. »Laut offizieller Politik des Imperiums bleibt der Korridor entweder offen, oder die Trofts bezahlen massiv für seine Schließung.«

»Die Politik des Imperiums ist nicht in Fels gemeißelt«, konterte Jonny. »Der Zweck dieser Drohung lag darin, Aventine vor einem Angriff zu beschützen. Na gut – im Augenblick aber stehen die Chancen, ohne Ihren Schutz zu überleben, für uns besser. Und wenn der Preis dafür der Verlust der Verbindung zu Ihnen ist, so sind wir bereit, ihn zu bezahlen.«

»So, sind Sie das?« meinte D'arl. »Und was geschieht, wenn erst Ihre Elektronik oder Ihr Maschinenpark versagt? Aventine verfügt nicht über genügend große technologische Grundlagen, um die Dinge lange aufrechtzuerhalten.«

»Nein, aber die Trofts. Zweifellos können wir mit ihnen ebensogut Handel treiben wie Sie.«

»*Unser* Handel war auf ein absolutes Mindestmaß beschränkt und diente allein Aufklärungszwecken –«

»Ach, hören Sie doch auf«, schnaubte Jonny. »Wir beide wissen, wovon ich spreche. Fast jeder Ihrer lizenzierten Spediteure macht auf dem Weg nach Aventine Halt, um Geschäfte zu machen. Warum sonst, glauben Sie, haben sich alle am Korridor gelegenen Domänen all die Jahre mit dieser Regelung abgefunden? Sie bekommen Waren *und* Informationen, die sie sonst von ihren Bruderdomänen kaufen müßten – zweifellos zu hohen Preisen.«

D'arls Gesicht hatte einen säuerlichen Ausdruck angenommen. »Wir sind in der Tat schon seit Jahren bemüht, einen gangbaren Weg zu finden, diesem illegalen Handel ein Ende zu machen.«

Jonny breitete die Hände aus. »Gut – hier ist Ihre Chance.«

D'arl seufzte. »Gouverneur, Sie begreifen die politischen

Realitäten noch immer nicht. Das Komitee hat eine Stellung bezogen, von der es nicht ohne guten Grund abgehen kann.«

»Dann denken Sie sich einen aus«, fuhr Jonny ihn an. »Sie sind ein gewiefter Politiker – Sie lassen sich doch nicht von etwas so Unbedeutendem wie der Wahrheit von Ihren Zielen abbringen.« D'arls Miene verfinsterte sich, doch Jonny sprach weiter, bevor er etwas sagen konnte. »Aventine will keinen Krieg, die Trofts sind nicht besonders versessen darauf, Ihre *eigene* Bevölkerung will keinen Krieg. Ist das Komitee so wild darauf, irgend jemanden zu bekriegen, daß nicht einmal *das* es aufhalten kann?«

»Jonny!« fuhr Jame ihn an.

»Schon gut, Moreau, damit werde ich schon fertig«, sagte D'arl. »Gouverneur, ich werde Ihre Empfehlung morgen dem Komitee vortragen. Mehr kann ich wirklich nicht tun.«

»Ein Komiteemitglied mit Ihrer Erfahrung?« meinte Jonny höhnisch. »Sie können mehr tun, als nur den Hofberichterstatter zu spielen.«

»Ich kann jeden begründeten, politisch plausiblen Grund zur Schließung des Korridors durchdrücken«, fauchte D'arl zurück. »Sie brauchen mir lediglich einen zu liefern.«

»Sie wollen einen guten politischen Grund? Schön, ich werde Ihnen einen geben.« Jonny stand auf, sich nur undeutlich bewußt, daß er kurz davor stand, jegliche Beherrschung zu verlieren. »Was wird das Komitee Ihrer Meinung nach tun, wenn ein aventinischer Würdenträger, der als Gast hier weilt, eines seiner Mitglieder niederschießt?«

»Jonny!« Jame sprang auf.

»Zurück, Jame.« Jonny hielt den Blick starr auf D'arl gerichtet. »Nun, Komiteemitglied? Das würde ökonomische Sanktionen gegen die Kolonien zur Folge haben, nicht wahr, was in allen praktischen Gesichtspunkten einer Schließung des Korridors gleichkäme.«

»Richtig.« D'arls Stimme war von einer eiskalten Ruhe. »Aber dafür brauchen Sie mich nicht gleich zu erschießen.«

»Nein? Das größtmögliche Wohl für die größtmögliche Zahl von Menschen, schon vergessen? Was spielt es für eine Rolle, wenn Sie und ich dafür geopfert werden müßten? Außerdem habe ich ohnehin noch mehr in der Hand. Denn allein für das, was Sie hunderttausend aventinischen jungen Männern angetan haben, könnte ich Sie genug hassen, um Sie zu töten. *Zurück,* Jame.«

Der jüngere Moreau ignorierte den Befehl. Ruhig ging er hinüber und stellte sich zwischen die beiden Männer. Eine ganze Weile starrten sich die Brüder gegenseitig an. Dann griff Jonny mühelos zu, hob Jame an den Unterarmen in die Höhe und setzte ihn zur Seite. Sein kurzer Wutausbruch war vorüber, und zurück blieb nichts weiter als Entschlossenheit und kalte Gewißheit, daß er sich zu weit vorgewagt hatte, um jetzt noch einen Rückzieher zu machen. »Komiteemitglied, ich will, daß Sie ans Telefon gehen und damit beginnen, alle Gefälligkeiten einzufordern, die sich zweifellos im Laufe all der Jahre bei Ihnen angehäuft haben«, meinte er verbittert zu D'arl. »Und zwar sofort. Sie werden die Schließung des Korridors durchdrücken!«

D'arl rührte sich nicht. »Unter Bedrohung meines Lebens? Nein. Und ganz gewiß auch nicht wegen Ihrer unvernünftigen Einstellung zum aventinischen Cobraprojekt.«

Letzteres sprach er mit einer solchen Beiläufigkeit, daß Jonny sprachlos war. Der Zorn drohte ihn zu ersticken … doch plötzlich verstand er. »Sie wissen es nicht, hab ich recht?« sagte er, eher voller Bitterkeit denn Zorn. »Vermutlich ist es bei Ihren Cobras noch nicht soweit.«

»Was weiß ich nicht?«

Jonny griff in seine Tasche, holte seine Medikamente hervor und warf D'arl die beiden Fläschchen in den Schoß. Das Komiteemitglied betrachtete stirnrunzelnd die Etiketten und tippte die Namen auf seinem Combord ein. Einen Augenblick später hob er den Kopf und sah Jonny in die Augen. »Blutarmut und Arthritis«, sagte er kaum hörbar.

»Ja«, nickte Jonny und wunderte sich über die seltsam heftige Reaktion. »Alle der ersten Cobrageneration erliegen diesen Krankheiten – eine Folge der Servos und Knochenbeschichtungen, die man uns eingepflanzt hat. Darüber hinaus gibt es Anzeichen dafür, daß auch unser Immunsystem in Mitleidenschaft gezogen wurde. Den günstigsten Schätzungen zufolge bleiben mir noch zwanzig Lebensjahre. Das ist Ihr Vermächtnis an die Cobras auf Aventine!«

D'arl starrte auf die Fläschchen in seiner Hand. »Hier fängt es auch schon an, Gouverneur. In den letzten Jahren hat es immer wieder Berichte über die chronische Cobrakrankheit gegeben. Statistisch ohne Beweiskraft ... ich hatte gehofft, mein Verdacht sei unberechtigt.« Er hob den Kopf und blickte in James bestürztes Gesicht. »Ich habe die Berichte über Alveres laufen lassen, Moreau. Ich sah keinen Sinn darin, Sie mit der Gesundheit Ihres Bruders zu belasten.«

Jame schöpfte tief Luft. »Komiteemitglied, wenn das stimmt, was Jonny über den heimlichen Handel gesagt hat, und dies dazu beiträgt, daß der Korridor geöffnet bleibt, dann folgt daraus, daß das gesamte aventinische Cobraprojekt tatsächlich überflüssig war, oder zumindest verfrüht.«

»Die Cobras werden jetzt gebraucht.«

»Nein.« Jonny schüttelte den Kopf. »Wir werden Handelsbeziehungen mit den Trofts unterhalten, und ist der Korridor erst geschlossen, stellen wir keine militärische Bedrohung mehr dar. Sie werden uns nicht angreifen – und wir sind auch für Sie keine Provokation mehr. Es gibt noch ein weiteres Argument für Sie, Komiteemitglied: wenn der Krieg ausbricht, werden Sie auch mit jenen einhunderttausend Mann der Trofts rechnen können, die eben nicht auf Aventine gebunden sind.«

»*Mein* Argument, Sir –« Jame brach ab, als D'arl die Hand hob.

»Ganz ruhig, Moreau«, sagte das Komiteemitglied rasch. »Ich habe nie gesagt, daß ich nicht helfen will, nur daß ich eine klarere Argumentation benötige. Und die habe ich jetzt. Entschuldigen Sie mich.«

Er erhob sich, schob sich an Jonny vorbei und trat an einen Schreibtisch, der ein wenig abseits stand. »Star Field«, sprach er in den Monitor des Telefons. »... Hier spricht Komiteemitglied D'arl. Das interstellare Schiff Nummer eins soll sofort startklar gemacht werden – unter der Anleitung von Jame Moreau. Passagier- und Frachtlisten werden von ihm bereitgestellt. Endziel Adirondack ... danke.«

Er drehte sich zu den beiden Moreaus um. »Ich fahre sofort zurück nach Dome, um die Dinge ins Rollen zu bringen. Gouverneur, Sie und Ihr Bruder müssen eine Liste der Dinge zusammenstellen, die Sie mit der letzten Fahrt zu den Äußeren Kolonien mitnehmen wollen. Sie können aufbrechen, wann immer Sie soweit sind. Ich werde mich, bevor Sie von dort starten, auf Adirondack wegen letzter Informationen mit Ihnen in Verbindung setzen.« Er machte kehrt und wollte gehen.

»Komiteemitglied«, rief Jonny ihm hinterher. »Danke.«

Der andere drehte sich noch einmal um, und Jonny sah zu seiner Überraschung, daß ein ironisches Lächeln um seine Lippen spielte. »Ich werde den Krieg verhindern, Gouverneur. Aber heben Sie sich Ihren Dank auf, bis Sie sehen, wie ich das mache.« Er verließ das Zimmer und schloß die Tür leise hinter sich.

Jonny sah ihn nie wieder.

Sie waren am Ende ihres gemeinsamen Weges angelangt, und beide Männer wußten das. Daher blieben sie lange neben der Zugangsrampe der *Menssana* stehen und sahen sich nur an. Jonny brach das Schweigen als erster. »In der Nachrichtensendung heute morgen habe ich gesehen, daß Aventine sich offenbar darüber beschwert, wie man in Dome die Äußeren Kolonien verwaltet.«

Jame nickte. »Ich fürchte, es wird sogar noch schlimmer

kommen. Wenn wir mit euch fertig sind, wird es wie eine bemerkenswert milde Maßnahme aussehen, daß wir jeglichen Handel und alle anderen Kontakte unterbunden haben.«

»Mit anderen Worten, die Geschichte wird allein Aventine die Schuld in die Schuhe schieben.«

Jame seufzte. »Es war der einzige Weg – der einzige *politische* Weg –, wie sich das Komitee aus einer festgefahrenen Position zurückziehen konnte. Tut mir leid.«

Jonny warf einen Blick zurück auf die Stadt und verglich sie in Gedanken mit den Trümmern von Adirondack. »Das ist nicht wichtig«, meinte er zu seinem Bruder. »Wenn man uns verunglimpfen muß, um das Gesicht zu wahren, damit können wir leben.«

»Hoffentlich. Einen der weniger bekannten Gründe, weshalb das Komitee D'arls Vorschlag akzeptiert hat, kennst du noch gar nicht.«

Jonny zog eine Braue hoch. »Und der wäre ...?«

»Eine leicht überarbeitete Version deiner Konfrontation im Landhaus. Er hat sie davon überzeugt, die aventinischen Cobras könnten zornig genug werden, um sich in naher Zukunft an ihnen zu rächen, wenn man den Kontakt mit den Äußeren Kolonien aufrechterhielte.« Jame schnaubte leise. »Es ist seltsam, weißt du. Fast seit Ende des letzten Krieges sucht das Zentrale Komitee einen Weg, um die Cobras ein für allemal loszuwerden. Und jetzt, wo sie einen gefunden haben, muß man sie fast mit Gewalt dazu zwingen.«

»Niemand hat behauptet, Politik sei irgendwie logisch«, meinte Jonny achselzuckend. »Aber es hat funktioniert, und das allein zählt.«

»Du hast den Bericht des Kuriers also bereits gehört«, meinte Jame und nickte. »Die Antwort der Trofts war sehr interessant – nach Ansicht der Experten deutet die Wortwahl darauf hin, daß unser Nachgeben in der Korridorfrage sie in einem unbedachten Augenblick erwischt hat.«

»Das überrascht mich nicht«, sagte Jonny. »Aber ich

würde mir keine Gedanken darüber machen, ob dies einen Präzedenzfall für die Zukunft darstellt. Denk doch nur daran, wie schwer es den Domänen fallen dürfte, sich in Zukunft zusammenzuraufen.« Er ließ den Blick über das Star Field schweifen und hoffte gegen alle Wahrscheinlichkeit, Danice Tolan könnte im letzten Augenblick doch noch erscheinen.

Jame folgte seinem Blick und seinen Gedanken. »Ich würde nicht damit rechnen, daß du deine Freundin vor dem Abflug noch einmal siehst. Wahrscheinlich steckt sie bis zum Hals im Entlassungsverfahren des Vereinten Oberkommandos – ich glaube, plötzlich gefällt ihnen dort die Vorstellung nicht mehr, daß es im Imperium unabhängige paramilitärische Einheiten gibt.« Er lächelte kurz, wurde dann aber wieder ernst. »Jonny ... du verdammst doch deine Welt nicht nur deshalb zu einem langsamen Tod, weil du dadurch einen Krieg verhindern willst, oder? Ich meine, der Handel mit den Trofts ist ja in der Theorie ganz gut und schön, aber ihr habt keinerlei Erfahrung damit.«

»Stimmt, aber wir werden es schnell genug lernen, und da die *Menssana* unsere Langstreckenflotte praktisch verdoppelt, verfügen wir auch über ausreichende Kapazitäten. Außerdem fangen wir nicht gerade bei Null an.« Er klopfte auf seine Jackentasche, in der die Liste mit Troftverträgen und Treffpunkten steckte, die Rando Harmon und Dru Quoraheim herausgerückt hatten. »Wir werden schon zurechtkommen.«

»Hoffentlich hast du recht. Du hast dort draußen nicht viel, auf das du zurückgreifen kannst.«

Jonny schüttelte den Kopf. »Du hast schon zu lange auf Asgard gelebt, um zu wissen, wie das Leben auf einer Welt im Siedlungsgrenzgebiet ist. Horizon, Adirondack und jetzt Aventine – ich habe praktisch nie woanders gelebt. Wir werden es schaffen, Jame ... wenn aus keinem anderen Grund als dem, daß ich dem Universum beweisen will, daß wir es können.«

»Gouverneur Moreau?« hallte eine Stimme vom Schiff neben ihnen herunter. »Mit den besten Grüßen vom Captain, Sir. Die Flugkontrolle hat uns soeben die Starterlaubnis gegeben – wann immer wir soweit sind.«

Es war Zeit, Abschied zu nehmen. »Paß auf dich auf, Jonny«, sagte Jame, während Jonny noch nach Worten suchte. »Grüß alle von mir, ja?«

»Mach ich.« Jonny trat vor und nahm seinen Bruder fest in beide Arme. Die Tränen traten ihm in die Augen. »Paß du auch auf dich auf. Und ... danke für alles.«

Zwei Minuten später stand er auf der Brücke der *Menssana.* »Ach, Gouverneur«, sagte der Captain in dem nur teilweise geglückten Versuch, seine überschäumende Begeisterung hinter einer professionellen Miene zu verbergen. Die ganze Mannschaft war jung, voller Idealismus, allesamt gerade eben so für diese Reise qualifiziert. Und doch waren es die Erfahrensten von denen, die sich freiwillig für diese Mission ohne Rückkehr gemeldet hatten. Die letzten Siedler, die das Imperium für lange, lange Zeit entsenden würde – sie, wie auch die *Menssana* und ihre Fracht waren ein Abschiedsgeschenk D'arls und des Komitees. »Wir sind hier alle bereit«, fuhr der junge Offizier fort. »Der Kurs liegt fest, und der spezielle Paß, den uns die Trofts geschickt haben, ist bereits in den Transmitter einprogrammiert. Wir können aufbrechen, wann immer Sie soweit sind.«

Jonny suchte mit den Augen ein Bodensicht-Display, beobachtete das winzige Bild von Jame, der gerade im Eingangsgebäude verschwand. »Ich bin jederzeit bereit«, sagte er ruhig zum Captain. »Also, auf nach Hause!«